Para mis compañeras de escalada:
Bianca, Caro, Kim, Laura,
Nadine, Rebecca e Yvo

PLAYLIST

Weaker Girl de Banks
War Of Hearts de Ruelle
Lay It All On Me de Rudimental (feat. Ed Sheeran)
Into You de Ariana Grande
Let Me Love You de Ariana Grande (feat. Lil Wayne)
What A Feeling de One Direction
Never Enough de One Direction
Bloodsport de Raleigh Ritchie
No Pressure de Justin Bieber (feat. Big Sean)
Only Love de Ben Howard
Rivers In Your Mouth de Ben Howard
Remnants de Jack Garratt
In The Shadow Of A Dream de James Morrison
To The Wonder de Aqualung (feat. Kina Grannis)
Everything Is Lost de Maggie Eckford
dRuNk de ZAYN
Show Me Love de Robin Schulz & J. U. D. G. E.
Close de Nick Jonas (feat. Tove Lo)
We Don't Talk Anymore de Charlie Puth (feat. Selena Gomez)
Where's My Love de SYML

1

Había sido una idea descabellada intentar escribir en la cafetería.

Un fracaso absoluto.

Me quedé mirando al tipo que se había plantado delante de mí y me observaba con verdadera expectación, como si esperara que yo respondiera algo a lo que acababa de decirme. No sé qué le hizo pensar que lo había entendido. Debía de creer que poseía la extraordinaria facultad de leer los labios o algo así, porque mis auriculares tenían el diámetro aproximado de una pizza y pesaban al menos cinco kilos. Había invertido bastante dinero en ellos precisamente para que no dejaran pasar ni el menor ruido cuando tuviera que concentrarme.

Era por esa clase de cosas por lo que odiaba tanto escribir en lugares públicos. Por un lado, el nivel de volumen sólo era soportable con unos auriculares con cancelación de ruido y, por otro, siempre tenía que aguantar que alguien tuviera muchas ganas de charlar o de chocar contra mí en lugar de esquivarme. Ese tipo entraba en la primera categoría, de momento.

Era guapo, eso sí. Tenía el pelo cobrizo y unos bonitos ojos castaños. Llevaba unos vaqueros ceñidos y una camisa entallada que le quedaba bastante tensa por la zona de los hombros pero le sentaba fenomenal. Y, no sé por qué, en su presencia me sentí incómoda de inmediato.

Me aparté el auricular derecho de la oreja muy despacio.

—¿Cómo dices? —pregunté, ladeando la cabeza para intentar comprender mejor lo que me decía. En mi oído izquierdo Halsey seguía sonando a todo volumen.

El tipo me miró con los párpados medio cerrados.

—Vienes a menudo los viernes —observó, señalándome con la barbilla—. Ya me he fijado en ti un par de veces.

Era cierto, aunque tampoco se trataba de una decisión voluntaria. Personalmente prefería pasar el viernes por la tarde en mi cuarto de la residencia de la Woodshill University, pero por desgracia era una habitación compartida y mi compañera era una verdadera ninfómana.

—Sí. Sirven buen café —murmuré. La mirada que me dedicó el tío me incomodó de verdad. Era como si esperara algo de mí y ni siquiera contemplara la posibilidad de no obtenerlo.

Al oír mi respuesta fue él quien ladeó la cabeza. Su sonrisa se volvió más amplia.

—Tú no bebes café. La mayoría de las veces pides chocolate caliente. Pero pronto llegará el buen tiempo. Tengo curiosidad por saber lo que pedirás cuando llegue el calor.

Empezaron a sudarme las manos y tuve que tragar saliva. La situación me inquietaba cada vez más. Al fin y al cabo, yo no era de ese tipo de personas que se peleaban por conseguir una mesa cerca del inmenso escaparate del Café Patriot, sino que más bien solía buscar sitio en el piso superior, al fondo de todo, en un rincón y de espaldas a la pared. Ese recoveco, en el que sólo había una mesita redonda y una silla desvencijada, era como un escondrijo para mí. Nunca habría pensado que alguien hubiera estado observándome allí sentada.

Y la verdad es que me inquietó un poco.

¿Desde cuándo me tenía controlada? Joder, ¿debía de haber visto lo que hacía?

—Me encantaría descubrirlo —continuó él, bajando la voz una octava.

¿En serio? ¿Estaba intentando el numerito de la voz grave y la mirada seductora conmigo? Si se hubiera tratado de otra chica, tal vez habría funcionado, pero yo llevaba un año esquivando la compañía del sexo masculino como si se tratara de la peste.

—Te agradezco el interés —dije recogiéndome el pelo en una coleta hacia un lado. Me lo estaba dejando largo y estaba en esa molesta fase intermedia en la que los mechones rojos se me metían en los ojos continuamente—. Pero no me parece una buena idea.

—Vamos —respondió, y enseguida se apoderó de una silla libre de la mesa de al lado para sentarse delante de mí, a horcajadas y con los brazos apoyados en el respaldo—. Se me da bien escuchar.

¿Cómo había llegado a la conclusión de que me apetecía hablar con él? Desvié la mirada para echar un vistazo rápido a mi portátil. Había tenido la precaución de utilizar un cuerpo de letra pequeño y de reducir al máximo el brillo, pero notaba en los dedos la necesidad imperiosa de bajar la pantalla de todos modos. No quería que nadie pudiera leer lo que había escrito. Todavía no, al menos.

> Con un movimiento brusco, Grover me penetró y yo gemí en voz alta. Estuve a punto de correrme en cuanto oí el sonido casi animal que soltó.

Absolutamente nadie. Y mucho menos ese tío tan inquietante.

—¿Qué asignatura era? —preguntó señalando mi portátil.

Fingiendo la máxima naturalidad, cerré la pantalla y me quité los auriculares de las orejas, me los dejé colgando alrededor del cuello y usé las dos manos para apartarme el pelo que había quedado apresado debajo. Luego cogí mi bolsa del suelo para guardar a *Watson*, puesto que así era como había bautizado a mi gigantesco portátil nada más comprarlo, tres años atrás. Era realmente enorme, la pantalla debía de tener unas cien pulgadas y, como era lógico, pesaba un quintal.

El tipo me agarró de un brazo con suavidad.

—Eh, no pasa nada. No pretendía asustarte, ya me marcho —dijo, adoptando de repente un tono más conciliador y encogiéndose de hombros—. Es sólo que te veía tan aislada que he pensado...

De acuerdo, al oír eso ya no me pareció tan inquietante.

—Eres muy amable... —repuse, pensando que tal vez ya me había dicho cómo se llamaba.

—Cooper —dijo, terminando la frase que yo había dejado en el aire a propósito.

—Cooper —repetí con una sonrisa—. Oye, de verdad, me pareces un tío muy simpático, pero tengo que marcharme. Todavía tengo trabajo por hacer y aquí no consigo concentrarme.

Me liberé de su brazo y guardé el cargador en el bolsillo frontal de la bolsa del portátil.

—Podríamos repetirlo otro día que no tengas tanto trabajo pendiente —propuso.

Reprimí un suspiro y me levanté.

—Es que no... no me interesa. Lo siento.

Cooper también se levantó y aprovechó para examinar mi cuerpo.

—No creía que fueras así.

—¿Cómo dices? —repliqué, parpadeando con absoluta perplejidad.

—Sólo digo que no parecías de las que rechazan hasta la más

mínima oportunidad de divertirse —explicó, y de repente su mirada perdió la cordialidad demostrada hasta el momento y se volvió más bien altiva, despectiva—. Pero ya veo que eres una puritana. Lástima.

En pocos segundos, los puntos que Cooper había ido acumulando quedaron complementados con un rotundo signo negativo.

—Entonces rectifico, Cooper. No eres ni amable ni simpático —le espeté antes de terminar de recoger mis cosas, negando con la cabeza. Me colgué la bolsa del hombro y me dispuse a marcharme.

—No serás lesbiana, ¿no? ¡Porque entonces también podrías habérmelo dicho desde el principio!

Ese tipo era increíble.

—No, mi orientación sexual no tiene nada que ver. Que no quiera enrollarme contigo no significa, ni mucho menos, que no me gusten los hombres —siseé, abriéndome paso por su lado—. Como tampoco soy una puritana sólo porque no he caído en el truco de la voz grave y ese rollo tan pasado de moda de «llevo un rato observándote».

Más rápido de lo que creía que me permitiría el peso de la bolsa, bajé la escalera y salí de la cafetería.

Una vez fuera, aspiré el aire fresco de febrero. Todavía hacía algo de frío y, cuando exhalé de nuevo, de mi boca salió una nubecilla de vapor. Me saqué el gorro de lana color caqui del bolsillo de la chaqueta y me lo calé hasta las orejas para protegerme del viento cortante que soplaba en Woodshill. Después de envolverme también media cara con la bufanda, repasé mentalmente las opciones que me quedaban.

No podía volver a la residencia de ninguna manera. Mi compañera de habitación, Sawyer, tenía visita masculina una vez más, y ya había sido testigo de sus actividades sexuales con demasiada frecuencia. De hecho, ése era uno de los motivos por los que había decidido invertir tanto dinero en unos buenos auriculares. El riesgo de volver a encontrarme a un tío medio desnudo con la cabeza entre las piernas de Sawyer me hizo descartar la idea de regresar enseguida a la habitación.

A partir de ese instante, el Patriot quedaba tachado de mi lista de lugares en los que podía escribir. Mientras ese asqueroso todavía rondara por allí, no conseguirían hacerme entrar en esa cafetería de nuevo ni a rastras.

Una opción era la biblioteca de la universidad. Ese día no cerraban hasta las diez, pero, teniendo en cuenta lo que estaba haciendo, tampoco era el lugar más adecuado: había mucha gente deambulando por allí y era fácil que alguien acabara echando una mirada furtiva a mi trabajo.

Hundí las manos en los bolsillos y, de improviso, mis dedos encontraron algo metálico y frío. Mis pensamientos más oscuros se iluminaron de inmediato. ¡Claro!

Hacía apenas dos meses que mi mejor amiga, Allie, se había mudado a su nuevo piso, a un cuarto de hora del campus universitario. Poco después de la mudanza me había dado un juego de llaves. Por un lado, porque yo era la tía oficial de su gato *Spidey* y cuando no estaba en casa me tocaba ir a darle de comer, pero también porque Allie estaba al corriente de la frenética actividad sexual de Sawyer y de ese modo me brindaba la posibilidad de buscar refugio en su casa si algún día mi compañera de habitación volvía a cerrar con llave y me dejaba fuera. No me había atrevido a recurrir a ese ofrecimiento más que en contadas ocasiones, pero ese día no me quedaba otra opción.

Me saqué el móvil del bolso y la llamé a casa. Al ver que no lo cogía, le escribí un mensaje para anunciarle que entraría en su piso.

De haber sido cualquier otra persona, me habría incomodado depender tanto de alguien, pero tratándose de Allie lo veía de otro modo. La había conocido el semestre anterior, el primerísimo día de curso, durante las jornadas de presentación. Me había fijado en ella sólo porque me dio la impresión de que su aspecto transmitía justo lo mismo que sentía yo: parecía desesperada. Enseguida le hice señas para que se acercara a mí, y desde entonces hemos sido inseparables.

Allie vivía con su novio, Kaden, en un barrio muy bonito. Ese día, las zonas verdes todavía estaban cubiertas de escarcha, pero estaba segura de que con el paso de los meses recuperarían todo su esplendor y colorido. Su piso quedaba cerca de un pequeño parque, y gozaba de unas bonitas vistas al monte Wilson y los valles que lo rodeaban.

Hasta hacía un año me habría apostado el portátil a que jamás encontraría un lugar más hermoso que Portland. Sin embargo, toda aquella belleza estaba íntimamente vinculada a recuerdos que deseaba guardar en lo más hondo de mi memoria. Desde que vivía en Woodshill, no sólo había conseguido evitar que esos malos recuerdos afloraran, sino que además había logrado acumular un montón de vivencias mucho más agradables.

Cerré la puerta del edificio en el que estaba el piso de Allie y subí los escalones hasta la segunda planta. A esas alturas había pasado ya tanto tiempo en su casa que conocía el camino casi mejor que el de mi habitación en la residencia. Para abrir la puerta, primero había que tirar un poco de ella y luego empujarla con fuerza.

Nada más entrar, me recibieron los maullidos de *Spidey*.

—¡¿Hola?! —grité desde el pasillo. Dejé la bolsa en el suelo y me desabroché la chaqueta. Aún no estaba segura de si había alguien en casa, por lo que avancé con cautela hasta el salón.

Silencio.

Sólo se oía el suave ronroneo de *Spidey*, que ya se estaba frotando contra mis piernas. Con cuidado, pasé la mano por encima de su lomo atigrado y rojizo. De inmediato, una sonrisa apareció en mis labios y recogí a *Watson* para instalarme en el sofá del salón.

No obstante, lo que vi a continuación superó la peor de las circunstancias que podría haber imaginado.

Un pene.

Eso fue lo primero que vi.

En mi campo visual apareció un pene que, además de ser bastante grande, estaba erecto, duro, listo para entrar en acción.

Abrí unos ojos como platos y me quedé mirando a Kaden, que reaccionó a mi presencia quedándose boquiabierto. Transcurrieron unos segundos durante los cuales yo intenté no seguir mirando, pero él estaba desnudo y los ojos no me respondían, de manera que tardé un rato en conseguir cerrarlos.

Joder, cuánto deseé que se me tragara la tierra.

—¿Kaden?

Era la voz de mi mejor amiga, que lo llamaba desde el dormitorio.

Eso bastó para hacerme reaccionar.

Di media vuelta, tropecé con *Spidey*, porque todavía tenía los ojos cerrados, y salí corriendo del piso tan rápido como pude. Kaden exclamó algo a mi espalda, pero yo sólo quería desaparecer de allí cuanto antes. Mis pasos sobre el granito de los escalones resonaron por los rellanos hasta que, de repente, choqué con fuerza contra la espalda de alguien.

El impacto me dejó aturdida, y enseguida noté un dolor intenso en la cara. Me tambaleé hacia atrás, intentando agarrarme a algo para no caer al suelo. Al final intenté aferrarme al tipo contra el que había chocado, pero sólo conseguí que él también terminara perdiendo el equilibrio. Por suerte, en el último momento decidió soltarme para no caer encima de mí. Qué consideración, por su parte.

Mientras trataba de levantarme, taché mentalmente ese día de mi calendario imaginario con una gran cruz roja.

Ay. Tenía la sensación de haberme roto la nariz, la rodilla y tal vez incluso unas cuantas costillas.

—Mira que llevaba tiempo deseando que cayeras de una vez, pero nunca de un modo tan literal —dijo desde el suelo.

Volví a tachar el calendario con una segunda cruz de color rojo. Y luego añadí un círculo negro bien gordo y un emoji, el del monito que se tapa los ojos.

Con un brazo, me aparté los mechones pelirrojos de la cara y de repente descubrí unos resplandecientes ojos de color azul oscuro. Conocía de sobra ese brillo pícaro tan característico, igual que aquella voz aterciopelada, aquella manera de levantar las comisuras de los labios y el pelo negro y rebelde, que casi siempre iba a su aire.

Spencer.

Había chocado contra la mejor de mis peores pesadillas. Era el único chico que me había hecho dudar sobre el celibato que me había autoimpuesto desde que había cortado con mi ex.

—Creo que me he roto la nariz —gemí, sacándome del ojo un mechón que había escapado de la coleta. El airecillo que levantó el movimiento bastó para reavivar todavía más el dolor del golpe.

Una mano subió desde mi cadera hasta mi cara y palpó la zona con cuidado. Más allá de las punzadas de dolor, noté un cosquilleo en la piel.

—No tienes nada roto.

La seguridad con que lo afirmó me dejó desconcertada.

—¿Cómo lo sabes? —pregunté con un interés genuino.

Su otra mano regresó a mi cadera como si ése fuera el lugar

al que pertenecía. Con confianza. Con seguridad. Y sin embargo yo seguía incapaz de ponerme de pie de nuevo.

—Me rompí la nariz una vez —explicó Spencer volviendo la cabeza hacia un lado para que pudiera observar su perfil—. ¿Lo ves?

Realmente, tenía un bultito diminuto en lo más alto del dorso de la nariz. Mi mirada actuó por su cuenta y siguió la marcada línea de su mentón hasta su boca antes de volver a subir. En mi pecho se revolvió algo y por fin me desperté del trance.

Con cuidado, me levanté del suelo.

—Lo siento, no pretendía atropellarte de ese modo.

Él también se puso de pie, todavía con aquel esbozo de sonrisa en los labios. Enseguida se llevó un antebrazo a la barriga y negó levemente con la cabeza.

—Ha sido un honor, Dawn —dijo en cuanto me hube incorporado del todo.

Spencer era alto, mucho más alto que yo, aunque teniendo en cuenta mi mísero metro cincuenta y ocho tampoco es que tuviera mucho mérito.

—Si alguna otra vez me necesitas como muro personal, llámame. Ya tienes mi número —añadió, mostrando con una sonrisa una hilera de dientes blancos y bien colocados.

Una vez más, algo se removió dentro de mi pecho, y en esa ocasión llegó acompañado de un significativo revoloteo en la barriga.

«Maldito seas, Spencer Cosgrove.»

Cuando lo vi por primera vez, la única palabra que me vino a la mente fue: «Mierda».

Por si fuera poco, lo confundí con Kaden, y por aquel entonces éste no trataba precisamente bien a Allie, de manera que lo primero que hice fue pegarle la bronca. Sin embargo, mis palabras no consiguieron más que una amplia sonrisa como respuesta, y a aquella primera palabra se le sumaron dos más: «Puta mierda».

Allie se apresuró a aclarar el malentendido, aunque a mí me habría gustado seguir metiéndome con él. Más que nada, porque eso me habría concedido la maravillosa oportunidad de seguir ignorando lo evidente: que Spencer estaba buenísimo.

Estaba más bueno de lo que convenía, teniendo en cuenta las circunstancias. Yo no quería que me gustara, pero era inevitable, por mucho que lo intentara.

—¿Dawn? —insistió él, arrugando levemente la frente—. ¿Todo bien? Espero que el golpe que te has llevado en la cabeza contra mi pecho de acero no haya sido demasiado fuerte —bromeó. Estaba claro que no podía evitar burlarse de todo cuanto se le ponía por delante.

Spencer no era de constitución muy fuerte, aunque eso no le restaba el más mínimo atractivo. Todo lo contrario. Tenía el cuerpo esbelto y fuerte de un corredor de fondo, y era muy proporcionado: ni demasiado gordo, ni demasiado delgado. Un término medio perfecto. Simplemente... «¡Ay!»

—Me alegro de haber chocado contra tu cuerpo hercúleo y no contra una pared —respondí casi sin aliento. Busqué a *Watson* con la mirada, temía que se hubiera llevado un mal golpe. Sólo me quedaba la esperanza de que el acolchado de la bolsa hubiera cumplido con su cometido, porque no tenía suficiente dinero para comprarme un portátil nuevo.

—¿Estabas en casa de Allie? —preguntó Spencer. Su brazo apareció de repente en mi campo visual para recoger a *Watson* y, con la otra mano, sacudir unas manchas de polvo que habían ensuciado la bolsa de color negro.

Su pregunta me recordó el motivo que me había impulsado a huir a toda prisa. Me lo quedé mirando con unos ojos como platos.

—¡No puedes subir ahora! —dije negando con la cabeza de

un modo frenético. El pelo se me revolvió por completo y un mechón se me quedó pegado entre los labios. Lo escupí y saqué la lengua para librarme de él.

Spencer arrugó la frente una vez más.

—Kaden y yo hemos quedado para trabajar en un proyecto.

Quería avisarlo de que no era un buen momento, de que estaba ocupado, de que los dos estaban ocupados, o cualquier otra cosa que sonara cordial, pero de mis labios sólo acabaron saliendo dos palabras:

—El pene.

Spencer parpadeó perplejo.

—¿Qué?

Como un disco rayado, me limité a repetir las mismas palabras, aunque esta vez levantando la voz:

—¡El pene!

—Por mí, ningún problema. Yo te presento a Cosgrove Júnior con mucho gusto, pero tal vez sería mejor en un lugar un poco más discreto, ¿no crees? —dijo encogiéndose de hombros con indiferencia—. Pero bueno, tampoco es un problema si quieres vérmelo aquí mismo. Tarde o temprano tenía que llegar ese momento.

Spencer se agarró el cinturón y se dispuso a desabrochárselo. Le cogí las manos enseguida para evitarlo.

—No me refiero a tu pene, idiota —siseé—. Kaden estaba desnudo cuando he entrado en el piso. Creo... que ahora mismo no es un buen momento para molestarlos.

Spencer apretó los labios, pero sus hombros empezaron a subir y a bajar de todos modos sin que pudiera hacer nada por evitarlo.

—Ya puedes reír, ya —dije a la vez que le soltaba las manos de forma brusca.

Echó la cabeza hacia atrás y dejó escapar una sonora carcajada que se apoderó de toda la escalera y me provocó un escalofrío. Lo odié un poco por eso.

Frustrada, solté un suspiro y dejé el portátil en el suelo.

—Hoy no es mi día.

—¿Qué tenías que hacer? —preguntó Spencer en cuanto sus risotadas se hubieron fundido en una amplia sonrisa.

—Todavía debo trabajar un poco y no tengo ni idea de adónde ir —respondí.

—¿Y por qué no vuelves a la residencia? —preguntó mientras jugueteaba con la cremallera de su chaqueta negra.

Le daba la vuelta, la subía un trecho y luego volvía a bajarla. Típico de Spencer, era incapaz de estarse quieto ni un instante. Seguramente no sabría quedarse inmóvil aunque su vida dependiera de ello. Tenía demasiada energía contenida, de manera que se ponía a juguetear con cualquier cosa que tuviera al alcance de la mano. Siempre que quedábamos con Allie para estudiar en su casa y Spencer había ido a ver a Kaden, nos ponía de los nervios que no pudiera parar de repiquetear contra los libros con los dedos, de utilizar los lápices como baquetas o de abrir y cerrar los bolígrafos una y otra vez.

Al principio me había parecido curioso. Por un lado me había irritado que me pareciera tan increíblemente atractivo, pero al mismo tiempo me ponía nerviosa que no parara de moverse ni un segundo. Sin embargo, cuanto más tiempo pasábamos juntos, más me acostumbraba a esos tics, y a esas alturas, Spencer se había convertido ya en uno de mis mejores amigos.

Pero sólo un amigo. Nada más.

—Sawyer está... ocupada. O sea que me he instalado en una cafetería, pero no podía concentrarme. Más que nada porque había un tío muy raro que insistía en invitarme a un café. Por eso he venido aquí, porque pensaba que Allie y Kaden no estarían en casa —expliqué.

—No me digas que también has sorprendido a Sawyer en pleno... —dijo, conteniendo la risa de nuevo.

—¡No! —exclamé levantando la cabeza de golpe—. No, nada de eso.

Los ojos se le iluminaron de repente, y me quedó claro que mi respuesta no lo había dejado del todo convencido.

—Si quieres, puedes venir a mi casa.

Estaba a punto de declinar la oferta cuando recordé que todavía no había estado en casa de Spencer. Pertenecíamos al mismo grupo de amigos y pasábamos mucho tiempo juntos, pero nunca quedábamos en su casa. A decir verdad, sentí un poco de curiosidad por saber por qué nunca nos invitaba a ir.

Aun así, no podía aceptar su propuesta. En lo más hondo de mi ser, algo se oponía a pasar tiempo a solas con él. No es que se diera el caso muy a menudo, pero cuando sucedía, siempre tenía que controlarme mucho para no quedarme mirándolo fijamente. En presencia de nuestros amigos, en cambio, me parecía más sencillo actuar con normalidad.

—No sé...

Se inclinó hacia mí hasta que quedó muy cerca.

—¿Por qué no? —preguntó examinando mi rostro con aire reflexivo. Estaba cerca de mí, demasiado cerca.

El corazón me dio un vuelco a pesar de que se lo tenía prohibido, puesto que no quería que reaccionara de ese modo ante nadie. Maldito corazón traidor. Tanto abrigarlo y cuidarlo para que luego me traicionara de ese modo.

—Porque... —empecé a decir, y tuve que aclararme la garganta al ver que se acercaba un poco más.

Por supuesto, el instinto tomó las riendas ante su olor y su carisma, algo que ni yo ni mi determinación podíamos controlar. Necesitaba un poco de distancia si quería evitar que el calor que empezaba a sentir en la barriga subiera hasta mis mejillas y me las dejara coloradas como un pimiento. A algunas chicas les quedaba bien ese tono sonrojado, les daba un aspecto adorable, como si acabaran de volver de un bonito paseo invernal. A mí, en cambio, me salían unas manchas preocupantes en el cuello que luego se iban distribuyendo de manera irregular por toda la cara. Es decir, todo lo contrario de algo atractivo o adorable. Además, por encima de todo, no quería ponerme colorada delante de Spencer.

Como si me hubiera leído el pensamiento, enderezó la espalda de nuevo y levantó mi bolsa del suelo con un movimiento veloz.

—¡Eh! —exclamé dando un salto. Cogí mi chaqueta y me la enfundé en un instante. Cuando me volví, él ya estaba bajando por la escalera—. ¡Devuélveme a *Watson*!

En el siguiente rellano, se detuvo y se me quedó mirando.

—¿*Watson?* ¿Como John Watson?

Asentí y me envolví el cuello con la bufanda mientras Spencer resoplaba.

—No te imaginas las ganas que tengo ahora mismo de pedirte que salgas conmigo.

Solté un suspiro de resignación. Llevaba así medio año. Me pedía que saliéramos juntos casi a diario, y cada vez le respondía que no. Yo no salía con nadie. No quería salir con nadie. Y me daba igual lo mucho que el cuerpo me lo pidiera: no pensaba dejar que ningún chico volviera a entrar en mi vida.

—Ya sabes cuál es la respuesta —dije subiendo un escalón por encima de él, de manera que quedamos más o menos a la misma altura.

Todo cuanto veía era azul. Un color azul profundo y una amplia sonrisa.

—Pero vienes de todos modos, ¿verdad?

—No me queda otro remedio, ¿no? —repliqué.

Se dio media vuelta y saltó el resto de los escalones que le quedaban por bajar, con *Watson* bajo el brazo a modo de rehén.

Ésa fue su única respuesta.

2

Spencer tenía un Volvo Hatchback de un color marrón rojizo que desentonaba mucho con mi pelo. Mientras conducía, le iba dando golpecitos al volante a pesar de no llevar la radio encendida, y fuimos charlando sobre temas sin trascendencia: la universidad, las últimas películas que habíamos visto y una fiesta que se iba a celebrar próximamente y a la que a ninguno de los dos nos apetecía ir.

Spencer siempre tenía algo que contar. Estudiaba industrias creativas como materia principal, y ya había cambiado dos veces de materia secundaria porque era incapaz de decidirse y le interesaban demasiadas cosas.

Ese semestre se había concentrado en Sexualidad, Género y Estudios Queer, y estuve haciéndole preguntas acerca del tema porque también había sido una de las opciones que me habría gustado elegir a mí en su momento. Sin embargo, había acabado decidiéndome por Filología Inglesa porque incluía un curso de escritura creativa, que era hacia donde quería dirigir mi especialidad.

A medida que íbamos hablando, fueron desapareciendo todos los reparos que había sentido ante la invitación de ir a su casa. Cuando no soltaba comentarios picantes, Spencer era un buen amigo que siempre conseguía que te sintieras bien a su lado.

No tardamos mucho en llegar a un barrio bonito que, como casi todos en Woodshill, quedaba bastante cerca del centro.

Spencer encontró un hueco y aparcó. Bajé del coche y miré a mi alrededor. El lugar me pareció todavía más bonito que el barrio en el que vivían Allie y Kaden: la calle constaba de una hilera de casitas adosadas preciosas, cada una con su jardín verde y bien cuidado.

—Guau... —murmuré.

Las casitas, con sus ventanales, sus voladizos y sus molduras, parecían salidas de un decorado cinematográfico. Debía de ser una zona de nueva construcción, a juzgar por lo impecable y fresco que parecía todo. Sin embargo, aquellas casas nuevas conservaban el estilo característico del resto de los barrios residenciales de Woodshill. Simplemente eran un poco más nuevas y un poco más bonitas. Sorprendida, le lancé una mirada a Spencer, pero él la evitó y se dirigió hacia la entrada. Lo seguí, contemplando los árboles y las flores recién plantadas que empezaban a brotar a pesar del frío.

Spencer recorrió un estrecho sendero bordeado de arbustos que llevaba hasta una puerta de color verde oscuro con los vidrios opalinos. Sus hombros parecían relajados cuando metió la llave en la cerradura, empujó la puerta apoyándose en ella y se hizo a un lado para dejarme pasar.

—Aquí no me encontraré a nadie desnudo, ¿verdad? —pregunté mientras entraba con pasos titubeantes en la casa.

Desde que habíamos entrado en aquella calle con el coche, Spencer no había abierto la boca. Me pareció demasiado callado, demasiado tranquilo. Ni siquiera parecía tener la necesidad habitual de juguetear con algo. Lo único que me recordaba al Spencer que yo conocía era que todavía llevaba a *Watson* debajo del brazo.

—No, tranquila. Vivo solo —dijo con una sonrisa que no me

pareció nada genuina—. Aunque a veces sí me da por andar desnudo por casa —añadió arqueando las cejas de un modo chistoso.

Por dentro, respiré aliviada. Ése era el Spencer que yo conocía.

Me cogió la chaqueta y la colgó en el ropero antes de acompañarme hasta el salón.

«Oh, guau.»

Las paredes eran grises y el suelo, de parquet oscuro, mientras que los muebles eran de tonos crema. Un sofá esquinero enorme separaba la sala de estar de la zona del comedor, en la que había una gran mesa de madera maciza y seis sillas. Al llegar a la esquina me volví hacia la izquierda y vi la cocina. De mi garganta surgió una exclamación entre el asombro y el entusiasmo.

—¿Cómo has podido? —exclamé indignada volviéndome hacia él, que estaba en la zona del comedor, con las manos hundidas en los bolsillos de los pantalones.

Con un pulgar, señalé por encima de mi hombro.

—Sabiendo lo mucho que me gusta cocinar, ¿cómo has podido ocultarme esto?

Aquella cocina con isleta era el sueño de cualquier persona aficionada a cocinar, todo lo contrario del *office* escuchimizado con el que tenía que conformarme en la residencia de estudiantes. Había unos fogones de gas en el lado derecho, y sobre la encimera pulida había un bloque portacuchillos tan impecable que parecía por estrenar. A lo largo de la pared se veía un raíl metálico del que colgaban las sartenes y las cacerolas, además de un montón de accesorios de cocina.

Me acerqué a los fogones, me di media vuelta con ímpetu y apoyé los brazos a ambos lados del objeto de mis deseos.

—Hola —susurré señalando un recodo—, yo vivo aquí.

Una leve sonrisa de satisfacción apareció en los labios de Spencer.

—*¿Sexo en Nueva York?*

Me llevé una mano al pecho, orgullosa.

—Eres un alumno aventajado, Cosgrove.

—Sólo porque nos obligasteis a ver la película tres veces con vosotras, Edwards —replicó, deambulando también hasta la cocina.

Ya a mi lado, empezó a juguetear con el bloque de cuchillos: sacaba uno, lo contemplaba un buen rato y recorría el mango con el pulgar antes de volver a meterlo y repetir la operación con el siguiente.

Noté en los dedos un cosquilleo que me impulsaba a detenerlo, pero tocar a Spencer no me pareció una buena idea. No me gustaba cómo reaccionaba mi cuerpo cuando entraba en contacto con el suyo.

—¿Puedo preguntarte algo, Spence? —dije al cabo de un rato.

Él respondió afirmativamente con poco más que un gruñido.

—¿Por qué nunca venimos aquí? Me refiero a que algún fin de semana nos hemos reunido incluso en casa de Scott, pero aquí... —dije gesticulando con la mano hacia el salón— hay sitio de sobra.

Me quedé corta, expresándolo de ese modo. Sólo el salón ya era tres veces mayor que la habitación que yo compartía.

Spencer se detuvo en seco, dejó el cuchillo que acababa de sacar y cogió aire para responder.

—Es que la casa es de mis padres.

Claro, siendo así..., seguía sin tener sentido.

—¿Y...? —insistí.

Se mordió el labio antes de explicarse.

—Tienen bastante dinero. Si la gente sabe que vivo en una

casa como ésta siendo estudiante, podrían pensar que soy un mierda.

—¿Crees que te considerarían un mierda por el hecho de que tus padres tengan dinero? —pregunté con las cejas enarcadas.

Él desvió la mirada y negó con la cabeza.

—Da igual. Oye, quería salir a correr. Si te apetece, en el frigorífico encontrarás zumo, y luego te bajo agua del piso de arriba —se apresuró a decir, apartándose de la encimera de la cocina—. Creo que en algún lugar todavía me quedan chocolatinas Reese. A ti te gustan mucho, ¿verdad?

Abrió un armario alto del lado opuesto de la cocina y buscó por los estantes con mucha concentración.

—Spence, no pasa nada porque vivas...

—La próxima vez intentaré que haya —dijo cerrando el armario y frotándose la nuca—. Tienes a *Watson* en la mesa del salón. He pensado que estarías mucho más cómoda en el sofá que en la mesa del comedor, pero tú misma. Como si estuvieras en tu casa.

Su mirada parecía atosigada, vagando por todas partes pero evitando mis ojos en todo momento. Luego dio media vuelta y salió de la cocina. Oí sus pasos por la escalera que llevaba hasta el piso de arriba y luego un portazo.

Me quedé perpleja, contemplando el lugar que Spencer había estado ocupando hasta hacía unos instantes.

No reaccioné hasta que bajó de nuevo, ataviado con ropa deportiva para salir a correr. Entró en el salón y actuó como si yo no estuviera. Dejó una botella de agua sobre la mesa y se puso unos auriculares en las orejas antes de salir.

Hasta que oí cómo se cerraba la puerta no me atreví a respirar de nuevo.

Al parecer, había cruzado una línea roja. Yo, que siempre me obstinaba en marcar y defender bien las mías y odiaba que alguien intentara hurgar en mi pasado, había cruzado la línea roja de uno de mis mejores amigos.

Menudo día de mierda.

Tardé un rato en acostumbrarme a la suavidad de los cojines y la comodidad general de ese entorno nuevo. Además, no paraba de pensar en Spencer, aunque intenté concentrarme en mi documento. Necesitaba urgentemente añadir unas cuantas palabras más a mi manuscrito si quería alcanzar el objetivo mensual que me había marcado. Después de despertar a *Watson* de su hibernación y de haberme colocado otra vez los cascos, pude volver por fin a mi historia.

Grover me agarró por el cuello y mantuvo la mirada fija en mi rostro durante unos instantes, mientras entraba y salía de mi cuerpo poco a poco. Notaba su aliento cálido en mi cuello, y jadeé en busca de aire cuando su lengua empezó a explorarme con avidez. Presioné mi cuerpo contra el suyo y eso le arrancó un gruñido animal, bestial.

Mi espalda golpeaba la pared con cada embestida, y yo no podía más que seguir jadeando. Grover me volvía loca. Y no sólo por el hecho de que fuera mi jefe y yo sólo su secretaria, sino sobre todo porque había sabido encontrar la llave de mi corazón, y eso le había dado acceso a lo más profundo de mi alma. Jamás en la vida habría creído posible que alguien quisiera atreverse a tentar el vértigo con mi abismo interior y me hiciera sentir tan y tan deseada.

La mirada de Grover ardía apasionadamente en mis ojos, dejando una impronta grabada a fuego. No podía dejar de mirarlo ni un instante. Con cada embestida me conquistaba de nuevo y me levantaba sobre la cresta de una ola desde la que ni siquiera podía divisar mi propio abismo. Sus arremetidas se volvieron cada vez más violentas y poco después grité su nombre, que resonó en las paredes de la oficina vacía.

Me recosté en el sofá y contemplé lo que había escrito. Ya casi lo tenía. Pronto podría publicar otra historia.

El hecho de poder ganarme la vida con mi hobby me hacía increíblemente feliz. Había estudiantes que tenían que matarse a trabajar en cualquier empresa a cambio de un sueldo mísero, otros preferían dedicarse a la hostelería o daban clases particulares, como mi mejor amiga, Allie.

Yo, en cambio, escribía historias eróticas.

Seguramente nadie lo diría, teniendo en cuenta mi aspecto. Era menuda y tenía los ojos grandes y redondos, lo que me daba un aspecto de corzo inocente ante la mayoría de la gente. Dudo que nadie hubiera deducido al verme que me pasaba el día describiendo escenas sexuales con todo lujo de detalles.

Siempre me había gustado escribir. Ya durante la época del instituto había dado rienda suelta a mis fantasías garabateando en cuadernos de notas. Por aquel entonces lo hacía sólo porque me gustaba, igual que leer y cocinar. Más adelante, con el auge de la literatura erótica, participé de forma anónima en un concurso de relatos eróticos. Aunque no gané ningún premio, eso me permitió entrar en una lista de autores preseleccionados por la comunidad de lectoras del género, y las reseñas que recibí fueron espectaculares. Jamás le había mostrado a nadie lo que escribía. Pero hacerlo por internet fue más sencillo, porque me quitó la presión de ver mis palabras impresas.

Después de recibir un montón de correos electrónicos pidiéndome que siguiera escribiendo, me había puesto a trabajar en otro relato corto, aunque redoblé la extensión del primero. Las lectoras del foro alucinaron con la historia y empezaron a mandarme fotos y sugerencias para el repertorio de actores en caso de que algún día llegara a rodarse una versión cinematográfica.

Desde entonces, no había podido parar. Escribía con verdadera avidez, utilizando el ordenador de mi padre por las tardes y quedándome despierta hasta altas horas de la madrugada. Mi padre se alegró de verme tan inmersa en algo, e incluso me traía comida y bebida al ver que no apartaba la mirada de la pantalla durante horas y horas.

Sin embargo, nunca le había confesado el género al que pertenecían mis escritos, y seguramente era una buena idea ocultárselo. ¿A qué padre le gustaría oír que su hija escribía historias con títulos como *Hot for You*, que consistían principalmente en la descripción de escenas sexuales?

Por eso utilizaba un seudónimo en la red: D. Lily. Ése era mi segundo nombre. No obstante, en la vida real nadie conocía mi secreto. Ni siquiera Allie. Y la verdad era que prefería que siguiera siendo así. Estaba muy contenta con los amigos que había encontrado en Woodshill, me había integrado a la perfección y no quería que eso cambiara de ningún modo.

¿Qué pasaría si de repente empezaran a mirarme con otros ojos? ¿Y si se reían de mí? ¿Y si se burlaban de lo que escribía, como había hecho Nate?

No quería convertirme en la chica que escribía historias de sexo, ni que me tomaran por una pervertida. Me daban miedo las posibles consecuencias de que se supiera a qué me dedicaba. Si llegaban a saberlo, ya no me sentiría capaz de disfrutar escribiéndolas, de eso estaba más que segura. De momento, seguía siendo algo mágico para mí. Podía concentrarme en cuerpo y alma en mis personajes.

Como en esos instantes, cuando mis dedos volaban sobre el teclado.

Hasta que Spencer se dejó caer en el sofá, a mi lado.

Solté un grito y me sobresalté tanto que los auriculares me cayeron de la cabeza.

—¿Estás loco o qué? —exclamé.

—Perdona, pensaba que me oías —dijo él, frotándose la cara con las manos.

«Joder.»

Tenía la camiseta pegada al cuerpo, lo que me permitió ver unos músculos nada corrientes teniendo en cuenta su estatura. Me apresuré a apartar la mirada, aunque eso también fue un error. Tenía el pelo húmedo, y se lo apartó de la frente con un gesto espontáneo. Las mejillas sonrojadas, el rostro recubierto por una fina pátina de sudor, y el pecho subiendo y bajando más rápido de lo normal.

Deseaba con toda mi alma que el aspecto y el olor de Spencer me resultaran asquerosos, pero de algún modo las neuronas de mi cerebro se opusieron a mis propósitos. Supongo que estaba relacionado con el hecho de haberme pasado la última hora escribiendo acerca de cuerpos desnudos.

—¿Ya has... corrido? —pregunté, y enseguida me sentí como una imbécil.

—Ha sido fantástico. Hacía un frío de cojones, pero ha molado.

Se inclinó hacia delante con una sonrisa para coger la botella de agua que me había dejado. La abrió y se la llevó a los labios.

—¿No has bebido nada? —preguntó.

Negué con la cabeza, me froté los ojos y unos puntos negros aparecieron de repente en mi campo visual. Había pasado demasiado tiempo seguido con la mirada fija en la pantalla. Dejé que mi vista vagara por mi entorno para darle un descanso. Me pareció ver que la casa de Spencer incluso tenía un pequeño jardín. El sol se estaba poniendo justo en esos momentos, bañando el salón con una luz cálida y acogedora.

—Creo que he perdido la noción del tiempo —dije volviéndome hacia él de nuevo.

—Me voy a duchar. Si quieres, ven y te enseño el cuarto de baño. Ya verás que incluso te gusta mucho más que la cocina.

—No, gracias —repliqué pegándole un puñetazo juguetón en el brazo.

Spencer se levantó. Todavía tenía los labios algo húmedos del agua que había bebido, y esbozaba una de esas sonrisas descaradas que deberían estar prohibidas por ley.

—En algún momento querrás acompañarme a ese cuarto de baño por voluntad propia, cielo. Lo sé yo, lo sabes tú y lo sabe el mundo entero desde el inicio de los tiempos.

Estiró los brazos por encima de la cabeza y mi mirada recayó de inmediato en la tensión de sus músculos. De repente, se me secó la garganta y tuve que reunir todas mis fuerzas para volver a fijar la vista en la pantalla.

—Si tú lo dices... —repliqué.

Ése era el juego que nos traíamos siempre él y yo. Toda amistad necesita algo así, un método, una estrategia que la estabilice. En nuestro caso eran sus insinuaciones y mis rechazos. Por eso me alegré de que el Spencer de antes se hubiera esfumado y hubiera regresado mi amigo.

—Dawn Edwards, tarde o temprano acabaré enseñándote ese cuarto de baño —afirmó, marcando mucho las palabras para que no me cupiera la menor duda de lo que implicaba mostrarme el baño. Su sonrisa se acentuó—. Mientras tanto puedes esperarme aquí, si quieres. Podríamos comer algo juntos y luego te enseño lo bien que se me da calentar el horno y meter una pizza dentro.

Enseguida me pregunté si, una vez más, era un eufemismo de algo indecente, pero a esas alturas ya conocía a Spencer lo bastante como para saber que cuando hablaba de pizza no se andaba con tonterías.

Me quedé mirando la ropa que llevaba pegada al cuerpo con los ojos entornados.

—Tú primero dúchate y luego hablamos. No me gusta la pizza con sabor a sudor.

Se inclinó hacia mí y sacudió la cabeza como un perro mojado.

Solté un aullido y levanté las manos para protegerme.

—¡Ah! ¡Eres asqueroso, Spencer!

Soltó una carcajada y se apartó enseguida.

—Dejaré la puerta abierta por si de repente sientes la imperiosa necesidad de reconsiderar mi invitación.

Por fin subió a la planta superior y yo lo seguí con la mirada.

Cuando Spencer se ponía a flirtear, a menudo me sacaba de mis casillas. Me parecía demasiado peligroso, estaba demasiado bueno, y eso no podía ser sano. Sin embargo, puestos a elegir, prefería mil veces que me soltara esos comentarios a que se encerrara en sí mismo y fingiera las sonrisas, que evitara las preguntas y se marchara sin decir nada.

3

Habían pasado ya dos días desde el incidente del pene y todavía no sabía nada sobre Allie, aparte del mensaje que me había enviado con el emoji del monito tapándose los ojos con las manos y tres caritas sonrientes guiñándome el ojo. Ni siquiera me había atrevido a contestar.

Se habían cancelado un par de seminarios, y Allie tenía un montón de clases particulares y poco tiempo libre, por lo que entre unas cosas y otras transcurrió una semana entera desde la última vez que nos habíamos visto. Sabía que no podría posponerlo para siempre, pero sólo de pensar que tendría que mirarla a los ojos y disculparme por haber visto el pene de su novio ya me ponía colorada.

En cuanto oí que alguien llamaba a mi puerta con poca decisión, mi compañera de cuarto se ató las Doc Martens y se puso la chaqueta. Con el pelo rubio larguísimo y un montón de tatuajes en los brazos, tenía un atractivo peligroso.

—Bueno, pues yo me marcho —murmuró como frase de despedida.

—¿Cuándo volverás? —pregunté.

Sawyer se iba cada vez que Allie venía a verme a la residencia. La relación entre ellas dos no había empezado con buen pie que digamos, entre otras cosas porque Sawyer estaba enrollada con Kaden cuando Allie se mudó a vivir con él, y ese tipo de historias no son las más adecuadas para fundamentar en ellas una amistad. Sawyer y yo tampoco es que nos tuviéramos mucho cariño. Ella siempre se mostraba inaccesible y poco afable. Si no nos hubiéramos visto obligadas a compartir una habitación diminuta de la residencia de estudiantes, estoy segura de que ni siquiera me habría dirigido la palabra.

—Esta misma noche, o sea que no dejes que se apalanque aquí, Dawn —dijo mientras se cargaba la mochila a la espalda.

Allie intentó dedicarle una sonrisa, pero le quedó bastante forzada. Sawyer se limitó a mirarla fijamente un buen rato sin decir nada y luego pasó por su lado y se marchó.

Antes de que mi amiga pudiera decir nada, salté sobre ella y la abracé con fuerza, hundiendo la cara en su jersey. No me costó especialmente, porque era más o menos igual de alta que una modelo de Victoria's Secret.

—¡Yo no quería mirar, de verdad que no! ¡Pero es que apareció desnudo! —exclamé.

Allie respondió enseguida a mi abrazo.

—Ya lo sé. Kaden dice que parecías una liebre asustada —repuso riendo.

—Pues él parecía un ciervo de esos que se plantan en medio de la carretera deslumbrados por los faros del coche —repliqué apartándome de ella—. Un ciervo con una erección.

Allie apretó los labios para reprimir una sonrisa.

—Dejando de lado la erección, debisteis de reaccionar más o menos igual, pues.

—Creí que no estabais en casa. Por eso fui.

Se quitó el abrigo gris y lo dejó sobre una cómoda vieja que tenía junto al escritorio.

—Quiero que puedas venir siempre que Sawyer te eche de aquí. Cuando te lo ofrecí te lo dije en serio.

—Lo sé —respondí, ofreciéndole un vaso de agua y señalándole una silla en la que había preparado unos cuencos llenos de chocolatinas y patatas fritas.

—Creo que Kaden se asustó tanto como tú. Olvidemos el tema. Para evitar que vuelva a suceder, a partir de ahora tendré siempre activado el sonido de mi teléfono —propuso Allie.

Yo asentí con vehemencia.

—Me parece muy bien.

—Y la próxima vez podríamos quedar en mi piso, así no tenemos que echar a Sawyer de aquí —dijo Allie, mordisqueándose el labio inferior.

—Podríais enterrar el hacha de guerra de una vez y empezar de nuevo —propuse sentándome frente a ella.

Sawyer me había prestado la mesita plegable que ella utilizaba como escritorio. Mi padre me había fabricado una, pero la tenía siempre ocupada porque la empleaba para dejar mis trastos. Eso sin contar que *Watson* por sí solo ya ocupaba un montón de espacio.

—No creo que a ella le apetezca —respondió Allie mordisqueándose una uña.

—¿Por qué no? ¿Se lo has preguntado?

—Claro que no. Pero parece como si...

—Vamos —exclamé negando con la cabeza—. Tú no tienes nada contra ella, ¿verdad?

Su nariz se arrugó un poco.

—Aparte del hecho de que se pase el día echándote de la habitación y de que se haya acostado con mi novio, no.

—Si yo tuviera novio, seguramente también la echaría a ella. No me gustaría que me miraran mientras estuviera en la cama con él —dije encogiéndome de hombros—. Y estuvo con Kaden antes de conocerte a ti. Lo dejaron cuando te mudaste a su piso, de hecho.

Allie refunfuñó. Al parecer, mis argumentos no habían conseguido convencerla del todo.

—Ya no estamos en el instituto —proseguí con determinación mientras me metía el lápiz tras la oreja—. La próxima vez que os veáis, como mínimo tendréis unas palabras de cortesía. Decidido. Por ley.

—¿De verdad? —preguntó ella con una mirada de estupefacción.

Yo asentí enérgicamente.

—Sí. A partir de ahora mismo, cada párrafo de esa ley será vigente en mi reino —anuncié extendiendo los brazos.

—Entonces no me quedará más remedio que doblegarme ante los deseos de la reina, por supuesto —dijo mi amiga, asintiendo con la cabeza a modo de reverencia.

—Magnífico, muchas gracias. ¿Qué tenéis pensado hacer hoy Kaden y tú?

Allie sonrió con aire soñador. Estaba tan enamorada que casi daba asco. Aun así, había llegado a apreciarlos tanto a los dos que en realidad no podía más que alegrarme de que estuvieran juntos. Incluso había soltado un par de lagrimitas cuando me enteré de que se reconciliaban.

Aunque también es posible que no fuera más que la reacción lógica ante lo mucho que me dolía la mano después de fisurarme un nudillo pegándole un puñetazo a Kaden.

—Hoy tenemos una cita. Saldremos a cenar e iremos al cine. Y me dejará elegir la peli a mí.

—Lo cual tampoco es que sea una muestra de amor espectacular por parte de Kaden, teniendo en cuenta que compartís los mismos gustos respecto al cine —reflexioné—. Yo que tú intentaría negociar para que te deje elegir también la banda sonora del trayecto en coche.

—Me caes bien. Creo que te perdonaré la vida.

—Gracias, lo mismo digo —contesté con una sonrisa.

Allie levantó las piernas de la silla y las cruzó para sentarse más erguida. Su mirada se desvió hacia fuera y se le aclaró durante unos instantes.

—Aparte de eso, ¿cómo estás? —pregunté con cautela mientras me sentaba yo también con las piernas cruzadas. De repente me sentí más cómoda, a pesar de la difícil postura que mantenía sobre una silla de plástico plegable.

—Ayer hablé por teléfono con mis padres. Y fue un poco... raro.

De repente, contuve el aliento.

—¿Por qué no me avisaste? ¡Podría haber ido a verte!

Allie soltó una carcajada triste.

—Ya lo pensé, pero quería probar a enfrentarme a ellos yo sola, a ver qué pasaba.

A los padres de Allie les faltaba un tornillo. Lo que habían llegado a hacerle, a su propia hija, no se lo deseaba ni al peor de mis enemigos.

—¿Se pasaron otra vez? ¿Quieres que contrate a unos sicarios para que les rompan las piernas? —pregunté mientras le acercaba el cuenco de patatas fritas. Eran con sabor a kétchup, una verdadera guarrada, pero sabía que Allie flipaba con ese tipo de cosas.

—Simplemente fue curioso, Dawn. Se mostraron incluso..., yo no diría amables, pero de algún modo me pareció que su actitud era más abierta de lo habitual —respondió con la frente arrugada. Flexionó una pierna y se la envolvió con los dos brazos—. Creo que todos estamos aprendiendo a lidiar con esta nueva situación. Pero, para variar, estuvo bien poder hablar con ellos sin que me ametrallaran con reproches. Mi padre incluso me preguntó por las clases, y mi madre sólo resopló siete veces.

—¡Vaya! —exclamé asintiendo—. Eso sí que es un progreso y lo demás son tonterías.

—Sí, ¿verdad? —Se inclinó hacia delante y cogió un puñado de patatas fritas. Las olisqueó un poco antes de zampárselas, y la cara se le iluminó de alegría de inmediato.

No había nada mejor que ver a Allie comiendo. Se emocionaba con las cosas más curiosas, hasta el punto de que parecía que hubiera nacido en otro planeta o algo así. Era realmente adorable.

—Ahora que ya hemos hablado de mis padres, podemos pasar a tu tema preferido —dijo con la boca llena y una mirada elocuente.

Aunque las palabras salieron de sus labios con poca claridad, comprendí enseguida lo que quería decir, o al menos a qué se refería.

A Nathaniel Duffy.

—No hace falta, no.

—Dawn...

—Allie...

—¡Dawn!

Solté un suspiro.

—De acuerdo. Me alegro... bastante de que no tenga mi número nuevo.

—Estás evitando la pregunta principal.

—¡Pero si no me has hecho ninguna! —repliqué.

Allie arqueó una ceja.

—Iba implícita, Dawn.

Solté un gruñido. No me apetecía hablar sobre Nate. Prefería charlar sobre la universidad, sobre Kaden, sobre Sawyer o incluso sobre aquel idiota que me había entrado en la cafetería. Cualquier tema me habría parecido mejor que hablar sobre Nate.

—Hace buen tiempo, hoy —comenté intentando cambiar el rumbo de la conversación—. Dime, ¿volveréis a ir de excursión, próximamente? Había pensado que...

—Quiero ser una buena amiga, seguro que quieres hablar de ello. Y hablar es importante —me interrumpió Allie antes de llenarse la boca de patatas fritas de nuevo.

—Bueno —empecé a decir, con un suspiro y frotándome la frente, que ya empezaba a dolerme—. Todavía no ha tratado de ponerse en contacto conmigo de nuevo. Pero tuve que llegar al extremo de cambiarme de número de teléfono para que dejara de intentarlo. Eso sí, desde entonces, todo bien.

—¿Y por qué crees que quiere hablar contigo?

Me encogí de hombros.

—No tengo ni idea. Y si quieres que te diga la verdad, tampoco me interesa averiguarlo. No he vuelto a charlar con él desde el Día de Acción de Gracias y me gustaría seguir así.

Antes de mudarme a Woodshill, me pasaba el día lamentándome por el futuro que se había echado a perder, por todas las cosas que había planeado hacer con Nate y que jamás llegarían a cumplirse.

Seis. Putos. Años.

A la mierda.

También es cierto que a los trece tampoco puedes dar por sentado que has encontrado el amor de tu vida, pero en el caso de Nate y yo... había sido distinto. Lo nuestro era muy especial. Nuestra relación parecía una historia digna de una novela romántica.

Desde muy pequeños ya habíamos sido amigos, y yo se lo había dado todo: mi primer beso, mi baile de graduación, mi virginidad, mi futuro y todo lo que pudiera caber en medio.

Ya se sabe que las chicas sueñan siempre con un final feliz, y yo había encontrado el mío en Nate. Al menos, eso había creído, hasta que lo sorprendí con Rebecca Pennington, una paisajista con la que Nate tenía más en común de lo que yo había creído al principio. La chica con cuello de jirafa y cuerpo escultural que se había acostado con él. En nuestra cama, todo sea dicho de paso.

—Quizá deberías contárselo a tu padre —propuso Allie en voz baja.

Al oírlo, me tensé de repente.

—Ni hablar —sentencié, negando con la cabeza con tanta vehemencia que el pelo recogido en una coleta me atizó en los ojos.

—Está convencido de que os separasteis por las buenas, de mutuo acuerdo —dijo pasándose el dorso de la mano por la boca—. ¿Y si le acaba dando el número nuevo? Entonces te habrás cambiado de número por nada, con las molestias y el dinero que eso supone.

—La versión sensata de mi voz interior me dice lo mismo —gemí derrumbada sobre mi silla—. Lo que deberías hacer es animarme a salir de nuevo, a ver si encuentro un tío bueno que quiera echarme un polvo.

Los ojos de Allie se abrieron como platos, revelando una sorpresa evidente.

—¿Es eso lo que quieres?

—Claro que no —refunfuñé cubriéndome los ojos con un brazo. Joder, no. No lo quería, ni hablar.

—Bueno, si te apetece, conozco a alguien que estaría más que dispuesto a resolver todos tus problemas con mucho gusto.

Levanté la cabeza de golpe.

—¿Insinúas que mi vagina es un problema?

—No, simplemente digo que Spencer sigue colado por ti.

Solté un gemido de frustración. Otra vez no.

—Ya sé que no te sientes preparada para otra relación ni nada parecido, Dawn. Pero tampoco creo que sea eso lo que busca Spencer.

—No quiero que ocurra nada con él —gruñí—. Y tampoco

estoy tan desesperada como para tirarme al primer tío presentable que se me ponga a tiro. Si las monjas son capaces de renunciar al sexo de por vida, no me parece descabellado que yo me pase un par de años en barbecho.

—No sabes lo que te pierdes —replicó Allie con una sonrisa insinuante.

Cogí una de las chocolatinas y se la lancé.

—Que tú y Kaden os lo estéis pasando tan bien —empecé a decir. Sin embargo, el pene apareció en mi mente una vez más. Mierda, ¿por qué me había marcado tanto esa imagen?— no es motivo para que tengas que apiadarte de mí.

—¡No es que me apiade! —exclamó, inclinándose para recoger un trozo de chocolate del suelo que acabó metiéndose en la boca como si nada—. Pero quiero lo mejor para ti.

—¿A saber? —pregunté.

En sus ojos de color verde grisáceo apareció un brillo pícaro.

—Dawn, deberías sentirte genial, olvidarte de ese cabrón y mirar hacia delante. ¿Quieres que te aconseje un revolcón? Pues ya está, considéralo oficialmente aconsejado.

Solté un resoplido y negué con la cabeza.

En el rostro de Allie apareció una expresión seria.

—Date un revolcón, Dawn Edwards —repitió—. Y, si puede ser, con nuestro amigo Spencer Cosgrove. Aunque te servirá cualquier otro ejemplar del género masculino.

Cogí un buen puñado de esas asquerosas patatas fritas y se las metí en la boca sólo para evitar que pudiera continuar diciendo gilipolleces.

Al atardecer, ayudé a Allie a prepararse para la cita con Kaden. En cuestiones de maquillaje, la especialista era ella, pero en mi armario había diez veces más ropa que en el suyo. Siempre tomaba prestada alguna de mis prendas, como si fuera la hermana que nunca tuve. Ese día le dejé uno de mis tops preferidos, con un escote muy bonito, y todavía tenía que peinarla. Cuando se marchó, me dedicó una sonrisa tan radiante que me llegó al alma.

Me alegraba mucho por ella. Si alguien se merecía tanta buena suerte, ésa era Allie.

Después de recoger los cuencos y de guardar la mesa de Sawyer en su sitio, me preparé para la ducha. La residencia del Campus Oeste era bonita, aunque el espacio era demasiado escaso para el centenar de estudiantes que teníamos que alojarnos allí. Yo vivía en la primera planta, y en mi pasillo había siete habitaciones más. Dos de ellas eran individuales, mientras que el resto eran dobles, como la que yo compartía con Sawyer.

El Campus Oeste estaba lleno de rincones. En nuestra planta había muchas más habitaciones que sólo llegábamos a divisar desde lejos cuando mirábamos a través de la puerta de cristal que separaba nuestro pasillo de los demás. Puesto que había únicamente un cuarto de baño comunitario por cada pasillo, me veía obligada a compartirlo con catorce estudiantes más. Casi nada.

Cuando entré en el baño, por suerte no había ninguna cabina ocupada. Los peores momentos para ducharse eran a primera hora de la mañana o a última hora de la noche, pero entre las cuatro y las seis no era raro tener suerte.

Sentir el agua caliente sobre la piel fue una verdadera maravilla, pero por más que lo intenté no conseguí dejar de pensar en Nate. Me aseguré a mí misma una y otra vez que lo había superado, pero casi había pasado un año desde que nos habíamos separado y no dejaba de pensar en el daño que me había hecho. Habría confiado mi vida entera a ese hombre, habría hecho cualquier cosa por él. No comprendía cómo había podido tirar por la borda nuestra relación. Cómo había podido hacerme tanto daño después de todo lo que habíamos vivido juntos. Después de todo lo que habíamos compartido.

Sorprenderlo con Rebecca... Ésa había sido sin duda la mayor humillación que había sufrido en la vida. Y luego, cuando me había enterado de que ya llevaban juntos un tiempo, me había hundido completamente en la miseria. Estaba totalmente destrozada por dentro, y lo notaba a diario. Cada vez que un chico me miraba me tensaba por culpa de la angustia.

Furiosa, me dispuse a enjabonarme el pelo. No, no pensaba darle más vueltas al tema. Ya había perdido demasiado tiempo con Nate. No valía la pena seguir dedicando mis pensamientos a algo tan negativo, simplemente no valía la pena.

Quizá Allie tenía razón.

Quizá ya iba siendo hora de que me despidiera de él de una vez por todas. O de que volviera a acostarme con alguien. Al fin y al cabo, eso no implicaba necesariamente hablar de todo eso con ningún chico, ¿no? No tenía que temer por ello. Sólo sería una aventura, no debía mostrar mis sentimientos ni confiar en nadie a largo plazo.

Me eché un gel de ducha de aroma afrutado en las manos y me lo extendí por el cuerpo. Con movimientos coordinados, me froté los brazos, el vientre y la curva interior de los muslos.

Allie tenía razón: echaba de menos el sexo.

Con Nate lo había disfrutado mucho. Al menos, en cuanto hubimos aprendido a hacerlo bien. Durante los primeros meses después de separarnos, cualquier pensamiento relacionado con el sexo había quedado ofuscado por la imagen de Nate y Rebecca desnudos, moviéndose al unísono mientras ella le arañaba la espalda con sus largas uñas.

Hacía poco tiempo que había vuelto a desear la proximidad física de alguien. Y la única persona que me había aliviado desde entonces había sido yo misma. Con las manos. Como en esos instantes.

Me las pasé por todo el cuerpo poco a poco y cerré los ojos, envuelta por el agua caliente. En mis fantasías, no eran mis propias manos las que recorrían mi piel, sino unas manos fuertes y masculinas que sabían exactamente lo que hacían y encontraban sin dificultades los puntos estratégicos capaces de ponerme la carne de gallina. Unos labios me besaban la nuca y dejaban un rastro ardiente en mi piel. Ladeé la cabeza para ofrecerles mi boca entreabierta.

«Ya te dije que tarde o temprano te acabaría enseñando mi cuarto de baño», me murmuró Spencer muy cerca del oído, empujándome contra las frías baldosas.

Me sobresalté tanto que resbalé con la espuma que había quedado en la ducha y aterricé con la rabadilla. Mi grito de dolor llenó la cabina de ducha.

Con el aliento entrecortado, me llevé las manos al pecho, que no paraba de subir y bajar con intensidad, mientras en el bajo vientre seguía notando el eco de la excitación.

Joder.

Me había dejado llevar demasiado.

4

No era una cobarde. Nunca lo había sido y esperaba no llegar a serlo jamás.

En una ocasión, me robaron la toalla en la piscina y no tuve reparos para salir desnuda de la ducha hasta el vestuario. Cuando por descuido me equivoqué de sala en el cine y en lugar de una película de animación me senté a ver una película *gore*, aguanté sentada una hora y media hasta que salieron los créditos, y no me quejé ni una sola vez a pesar del mal rato que pasé. Y una vez en la que rayé el coche de un vecino viejo y cascarrabias con la bicicleta, me armé de valor y llamé a su puerta para confesar el accidente. Me puse a temblar como una hoja mientras le contaba a mi padre lo que había sucedido, pero estaba orgullosa de haberme planteado el dilema y de haber decidido no ahuecar el ala.

No era una cobardica.

Con esas palabras en la cabeza, me planté frente al edificio en el que vivía Allie y esperé a que accionara el portero automático para abrirme la puerta.

Normalmente me enfrentaba a ese tipo de situaciones en lugar de rehuirlas. Por eso pensaba hablar con Kaden, sin más, aunque esta vez tenía la esperanza de hallarlo algo más vestido que la última. No estaba preparada para reencontrarme con su pene.

Oí el zumbido del interfono, empujé la puerta con el hombro y subí por la escalera a paso ligero. Allie me esperaba frente a la puerta del piso. Le di un abrazo, me quité la chaqueta y entré en el salón llena de determinación.

Kaden estaba sentado en el sofá, con el mando de la consola en la mano y la mirada clavada en la pantalla del televisor. Nada más verme, pulsó un botón y el estruendo de las criaturas que participaban en su partida quedó acallado de pronto. Unas arrugas minúsculas aparecieron alrededor de sus ojos, y las comisuras de sus labios no tardaron en levantarse.

Volvió la cabeza hacia mí y me dedicó una sonrisa.

—Hola, Dawn.

—No es necesario que sonrías de ese modo —le solté, notando cómo las mejillas me ardían de repente—. Te he visto desnudo, muy bien. No es que sea el primer pene que veo, precisamente. Y también agradecería que a partir de ahora te ahorrases ese tipo de miradas, ¿entendido?

Su sonrisa se ensanchó todavía más y se recostó en el sofá, completamente relajado, como si yo no acabara de mencionar su miembro.

—A decir verdad, me dio miedo que te lanzaras sobre mí al ver cómo abrías los ojos.

—Kaden...

La voz de Allie sonó como una advertencia, aunque también me pareció detectar que en el fondo se lo estaba pasando teta.

—De verdad, Bubbles. Si no hubieras estado aquí, quizá habría temido que me devorara vivo.

—Tampoco es que estés tan bueno, no seas tan creído.

Kaden levantó los brazos llenos de tatuajes por encima de la cabeza y se estiró con una expresión satisfecha.

—¡Para ya de provocar a Dawn! —gritó Allie desde la cocina.

—¿Ha venido Dawn?

«Mierda.»

Se abrió la puerta del dormitorio y de repente vi a Spencer sentado en el suelo. En la mano tenía una varilla de plástico con un ratoncito de peluche atado a un extremo con una goma elástica. Nada más verme, su media sonrisa se volvió todavía más amplia.

—¡Hola! —exclamó.

Quise devolverle el saludo, pero no conseguí que saliera ningún sonido de mi boca. De repente, no sólo había perdido la voz, sino que además empezaron a aparecer imágenes frente a mis ojos que se sucedían una tras otra como una película.

No habían sido mis propias manos, sino unas manos masculinas, las que habían recorrido mi piel y habían tocado mi cuerpo como si fuera un instrumento. Habían sido unas manos que sabían exactamente lo que hacían. Me quedé mirando las de Spencer: la izquierda sujetaba la varilla de plástico, mientras que la derecha iba acariciando a *Spidey*. Por primera vez me fijé en lo grandes que eran. Tenía los dedos largos y las muñecas anchas, perfectas para agarrar con fuerza. Su mano recorrió poco a poco el pelaje de *Spidey* hasta la cabeza y luego le rascó debajo de la barbilla. Mi mirada se desvió hacia su brazo, hacia la manga de la camisa de cuadros, recogida de cualquier manera. A continuación me fijé en sus hombros, que me parecieron un poco más anchos de lo que recordaba, y al final clavé la mirada en sus ojos azules. Noté cómo se despertaba en mi interior algo que había permanecido sumido en un sueño profundo durante meses. ¡Dios!

Spencer Cosgrove acariciaba un gato y yo me ponía cachonda. Era increíble.

—¡Cuánto ha crecido! —exclamé, aclarándome la garganta y obligándome a sonreír.

—Sí, ¿verdad? Y además es bastante arisco.

—Sólo contigo, Spence —aclaró Allie a mi espalda.

La señal que había estado esperando.

—*Spidey* demuestra ser un animal muy inteligente.

Spencer resopló.

—Es sólo que conmigo se atreve a hacer cosas que con vosotros no haría jamás. ¿Verdad que sí, amiguito?

Dejó la varilla a un lado para envolver la cabeza del gato con las dos manos.

Noté otro respingo en la barriga. Ahora en serio: ¿por qué con sólo ver a un hombre acariciando un cachorro de gato adorable sentía ese calor repentino en las mejillas? ¿Era alguna forma nueva de fetichismo o algo así?

Spidey aprovechó un breve descuido de Spencer para escabullirse de sus manos y atacar al ratoncito de peluche, que mordisqueó con ganas antes de salir corriendo hacia el salón para encontrarse conmigo.

—Hola, *Spidey* —dije agachándome para acariciarle la cabecita—, gracias por venir a saludarme.

—Menudo traidor. Para ya de tirarle los tejos, chaval.

Me sentía incapaz de mirar a Spencer a los ojos. Menos aún después de comprobar lo imprevisibles que llegaban a ser sus reacciones. Por eso me limité a seguir acariciando a *Spidey* un poco más, hasta que por fin me levanté para ayudar a Allie a preparar nuestro espacio de trabajo.

Habíamos pasado las últimas horas analizando el poema «Espejo», de Sylvia Plath, y su historia de amor como símbolo y reflejo del movimiento feminista. O más bien lo habíamos intentado, porque Spencer y Kaden empezaron a pelearse en el sofá y hacían tanto ruido que nos resultó casi imposible. Al menos luego lo compensaron encargando comida a domicilio para los cuatro.

Mientras cenábamos, estuve hablando sólo con Allie, quejándome sobre la carga de trabajo que suponía la universidad. En algún momento, Kaden empezó a masajearle el cuello a mi amiga, y Spencer apareció detrás de mi silla y echó un vistazo a lo que estábamos haciendo. En condiciones normales, yo habría echado la cabeza hacia atrás y habría dejado que se explayara con sus comentarios, luego habría respondido algo irónico y él habría sonreído. Pero ese día no pude hacer nada por el estilo.

Me limité a quedarme allí sentada, tiesa como un palo, fingiendo estar completamente sumergida en mi trabajo mientras él apoyaba las manos en el respaldo de mi silla. Sus nudillos me acariciaron la escápula muy levemente y de inmediato reaccioné inclinándome todavía más sobre mis apuntes.

—¿Todo bien? —murmuró en voz tan baja que sólo yo pude comprenderlo.

Asentí, a pesar de que en realidad debería haber negado con la cabeza. Por más que lo intentaba, era incapaz de alejar de mi mente los pensamientos miserables que me atormentaban y de reprimir el revoloteo que sentía en el estómago.

Tal vez sí que era algo cobarde, después de todo.

5

Dediqué el resto de la semana a reconciliarme conmigo misma. Me limité a comportarme como si nada hubiera ocurrido, con total normalidad. ¿Lo que había soñado despierta en la ducha? Olvidado. Simplemente no había ocurrido. Ya no lo recordaba, lo había archivado en el fondo de mi cerebro, dentro de una caja con la inscripción «No existe».

A partir de ahí, me centré en mis clases, trabajé con Allie en la versión final de nuestro análisis y me puse a escribir, nada más llegar a casa, *Hot for You*. Además, ése era el motivo por el que había rechazado el ofrecimiento de Allie: no quería pasar los viernes por la tarde en su piso y luego salir de fiesta.

Eso y el hecho de que probablemente me moriría con sólo ver a Spencer.

Prefería quedarme escribiendo. Y leyendo. Cualquier cosa menos pensar en él todo el rato.

Esa tarde, cuando regresé a la residencia, reinaba una actividad frenética. Muchos estudiantes se marchaban a pasar el fin de semana en casa de sus padres o se reencontraban con sus parejas.

Con la bandolera colgada del hombro, una bolsa con la compra y otra llena de libros nuevos, me quedé plantada unos instantes frente a la puerta de mi habitación. Llamé un par de veces para avisar a Sawyer de mi llegada y luego entré con los ojos cerrados.

—Contaré hasta tres y abriré los ojos. Si hay alguien ahí con poca ropa, más vale que se vista rápido para que esto no resulte tan violento —dije en voz alta y clara.

La respuesta que recibí se redujo a un sollozo entrecortado. Abrí los ojos enseguida y dejé las bolsas encima de la cómoda.

—¿Sawyer?

—Lárgate —exclamó malhumorada.

Estaba sentada en su lado de la habitación, junto a la ventana. Su pelo rubio enmarañado parecía una cortina destinada a taparle el rostro, y tenía las piernas replegadas frente al pecho. Llevaba unos pantalones muy cortos con unas medias rasgadas y llenas de carreras, y un top negro con agujeros sobre el que se había puesto una blusa de tejido fino. Su manera de vestir a menudo conseguía que me entraran ganas de abrigarla para que no se enfriara.

Acerqué la otra silla a la ventana y me senté a su lado.

—¿Qué te ocurre?

—No me vengas con esas mierdas, Dawn —me espetó, todavía con la mirada clavada en el suelo.

—Ya sé que no te va mucho el rollo de cuidarnos las unas a las otras, pero parece como si te hubieras pasado unas cuantas horas llorando. Y Sawyer Dixon no llora. De hecho, había llegado al punto de creer que ni siquiera tenías lagrimales.

Levantó la cabeza y me miró sin expresión. Tenía el maquillaje completamente corrido, convertido en unas manchas grisáceas que le surcaban las mejillas de arriba abajo.

—¿A quién quieres que me cargue? Conozco a gente que me debe favores —insistí.

Sawyer resopló, aunque pareció casi una carcajada.

—Estuve con un chico hace unos días...

—¿Qué te ha hecho ese cerdo? —pregunté, esforzándome

por mantener la calma. El estómago se me había encogido de repente.

—Nos... nos enrollamos —empezó a decir, y enseguida se aclaró la garganta.

Quedó clarísimo que le estaba costando un montón contármelo.

—La cadena que llevaba al cuello se me enredó en el pelo, por lo que me la quité, y ahora... ha desaparecido —dijo, y de repente su mirada pareció vacía. El fuego habitual de sus ojos azul grisáceo se había apagado, y su lugar lo ocupaba un miedo que me pareció genuino—. A la mañana siguiente, ya no estaba donde la había dejado y él dijo que no sabía de qué le hablaba.

Me habría gustado ponerle una mano en el brazo o acariciarle la espalda, pero no lo hice imaginando cómo reaccionaría ante un gesto semejante.

—¿Esa cadena es importante para ti? —pregunté con prudencia, arrugando la frente. Intenté recordar si se la había visto puesta en alguna ocasión, pero no me vino ninguna imagen clara a la mente.

Ella asintió. Fue un movimiento leve, brusco, y me quedó claro el esfuerzo que tenía que hacer para compartir su vida privada conmigo.

—Era de mi madre. Es una medalla y...

Tragó saliva y cerró los ojos un segundo. Cuando soltó el aire, los labios le temblaron. Yo no podía creer que la persona que tenía delante fuera realmente mi compañera de cuarto.

Normalmente, Sawyer no mostraba jamás sus sentimientos. Era tan hermética que alguna vez había llegado a dudar si los tenía.

Viendo lo afectada que estaba, la cadena debía de significar realmente mucho para ella. Por eso decidí ayudarla. Que no hubiéramos llegado a conectar especialmente no significaba que fuera capaz de verla llorar y quedarme como si nada.

La agarré del brazo con suavidad.

—No hace falta que digas nada más —le aseguré con suavidad mientras le frotaba la piel con el pulgar—. Sólo necesito saber dónde vive ese tío.

Me miró de nuevo, pero esa vez con dos profundos surcos en la frente.

—No necesito la protección de nadie.

—Sí, sí, ya lo sé. Eres fuerte, independiente y simplemente estupenda, pero de vez en cuando tampoco hace daño aceptar ayuda externa —repliqué, respondiendo también a su mirada con determinación—. Yo me encargaré de recuperar tu cadena.

Durante unos instantes, nos limitamos a mirarnos fijamente. Entre nosotras tuvo lugar una especie de conversación muda para la que Sawyer no demostró tener suficientes fuerzas.

—Es que... —empezó a decir, pero se quedó callada un instante y negó con la cabeza—. Un momento, te dará igual lo que te diga porque piensas ir igualmente, ¿verdad?

Asentí con una sonrisa y me levanté mientras ella me enviaba la dirección al móvil. En un segundo, saqué todo lo que había comprado de la bolsa y me colgué el bolso al hombro de nuevo. Antes de salir, cogí la colcha de *patchwork* que mi abuela me había regalado a principio de curso y se la puse por encima de los hombros a Sawyer.

Ella se limitó a arrugar la nariz, pero tampoco impidió que la abrigara.

Por supuesto, tenía que ser una de esas fraternidades en las que sólo vivían deportistas. Tratándose de Sawyer, no podía ser un tío normal y corriente, tenía que ser una verdadera mole capaz de aplastarme con una sola mano.

Ya desde lejos me di cuenta de que estaban preparando una fiesta: unos tipos descargaban barriles de cerveza de una camioneta y los iban dejando en el suelo, en el sendero de acceso, mientras otros salían de la casa para formar una cadena y meterlos en la casa en el menor tiempo posible.

Meses atrás ya había estado en esa fraternidad. Allie y yo habíamos conocido a un tío que nos convenció para que lo acompañáramos a una fiesta. Era una de esas fraternidades cuyo nombre está formado por letras griegas. En ese momento ni siquiera lo sospeché, aunque sí me llamó la atención que la bonita fachada de la casa me resultara familiar.

Enderecé la espalda y me dirigí con paso firme hacia la fraternidad Alfa-lo-que-sea, pasando junto a los tipos de los barriles de cerveza directamente hacia la escalera de la entrada. Ni siquiera los miré, intentaba impostar la máxima determinación posible, para que nadie cuestionara mi presencia y empezara a hacerme preguntas. Los tíos que vivían en esa casa se jactaban de atraer a las chicas como la miel a las moscas. Esa tarde, yo tenía que ser una de ellas. Fingirlo, vaya.

Consulté las indicaciones en mi móvil: «Primer piso, tercera puerta a la izquierda».

Un juego de niños.

Subí la escalera y pasé junto a unas distinciones y unos diplomas de alumnos. Los escalones eran de madera y crujían a cada paso. Mientras subía me crucé con un tipo, aunque no le vi más que los pies, puesto que no me molesté en levantar la cabeza.

Una vez arriba, seguí las indicaciones que me había mandado Sawyer y me metí por un pasillo hasta que me planté frente a la puerta tras la que se suponía que estaba la cadena. Noté un cosquilleo en la piel, debía de ser la adrenalina fluyendo por mis venas, ya que todas y cada una de las fibras de mi cuerpo eran conscientes de que estaba a punto de hacer algo prohibido.

Enseguida me propuse introducir esa escena en mi próxima novela. Me sentía como una aventurera cuando envolví el frío pomo de la puerta con la mano. Era una infiltrada, iba de incógnito...

Pero por desgracia no era invisible.

—Eh —me llamó una voz grave por el pasillo.

«Mierda.»

Petrificada, noté cómo una oleada de calor empezaba a subirme desde el cuello. De inmediato le prohibí a mi cuerpo que se sonrojara. Fingí la mirada más desenvuelta de la que fui capaz y me pasé una mano por el pelo con un gesto que pretendía ser coqueto, pero que a la hora de la verdad quedó frustrado por los mechones que tenía atrapados bajo la correa del bolso, que convirtieron mi expresión en una mueca más bien ridícula.

—Hola —repuse.

Me quedé mirando al tipo que estaba apoyado en el marco de la puerta opuesta con los brazos cruzados frente al pecho.

Tenía los ojos verdes, muy bonitos, y las pestañas de color muy claro. El pelo ondulado, demasiado largo para mi gusto, le caía sobre la frente. Como si se hubiera dado cuenta de que me había fijado precisamente en ese detalle, sacudió la cabeza de esa manera que sólo los hombres con el pelo algo largo saben hacer.

—¿Qué haces ahí? —preguntó.

—He venido a ver a...

Mierda, Sawyer había mencionado el nombre del tipo, pero por más que me exprimí el cerebro no fui capaz de recordarlo.

La mirada del chico se volvió cada vez más desconfiada, por lo que decidí sacarme de la manga algún tipo de mote cariñoso.

—... al caramelito que vive aquí. Nos conocimos en la clase de la señora Lambert: chocó conmigo, se me cayeron las cosas al suelo y él se agachó para ayudarme a recogerlas. De verdad, fue como en las películas.

Las comisuras de sus labios reaccionaron al mismo tiempo que daba un lento paso hacia mí. De un modo instintivo, retrocedí un poco y mi mano soltó el pomo de la puerta para mecerse por el aire de un modo vago.

—Me llamo Brix —se presentó, extendiendo la mano derecha hacia mí.

En algún rincón de mi cerebro, ese nombre me sonó de algo. Lo recordé mientras le estrechaba la mano.

«Joder.»

Era el tipo que unos meses antes había conseguido emborrachar a Allie hasta tal punto que mi amiga acabó bailando junto a otra chica sobre una mesa. Sólo esperaba que no me reconociera.

—Se supone que ahora te toca responder con tu nombre y así quedamos presentados —bromeó.

¡Bingo! No se acordaba de mí.

—Me llamo Chelsea —dije, pronunciando el primer nombre que me vino a la cabeza.

—Me alegro de conocerte, Chelsea —repuso Brix con una media sonrisa. Me recorrió con la mirada de arriba abajo y luego de abajo arriba.

Parecía que me estuviera escaneando.

—Tu *caramelito* —dijo poniendo un énfasis especial en la palabra y adoptando un tono divertido— tiene la costumbre de cerrar con llave la puerta de su habitación cuando no está. Pero seguro que se alegrará de que hayas venido. Acompáñame abajo, te serviré algo mientras lo esperas.

No me quedó más remedio que seguir a Brix. Me llevó hasta

la cocina y, una vez allí, me llenó un vaso de plástico con un ponche que tenía guardado en el frigorífico.

Él se abrió una botella de cerveza y brindamos. Luego nos sentamos en un sofá de piel que estaba en medio del salón. Me quité la chaqueta y la até a la correa del bolso con la bufanda, para luego dejar el fardo en el suelo, junto a mis pies. A nuestro alrededor ya había unos cuantos tíos que, al parecer, formaban parte de la fraternidad. Instalaron un enorme equipo de música y, poco después, un ritmo atronador se apoderó de la casa entera.

Tomé un sorbo de ponche y solté un gemido de placer. Sabía a helado y tenía un matiz avainillado.

—Está bueno, ¿verdad? —preguntó Brix a mi lado, posando un brazo sobre el respaldo del sofá.

Asentí con vehemencia.

—¿Qué lleva? —pregunté.

Él me miró con aire conspirativo antes de responder.

—Es una receta secreta de mi abuela.

Solté una carcajada y tomé otro trago. Mi debilidad por el helado podía llegar a ser un obstáculo para mi misión, pero es que ese ponche sabía realmente bien, parecía un batido de maracuyá.

En realidad me había propuesto no beberme todo el vaso, pero sucedió sin que pudiera hacer gran cosa para evitarlo mientras iba hablando con Brix para distraer sus sospechas. De hecho, el alcohol me ayudó a seguir inventando mentiras y a parlotear sin tapujos.

Él optó por hablarme sobre sus entrenamientos de béisbol, y yo estuve haciéndole preguntas al respecto. La fiesta no tardó en empezar y la fraternidad quedó llena hasta los topes. Al ver mi vaso vacío, Brix se levantó y empezó a abrirse paso entre el gentío para llegar a la cocina, puesto que insistió en rellenármelo.

Era mi oportunidad.

Cogí mis cosas y me levanté. Todo me daba vueltas y tuve que apoyarme con una mano en el respaldo del sofá y parpadear unas cuantas veces para que el mundo dejara de moverse frente a mis ojos. Cuanto más dulce es el alcohol, más cuidado hay que tener, una regla esencial que comprobé en primera persona, y eso que no era la primera vez que cometía ese error.

Me abrí paso con dificultad por la improvisada pista de baile que quedaba tras el sofá en dirección a la escalera. No paraba de entrar gente por la puerta. El aire estaba viciado, muy cargado, y olía a hierba.

«Genial.»

Trepé por la escalera agarrándome con fuerza a la barandilla. Los escalones se bamboleaban bajo mis pies, por lo que tuve que concentrarme al máximo para mantener la cabeza clara a pesar de todo. Una vez arriba, nadie reparó realmente en mi presencia, sólo me crucé con una parejita que se lo estaba montando de pie y parecían a punto de quitarse la ropa.

Con pasos apresurados, fui directamente hacia la tercera puerta a la izquierda e hice girar el pomo. Enseguida me colé dentro y cerré de nuevo a mi espalda.

Conteniendo el aliento, me di media vuelta. Cuando por fin me permití respirar de nuevo, me llegó a la nariz el olor a desinfectante perfumado con aroma de limón.

Nota mental: tenía que matar a Sawyer.

Mi mano encontró el interruptor en el lado derecho de la puerta después de palpar un poco la pared. Lo accioné y me entraron unas ganas locas de liarme a patadas con alguien o con algo.

Las indicaciones de Sawyer me habían llevado directamente hasta el cuarto de baño de la primera planta. Me sentí como una verdadera idiota.

Acababa de sacar mi móvil del bolso cuando la puerta que tenía a mi espalda se abrió de repente y me obligó a echarme hacia delante para evitar recibir un golpe. Me volví y vi a Brix fulminándome con la mirada.

—¿Ya has encontrado lo que buscabas? —preguntó, mirando a su alrededor en el cuarto de baño con una expresión burlona.

—Yo...

—No te llamas Chelsea, ¿verdad? —preguntó impasible, aunque agarrado a la puerta con tanta fuerza que los nudillos se le pusieron blancos.

—No —respondí en voz baja mientras intentaba encontrar desesperadamente la manera de salir de ese embrollo. Sin embargo, notaba que mi mente no maquinaba con agilidad por culpa del maldito alcohol.

—Estoy realmente harto de que las Betas vengáis a espiarnos —masculló con los dientes apretados.

Me lo quedé mirando perpleja, pestañeando.

—¿Cómo dices?

Brix soltó un resoplido de desdén.

—No te hagas la inocente. Fuiste tú la del papel de váter, ¿verdad? En cuanto te he visto aquí, frente a la puerta, te he reconocido enseguida. Que encima hayas tenido la insolencia de volver ya traspasa todos los límites.

—He venido para ayudar a una amiga —me apresuré a explicar, levantando las manos en señal de indefensión—. Se dejó una cadena aquí y he venido a buscarla, porque la heredó de su madre. De verdad. Por muy humillante, ridículo y triste que pueda sonar, ése es el único motivo por el que he entrado en el baño.

—Sí, claro. Y yo soy la madre Teresa de Calcuta.

Al cabo de un segundo sacó la llave de la cerradura, dio un portazo y echó la llave por fuera para dejarme allí encerrada.

—¡Eh! —grité mientras golpeaba la puerta y forcejeaba con el pomo—. ¡Brix! ¡Abre enseguida!

Su risa me llegó a través de la madera.

—Por encima de mi cadáver, Chelsea —gritó desde el otro lado—. Te dejaré salir cuando la fiesta haya terminado y no puedas seguir husmeando por la casa.

Sus pasos se alejaron de la puerta y resonaron por la escalera cuando descendió a la planta baja de nuevo.

Agarré el pomo una vez más e intenté hacerlo girar con todas mis fuerzas. No había nada que hacer, había cerrado con llave. Ese cabrón de mierda me había encerrado en su cuarto de baño.

No era posible que me estuviera sucediendo a mí.

Una risa histérica se abrió paso por mi garganta, pero intenté mantener a raya el pánico que amenazaba con apoderarse de mí. Era la única posibilidad de salir ilesa de ese lío.

Miré a mi alrededor para ver si se me ocurría algo. Había una gran bañera en el rincón del fondo, con un montón de botes de gel sobre el borde. Al otro lado había dos lavamanos, uno al lado del otro y, encima de ellos, dos armarios colgados con las puertas de espejo. Me acerqué a ellos y los abrí para ver si encontraba algo que me permitiera abrir la puerta: un montón de condones, maquinillas de afeitar desechables, *aftershave* y algún que otro producto de higiene más, pero nada que pudiera servirme.

Había albergado la esperanza de encontrar una lima de uñas o una horquilla para el pelo, algo con lo que pudiera forzar la cerradura tal como había aprendido a hacer en el taller de mi padre. Por desgracia, ni allí ni dentro del bolso encontré nada que me sirviera. Sólo llevaba las llaves, el móvil y un libro que me había olvidado dejar en la habitación.

La única escapatoria posible consistía en salir por la ventana que había entre la bañera y el retrete. Me acerqué a ella, la abrí y miré hacia abajo. El estómago se me encogió enseguida. La altura hasta el suelo era considerable, y abajo había una hilera de contenedores de basura y un estrecho sendero que llevaba hasta el jardín. Si intentaba saltar para huir, no sobreviviría para contarlo.

Con un suspiro de frustración, me senté en la tapa del inodoro y empecé a frotarme las sienes. Hundí la cara entre las manos y noté el calor que desprendían mis mejillas. Me había metido en un buen lío y no tenía ni la más mínima idea de cómo salir de él.

Al final, se me ocurrió sacar el móvil del bolso otra vez. Había recibido un SMS. De Sawyer.

Lo siento: tercera puerta a la DERECHA.

No a la izquierda.

De repente me entraron unas ganas irresistibles de darme de cabezazos contra el borde de la bañera y de responderle que muchas gracias, pero que la rectificación había llegado demasiado tarde. Sin embargo, en lugar de eso me quedé mirando el móvil con aire resignado y acaricié con un dedo la funda floreada y algo desgastada. El canto vivo que había quedado me hizo un corte en el pulgar y reaccioné con una aspiración brusca.

Decidí que tal vez lo mejor sería llamar a Allie. No me quedaba más remedio, si no quería pasar la noche entera allí encerrada.

Con torpeza, pulsé la tecla de marcado rápido y me llevé el móvil a la oreja.

—¿Sí? —respondió mi amiga. De fondo se oían voces y un trajín de platos.

Me aclaré la garganta.

—Hola, Allie. Necesito ayuda.

—¿Qué ocurre? —preguntó enseguida.

—Me he... metido en un lío.

Ella soltó una exclamación ahogada.

—No me asustes, Dawn.

—No he hecho nada malo, de verdad. Te lo prometo. Es sólo que me han encerrado y...

Allie reaccionó con un chillido.

—¿Cómo? ¿Que te han encerrado?

—¿Es Dawn? —sonó la voz de Spencer de fondo. De inmediato, cerré los ojos.

—Está en un apuro, Spence. Creo que se... —empezó a explicar ella con la voz alterada, aunque su voz se volvió más serena enseguida.

—¡¿Dónde demonios estás?! —gritó Spencer frente al auricular.

Me presioné el puente de la nariz con los dedos para intentar concentrarme. Si me hubieran dado a elegir, Spencer habría sido la última persona que habría querido que me rescatara.

—Dawn, nos estás asustando. Explícanos dónde estás —insistió.

—No tenéis de qué preocuparos, estoy bien. Me han encerrado en una mierda de casa de fraternidad, aquella a la que acudimos con Allie el semestre pasado, la de la fiesta. El tío ha pensado que yo era una espía de las Beta-yo-qué-sé y...

Spencer soltó un taco en voz alta.

—Quédate donde estás, llegaré enseguida.

Murmuró algo apartado del micrófono y luego oí que hablaba con Kaden.

—Dawn, ¿estás ahí? —preguntó Allie en cuanto hubo recuperado el teléfono.

—Sí. ¿Podría venir alguien a sacarme? —pregunté en un murmullo.

—Spencer ya se está poniendo la chaqueta. Yo recojo mi bolso y...

—¡No! No es necesario que lo dejéis todo para venir. Será suficiente con que alguien venga a abrirme la puerta. Por favor, no le demos tanta importancia —me apresuré a pedirle.

—Es que no me quedaré tranquila sabiendo que estás con esos tíos tan inquietantes, en esa casa... —dijo ella.

—Allie, en serio. No te preocupes. Estaré mucho más segura que tú en aquella ocasión. Al fin y al cabo, estoy encerrada en un cuarto de baño. Por favor, no lo dejes todo por mi culpa —le supliqué.

Me bastaba con quedar en ridículo frente a Spencer. No quería que Allie tuviera que dejar de pasárselo bien sólo por mis limitadas dotes como agente infiltrada.

—¿Estás segura? —preguntó tras unos instantes de silencio.

—Por supuesto. Dile a Spencer que le mandaré un mensaje con mi ubicación.

Todavía tardé al menos dos minutos hasta que por fin conseguí convencerla del todo de que mi vida no corría un peligro inminente. En cuanto colgué el teléfono, por un lado me quedé aliviada, pero por el otro también empecé a ponerme nerviosa por que Spencer fuera a venir para sacarme del apuro. Había estado evitándolo durante toda la semana y no sería capaz de mirarlo a los ojos sin pensar de nuevo en lo que se me había pasado por la cabeza en la ducha.

Para calmarme, saqué el libro del bolso y empecé a leer el último capítulo, aunque lo cierto es que no conseguí concentrarme realmente en la lectura. Cada vez que oía el más mínimo ruido procedente del pasillo, me levantaba de un respingo con la esperanza de que alguien acudiera a liberarme. Sin embargo, también era consciente de que alguien podía estar tramando algo mucho peor que el simple hecho de tenerme encerrada allí dentro.

No estaba segura de cuánto tiempo había pasado hasta que alguien empezó a forcejear con el pomo de la puerta. Casi me caigo de la taza del váter del susto que me llevé. Cerré el libro y lo metí a toda prisa en el bolso.

—¿Dawn?

—¿Spence? —Me lancé contra la puerta y apoyé las palmas en ella con el corazón acelerado.

—La llave no está en la cerradura —me informó su voz amortiguada por la madera.

«Mierda.»

—Ese cabrón de Brix debe de habérsela llevado después de dejarme aquí encerrada.

—Voy a matar a ese imbécil con mis propias manos —replicó.

Sus pasos se alejaron de nuevo. Mi frente impactó de forma sonora contra la puerta, y lo cierto es que me entraron ganas de pegarme un par de cabezazos más.

Transcurridos apenas cinco minutos, oí a alguien correteando por el pasillo.

—Si todavía estás pegada a la puerta, apártate un poco —me avisó Spencer.

Obedecí la orden y, al cabo de un instante, se oyó un clic en la cerradura y la puerta se abrió hacia dentro. Spencer apareció en el umbral y sentí cómo me invadía una oleada de alivio.

—¡Eres el mejor! Muchas, muchas gracias —exclamé de inmediato, reprimiendo las ganas de abalanzarme sobre él y darle un abrazo.

—Esta historia me la tendrás que contar sí o sí —se limitó a replicar él. Tenía las mejillas sonrojadas y un brillo de furia en los ojos. Me pregunté si se habría peleado con Brix para conseguir que le diera la llave.

Mi mirada se deslizó por sus hombros y bajó por sus brazos

hasta llegar a sus manos. En ese momento me di cuenta de que no habían sido mis manos las que habían recorrido mi piel en la ducha, sino las suyas.

¡No! Volví a cerrar la caja mental en la que guardaba ese recuerdo y la confiné una vez más al fondo de mi cerebro. Después de haber respetado durante toda la semana el propósito de no volver a pensar en ello, no podía caer en la tentación sólo porque él se hubiera arremangado la camisa, y verle los antebrazos y las manos no me hubiera parecido suficiente. Para evitarlo, desvié la mirada.

—Todavía tengo algo pendiente que hacer —dije, evitando por todos los medios mirarlo a la cara—. Gracias por haberme rescatado, pero le he prometido a Sawyer que recogería algo que se dejó aquí olvidado, por lo que todavía no puedo marcharme.

—¿En serio crees que voy a dejarte sola de nuevo en esta casa? —replicó él—. Ni hablar, Dawn.

Me miré los pies, todavía eludiendo su mirada. Y, aun así, noté cómo daba un largo paso hacia mí. Ni siquiera me hizo falta verlo para saberlo, simplemente lo noté. Todos mis sensores estaban pendientes de él, y odié mi cuerpo por dedicarle tanta atención.

Maldita costumbre de soñar despierta, maldita ducha y maldito Spencer, con esas manos tan grandes y... «¡Ay!»

—Sawyer perdió una cadena. Pero no tengo muy claro en qué habitación puede estar —dije en voz alta, subrayando mi determinación y lanzando una mirada de puerta a puerta sin demasiada intención—. En algún lugar estará, digo yo.

—De acuerdo, te ayudo a buscarla, pues —afirmó.

—Bueno..., gracias —repuse.

Joder, la situación difícilmente podía volverse más embarazosa.

Sin girarme hacia él, abrí la puerta que quedaba frente a la del cuarto de baño, que resultaba ser la habitación de la que había salido Brix cuando me había sorprendido deambulando por la residencia.

Entré en el cuarto y encendí la luz. Spencer me siguió y cerró a su espalda sin hacer ruido.

—¿Qué idiota robaría una joya femenina? —pregunté, observando el desorden que reinaba a mi alrededor. El ambiente olía a sudor y *aftershave*, y en las paredes había varios pósteres enmarcados de jugadores de béisbol.

—Alguien con la intención de venderla para ganar algo de dinero mientras está en la universidad —respondió Spencer, muy cerca de mí.

Noté su aliento en la nuca y la piel me delató, erizándose en mi espalda y mis brazos.

Estaba a punto de dar un paso adelante, pero él me agarró por una muñeca y me obligó a dar media vuelta sobre mí misma con un movimiento fluido.

—¿Por qué me evitas? —murmuró.

Tuve que cerrar los ojos. Notaba el peso de su mano sobre mi brazo, y su cuerpo tan cerca del mío irradiaba tanto calor que las rodillas amenazaron con ceder. No podía evitarlo, me sentía indefensa.

—¿Qué te ocurre? Vamos, dímelo —insistió levantando un poco la voz, lo que desencadenó una reacción curiosa en mi estómago.

Despacio, muy despacio, su mano fue subiendo poco a poco por mi antebrazo. Igual que en mis fantasías, en la piel empecé a notar un cosquilleo y una sensación de calor creciente. Sólo pude negar con la cabeza. ¿Cómo era posible que le bastara con tocarme para revolverme de ese modo? ¿Era por la atracción que sentía por él desde hacía varios meses? ¿Por la insistencia con la que había tratado de seducirme durante todo ese tiempo? ¿Por lo mucho que anhelaba yo en secreto que se me acercara? ¿O era simplemente consecuencia del alcohol el hecho de que me sintiera tan débil a su lado?

—Mírame, Dawn.

Entonces fue cuando mis muros se derrumbaron. Tuve la sensación de notar cómo se agrietaban poco a poco hasta resquebrajarse del todo. Abrí los ojos a pesar de saber que eso no hacía más que incrementar el peligro.

Una locura. Toda esa situación, ese instante. Todo era una verdadera locura, un episodio surrealista. Tenía a Spencer tan cerca que se me secó la garganta. Podía contar sus pestañas, negras y gruesas, una a una. O las pecas que tenía sobre la nariz. Y, sabiendo que se la había roto, también encontré la marca que le quedó.

—Tienes la nariz torcida —susurré, y mi voz se perdió en el limitado espacio que quedaba entre nosotros.

Una de las comisuras de sus labios se levantó ligeramente y empezó a envolverse un dedo con un mechón de mi cabellera.

—Y tú eres pelirroja.

—Creí que eso te gustaba —murmuré como si hubiera perdido el juicio, contemplando con fascinación cómo enrollaba y desenrollaba mi mechón en su dedo. Normalmente no paraba de jugar con bolígrafos o cualquier otro objeto que tuviera a mano. En esos momentos, me tenía a mí.

—Si sólo fuera eso...

Me agarré al cuello de su camisa para evitar perder el conocimiento. Spencer soltó un leve suspiro. Se me acercó todavía más, hasta que nuestras caras sólo quedaron a unos centímetros de distancia.

—Dawn... —susurró mi nombre como si le doliera, como si fuera un tormento al que sólo yo podía poner fin—. Me costará muchísimo no besarte si sigues mirándome así —añadió.

A mí me ocurría lo mismo. El aire que había entre nosotros se estancaba cada vez más, hasta que llegó un punto en el que creí que no podríamos seguir respirando. Si nuestras bocas no se encontraban pronto, el mundo entero se hundiría bajo nuestros pies y acabaríamos muriendo. Y, claro, yo no quería que sucediera algo semejante, y me pareció que Spencer tampoco. Inclinó la cabeza en el mismo instante en el que yo me ponía de puntillas.

Presionó sus labios contra los míos y yo me derretí de inmediato. Tenía los labios firmes y cálidos, dulces y cuidadosos. Me aferré con más fuerza todavía a su camisa y tiré de él para acercarlo más a mí. En el pecho sentí un calor que no tardó en extenderse en todas direcciones.

Spencer soltó un leve gemido y me envolvió entre sus brazos. Su boca se apartó de la mía un instante para tomar aliento, pero acto seguido volvió a besarme. Abrí los labios y su lengua se deslizó buscando la mía. Suspiré y luego...

... me apartó.

Se me quedó mirando con incredulidad, con los brazos extendidos para verme mejor.

—Me estás tomando el pelo, ¿verdad, Dawn?

—¿Qué? —pregunté, todavía embelesada por aquel beso extraordinario.

Spencer me soltó los hombros de un modo abrupto y retrocedió un paso. Acto seguido, soltó una carcajada temblorosa.

—Claro, estás borracha. ¡Borracha!

Se pasó las manos por el pelo y las dejó cruzadas tras la cabeza.

—No exactamente. Es decir, sí que he... bebido un poco de ponche, sí —admití en voz baja.

Al parecer, mi respuesta no le pareció satisfactoria, porque dio media vuelta y empezó a pasearse por la habitación como un felino enjaulado. Luego dejó caer los brazos y cerró los puños con fuerza.

—Spence...

—¡Joder! —exclamó a la vez que le pegaba una patada furiosa al cubo de la ropa sucia de Brix, que cayó rodando por el suelo.

Contuve el aliento y me envolví el cuerpo con los brazos en un intento de evitar que me siguiera temblando. Nunca había visto a Spencer tan furioso.

Dio una vuelta a mi alrededor y se me quedó mirando sin decir nada, pero me di cuenta de que estaba intentando procesar lo ocurrido a marchas forzadas. Abría la boca como si fuera a decir algo, pero enseguida lo descartaba y volvía a empezar. Repitió el gesto un par de veces y al final se limitó a tragar saliva y a clavar la mirada en el suelo.

—Así no —sentenció.

Las ideas zumbaban dentro de mi cabeza. Estaba desconcertada, tenía mucho calor y notaba unas fuertes punzadas en el cráneo. Me toqué los labios con los dedos. Todavía notaba aquel intenso cosquilleo. Luego cerré el puño. ¿Cómo había podido permitir que sucediera?

—Lo siento —susurré.

Vi cómo se le tensaban los hombros de inmediato. Al parecer, una vez más, había elegido las palabras equivocadas.

—Soy un jodido lapsus —gruñí.

Spencer se me quedó mirando como si hubiera perdido el hilo.

—¿Lapsus? —preguntó irritado.

—Es la palabra latina para «error». Mi padre siempre lo dice. Pero lo usa más bien como un taco para cagarse en todo.

La anécdota restó algo de dureza a su mirada.

—Pues a mí me suena más bien a animal pequeño. Con las orejas largas y caídas.

Sonreí a pesar de las ganas que tenía de echarme a llorar. Spencer respondió a mi mirada durante unos instantes que me parecieron más bien horas. Nos limitamos a mirarnos hasta que el silencio se volvió irresistible, y luego decidí acercarme a él de nuevo.

—Lo siento.

No se me ocurrió nada más para conseguir que volviera a mirarme como antes. Él asintió poco a poco, respiró hondo y luego, de repente, algo cambió en su mirada. Me di cuenta con claridad de lo que acababa de hacer. Había escondido sus sentimientos tras una fachada de despreocupación. Sus ojos recuperaron ese brillo pícaro tan característico.

—Yo también lo siento, pequeña Lapsus —dijo frotándose la nuca con gesto avergonzado—. Y también siento haberte gritado. Más incluso que haber tirado el cubo de la ropa sucia.

—Esto lo recogemos en un segundo —murmuré, y enseguida me incliné para volver a meter las prendas de Brix en el cubo.

Spencer se agachó también frente a mí para ayudarme.

—Admítelo. Te ha gustado ver cómo me enfadaba.

Le agradecí con una sonrisa ese intento de relajar el ambiente de nuevo, aunque no fuera más que una impostura.

—Ha sido muy viril, sí.

—¿Eso significa que mi *sex-appeal* ha subido varios puntos?

—Lo que me daba miedo es que te hubieras roto un pie.

—Los tengo de acero.

—¿Del mismo acero que la nariz?

—La nariz es el único punto débil de mi cuerpo. Por eso no debería extrañarte que la cuide más que al resto.

Solté una risa de alivio que casi sonó como un sollozo. Las cosas volvían a su sitio, también nosotros. Todo iría bien. Si me lo repetía lo suficiente, seguro que incluso me lo acababa creyendo y todo.

Cogí una de las camisas de Brix del suelo y descubrí que algo dorado había quedado tirado sobre la moqueta. Con cuidado, lo recogí.

—Mira —exclamé, sosteniendo en la mano la cadena, que se balanceaba como un péndulo—. No lo entiendo.

La medalla brilló con la luz de la lámpara. Estaba segura de no habérsela visto jamás a Sawyer. Con cuidado, le di la vuelta y contemplé la parte trasera, toda dorada y con unas letras grabadas.

—«E. D.» ¿D de Dixon?

—¿Es de Sawyer?

Asentí poco a poco.

—Creo que sí. Dijo que era una medalla. O sea que hemos concluido la misión.

—Pues ha sido sorprendentemente fácil, ¿no? —dijo Spencer—. Seríamos unos buenos agentes secretos.

Solté un resoplido.

—Bueno, la verdad es que tu pie es el que ha hecho todo el trabajo.

Él no sonrió, y sus movimientos parecieron más bien nerviosos mientras seguía recogiendo la ropa sucia. Se puso de pie y volvió a dejar aquel cubo monstruoso en su sitio.

—Larguémonos de aquí cuanto antes. No vaya a ser que a Brix se le ocurra cometer alguna estupidez —propuso alargando una mano hacia mí.

Yo la acepté y dejé que me guiara. Con el estómago encogido hasta un punto doloroso, me di cuenta de que a partir de entonces sería él quien no se atrevería a mirarme a los ojos.

6

Todo el tema de Brix y de la cadena dejó a Sawyer bastante afectada durante unas cuantas semanas. Aparte de pasar mucho más tiempo en la residencia, a menudo me la encontraba sentada junto a la ventana, con la mirada perdida en el infinito. Reaccionaba con evasivas ante cualquiera de mis intentos de animarla, y tampoco quiso hablar del tema. Al cabo de unos días, renuncié a poder conversar con ella y me limité a regalarle alguna chocolatina de vez en cuando, aunque nunca llegaba a comérselas.

Ya casi había perdido la esperanza al respecto cuando una tarde llegó a la habitación, lanzó la mochila a un rincón y se plantó frente a mí con los brazos cruzados. Al ver mi mirada interrogante, se inclinó de repente y me revolvió el pelo con las manos. Me quedé tan perpleja que no supe cómo reaccionar y me limité a mirarla, desconcertada.

—Necesito una modelo para mi clase de fotografía —anunció de repente—. ¿Te apetece?

Y así fue como acabé sentada en un banco del campus, obedeciendo a las peticiones de mi compañera de cuarto, que, armada con su inmensa cámara réflex, insistía en convencerme para que posara con cara de odio. Sawyer estudiaba fotografía y tenía que presentar un trabajo que consistía en una galería de retratos mostrando varias emociones. De ahí que llevara más de una hora dándome indicaciones de lo más curiosas.

—Imagínate que se te acaba de meter un saltamontes en la boca.

—Puaj —exclamé, arrugando la nariz.

Con el dedo fijo en el disparador, la cámara lanzó una ráfaga de instantáneas.

—Exacto, puaj. Pero inténtalo otra vez: no como si te hubieras comido algo asqueroso, sino como si estuvieras muy enfadada —me indicó bajando la cámara un instante y frunciendo el ceño con los ojos entornados—. Así, ¿ves?

Yo lo intentaba, de verdad. Quería fruncir la frente igual que ella, pero no lo conseguía. Como máximo, lograba que la línea del pelo se me moviera arriba y abajo.

Sawyer dejó escapar un suspiro.

—Bueno, ésta de momento nos la saltaremos. Ahora mírame como si fueras una perturbada mental.

Bizqueé haciendo una mueca, y los clics de la cámara quedaron apagados por una ráfaga de viento.

—No está mal. Para de bizquear y ponte a reír como una loca.

Accedí a la petición a pesar de que la brusquedad del cambio me hizo sentir como la persona más desequilibrada del mundo. Cada vez que alguien pasaba por nuestro lado, notaba el sofoco trepando por mi cuello hasta mi cara.

—Ahora mírame como si tuvieras un sueño erótico.

Enarqué las cejas.

—¿Esto forma parte del trabajo? ¿Poner cara de tener un sueño erótico estando despierta?

—Mi proyecto va sobre las emociones. Podía elegir las que quisiera —repuso Sawyer, y acto seguido hizo un par de fotos de mi rostro boquiabierto que sin duda le servirían para ilustrar la estupefacción.

Mi compañera de cuarto se arrodilló e hizo girar una de las incontables ruedecillas de la cámara.

—Cierra un poco más la boca. Y ahora, piensa en..., no sé, en tu actor preferido corriendo desnudo por un prado o algo así.

—¿Te sirve si es Harry Styles? —pregunté esperanzada mientras intentaba visualizar al miembro de mi *boy band* favorita. Aunque a esas alturas llevaba el pelo corto, seguía irradiando un aura de estrella del rock que tenía algo especialmente adorable. Había chicas a las que no les gustaban los pantalones estrechos para hombre; a mí, en cambio, pocas cosas me parecían más eróticas que imaginarme a Harry con unos pantalones pitillo negros.

—Genial, Dawn. Perfecto —dijo Sawyer.

Hizo una breve pausa, se me acercó y se sacó un peine del bolsillo trasero de los pantalones. Ya lo había utilizado para arreglarme un poco los rizos, y en esa ocasión también me sujetó unos mechones de la parte superior de la cabeza e intentó adecentarlos en la medida de lo posible. Luego me contempló con cara de satisfacción y retrocedió unos pasos.

—Ahora piensa en ese mismo capullo, pero enfundado en unos pantalones pitillo.

La indignación me encendió las mejillas.

—¿Acabas de llamar capullo a Harry Styles? ¿En mi presencia?

Me vinieron ganas de saltarle encima y hacerle morder el césped, o de lanzarle algo a la cabeza, pero justo entonces levantó una mano y me instó a quedarme sentada con un gesto de verdadera autoridad.

—¡Eso es! ¡Lo haces muy bien!

Me puse de pie y extendí una mano hacia el objetivo de la cámara mientras ella se apresuraba a retroceder. Siguió fotografiándome sin interesarse en ningún momento por el motivo que me había llevado a perseguirla. Fue como si nada le importara más que conseguir las instantáneas perfectas, al más puro estilo *paparazzi*.

—¡Lo haces genial, Dawn! Loca y furiosa a la vez, ¡caray! Y ahora, la cara de haberte tragado un saltamontes una vez más —insistió Sawyer con una amplia sonrisa.

Me lancé hacia delante y ella intentó retroceder. Sin embargo, tropezó con sus propios pies y aterrizó de espaldas sobre el césped. Yo había tomado tanto impulso que estuve a punto de caer sobre ella, aunque en la última fracción de segundo conseguí apartarme a un lado, de manera que caí de bruces sobre la hierba húmeda.

Sawyer no se contuvo. Creo que fue la primera vez que la oí reír con ganas. Gemí de dolor y rodé sobre mí misma con pesadez. Tenía la boca llena de hierba y empecé a escupir las briznas al suelo de nuevo.

—Creo que la cara de enfado ya la tenemos —barboteó ella entre carcajadas.

En cuanto hube escupido la última brizna de hierba que se me había metido en la boca, dejé caer la cabeza a un lado. Sawyer se agarraba la barriga con las dos manos.

—Hacía tiempo que no me reía tanto —exclamó.

—Me alegro de que verme con la boca llena de hierba te haya animado tanto.

Pasamos un rato allí tendidas boca arriba, sonriendo y contemplando el cielo. Nunca habría creído posible sentirme tan relajada en su presencia. Tres minutos antes, ni siquiera sabía cómo sonaba su risa.

Con el rabillo del ojo vi cómo sus dedos buscaban la medalla que llevaba colgada al cuello en un gesto claramente automático. Me habría encantado preguntarle qué significaba para ella y cómo era la relación con su madre, pero pensé que sería excesivo. Todavía no habíamos llegado a ese punto en nuestra relación como compañeras de habitación que quizá algún día acabarían siendo algo parecido a dos amigas.

—Gracias, Dawn —murmuró Sawyer de repente, aún con la mirada fija en el cielo. No fue necesario aclarar los motivos de su agradecimiento.

—Ha sido un placer.

Nos quedamos calladas un buen rato. Al final, ella empezó a manosear la correa que mantenía la cámara colgada a su cuello y comprobó que el equipo no había sufrido ningún daño con la caída. Luego pulsó un pequeño triángulo de color verde y mi cara enrojecida apareció en la pantalla.

—Mírate, diablilla. Quién me iba a decir que podías llegar a tener un aspecto tan furioso.

—Se me ve muy rara —protesté.

—Se te ve exactamente como tenía que ser. No esperes que te diga que eres muy guapa y que pares de decir tonterías. Odio a las chicas que se pasan el rato esperando elogios, porque además no creo que los necesites, precisamente.

Fue revisando el resto de las imágenes mientras yo procesaba en silencio el piropo que acababa de dedicarme.

La historia de Grover y Chelsea ya estaba casi terminada. Acababan de pelearse, y en esos momentos estaba pensando en cómo podía producirse la reconciliación.

Ya había mandado un correo electrónico a las lectoras de prueba que había conocido en el foro del certamen literario y las dos me habían confirmado que reservarían tiempo la semana siguiente para leer mi texto. En condiciones normales, disfrutaba especialmente escribiendo las últimas escenas de una historia. Era el momento en el que todos los hilos confluían en un mismo punto y podía dejar que los personajes siguieran su propio camino. Aunque en la vida real no creía en los finales felices, cuando se trataba de ficción no me costaba en absoluto. Excepto esa vez.

No sabía por qué, pero había algo que no me encajaba. No encontraba las palabras adecuadas, estaba bloqueada. No hacía más que escribir para luego borrar las palabras de nuevo y empezar otra vez desde cero. Era una sensación horrible que me resultaba desconocida. Al mismo tiempo, notaba una presión inmensa porque no quería que la historia fallara justo cuando me encontraba tan cerca del final. Las lectoras de D. Lily esperaban más entregas y yo tenía que satisfacerlas como fuera.

Me toqué el pelo, apoyé la barbilla en las manos y me quedé mirando fijamente el parpadeo del cursor en la pantalla.

—¿Por qué suspiras tanto? —se oyó desde el otro lado de la habitación.

—Por nada —respondí tras llevarme un buen sobresalto—. Es que no sé cómo continuar.

—¿Qué estás haciendo?

—Un trabajo para... la clase de la señora Lambert. He decidido presentarlo por escrito, en lugar de hacer una presentación oral —mentí.

Cuando levanté la cabeza, me topé con la mirada inquisitiva de Sawyer.

—Pareces bastante desesperada, para tratarse sólo de un trabajo de la universidad.

—Mmm... —murmuré, apresurándome a desviar la mirada hacia la pantalla de nuevo.

—Además, te pasas el día escribiendo trabajos —constató ella como si reflexionara en voz alta.

—Mmm... —repuse con la mirada clavada en mi documento.

—A veces, cuando estás sentada con el portátil, te pones colorada y todo. Me he fijado que te pasa a menudo.

Levanté la mirada de nuevo, sorprendida.

—¿Ah, sí? —pregunté.

Sawyer estaba sentada en su silla junto a la ventana, también con su portátil en el regazo. Tenía la melena rubio platino sobre un hombro y jugueteaba con los mechones despeinados. El gesto parecía distraído, pero su mirada era atenta y directa.

Las mejillas se me empezaron a calentar sin remedio. En sus ojos apareció un brillo de perspicacia. Luego cerró el portátil y, al ver que se levantaba, reaccioné tensándome enseguida.

—Ni se te ocurra acercarte, Sawyer Dixon —la amenacé.

Su sonrisa se volvió insidiosa. Con una lentitud exasperante, invadió mi mitad de la habitación y, de repente, se abalanzó sobre mí y me arrebató el portátil.

Solté un aullido y me puse de pie enseguida.

—¡Devuélveme el portátil, víbora! —grité.

—«Con un movimiento brusco, tiró de mi ropa y los botones cayeron rodando por las frías losas del suelo. Entramos en el baño a trompicones mientras yo forcejeaba con el cinturón de Grover» —leyó en voz alta.

Le agarré la camiseta con una mano y tiré de ella.

—¡Para ya!

—«Al ver que no cedía, solté un gemido de frustración. Grover se rio frente a mi cuello y me ayudó al ver lo mucho que me temblaban las manos. No tardamos en quedar completamente desnudos, después de dejar un reguero de prendas en el suelo» —prosiguió.

Las mejillas me ardían. Al final, conseguí agarrar el portátil y arrebatárselo de un tirón. Sin aliento, me dejé caer sobre mi cama, cerré la tapa de *Watson* y me froté la cara con las manos.

—Eres una cabrona, Sawyer —dije indignada.

Ella se sentó en mi silla de escritorio y asintió.

—Ya lo sé. Pero es que no podía más.

—¿Cómo dices? —pregunté arrugando la frente.

—Siempre te andas con tanto secretismo, cuando escribes, y

siempre dices que son trabajos para la universidad. Pero, vamos, que no conozco a ninguna otra chica de primer año que tenga que entregar tantos trabajos. Y encima reduces el brillo de la pantalla al mínimo, igual que el tamaño de la letra. Con eso sólo consigues aumentar la curiosidad. Estudias escritura creativa. Ya me imaginaba que debías de escribir novelas o poemas o algo por el estilo. Sólo quería saber qué era. Yo habría apostado que era *fan fiction*, pero esto —dijo sonriendo— es mejor que cualquier otra cosa que hubiera podido imaginar. ¿Quién habría pensado que la inocente de mi compañera de habitación, con lo tiesa que parece siempre y a la que nunca he visto salir con ningún chico, escribe pornografía?

No pude hacer más que mirarla con la boca abierta. Que justamente Sawyer fuera la primera persona en Woodshill que se enteraba era lo peor que me podía pasar.

—Fantástico, adelante —la animé con un tono de voz neutro y agitando una mano.

—¿Qué?

—Sigue burlándote de mí.

Entonces fue ella la que frunció el ceño.

—¿Por qué tendría que hacerlo?

Únicamente había leído lo que escribía en voz alta una sola vez, para Nate, y su reacción había consistido en echar la cabeza hacia atrás y troncharse de risa. Cuando por fin se calmó, me acarició la cabeza y me preguntó si realmente pretendía publicar esas chorradas. A raíz de eso, había adoptado un seudónimo. Me había dolido tanto que Nate se riera de lo que había escrito y que lo despreciara que decidí no volver a mostrar mi trabajo a nadie de mi entorno más cercano.

Furiosa, fulminé a Sawyer con la mirada.

—Porque es exactamente como tú has dicho: escribo novelas eróticas y las publico online. Ja, ja. Qué risa. La pobrecita

Dawn no se come un rosco desde hace meses y evita cualquier cita, pero escribe literatura erótica. Pocas veces habrás oído algo más divertido —repuse con amargura.

En su mirada apareció una expresión de rechazo.

—Joder —murmuró—. No me gustaría estar dentro de tu cabeza. Debe de ser un lugar realmente horrible, si piensas de ese modo.

No supe qué replicar a ese comentario.

—Estás loca —continuó—. La verdad es que todo eso de que escribas me parece incluso guay. Pero si piensas que yo, precisamente yo, voy a juzgarte por eso, me parece que no vale la pena seguir hablando del tema.

No podía creer lo que estaba oyendo.

Sawyer dio media vuelta, regresó a su mitad de la habitación y levantó la tapa de su portátil de nuevo. Cuando abrí la boca para decir algo, se colocó los auriculares y puso la música a un volumen tan alto que me permitió oírla a la perfección desde el otro extremo de la habitación.

7

Mi padre y yo solíamos reunirnos en el Steakhouse de Woodshill. Quedaba un poco más lejos que el resto de los restaurantes del centro, pero justo por eso la zona también era más bonita.

Desde fuera, el edificio de madera parecía ruinoso y desvencijado, pero el interior era insuperable. El propietario había conseguido una decoración increíble, muy rústica, con cornamentas sobre el mostrador, bancos de madera maciza y bombillas colgadas de largos cables, de manera que el ambiente resultaba de lo más acogedor. Aparte de lo sabrosa que era la comida, otro de los puntos fuertes eran las vistas al valle. Mi padre venía a verme una vez al mes, y casi siempre reservaba con una semana de antelación alguna de las mesas que quedaban frente al amplio ventanal. El aislamiento acústico no era especialmente bueno, por lo que el frío se apoderaba incluso de los bancos de madera, pero esa circunstancia quedaba compensada por la posibilidad de contemplar el agua y el paisaje a su alrededor. Si bien a mis amigos les encantaba ir de excursión, yo prefería pasar varias horas allí sentada, gozando de las vistas envuelta en una de las mantas que Al, el propietario, siempre ofrecía a los clientes.

Poco después de entrar en el local, vi a mi padre ya sentado a nuestra mesa habitual, mirando por la ventana. Como de costumbre, iba vestido con su mono de trabajo verde oscuro, y tenía los brazos bronceados apoyados sobre la mesa. Llevaba la cabeza rapada, mientras que en el mentón exhibía una barba cada vez más canosa.

De inmediato, esbocé una amplia sonrisa.

Papá y yo estábamos muy unidos. Mi madre biológica nos había abandonado antes de que yo cumpliera los dos años, y no conservaba ningún recuerdo de la época en la que vivíamos los tres juntos, hasta el punto de no saber siquiera cómo era ella. Cuando era más pequeña, de vez en cuando me mandaba alguna postal desde Asia, donde entonces vivía trabajando en un banco, pero en algún momento dejó de escribirme, probablemente al ver que yo no mostraba ni el más mínimo interés por ella.

Mentiría si dijera que no había echado de menos una figura materna, sobre todo cuando llegué a la pubertad, esa época en la que habría preferido dejarme matar antes que preguntarle a mi padre cuáles eran las ventajas y los inconvenientes de los tampones, por ejemplo.

No obstante, nunca me había faltado nada. Cuando mis amigas salían de compras o visitaban un balneario con sus madres, yo me limitaba a instalarme con mis deberes en el taller de mi padre y miraba cómo trabajaban él y sus colegas. Cuando todavía era muy pequeña, siempre procuraban no dejar las herramientas a mi alcance para que no sufriera ningún daño. Una de las cosas que recordaba con más cariño de la época escolar fue un día en el que me regalaron una caja de juguete llena de destornilladores de color rosa.

Cuando le preguntaba a mi padre cómo se había ido a pique la relación con mi madre, siempre respondía que, a veces, en una pareja las cosas no terminan de encajar y la mejor decisión es separarse antes de que los daños sean irreparables.

También me decía que estaba seguro de que había alguien

más adecuado para él, capaz de hacerlo feliz. En cualquier caso, desde que descubrí la infidelidad de Nate comprendí mucho mejor a qué se refería cuando hablaba de «daños irreparables».

Con pasos rápidos recorrí la distancia que me separaba de la mesa que estaba junto al ventanal y me lancé sobre el banco que quedaba frente a mi padre. Se oyó un crujido amenazador, pero no me inquietó lo más mínimo.

—Hola, papá —exclamé.

—La próxima vez quizá deberías tomar más impulso —repuso él en tono de broma al ver el ímpetu de mi llegada.

—De acuerdo, pero te encargas tú de pagar lo que se rompa —repliqué, quitándome la bufanda del cuello.

Mi padre soltó una sonora carcajada y se inclinó sobre la mesa en cuanto me hube quitado el abrigo.

—¿Cómo estás, gorrioncillo?

—Muy bien. Esta semana he entregado un trabajo y he posado como modelo para mi compañera de habitación.

Mi padre golpeó la mesa con el puño, lo que hizo temblar el jarrón de barro que contenía un ramo de flores artificiales.

—¡No me digas! ¿Cómo es posible?

Después de que un camarero viniera a atendernos y anotara nuestro pedido, le expliqué cómo había mejorado mi relación con Sawyer. No omití ningún detalle, incluso le conté que me habían encerrado en el cuarto de baño de la fraternidad.

—Ándate con ojo, podrías llevarte una sorpresa con esa chica —me advirtió mi padre, con las cejas tan fruncidas que apenas quedó espacio entre ellas.

—La verdad es que tengo ganas de comprobarlo —comenté mientras removía mi té helado.

—En cualquier caso, si desde entonces ha mejorado vuestra relación, me alegro de que sucediera todo eso que me cuentas.

—Sí, bueno, tampoco es que ahora sea mi amiga del alma

—murmuré recordando el día anterior. Desde entonces, Sawyer no había vuelto a intercambiar ni una sola palabra conmigo.

—Todo llegará, gorrioncillo. Por lo que me has contado, es una persona realmente hermética. Hay gente que necesita más tiempo que otra para sentirse cómoda.

Me aparté el pelo de la frente y miré a mi padre con desasosiego.

—Esta vez he metido la pata, papá —constaté.

—¿En qué sentido? —preguntó apoyando los codos en la mesa de madera rústica.

—Ha descubierto que publico historias. Y yo... quería que fuera un secreto.

—De todos modos llegará un momento en el que lo sabrán todos tus amigos, Dawny. Como mucho podrás mantener el secreto hasta que entres en las listas de los más vendidos.

Sonreí. Papá sabía que publicaba historias, aunque le había prohibido terminantemente que las leyera. En su momento me había preguntado el motivo, y yo le había respondido sin mediar palabra, simplemente mostrándole la cubierta de *Tame Me*, en la que aparecía el cuerpo desnudo de un hombre que se cubría la cara con un sombrero.

Mi padre no volvió a tener tentaciones de preguntar al respecto.

—Ya lo sé. Pero hasta el momento disfruto siendo simplemente una estudiante más, una alumna normal y corriente, sin riesgo a que me marginen por mi hobby. Que Sawyer lo descubriera me cogió totalmente por sorpresa, por lo que reaccioné de un modo bastante arisco.

—Pues pídele disculpas —se limitó a aconsejarme.

—Lo haré cuando vuelva a dirigirme la palabra y deje de parapetarse tras su portátil.

Mi padre asintió.

—¿Y cómo te va con el resto de tus amigos? ¿Todo bien?

Había presentado a mi padre a mis amigos más cercanos y a todos les había caído muy bien. Spencer incluso había insistido en hacerse un selfi con él murmurando algo que incluyó las palabras «futuro suegro». Por suerte, Kaden había recurrido a su contundencia habitual para evitar que se acabara haciendo la foto.

Lo que no quise revelarle a mi padre era que Spencer y yo nos habíamos besado en la fraternidad y que desde entonces no habíamos vuelto a vernos. El caso es que yo ni siquiera sabía cómo habían quedado las cosas, porque cada vez que recordaba la boca de Spencer, sus manos sobre mi cuerpo..., tenía la sensación de que había sido un error. Durante meses había conseguido mantener bajo control la atracción que sentía por él. Cuando lo tenía cerca, se desencadenaba un verdadero tornado en mi estómago, sentía un calor inexplicable y notaba un cosquilleo por todo el cuerpo. Todas esas sensaciones despertaban un miedo terrible en mí. No quería sentirme de ese modo, sabía que sólo podía terminar mal. Prefería concentrarme en mi relación con Sawyer, en la universidad, en la siguiente historia que pensaba escribir... Simplemente, todo eso me parecía mejor que darle vueltas a ese calor que surgía de lo más hondo de mi ser.

—Mis amigos están bien —respondí con algo de retraso y toda la convicción que fui capaz de reunir.

Me di cuenta de que mi padre estaba dispuesto a insistir, por lo que decidí adelantarme a sus preguntas.

—Bueno, ¿y tú qué? ¿Cómo te fue la cita de la semana pasada?

Mi padre respiró hondo y empezó a juguetear con la etiqueta de su botella.

—Fue un chasco —respondió resoplando.

Suspiré. Hacía años que mi padre buscaba pareja. A los

quince, incluso me atreví a intentar buscársela yo misma, pero la historia había terminado fatal. Probablemente porque le creé un perfil en un sitio web de citas y la foto que subí ya tenía más de diez años. Además, me inventé un par de aficiones y escribí a varias mujeres que me parecieron dispuestas a conocerlo.

Acabé castigada durante un mes sin salir de casa por eso.

—¿Qué ha ocurrido esta vez? —pregunté.

—Tenía tantas cosas que hacer que estuve a punto de olvidarme de la cita, por lo que acudí al restaurante vestido con la ropa de trabajo y... Bueno, ya te puedes imaginar que no le entusiasmó precisamente verme llegar de ese modo.

En realidad, el mono sucio de mi padre después de un largo día de trabajo en el taller no era la indumentaria más adecuada que podía imaginar para una primera cita. Eso, sin tener en cuenta el hecho de que, con toda seguridad, debía de llegar rebozado de serrín y oliendo a madera y a sudor.

—Papá, no puedes esperar que una cita vaya bien si te presentas con la ropa sucia con la que has estado trabajando durante todo el día —dije en tono amable.

Mi padre protestó con un gruñido y frotándose el mentón, aunque terminó dándome la razón.

—Supongo que no.

—La próxima vez tienes que ponerte un traje, perfumarte y recortarte la barba. Así te asegurarás de que la velada al menos empieza bien.

Mi padre podía llegar a tener muy buena presencia si se lo proponía. Para su edad estaba bastante en forma, lo que se explicaba por la exigencia física del trabajo que desempeñaba a diario, y sus cálidos ojos marrones y las profundas arrugas de expresión que rodeaban las comisuras de sus labios eran una buena carta de presentación. No me cabía ninguna duda de que había centenares de mujeres dispuestas a salir con él. Lo único que faltaba era encontrarlas. Aunque él ya no me creyera cuando se lo decía, estaba segura de que el amor acabaría concediéndole una segunda oportunidad.

—Tuve que elegir entre llegar tarde o presentarme con la ropa de trabajo —se justificó, recurriendo a su lógica habitual.

Reprimí una sonrisa.

—Y creíste que sería mejor presentarte con el mono.

—Tarde o temprano me habría visto vestido de ese modo. Por mí, ella también podría haberse presentado vestida con su uniforme de enfermera de quirófano —dijo encogiéndose de hombros.

Me entraron ganas de pegarme de cabezazos contra la mesa, pero preferí no interferir en el trabajo del camarero, que justo en ese instante nos sirvió dos platos humeantes. Yo me había decidido por un filete de ternera con espinacas gratinadas. Aspiré el aroma del queso y la boca se me hizo agua de inmediato.

—Bueno, sea como sea, no volveré a verle el pelo a Stacey —comentó mi padre mientras empezaba a cortar su filete—. Que aproveche.

Mastiqué poco a poco la carne mientras dejaba que mi mirada vagara por el exterior. Era un día nublado y parecía a punto de llover, pero de todos modos aquella panorámica sobre el valle me transmitió la misma calma de siempre.

—No te preocupes, papá —repuse cuando hube engullido el primer bocado—. Seguro que encontramos a una mujer perfecta para ti. En algún lugar debe de estar escondida. Y si a Stacey no le ha gustado tu mono de trabajo es que es tonta del culo.

Con ese comentario conseguí hacerlo reír, y durante un rato estuvimos comiendo en silencio.

—Por cierto..., Nathaniel y Rebecca se mudarán a la casa de Maynard.

Dejé el tenedor suspendido en el aire a medio camino hacia la boca.

—¿Qué?

Mi padre se limpió los labios con la servilleta, la dobló y la colocó bajo el borde de su plato. Todo eso a cámara lenta. O, al menos, yo lo vi a cámara lenta.

—Fue a verla de nuevo con un agente inmobiliario, negoció un poco y al final decidió aprovechar la oportunidad. Es una finca fantástica. Ya empezaba a preguntarme cuándo se acabaría vendiendo.

Muy despacio, dejé el tenedor en el plato de nuevo. El corazón estaba a punto de salirme por la boca. Sentí un frío repentino, y las palmas de las manos empezaron a sudarme. Noté una presión en el pecho y tuve que esforzarme por seguir respirando. Volví a mirar hacia fuera, esperando que contemplar la naturaleza me sirviera para expulsar esa amarga sensación de frío que se había apoderado de mi cuerpo, pero en esa ocasión la panorámica no tuvo el efecto deseado. No logró imponerse. Nada lograría imponerse.

—Quería que lo supieras por mí, Dawny. Y no que te enteraras la próxima vez que vinieras a casa porque todo el mundo estuviera hablando de ello.

No pude más que negar con la cabeza.

—De acuerdo. Gracias.

Mi padre alargó un brazo por encima de la mesa y me agarró la mano.

—Tranquila, es normal que estés furiosa, gorrioncillo. O triste. Es completamente normal.

Cerré los ojos y asentí. Tuve que reunir todas mis fuerzas para no lanzar el plato al suelo. Necesitaba romper algo. Tenía que airear la rabia que sentía, de lo contrario me acabaría explotando la cabeza y lo dejaría todo perdido de sangre y de cerebro machacado.

Nate había tenido el descaro de comprar la casa de Maynard.

La casa con la que siempre habíamos soñado durante la adolescencia. La casa en cuyo jardín solíamos colarnos para poder contemplar el salón desde el porche. La casa de fachada blanca y tejado verde oscuro, de bonitos postigos y techos altos y decorados con frisos. Nuestro sueño compartido para un futuro en común que ya nunca llegaría a cumplirse.

Agarré el vaso de té helado con tanta fuerza que los nudillos se me pusieron blancos. Luego tomé un buen trago y miré a mi padre fijamente con una sonrisa impostada y la esperanza de que resultara convincente.

—No pasa nada, papá. Me alegro por Nate. De verdad —dije en un tono cordial.

Nunca había sido capaz de contarle el verdadero motivo de nuestra separación. Mi padre podía llegar a ser bastante testarudo y no le sobraban los amigos. Los Duffy pertenecían a su reducido círculo de amistades desde hacía más de una década. Sólo por ese motivo, le había hecho creer que Nate y yo nos habíamos separado de mutuo acuerdo, a pesar de que la realidad era totalmente distinta. Además, tampoco quería que se preocupara por mí. Ya tenía suficientes problemas y no deseaba ser una carga para él, sino la mujer fuerte que se había criado bajo su tutela.

Me había costado un montón fingir que todo iba bien durante el día y esperar a la noche para dar rienda suelta a mi dolor, pero lo había conseguido. Lo único que sabía mi padre era que me había sentado mal la separación, como suele ocurrir, por otra parte. Sin embargo, me creyó cuando le conté que simplemente éramos demasiado jóvenes para ir tan en serio con nuestra relación, que nuestra convivencia no había funcionado y que queríamos terminar con ello antes de que fuera demasiado tarde y el daño acabara siendo irreparable. Igual que él y mamá.

«Mierda.»

El resto del tiempo que pasamos juntos esa tarde actué como una zombi. Apenas me enteré de lo que mi padre me contaba y me esforcé en responder a todas sus preguntas con la mayor alegría posible, si bien limitando las palabras al máximo. Tensé una amplia sonrisa en los labios mientras nos despedíamos y lo abracé con fuerza. Ni siquiera ese olor tan familiar a serrín y sudor fue capaz de consolarme.

Regresé a casa aturdida, caminando a paso de tortuga. Cuando empezó a llover, me detuve unos instantes y volví la cara hacia el cielo para notar cómo las diminutas gotitas heladas caían como alfileres sobre mi piel. Tardé más de una hora en regresar a la residencia de estudiantes. Llegué con el maquillaje corrido, por lo que no sólo me sentía como una zombi, sino que seguramente también lo parecía. Las chicas que se cruzaron en mi camino se me quedaron mirando, pero todo eso lo percibí de un modo nebuloso. Fui directamente a mi cuarto, sin fijarme en nada, sin escuchar a nadie.

De algún modo, conseguí llegar hasta mi cama y me dejé caer boca abajo sobre el colchón. Sawyer me preguntó algo, pero yo no quería ni oír ni dar explicaciones sobre mi desastroso aspecto. Por eso me cubrí con la colcha hasta la cabeza y me di la vuelta para quedar de cara a la pared.

Poco a poco, las palabras de mi padre volvieron a resonar en mi mente, cada vez más dolorosas. Notaba el cuerpo muy pesado, como si estuviera cargando con todas las penas que había sufrido desde que me había separado de mi ex.

Nate había comprado nuestra casa. Y la había comprado para la chica con la que me había puesto los cuernos.

A esas alturas debería haberme traído sin cuidado lo que hiciera, pero nada más lejos de la realidad, después de seis años juntos y del daño que me había hecho.

Encontrarme a Nate en nuestro dormitorio encima de Rebecca había sido la peor experiencia de mi vida. El dolor me había partido por la mitad y me había arrebatado la capacidad de confiar en las personas. El dolor era... Ni siquiera me sentía capaz de describirlo. Me había hecho demasiado daño.

Todos esos recuerdos me dejaron paralizada, y sólo pude encogerme para quedar hecha un ovillo. Cerré los ojos con fuerza. Me escocían mucho y no quería ponerme a llorar por Nate otra vez. Mis reservas de lágrimas por Nathaniel Duffy se habían extinguido. Ése había sido el motivo por el que me había mudado a Woodshill, de hecho. Para dejar todo aquello atrás y empezar a construir mi futuro desde cero. Y para no volver a derramar ni una sola lágrima por él.

Había comprado la casa de Maynard.

Nate había seguido viviendo como si no hubiera ocurrido nada de nada. Había conservado nuestros sueños, aunque ahora los compartía con otra chica.

Y no es que yo siguiera queriendo a Nate. Eso lo daba por superado desde hacía ya un tiempo. De hecho, yo misma me había sorprendido al comprobar lo rápido que podía superarse un sentimiento como ése tras descubrir la verdadera naturaleza de una persona. Pero, en cualquier caso, eso no significaba que no me doliera el hecho de que él siguiera con su vida como si nada, como si nunca hubiéramos estado juntos.

En algún momento oí que Sawyer hablaba con alguien que, poco después, se acercó a mí.

—¿Dawn?

Me di la vuelta bajo el edredón y lo levanté lo justo para poder ver a Allie agachada frente a mi cama. Me pegué un poco más a la pared y levanté la colcha para dejarle sitio. Ella accedió a mi muda invitación y al cabo de un momento las dos estuvimos acomodadas en mi cueva privada. Nos miramos y tragué saliva con dificultad. Los ojos verdes grisáceos de Allie se ensombrecieron al ver las manchas rojas que habían aparecido en mis mejillas. No obstante, no me preguntó nada. Nunca me exigía nada. Ése era uno de los motivos por los que la quería tanto.

—Te he traído chocolatinas Reese —se limitó a decir.

Probé a levantar las comisuras de los labios para ver si conseguía sonreír. Ante el fracaso de mi intentona, la frente de Allie se arrugó todavía más.

—Debe de ser algo realmente malo, si reaccionas así cuando te ofrezco una chocolatina.

—Nate ha comprado nuestra casa —susurré. El nudo que tenía en la garganta no permitió que pudiera levantar más la voz—. Ya sólo le falta comprarse también un maltés y llamarlo *Cupcake*.

—Menudo cabrón de mierda...

Asentí con tantas ganas que estuve a punto de golpearle la cara con la frente.

—No quiero volver a sentirme así en toda mi vida. Y te aseguro que esto sólo es una versión suavizada de cómo me puse cuando me dejó.

Me froté el pecho como si de ese modo pudiera deshacerme de la sensación desagradable que tanto me atormentaba. Allie levantó una mano y me acarició el brazo. En su mirada no había lástima, sólo comprensión, como si entendiera perfectamente lo que le estaba contando.

—Tal vez era el motivo por el que intentaba ponerse en contacto contigo. Para contártelo él mismo.

Solté un resoplido de desprecio y, sin querer, unas cuantas gotas de mi saliva rociaron la cara de mi amiga, que reaccionó cerrando los ojos.

—Perdona —me disculpé.

—No pasa nada. Para eso estamos.

Su réplica consiguió arrancarme otra sonrisa, aunque todavía muy leve.

—No puedo creer que haya comprado nuestra casa.

—Nunca me lo habías contado —dijo Allie en voz baja.

Tragué saliva para intentar deshacer el nudo que se me había formado en la garganta y me la aclaré con un carraspeo.

—En realidad no era más que un sueño, una utopía. Siempre hacíamos planes para nuestro futuro en común. Yo quería ganarme la vida escribiendo, mientras que Nate iba ascendiendo en la empresa de su madrastra y..., bueno, también hablábamos sobre dónde viviríamos. En esa casa vivía un señor mayor, y el pueblo entero pasó mucho tiempo esperando a ver si se moría y la casa se ponía a la venta.

—Eso suena bastante desagradable —opinó Allie.

Le di la razón asintiendo con vehemencia.

—Así es. Aunque en mi defensa debo decir que Ernest parecía que tuviera doscientos años.

—Una edad respetable, vamos.

Asentí de nuevo y el contacto con la colcha me revolvió el pelo.

—Aunque en realidad puede que sólo tuviera ciento sesenta y tres. Puesto que todo nuestro entorno hablaba sobre aquella casa, Nate y yo fuimos a verla un día, medio en broma, y Ernest nos sorprendió intentando divisar el interior. Nos amenazó con llamar a la policía.

—¡Oh, no!

—Al día siguiente, Nate y yo fuimos a verlo con una caja de bombones para disculparnos. Nos dejó entrar en la casa e incluso terminamos merendando con él.

—Y pudisteis ver la casa por dentro —adivinó Allie, esbozando una sonrisa.

—Fue increíble, te lo aseguro. Es la casa más bonita que he

visto en mi vida. Parecía sacada de un cuento, si no fuera porque era incluso demasiado bonita para eso. Una casa de ensueño, de un estilo entre rural y romántico..., simplemente era la casa perfecta. Ernest se emocionó mucho mientras nos contaba cómo la había construido con su padre. Era muy consciente de lo mucho que todos esperábamos que estirara la pata y...

Tuve que aclararme la garganta antes de continuar. Tenía la voz completamente ronca.

—Nate le dijo que se tomara con calma eso de morirse, que todavía éramos muy jóvenes y no podíamos permitirnos comprar la casa. Por aquel entonces teníamos unos dieciséis años.

—¿Y a esa edad ya soñabais con comprarla?

Me encogí de hombros.

—Antes de conocer a Ernest era una idea ridícula. Pero después... las cosas cambiaron del todo.

—¿Y qué ha sido de Ernest?

Aspiré aire con los labios temblorosos antes de responder.

—Murió hace medio año.

—Lo siento.

—Yo también. No le quedaba ningún pariente con vida, de manera que el consistorio se quedó con la propiedad de la casa y la ha acabado vendiendo.

En los labios de Allie apareció una expresión severa.

—A Nate.

Asentí.

—Joder...

—O sea que ese cabrón será el próximo viejo que estirará la pata en esa mierda de casa —repuso la voz de Sawyer muy cerca de nosotras.

Aparté la colcha y vi que mi compañera de habitación había colocado su silla plegable junto a mi cama. De hecho, se estaba pintando las uñas encima de mi mesilla de noche.

—Eso es tener muy poco tacto, Sawyer —exclamó Allie.

—Poco tacto y mucho realismo. Además, al fin y al cabo estamos de su parte —dijo Sawyer asintiendo hacia mí.

Allie se incorporó hasta quedar sentada y nos miró a Sawyer y a mí alternativamente con una expresión irritada.

—Creo que ahora nos caemos bien —aclaré, y oí cómo mi compañera de habitación enseguida soltaba una sonora carcajada.

—¿Por lo de la fraternidad? ¿Ya sabe que te encerraron en el cuarto de baño? —preguntó Allie, indignada.

—¿Que te qué? —exclamó Sawyer.

—Ay, déjalo, no viene al caso. Allie, me has dicho que has traído chocolatinas, ¿no?

Mi amiga se quedó unos segundos con la boca abierta antes de reaccionar. Luego sacudió la cabeza y recogió su bolso del suelo.

—Un paquete entero. Y de los grandes.

Con una sonrisa de satisfacción, sacó una bolsa enorme y la sostuvo abierta con las dos manos.

Enseguida pesqué un bombón de manteca de cacahuete y le quité parte del oscuro envoltorio. Allie también le tendió la bolsa a Sawyer, pero ésta se limitó a levantar la mano izquierda en señal de rechazo, ya con las uñas pintadas de color azul metálico. Sin pensarlo dos veces, desenvolví el resto del bombón, me arrastré por encima de la cama y sostuve el resto del bombón con forma de tarta diminuta frente a la boca de mi compañera de habitación.

—Di «Aaa».

Sawyer primero me lanzó una mirada de escepticismo, pero luego se echó hacia delante y engulló el bombón masticándolo como un roedor. La carcajada que solté contribuyó a romper el hielo.

Acabamos pasando la tarde del viernes comiendo chocolatinas hasta vaciar la bolsa entera. Allie se esforzó mucho en evitar el tema de Nate, y Sawyer incluso me pintó las uñas. En realidad, me gustó sentirme tan mimada.

Por desgracia, eso no bastó para ponerme de buen humor: seguía impregnada del dolor que me había producido la noticia de la casa, como si fuera una especie de engrudo pringoso y espeso del que no podría librarme fácilmente.

Más tarde, cuando Sawyer regresó a su mitad de la habitación, Allie hizo una llamada.

—No creo que hoy sea un buen día para salir —la oí decir—. Estoy segura de que Dawn preferirá quedarse en casa.

—Dawn no quiere quedarse en casa —intervine en cuanto detecté el curso de la conversación—. ¡Dawn quiere salir y olvidar que este día ha existido! —exclamé en voz alta.

—Sí, ha sido ella —siguió diciendo, hablando frente al auricular. Luego cubrió el móvil con la mano y me miró con la cabeza ladeada—. ¿Estás segura? —me preguntó.

Asentí con convicción. Sí, por Dios. No tenía ninguna intención de quedarme amargada en la residencia y seguir pensando una y otra vez en la maldita casa de Maynard. Necesitaba con urgencia un poco de aire fresco. O mejor aún: el aire viciado de un local con la música muy alta, capaz de hacerme olvidar el pasado de una vez por todas.

8

Me sentía imparable. Estupenda.

¡Nate podía meterse esa mierda de casa por el culo! ¿Que tenía encarrilado el futuro? Muy bien, yo tenía un presente fabuloso. Y allí estaba, rodeada por un grupo de gente bañada por luces de colores, bailando, dándolo todo, siguiendo el ritmo demencial de la música.

Allie y mi amigo Scott revoloteaban todo el rato a mi alrededor, ocupándose de que no parara de sudar. En el buen sentido de la expresión, se entiende.

Los tacones de mis zapatos eran tan altos que, para variar, quedaba a la misma altura que mis amigas. Allie me había maquillado y me había rizado el pelo. Había elegido un vestido azul petróleo con mucho vuelo a partir de la cintura, de manera que la falda ondeaba de un modo precioso alrededor de mis piernas cada vez que las movía. La música me ayudaba a olvidar, de manera que estuve bailando con los ojos cerrados, dando vueltas sobre mí misma al borde del mareo.

Allie y yo habíamos decidido ir a Hillhouse, el único local que quedaba cerca del campus en el que sabíamos que no pedían el carnet. Sawyer tenía planes en otra parte, al menos eso fue lo que nos dijo cuando la invitamos a acompañarnos. Seguramente tenía que procesar primero el hecho de haber pasado la tarde con Allie y conmigo.

En algún momento, Monica e Ethan se unieron a nuestro pequeño grupo y empezaron a bailar al ritmo de la música. Me encantaba notar los tonos más bajos resonando en mi caja torácica, y los movimientos desenfrenados eran de lo más efectivos para expulsar la rabia contenida. Tampoco es que mi humor hubiera mejorado mucho, pero al menos estaba rodeada de algunas de mis personas favoritas en el mundo.

—Oh, Dios —oí murmurar a Allie. De inmediato, abrí los ojos y seguí su mirada.

Monica e Ethan iban a por todas, a saco. Bailaban como dos desconocidos que acabaran de encontrarse y tuvieran la esperanza de compartir una noche loca, sin más. Toda la carne en el asador: el movimiento de caderas de ella frente al paquete de él, las cabezas echadas hacia atrás, los besos húmedos por encima del hombro y... «¡Puf!»

—¿Hacemos una pausa para tomar algo? —les pregunté a Allie y a Scott, que de inmediato se agarraron a mis brazos.

Volvimos a nuestra mesa, en la que nos encontramos con el novio de Scott, Micah, y también con Kaden. Me dejé caer en el banco frente a Scott y Micah y tomé un buen trago de mi Coca-Cola. Kaden tiró de Allie para que se sentara entre sus piernas, ella echó la cabeza hacia atrás para encontrar sus labios y Kaden le murmuró algo que consiguió que Allie se pusiera colorada de inmediato. Al contrario de lo que me sucedía a mí, ella era una de las típicas chicas a las que les queda adorable ese tono sonrojado en las mejillas. Al ver cómo los miraba, Kaden la soltó y Allie ocupó su asiento en el banco, al lado de él.

—Eres una mirona —me soltó Kaden, apoyando los codos en la mesa.

—Claro, claro —respondí enarcando una ceja—, me dirás que eso te molesta, después de haberte visto en pelotas.

Scott soltó un chillido digno de la matanza del cerdo.

—¿¿Que lo has visto cómo??

—No te preocupes, a mí también me llama mirona —añadió Allie, negando con la cabeza, aunque sin llegar a sonreír.

—¿Cuándo has visto tú a Kaden desnudo? —insistió Scott.

—A mí también me interesa mucho el tema —intervino Micah.

—Fui a casa de Allie porque necesitaba un lugar tranquilo para trabajar y..., bueno, ahí estaba él —expliqué señalando a Kaden con la cabeza—, como Dios lo trajo al mundo.

—¿Podrías darme a mí también un juego de llaves de tu piso para poder trabajar tranquilo? —le preguntó Scott a Allie.

—Los dos juegos de llaves de repuesto ya los tienen Spence y Dawn. Lo siento, Scott —respondió mi amiga.

Ante la negativa, Scott me miró con una expresión de esperanza en el rostro, pero yo negué con la cabeza.

—Me temo que la respuesta es no.

Scott reaccionó con una indignación infantil, y Micah tendió una mano hacia él.

—Ven aquí.

Lo envolvió en sus brazos y nos lanzó una mirada de rencor impostado.

—Ya veis que no necesitamos vuestras llaves.

Dicho esto, se dirigieron hacia la pista de baile y poco después empezaron a moverse al ritmo de otra canción. Micah era impresionante, poseía esa elegancia desenvuelta que hasta el momento yo había advertido en poca gente. El contraste era espectacular: Scott, con el pelo rubio, y Micah con los rizos cortos y la piel bronceada.

Me entraron ganas de hablar con Allie sobre lo mucho que me fascinaba aquella pareja, pero antes de poder volverme para comentarlo oí un ruido de besuqueos procedente del otro extremo de la mesa.

—Por lo que veo, llego en el instante más adecuado —sonó la voz de Spencer, que de repente se había plantado a mi lado.

Volví la cabeza hacia él y me lo quedé mirando. ¿Por qué siempre tenía que llevar esas camisas de cuadros que le quedaban tan bien? ¿Y por qué su aspecto siempre conseguía robarme el aliento?

Mi pecho empezó a moverse arriba y abajo de un modo revelador.

Me alegré de verlo. Eso era lo más jodido. Eso, y el hecho de no poder apartar la mirada de su boca. Un calor intenso se apoderó de mi estómago y, justo entonces, Spencer sonrió. Fue como si hubiera comprendido a la perfección lo que me estaba ocurriendo. ¡Pero no podía saberlo!

Como tampoco podía saber que el deseo irrefrenable de repetir el beso que nos habíamos dado me enfurecía de un modo increíble. No podía saber nada acerca del miedo que me invadía cada vez que me miraba, acerca de cómo se me aceleraba el corazón.

Lo que se desencadenaba en mi interior cuando lo tenía cerca no podía ser nada bueno. Spencer no me convenía en absoluto. No podía permitirme sentir nada por él, porque eso implicaba concederle el poder de hacerme daño como había hecho Nate. Y me había empeñado en no dejar que ningún otro chico pudiera herirme. Por tanto, por lo que a mí respectaba, Spencer podía meterse aquella sonrisa donde le cupiera.

Me levanté de inmediato.

—Me voy a bailar —dije en voz alta, para que Allie y Kaden supieran adónde iba.

Sin volverme para mirar a Spencer de nuevo, hui apresuradamente hacia la pista de baile. Al ver que todos mis amigos iban a su aire, busqué espacio libre y empecé a bailar sola.

Sonaba una canción de Fifth Harmony que no me gustaba

demasiado, aunque en esos instantes era justo lo que necesitaba. Empecé a balancearme al ritmo de la música, completamente ajena a lo que ocurría a mi alrededor. Me daba igual lo que había ocurrido, sólo quería que la música me acariciara la piel y mitigara mis pensamientos. Como el alcohol, pero mucho mejor.

En algún momento volví a abrir los ojos y descubrí a un chico que me estaba mirando. De repente, me dedicó una sonrisa. Se movía al mismo ritmo que yo, aunque a una cierta distancia.

Ese día todo me traía sin cuidado. Los sentimientos. La tristeza. Los recuerdos.

El miedo.

Reduje la distancia que nos separaba y él también se me acercó. Estuvimos bailando de un modo frívolo al son de una música patética, pero fue fantástico. Dejé que me guiara y que me hiciera girar sobre mí misma, permití que me tocara sólo para darme cuenta de que era yo quien lo permitía. Yo llevaba las riendas de mis sentimientos y podía decidir lo que ocurriría esa noche. Dentro de mí no quedaba espacio para el dolor y el miedo, sólo para la diversión y la despreocupación. Sólo existían aquellos desconocidos de pelo oscuro y color de ojos indefinido, aquella canción y nuestros movimientos acompasados.

Hasta que noté una presencia detrás de mí.

Enseguida supe quién era. Noté un cosquilleo en la piel y el corazón me dio un vuelco. Lancé una mirada por encima del hombro y vi a Spencer, fulminando con la mirada al tipo con el que yo estaba bailando.

Éste se alejó de mí sonriendo y no tardó ni diez segundos en encontrar a otra chica.

Furiosa, me volví hacia Spencer.

—¿Qué coño haces? —le solté.

—No me estaba divirtiendo y te he visto bailar con otros

tíos. Puedes distraerte bailando conmigo —propuso, y enseguida me envolvió la cintura con un brazo, como si se sintiera con derecho a tocarme de ese modo.

Y no lo tenía. No pensaba concederle ese derecho jamás, porque eso sólo significaba exponerme más al dolor.

—Para —dije.

—No puedo.

Me acarició la espalda y, a pesar de la determinación que intenté demostrar en sentido contrario, me derretí entre sus manos.

—No puedo parar cuando se trata de ti, Dawn —me susurró muy cerca del oído.

La música que hasta ese instante había notado retumbando por todo mi cuerpo se desvaneció de repente. Dejé de oírla, sólo era capaz de notar a Spencer, de oír sus palabras. Todo mi ser clamaba su nombre.

Pero no podía ser.

Simplemente no podía ser. Comprometerme con él implicaba confiar en él. Y no estaba dispuesta a eso. Sobre todo porque no estaba segura de lo que eso podía llegar a suponer.

—En serio, Spencer. Suéltame —mascullé con los dientes apretados, y acto seguido le pegué un empujón apoyando las manos sobre su pecho.

Consternado, se me quedó mirando y levantó los brazos enseguida en un gesto de indefensión.

—No puedes ponerte celoso sólo porque nos hayamos besado una vez. No salimos juntos, no tienes ningún derecho sobre mí. Y nunca lo tendrás, porque yo no te lo concederé. O sea que haz el favor de dejarme en paz de una vez.

Se hizo un silencio sepulcral.

Literalmente. Todo el local se quedó en silencio durante unos momentos, justo antes de que empezara a sonar la siguiente canción. Nuestra pequeña burbuja de privacidad quedó hecha añicos por culpa de mis gritos, y varias personas volvieron la cabeza para mirarnos. Entre ellos, también nuestros amigos.

Spencer me miró con los ojos ensombrecidos, los labios ligeramente entreabiertos y las cejas enarcadas. Luego apretó los dientes y clavó la mirada en las puntas de sus zapatos. Quizá miraba el suelo buscando un hoyo en el que esconderse. O en el que meterme a mí.

El caso es que, antes de que me diera cuenta, ya se había alejado a grandes zancadas en dirección a la barra.

Spencer se estaba emborrachando. Estuve observando desde lejos cómo vaciaba un vaso tras otro, sin detenerse siquiera cuando Kaden se levantó e intentó convencerlo de que se estaba pasando.

Me sentía tan miserable como una rata de cloaca.

Era amigo mío. Nunca debería haberle hablado de ese modo, por mucho que temiera a mis propios sentimientos. Era consciente de haberlo arruinado todo: para empezar, nuestra amistad, pero también la prudencia que Spencer solía mostrar a la hora de beber.

Nunca lo había visto borracho, y enseguida constaté que no era una imagen agradable. Cada vez que vaciaba un vaso, lo sostenía en alto y lo agitaba en dirección al camarero, esperando a que le sirviera el siguiente. Entretanto, vi cómo se le acercaban chicas a las que no conocía de nada, se colocaban a su lado y empezaban a flirtear con él. Spencer seguía la conversación, incluso llegó a bailar con alguna de ellas, pero luego volvía a la barra enseguida.

—Menuda mierda —murmuró Monica—. Pero si Spencer nunca se emborracha.

—No quería que sucediera algo así —repetí ya por tercera vez.

—Quizá no deberías haber sido tan dura con él —me criticó Monica mientras Ethan jugueteaba con el pelo multicolor de su novia.

—Ya son mayorcitos, no puedes culpar a Dawn de la conducta de Spencer —replicó él en voz baja antes de besarle el cuello—. Tiene veintiún años, cariño. Es normal que se emborrache, si ha tenido una noche de mierda.

—Tienes razón —dijo ella—. Lo siento, Dawn.

Le dediqué una sonrisa conciliadora, aunque pensaba que quien tenía la razón era ella, y no Ethan.

Y las dos lo sabíamos.

Poco a poco, el local se fue vaciando. Antes de marcharse, todos me daban unas palmadas en el hombro o me acariciaban un brazo. Por lo visto, mi aspecto debía de ser realmente patético. Habría preferido que me hubieran gritado o me hubieran culpado de que Spencer estuviera lanzando por la borda todos sus principios.

—No es culpa tuya —intentó consolarme Allie.

Por primera vez deseé tener a Sawyer cerca. Pensé que uno de sus comentarios honestos y directos podría haberme ayudado en esa situación. Allie lo hacía con buena intención, pero mentía. Todo aquello era culpa mía, y no podía volver a casa mientras Spencer estuviera en ese estado autodestructivo.

Kaden regresó a nuestra mesa.

—No te tortures tanto, Dawn. Sólo necesita estar tranquilo un rato.

Solté un gruñido e intenté descifrar el significado de esas palabras, pero no lo conseguí. Spencer ya estaba hablando con la séptima chica que se le había acercado, a la que dedicó una sonrisa antes de tomar otro trago. Luego levantó una mano y pidió algo para ella, que se lo agradeció con una sonrisa radiante mientras jugueteaba con su pelo. Seguramente ella ya estaba pensando en sentarse sobre su regazo cuando él se levantó para sacarse el móvil del bolsillo de los pantalones. Respondió a una llamada y se tapó la otra oreja con la mano. Dio unos pasos hacia un lado, alejándose de la séptima chica y sin volverse para mirarla. De repente, dejó caer los hombros y por unos instantes temí que estuviera a punto de vomitar frente a la barra. Sin embargo, volvió a guardarse el móvil en el bolsillo, lanzó unos billetes sobre la barra y desapareció entre la multitud en dirección a la puerta.

Alarmada, miré a Kaden, pero en esos momentos él sólo tenía ojos para su novia, a la que le estaba apartando los cabellos de la cara. Allie se inclinó hacia él y le susurró algo al oído que tuvo como resultado un beso apasionado.

«Mierda.»

Recogí mi bolso enseguida y, con una rápida disculpa, me levanté y empecé a abrirme paso entre el gentío para salir también del local. Una vez fuera, sentí el azote del frío aire nocturno y me di cuenta de que seguía lloviendo a cántaros. Me protegí los ojos con una mano y eché un vistazo al aparcamiento.

A esas horas, la mayor parte de la gente que había salido de fiesta se había retirado ya, y en el aparcamiento del Hillhouse apenas quedaban coches. Un par de chicos pasaron corriendo por mi lado, pero aparte de eso, todo estaba tranquilo. El Volvo rojo de Spencer destacaría entre los demás coches incluso en la noche más oscura. Y los faros del coche, que se encendieron justo en ese instante, también me ayudaron a localizarlo.

Sin pensarlo dos veces, eché a correr hacia él. Toda una hazaña, teniendo en cuenta mis tacones y lo mojado que estaba el suelo debido a la lluvia. Tropecé unas cuantas veces, pero conseguí evitar que mi cara intimara con los adoquines del suelo. Incluso desde lejos, me di cuenta de que Spencer no paraba de soltar tacos con la puerta abierta de par en par.

Tenía las mejillas enrojecidas y estaba sentado en el asiento del conductor, intentando meter la llave en el contacto. Sin éxito.

—¿Qué demonios haces? —exclamé—. ¿Estás loco o qué?

Soltó otro taco y siguió hurgando con la llave en el aire. Por suerte, ni siquiera conseguía acercarse al contacto.

—Spencer, no puedes conducir en este estado —le advertí inclinándome un poco hacia delante—. Por favor, para ya.

En lugar de responder, fingió no haberse percatado de mi presencia.

—Estaba preocupada por ti —añadí, intentando de nuevo que me hiciera caso, y finalmente decidí alargar una mano para impedir que acertara en el contacto.

De repente, me agarró la muñeca con la mano izquierda.

—Ya sabes lo colgado que estoy por ti —dijo sin mirarme siquiera—, pero ahora mismo no tengo precisamente muchas ganas de verte, Dawn.

Dicho esto, me apartó la mano. Fue como si me hubieran pegado un bofetón. La garganta se me secó de repente.

Una vez más, Spencer siguió intentando meter la llave en el contacto. Y una vez más, sus tentativas fueron en vano.

—¡Joder! —exclamó.

—Déjame conducir a mí —propuse.

—Lárgate, Dawn —masculló entre dientes.

—Por favor.

—Vamos, vamos... —murmuró, incapaz de coordinar sus movimientos—. ¡Mierda, joder! —exclamó, y acto seguido golpeó el volante con la mano plana una, dos, tres veces, y luego con el puño. No me atreví a intentar detenerlo.

Pasó un rato hasta que, por fin, dejó de atizar con rabia el volante y acabó apoyando la frente en él, agarrándolo con las dos manos.

—Voy a buscar a Kaden —dije en voz baja.

Su mano volvió a aparecer de la nada. En esa ocasión me agarró por el borde del vestido. Seguramente ni siquiera se dio cuenta.

—No —repuso, y su mano tembló sobre mi muslo. Estaba hecho polvo—. ¿Por qué hoy? —exclamó, levantando la cabeza y dejándola caer de inmediato hacia un lado. Se me quedó mirando con los ojos ensombrecidos. Unas gotas de sudor aparecieron en su frente, y la mano no paraba de temblarle.

Ése no era Spencer.

El Spencer que yo conocía no perdía la cabeza de ese modo, no intentaría conducir después de emborracharse. Me di cuenta de que algo no encajaba en absoluto. No se trataba sólo de lo que había sucedido entre nosotros, tenía que haber algo más.

—¿Qué ha ocurrido? —susurré. Me sentía empujada a abrazarlo y a asegurarle que todo saldría bien.

—Tengo que volver a casa —graznó mirándome fijamente.

—Pues te llevo a casa. Puedo dejarte allí y volver a pie a la residencia.

Spencer negó levemente con la cabeza.

—No. A Portland. Tengo que volver a Portland.

Masculló algo más, algo que sonó a «urgente» y que encendió todas mis alarmas de inmediato.

—Apártate. Yo te llevo a Portland.

Sus labios esbozaron una sonrisa amarga.

—Ahora mismo no puedo verte, Dawn.

—Lo que seguro que no puedes hacer, con lo borracho que vas, es conducir dos horas y media por la autopista. Déjame hacer algo por ti, Spencer —supliqué, y envolví su mano con la mía intentando que dejara de temblarle—. Por favor, déjame conducir.

Él clavó la mirada en nuestras manos y, al cabo de unos segundos, asintió. Le solté la mano e intentó desabrocharse el cinturón. Después de tres intentos y varios tacos, me incliné sobre su regazo y lo ayudé. Con dificultades, se apoyó en el salpicadero y se golpeó la cabeza contra el asa interior de la puerta del pasajero.

Nunca lo había oído soltar tantos tacos en tan poco tiempo.

Me quité los zapatos de tacones asesinos, puesto que me habría resultado imposible conducir con ellos, y los dejé junto a mi bolso en el espacio para los pies del asiento de Spencer. A continuación, le abroché el cinturón a él y le quité las llaves de las manos.

—Cuando lleguemos a Portland tendrás que indicarme por dónde tengo que ir. ¿Crees que podrás? —pregunté mientras arrancaba el motor.

Él soltó un gruñido que interpreté en sentido afirmativo.

—No te preocupes. Todo irá bien —murmuré mientras me familiarizaba con los controles del coche.

—Es mentira.

Me volví hacia él, pero eludió mi mirada desviando la suya hacia la ventanilla.

—La gente no para de decir esa clase de chorradas y yo me paso la vida esperando. Pero es mentira. Hay errores que no se pueden arreglar. Y nada volverá a ir bien —mascculló entre dientes.

Apenas pude comprender lo que decía, por no hablar ya del significado de sus palabras. No sabía cuál era el motivo de tanta angustia, y tampoco estaba segura de ser capaz de ayudarlo. Lo único que podía hacer por él era llevarlo a casa, por lo que giré el volante con cuidado, salimos del aparcamiento y nos incorporamos a la calle.

Adelante, hacia la autopista, hacia Portland.

9

Los primeros cuarenta y cinco minutos los pasó durmiendo.

Luego le entraron ganas de vomitar y tuve que aparcar en la cuneta. Aunque no podía apartarle el pelo como había hecho Allie por mí, me dediqué a acariciarle la espalda murmurando palabras tranquilizadoras, con la esperanza de que lo consolaran de algún modo. Lo ayudé a subir al coche de nuevo, y esa vez incluso logró abrocharse el cinturón él solo.

Al cabo de una hora y media tuve que parar en una estación de servicio. Además de unas chanclas de color verde fosforescente de la sección de gangas, compré un buen café para llevar, una botella de agua y un bocadillo para Spencer. Cuando llegué al coche de nuevo, se estaba quitando la chaqueta.

—¿Qué haces? —le pregunté en un tono de voz más cordial mientras dejaba el café en el espacio reservado para las bebidas.

—Toma —se limitó a decir antes de dejar su chaquetón negro sobre mi regazo.

Incluso borracho, el tío sabía cómo comportarse. Mi abrigo se había quedado en el Hillhouse, de manera que sólo llevaba puesto el vestido azul de tejido fino, claramente insuficiente. Y encima, después de las compras que acababa de hacer, unas chanclas de color verde fosforescente para que no me resbalaran los pedales mientras conducía. La temperatura apenas debía de superar los cero grados, por lo que me estaba helando, y agradecí enormemente el gesto que tuvo conmigo.

—Bien, pero sólo si tú te tomas esto con el café —repuse, tendiéndole la mano abierta con dos aspirinas sobre la palma.

Su mirada osciló entre las pastillas que tenía en una mano y la botella de agua que tenía en la otra.

—Gracias —dijo.

Le abrí la botella y él no me quitó los ojos de encima, ni siquiera cuando se llevó la botella a los labios y la nuez del cuello empezó a movérsele arriba y abajo. Cuando terminó de tragar el agua, me devolvió la botella. Yo la tapé de nuevo, cogí el vaso de papel humeante con el café y se lo ofrecí. Cumplido lo prometido, me puse el chaquetón y de inmediato quedé envuelta por su aroma.

A continuación, arranqué el coche de nuevo y salimos del área de servicio.

Cuando ya se hubo tomado medio café, empezó a sentirse mucho mejor. Aun así, no quiso saber nada del bocadillo. De hecho, me pidió que lo alejara de él tanto como fuera posible y lo pusiera en un lugar en el que no pudiera ni olerlo. En lugar de eso, se sacó un chicle del bolsillo y empezó a masticarlo. Un agradable olor a menta se extendió por el interior del coche.

Había cierta tensión en el ambiente. Tuve que concentrarme mucho, porque en parte quería conducir tan rápido como fuera posible, pero al mismo tiempo me apetecía llegar viva. Además, durante el trayecto intenté distraer a Spencer contándole la curiosa sesión de fotos de Sawyer y las citas fallidas de mi padre.

Me estuvo escuchando sin que al parecer le molestara mi cháchara, aunque tampoco hizo ningún comentario en todo el rato. No dijo ni una palabra, una circunstancia tan extraña en su caso que pasé todo el viaje con el estómago encogido.

Mi móvil sonó varias veces. Sin duda debía de ser Allie. Lo más probable era que quisiera saber qué ocurría, pero decidí ignorarla. En algún momento, Spencer se sacó su propio teléfono del bolsillo, tecleó algo y las llamadas cesaron.

El resto del trayecto lo pasamos en silencio. En realidad, el itinerario era bonito, porque discurría por un parque natural con árboles que se elevaban muy por encima de nosotros y con las cimas de las montañas rodeadas de nubes. Sin embargo, el motivo del viaje, el hecho de que siguiera lloviendo tanto y que dentro del coche reinara ese silencio sepulcral me impidieron disfrutar realmente de la conducción.

Spencer apenas me dio las mínimas indicaciones para dirigirme hacia el este. Aunque yo había crecido más al oeste, en Beaverton, conocía bien el camino, y no tardamos mucho en llegar a Eastmoreland.

Recorrimos una avenida preciosa, llena de portales majestuosos y de senderos de entrada amplísimos, en ocasiones tan largos que la casa a la que conducían apenas se divisaba a pie de calle. Ninguna de aquellas casas podía compararse con el bungalow en el que yo había crecido. Para vivir allí tenías que ser asquerosamente rico.

—Puedes parar aquí —me indicó Spencer, señalando el lado derecho de la calle.

Obedecí sin saber muy bien qué tenía que hacer a continuación. Él miró hacia el camino de entrada frente al que había aparcado el coche. Las manos me habían quedado pegajosas después de haber estado conduciendo tan concentrada y durante tanto rato.

—¿Necesitas ayuda? —pregunté en voz baja.

Spencer se desabrochó el cinturón y negó con la cabeza. Abrió la puerta del coche y respiró hondo. Luego se levantó y se dejó caer de nuevo sobre el asiento del pasajero. Se agarró con tanta fuerza al borde del asiento que los nudillos le quedaron del color de la cal.

Saqué la llave del contacto y me apresuré a salir del vehículo. Lo rodeé hasta la puerta de Spencer y lo sostuve pasándole un brazo por la cintura.

—No necesito tu ayuda —gruñó.

En serio, fue un gruñido.

Le di una palmada en el hombro y lo agarré con más fuerza todavía.

—Se acabó. Te acompañaré dentro y punto.

—Eres una mandona —murmuró mientras lo ayudaba a levantarse.

Aspiró otra bocanada profunda de aire y, por fin, me pasó un brazo por encima de los hombros.

—Y tú todavía estás borracho —repuse. Cerré la puerta del coche con el pie y a punto estuve de perder la chancla.

—Es que yo no bebo —dijo Spencer frotándose la frente con la mano libre—. Al menos, no más de una birra, al menos —añadió. De repente se dio cuenta de que había repetido la expresión y frunció los labios, malhumorado.

—Ya lo sé, Spence. Ya lo sé —le aseguré mientras le servía de apoyo para cruzar la verja de hierro.

—Y es por esto por lo que no bebo. Precisamente por...

Su voz se fue apagando a media frase y terminó apretando los dientes.

Mierda, ¿qué debía de haber ocurrido para que se hubiera puesto de ese modo?

Me concentré en conseguir que llegara sano y salvo a la puerta. Lo ayudé a abrirla sosteniendo su peso en todo momento, aunque él intentaba guardar las apariencias. La puerta de la verja chirrió y, cuando por fin entramos en la finca, no podía creer lo que veían mis ojos.

Aquélla era la casa más grande que había visto en mi vida. Con diferencia. Era gigantesca. Las tejas de terracota formaban en el tejado una amplia buhardilla por encima de la puerta principal. A ambos lados del tejado había dos buhardillas. La fachada del edificio era de piedra clara, y los marcos de las ventanas eran del mismo color que el tejado. El jardín delantero estaba repleto de árboles y arbustos que en esa época del año habían perdido todas las hojas, pero que con toda seguridad volverían a brotar muy pronto, mientras que el césped tenía un aspecto de lo más cuidado. Había dos coches elegantes de color negro aparcados frente al amplio portal.

—Jooodeeer —exclamé sin poder evitarlo.

Al cabo de un instante se oyó un grito ahogado procedente de la casa y me quedé de piedra. La mano de Spencer se aferró todavía más a mi hombro y me instó a avanzar.

Otro chillido escandaloso me convenció de que era una chica la que gritaba.

—Spencer... —empecé a decir, pero la mirada que me lanzó bastó para hacerme callar.

Tragué saliva y me apresuré a cubrir los últimos metros que quedaban hasta la puerta de entrada. Una vez allí, él apartó el brazo de mi hombro y enderezó la espalda. Tomó aire una vez más y lo exhaló de nuevo poco a poco. Sacudió las manos y, de golpe, dejaron de temblarle. De repente, parecía completamente relajado. La expresión agria de su boca desapareció por completo y, con ella, cualquier indicio que apuntara al hecho de haber necesitado mi ayuda para llegar hasta allí.

Con unos movimientos sorprendentemente coordinados hizo girar la llave en la cerradura y abrió la puerta. Yo lo seguí hacia el interior de la casa.

Una vez más, me quedé sin aliento.

Sólo el vestíbulo ya era más amplio que la sala de estar y la cocina de mi padre juntas. Suelos de mármol. Una escultura abstracta junto a una mesa de cristal y, encima, un jarrón con flores de un aspecto deslumbrante que se reflejaba en las paredes de color crema. Justo al lado, dos escaleras curvas con los pasamanos de madera torneada permitían acceder a la planta superior.

No es que los Cosgrove fueran ricos.

Es que eran asquerosamente ricos.

Ni siquiera me atreví a seguir a Spencer por la casa con mis chanclas de color verde fosforescente. Me fijé en el carísimo mármol del suelo y no me sentí digna de pisarlo siquiera.

Cuando un fuerte estrépito resonó en las altas paredes del vestíbulo, a Spencer se le tensaron los hombros de nuevo. Contuve el aliento al oír fragmentos de cristal cayendo al suelo. Elegimos la escalera de la derecha, y él se aferró a la baranda con fuerza mientras trepaba por los escalones de dos en dos. Subió muy deprisa, recorrió un pasillo pasando por delante de varias puertas y, una vez más, se oyó otro estruendo, aunque en esa ocasión sonó más cerca todavía. Al final del pasillo se detuvo y me lanzó una mirada por encima del hombro.

—No puedes entrar conmigo —me ordenó con firmeza.

De nuevo me costó reconocer al Spencer que yo conocía en ese tono autoritario y esa mirada tan grave.

—Te espero aquí —repuse. No obstante, antes incluso que pudiera terminar la frase, él ya había cruzado la puerta y la había cerrado de nuevo.

Desde fuera pude oír el murmullo de una voz masculina lanzando reproches. Luego la de Spencer, respondiendo con calma, y el tono conciliador de una mujer intercediendo. Todo quedó interrumpido una vez más por otro alarido justo cuando Spencer decía algo. A pesar de todo, su voz sonaba suave, perseverante, y me transmitió tranquilidad a pesar de que estaba esperando con la espalda apoyada en un muro y ni siquiera compartía la misma estancia que ellos.

El siguiente grito fue desgarrador. Cada vez que aquella chica se quejaba, un escalofrío me recorría la espalda. Y cada vez que Spencer hablaba, lograba que la calma se impusiera. Y vuelta a empezar, una y otra vez.

Al cabo de un rato se abrió la puerta y una pareja mayor salió al pasillo. Supuse que eran sus padres, porque Spencer era la mezcla perfecta de los dos: la cara del padre y los ojos de la madre.

También me llamó la atención su reacción al verme: a juzgar por las caras que pusieron, debía de ofrecer una estampa horrible. El señor Cosgrove se me quedó mirando como si fuera una vagabunda que se hubiera colado en su casa sin permiso, aunque a mí me trajo sin cuidado. Además, al fin y al cabo, él llevaba puesto un pijama de rayas.

—Tú debes de ser Dawn —dijo la madre de Spencer, tendiéndome la mano. Yo se la estreché con la esperanza de que no la notara pegajosa.

—Me alegro de conocerla, señora Cosgrove —repuse con una sonrisa.

Los gritos se oyeron más fuertes y reaccioné con un sobresalto.

—Acompáñanos abajo, Dawn —me pidió el señor Cosgrove como si no tuviera elección, empujándome levemente con la mano plana entre los omóplatos para conducirme por el pasillo. De inmediato eché de menos que Spencer estuviera allí conmigo.

La señora Cosgrove me preparó una taza de leche caliente con chocolate con la que se ganó mi corazón de inmediato. Por desgracia, aquella delicia humeante no contribuyó a paliar el silencio que el tictac del enorme reloj de pie se encargaba de acentuar.

Tic, tac.

Me sentía más o menos en consonancia con la manera en

que me miraba el señor Cosgrove: como una intrusa, como un cuerpo extraño que debía ser eliminado cuanto antes. Deseé haberme quedado esperando en el coche en lugar de haber accedido a la esfera privada de esa gente.

Tic, tac.

—Tienen una casa maravillosa, señor y señora Cosgrove —comenté, reforzando el elogio con un gesto para señalar el salón.

El fuego ardía en la chimenea de gas y emitía una luz cálida que confería una atmósfera acogedora a la estancia. Yo estaba sentada en un..., bueno, no tengo ni idea de cómo se le llama a esa cosa con el asiento ondulado y sin reposabrazos. En cualquier caso, el trasero me quedaba completamente encajado, y no pude evitar preguntarme si conseguiría levantarme de allí cuando llegara el momento de hacerlo. Aunque seguramente no tendría que haberme preocupado tanto por eso. Sin duda el señor Cosgrove se habría prestado a levantarme personalmente con tal de expulsarme de su casa.

—Muchas gracias, muy amable por tu parte, Dawn —replicó la señora Cosgrove con una sonrisa cordial. Sin embargo, su mirada seguía siendo de preocupación.

—¿De dónde eres? —me preguntó el padre de Spencer de repente.

—He crecido en Portland, señor.

—¿Dónde, exactamente?

—En Beaverton, señor.

El padre de Spencer soltó un gruñido y se reclinó en su asiento.

—¿Y también estudias en Woodshill? —preguntó la señora Cosgrove.

Aliviada, me volví hacia ella de nuevo.

—Éste es mi segundo semestre, estoy cursando Filología y

escritura creativa. La universidad es genial, allí me siento realmente...

Otro resoplido del señor Cosgrove.

—... muy... bien.

La señora Cosgrove asintió como si hubiera confirmado alguna sospecha.

—Spencer no estaba demasiado afectado cuando no lo aceptaron en Portland, pero por lo que nos ha contado hasta el momento la experiencia ha sido buena.

—Es un lugar muy bonito. Y no sólo el campus, sino también las clases. La mayoría de los profesores que tengo se implican mucho con las necesidades de los estudiantes. La oferta de conferencias y seminarios es muy amplia, y cada alumno puede elegir los que le parezcan más adecuados para complementar su currículo. Me gusta mucho el plan de estudios.

—Me alegro, así es como debe ser —me animó la señora Cosgrove.

—¿A qué se dedican ustedes, si me permiten la pregunta? —inquirí con cautela.

—Somos abogados, especializados en divorcios. Tenemos el bufete justo aquí al lado.

Tragué saliva con evidentes dificultades.

—¿Todo bien, Dawn? —preguntó la señora Cosgrove al ver mi reacción.

—Sí, gracias —repuse.

—¿Y hoy estabas con nuestro hijo mientras se emborrachaba? —preguntó el señor Cosgrove de repente.

No se me ocurrió ninguna respuesta aceptable.

—Vamos, Raymond —intervino su esposa.

—¡Su comportamiento es vergonzoso, Natalie!

—No digas eso —lo defendió ella.

El señor Cosgrove se levantó de un modo tan brusco que el

sillón resbaló sobre el suelo. Contuve el aliento y noté cómo se me tensaban los hombros.

—Lo que estudia no sirve para nada, no tiene perspectivas de futuro, se presenta aquí borracho... No se puede confiar en él. ¡Y tú estás demasiado ciega para darte cuenta de ello!

—¿Has terminado?

Tic, tac.

Spencer estaba en el umbral del salón, apoyado en el marco de la puerta, con una mano en la cabeza. Miró a su padre con indiferencia. Al parecer, no era la primera vez que oía ese discurso.

Sin añadir ni una palabra más, su padre salió de la estancia y poco después se oyó un portazo.

La serenidad de Spencer cambió de repente y en su lugar apareció una expresión agotada.

—Olivia ya se ha quedado dormida —anunció.

—Eso es bueno —respondió su madre—. ¿Queréis quedaros a pasar la noche aquí?

Por unos instantes, la mirada de Spencer quedó fija en mí, pero luego negó con la cabeza y se agarró con más fuerza al marco de la puerta.

—No. Pero gracias, mamá.

La señora Cosgrove se levantó y con pocos pasos se acercó a su hijo para abrazarlo. Él hundió la cara en el hombro de su madre y el momento fue tan íntimo que tuve que desviar la mirada.

Oí cómo la señora Cosgrove murmuraba unas palabras de consuelo que se perdieron en el pelo de Spencer y luego, en voz alta, añadió:

—Conducid con cuidado.

Levanté los ojos del suelo. La madre de Spencer me estaba mirando con una sonrisa llena de calidez.

—Tranquila —la serenó Spencer antes de abrazarla de nuevo.

—Gracias por el chocolate —dije antes de salir al vestíbulo de nuevo.

—La próxima vez espero que podamos vernos en otras circunstancias para poder conocernos mejor, Dawn —dijo la señora Cosgrove, acariciándome levemente el brazo.

Cuando la puerta por fin se hubo cerrado a nuestras espaldas, Spencer y yo recorrimos el trecho que nos separaba del coche en silencio. El ruido que hacían mis chanclas a cada paso fue lo único que se oyó.

Spencer me dio la llave del coche y monté enseguida. Él, en cambio, se quedó fuera y echó a correr por el sendero de entrada. Se detuvo en un recodo, junto a unos árboles, donde se inclinó hacia delante con las manos apoyadas en las rodillas. A pesar de su postura, pude ver con claridad las convulsiones que se apoderaron de todo su cuerpo.

Aquella imagen me rompió el corazón.

Todo en él me rompía el corazón.

Apagué el motor y me atreví a mirar a Spencer.

Ya no tenía las mejillas enrojecidas, y eso era un buen síntoma. Su respiración volvía a ser tranquila y regular, aunque incluso durmiendo parecía preocupado por algo. Era como si llevara una inmensa carga sobre los hombros y corriera el riesgo de morir aplastado en cualquier instante.

—Me estás mirando —constató sin llegar a abrir los ojos.

No estaba durmiendo. Ese idiota se había pasado dos horas fingiendo dormir para no tener que hablar conmigo. Estaba segura de ello. Y la verdad es que no se lo podía reprochar.

—Porque eres un encanto cuando duermes —repuse.

Abrió los ojos y respondió a mi mirada.

—Hemos llegado —le anuncié, asintiendo en dirección a su casa.

Spencer no dijo nada, se limitó a mirar por la ventanilla.

—¿Quieres que te acompañe hasta que hayas entrado también?

Arrugó la nariz.

—Esto es muy raro —comentó.

—¿Por qué?

—Esto debería estar sucediendo al revés.

—¿Quieres decir que tendrías que ser tú quien me llevara a mí a casa y me preguntara si necesito que me acompañes dentro?

Él asintió, frotándose los ojos. Hasta ese momento sus pestañas habían estado húmedas, pero ahora ya no.

—A eso se le llama *emancipación*, Spence.

—Encontraré el camino yo solo. Puedes llevarte el coche. Mañana iré a recogerlo a la residencia.

—De acuerdo. Gracias.

Se desabrochó el cinturón.

—¿Spence?

Murmuró un gruñido y su mirada vagó desde mi cara hacia abajo, hacia mi cuello.

—¿Quieres hablar? —pregunté con cautela.

—No.

Un último intento.

—¿Quién es Olivia?

Su expresión se endureció de repente, y su mirada se volvió fría e impenetrable.

—Ya te he dicho que no, Dawn. No quiero hablar contigo sobre ello.

—Lo siento —susurré.

Tragó saliva con dificultad. La calle parecía muerta y nosotros, los únicos supervivientes. Él, intentando ocultar su preocupación y su tristeza tras un muro. Y yo, con mis errores, aumentando todavía más la distancia que nos separaba.

—Y no me refiero sólo a esto, sino a todo —intenté justificarme—. Lo siento —añadí al cabo de unos instantes. Todo lo que se había acumulado en mi interior durante las últimas horas clamaba por salir de una vez, y no pude hacer otra cosa, después de lo que habíamos vivido ese día—. Me refiero también a lo que te he dicho en el Hillhouse. Lo siento, de verdad. Me he comportado como una estúpida y...

Su mano me tapó la boca para impedirme continuar.

Reaccioné parpadeando, irritada.

—No quiero oírlo, Dawn —me dijo con la voz ronca. Parecía tan muerto de sueño que pensé que tal vez no hubiera estado fingiendo.

Quise replicar algo al hecho de que me hubiera tapado la boca con la mano, pero lo impidió también con la otra y negó con la cabeza.

—Yo ya he dejado claro mi punto de vista y tú el tuyo. No hace falta que maquilles la verdad para que sea menos dolorosa sólo porque ahora sientas lástima por mí.

Respiró hondo y recorrió mi rostro con la mirada. Parecía como si estuviera registrando hasta el último de mis movimientos, como si me estuviera contando las pecas.

Tic, tac.

—Creo que necesito un poco de distancia —agregó.

Entonces me quitó la mano de la boca y, de repente, tuve la impresión de que todo sucedía a cámara lenta.

Antes de que yo pudiera replicar nada, bajó del coche, dio un portazo y salió corriendo hacia su casa.

10

Mi color preferido era el rosa. Siempre lo había sido, y me traía sin cuidado que no combinara bien con mi color de pelo.

De niña había jugado mucho con cochecitos, aunque solía pintarlos de rosa, decorarlos con pegatinas de flores y ponerles nombre. En la universidad, seguía haciendo más o menos lo mismo: llevaba los cuadernos llenos de papeles de colores, en mi estuche había bolígrafos de todas las tonalidades rosas imaginables, y muchos estaban decorados con purpurina o dibujos de hadas o unicornios. Cada vez que los utilizaba me ponía de buen humor. Endulzaban mi rutina de estudiante.

El chico que se sentaba a mi lado en la clase de literatura americana estaba alucinando con uno de esos bolis de hadas, y no paraba de contemplar fascinado cómo la purpurina flotaba dentro de la carcasa de plástico transparente.

—Es una locura —susurró Isaac, sacudiendo el bolígrafo una vez más—. Parece una de esas bolas de cristal con nieve dentro.

Sonreí mientras tomaba nota de los siguientes puntos de la presentación.

Literatura americana era, sin lugar a dudas, la asignatura más dura que tenía. Y no tanto por el temario, sino por el señor Walden, el profesor. Era estricto e injusto, uno de esos docentes que sólo disfrutan de su trabajo cuando pueden incordiar a sus alumnos. Era realmente temible. Si te sentabas demasiado lejos de él, corrías el riesgo de que te hiciera más preguntas. Aunque tampoco podías sentarte en primera fila, porque luego te interpelaba continuamente, y encima llamándote por el nombre.

Ese día, Isaac y yo ocupábamos dos sitios que quedaban a un lado de la fila central del auditorio. Allí podíamos estar tranquilos, eran asientos seguros, y eso disminuyó un poco el temor que nos infundía el señor Walden.

—¿Crees que nos lo permitirá? —susurré, inclinándome más sobre mi cuaderno para que pareciera que tomaba notas. Y al fin y al cabo, no era mentira, estaba anotando algo sobre la guerra civil y los problemas que habían derivado de ésta a nivel literario.

—No tengo ni idea, pero eso espero. No quiero pasarlo tan mal como Darren —repuso Isaac, agitando de nuevo el bolígrafo.

Isaac se parecía mucho a mí respecto a la idea de hablar en público, por lo que nos habíamos aliado desde el principio de curso.

Cuando Darren había defendido su presentación frente a la clase pocas semanas antes, el señor Walden no había parado de interrumpirlo para dejarle muy claro que lo estaba haciendo muy mal. Fue realmente doloroso ver a un tipo como Darren, normalmente tan descarado y tan seguro de sí mismo, sudando la gota gorda y tartamudeando.

Cuando unos alumnos le exigieron al profesor que al menos les permitiera terminar la presentación, el señor Walden los expulsó del aula. A esas alturas, el número de alumnos que seguían en la asignatura había disminuido mucho, porque buena parte de los que la habían elegido habían optado por abandonar.

El profesor nos daba mucho miedo, por lo que Isaac y yo

estábamos bastante inquietos: nos habíamos propuesto esperar al final de la clase para preguntar si en lugar de la presentación oral podíamos entregar un trabajo escrito.

—¿Puede ser que te hayas acicalado más que de costumbre para eso? —preguntó Isaac, señalando mi pelo con la barbilla.

Levanté la mano y me la pasé por la corona trenzada que había sujetado con horquillas y decorado con un fino zarcillo de flores. Era un peinado primaveral, a pesar del frío que todavía reinaba fuera.

—¿Me tomarás por tonta si respondo a la pregunta con un sí?

Isaac negó con la cabeza de inmediato.

—Qué va. Yo he hecho lo mismo —reconoció señalándose la camisa blanca y la pajarita oscura con topos blancos. En combinación con sus gafas de pasta marrón y el pelo revuelto, estaba realmente mono.

Aguantamos hasta el final de la clase, y cuando empezó a vaciarse el aula nos acercamos a la mesa del señor Walden con la intención de hablar con él.

Su aspecto intimidaba bastante, empezando por su horrible traje de *tweed*, complementado con un chaleco de punto en tonos marrones y verdes a juego con el traje, mientras que en el cuello le sobresalía el nudo de una corbata de color coñac. Tenía el pelo canoso, prácticamente blanco, y en la mitad inferior de la cara lucía una tupida barba de corte cuadrado que no permitía adivinar con certeza su expresión. Siempre que hablaba se le movía arriba y abajo, pero todavía tenía que llegar el día en que alguien pudiera distinguir si sonreía o no. En cualquier caso, yo tenía serias dudas de que fuera capaz de levantar las comisuras de los labios.

—Señor Walden —empezó a decirle Isaac, tras lo cual tuvo que aclararse la garganta—. Perdone si lo molestamos, queríamos hablar con usted un minuto.

Ni siquiera nos miró mientras recogía sus papeles y los guardaba en carpetas. Hizo un gesto vago que interpretamos como una invitación a seguir hablando.

—Para aprobar la asignatura nos pidió que hiciéramos una presentación oral —empecé a decir yo—. Y hemos dado con un tema muy interesante, pero creemos que podríamos elaborarlo mejor por escrito. Por eso nos gustaría saber si sería usted tan amable de permitirnos presentar un trabajo de diez páginas en lugar de realizar la presentación oral.

El señor Walden levantó la mirada apenas un instante hacia mí antes de reunir un pliego de hojas sueltas, meterlas dentro de una carpeta y cerrarla con una goma elástica. A continuación la guardó dentro de un maletín marrón que abrió con un sonoro clic.

—¿Por qué están en la universidad? —preguntó entonces de repente, mirándome impasible. Su rostro me pareció absolutamente exento de expresión, aunque es posible que en realidad sus emociones quedaran ocultas tras aquella impresionante barba.

Me miró de un modo tan penetrante que no se me ocurrió ninguna respuesta. Isaac se apresuró a sacarme del atolladero.

—Para aprender y labrarnos una carrera, para abrirnos paso en el mundo laboral...

—No se lo he preguntado a usted, aunque ya veo que se ha tomado la molestia de aprenderse de memoria el folleto publicitario de la Universidad de Woodshill —lo interrumpió el profesor Walden.

Isaac se tensó a mi lado y yo tuve que reprimir el impulso de acariciarle un brazo para consolarlo.

—Me gustaría adquirir cierta independencia —empecé a decir con toda honestidad—. Quiero adquirir todos los conocimientos posibles sobre literatura, comprender el arte de la escritura y...

—¿Dónde pretende trabajar cuando acabe los estudios? —siguió preguntando con apremio.

¿Por qué me hacía otra pregunta? ¿Pensaba interrumpirme de nuevo a media respuesta?

Respiré hondo antes de contestar.

—Me gustaría trabajar en el sector editorial.

No tenía ninguna intención de confesarle que mi sueño era trabajar en pijama desde casa.

—¿Y realmente cree que su actitud le permitirá conseguir un puesto en ese sector? —insistió clavando sus ojos grises en los míos.

—¿Cómo dice? —repuse, creyendo haber entendido mal sus palabras.

El profesor se puso el abrigo y empezó a abrocharse los botones.

—¿De verdad cree que conseguirá trabajar sin tener que hablar jamás frente a un grupo de personas? Si no presentan el tema de forma oral, no aprobarán el curso. Así de sencillo —concluyó mirándome de arriba abajo.

Me di cuenta con claridad de cómo arrugaba la nariz cuando su mirada se topó con las flores que me había puesto en el pelo.

—Pensándolo bien, y con toda sinceridad, creo que lo mejor que podría hacer es cambiar de asignatura. La de estudios de Literatura Femenina sería más... adecuada para usted —me soltó cogiendo su maletín—. Buenos días —se despidió.

Me quedé boquiabierta.

A mi lado, Isaac respiró hondo.

El señor Walden cruzó el aula a paso ligero hacia la puerta y yo lo seguí con la mirada. No tengo ni idea del rato que pasé allí plantada, y sólo cuando Isaac me tocó el brazo con cuidado me di cuenta de que temblaba de la cabeza a los pies.

Había quedado con Allie, pensábamos comer juntas después de clase. De vez en cuando le llevaba una receta nueva, porque se había empeñado en aprender a cocinar. La mayoría de las veces buscábamos las recetas en internet, íbamos juntas a comprar los ingredientes y luego nos poníamos a bailar como locas en la cocina mientras cortábamos las verduras y las rehogábamos en la sartén. Por desgracia, ese día ni siquiera llegamos a ese punto.

Entré por la puerta del piso de Allie como un vendaval y fui directamente al salón sin preocuparme lo más mínimo por la posibilidad de encontrarme a alguien desnudo. Revoloteé alrededor de Allie nada más toparme con ella, frente a la puerta.

—Menudo... cabrón..., ¡capullo de mierda, joder! —exclamé casi sin aliento.

Había intentado convencerme a mí misma de que el trayecto a pie hasta allí bastaría para calmarme, o al menos para reducir la rabia que se había acumulado en mi interior, pero en cuanto abrí la boca me di cuenta de que no había sido así.

—¿El señor Walden te ha dicho que no? —preguntó mi amiga con tono compasivo.

Empecé a andar por el salón para liberar la energía acumulada por los nervios.

—¿Cómo se puede ser tan cabrón? —exclamé.

Allie se sentó en el sofá, justo debajo de una pared llena de fotografías enmarcadas, entre las que había algunos retratos que nos inmortalizaban a las dos juntas.

—¿Qué ha ocurrido?

No fui capaz de responder de un modo razonable, estaba muy encendida, absolutamente furiosa. En esos instantes tenía unas ganas locas de liarme a golpes con algo. Con el traje de *tweed* del profesor Walden, por ejemplo. A poder ser, sin que se lo quitara antes.

—¡Es un barbudo de mierda!

—Tus insultos dejan mucho que desear, Dawn —dijo la voz de Kaden desde el fondo del piso.

—¡Que te follen, Kaden! —repliqué, y enseguida miré a Allie asustada—. Perdón, no lo decía en sentido literal, te lo juro. Bueno, en todo caso, hazlo tú.

Allie sonrió.

—Joder, creo que nadie había conseguido enfurecerme tanto en toda mi vida. ¡Si es que incluso estoy temblando de rabia! ¿Lo ves? —le dije, extendiendo mis manos trémulas frente a sus ojos.

Oí cómo la puerta del despacho de Kaden se abría un poco más con un leve chirrido.

—¿Crees que debería encerrar a *Spidey*? No me gustaría que lo despellejaras para desahogarte.

Crucé los brazos sobre el pecho para intentar mantener el temblor a raya.

—Lo que me gustaría es enseñarle a *Spidey* lo bien que sabe la carne humana para que se zampara al profesor Walden —exageré—. ¿Puedo?

Una risotada en voz baja sonó desde el despacho. Desvié mi atención hacia allí de repente. Detrás de Kaden, que me miraba desde el umbral de la puerta, Spencer estaba sentado frente al amplio escritorio, donde había dos pantallas iluminadas. Estaba de espaldas a mí, pero ni siquiera se volvió. Y eso que llevábamos varios días sin vernos.

«Creo que necesito un poco de distancia.»

Había pasado a recoger su coche el domingo a mediodía, mientras yo todavía dormía profundamente para recuperarme de la noche anterior. Sawyer le había devuelto la llave y Spencer se había marchado enseguida. Ésta no tardó en acribillarme a preguntas sobre lo que había entre él y yo. Yo no había querido revelar nada, a pesar de no haber podido quitarme de la cabeza lo que había sucedido la noche anterior. Estaba muy preocupada por Spencer.

Me había esforzado en respetar su esfera privada, pero por dentro no paraba de revisar los acontecimientos una y otra vez.

¿Qué debía de ocurrir en su familia? ¿Por qué su padre lo detestaba tanto? ¿Qué había sucedido?

Nunca había visto a Spencer tan destrozado como aquella noche, y tenía curiosidad por saber lo que había pasado. Quería que pudiera contar conmigo, volver a ser su amiga, pero temía que en el futuro no me lo permitiría. Menos aún después de haberlo tratado de ese modo.

Desvié la mirada de su espalda y la clavé en el suelo.

—¿Qué te ha dicho el profesor Walden para cabrearte tanto? —preguntó Kaden.

Respiré hondo y se lo conté con la voz temblorosa.

—¿Qué? —exclamó Allie, y a Kaden también se le ensombreció la mirada al oírlo—. Menudo gilipollas.

—Quizá tenga razón y debería cambiar de clase —reflexioné en voz alta después de dejarme caer en el sofá junto a Allie.

—Ni hablar. No puedes hacerlo. Entonces habrá ganado él, y eso no lo queremos de ningún modo —dijo entrelazando sus dedos con los míos.

Solté un suspiro y apoyé la cabeza en su hombro. Tenía ganas de llorar, pero hacía ya varios meses que no derramaba ni una lágrima. Si tenía que volver a hacerlo, no quería que fuera por un profesor idiota como el señor Walden.

—¿Te importa si hoy no cocinamos? —le pregunté encogiendo las piernas.

—Claro, no te preocupes. Podemos pedir que nos traigan algo a casa, o salir a comer fuera. Como tú quieras.

—Me apetece una pizza. Y helado. Y chocolate. Y recubrir el coche del señor Walden con espuma de afeitar y luego lanzarle huevos.

Allie se partió de risa.

—¿En ese orden?

Asentí sin apartar la cabeza de su hombro.

—Justo en ese orden.

—¿De momento te conformarías con la pizza? —preguntó Kaden.

Asentí con vehemencia. Las flores que llevaba en el pelo rebotaron con cada sacudida.

Al cabo de una hora estaba sentada en el suelo, entre las piernas de Allie, porque Kaden me acusaba de manchar siempre el sofá, y tamborileaba con los dedos sobre la mesita de centro. Kaden trajo cuatro platos a la vez y dejó dos delante de Allie y de mí. Nada más ver el queso fundido, la boca se me hizo agua.

—Spence, para ya de esconderte de Dawn y mueve el trasero hasta aquí —gritó a continuación.

Al oír ese comentario, supongo que mi rostro adoptó una tonalidad parecida a la de la salsa de la pizza.

—Gracias, Kaden —repliqué con tono irónico.

—A ver si os controláis un poco, esto empieza a ser insoportable —nos soltó mientras se sentaba.

Yo no sabía con qué tenía que contar. En cualquier caso, no contaba con encontrarme a un Spencer sonriente y vivaz, pero lo cierto es que parecía el mismo de siempre. Un brillo divertido en los ojos, una curva pícara en los labios y un bolígrafo en la mano, con el que no paraba de hacer ruido. Era simplemente... Spencer.

Hasta que me di cuenta de que rehuía mi mirada.

Se sentó con nosotros y estuvimos comiendo. Allie había puesto un capítulo de una serie cuyos personajes hablaban con un marcado acento escocés, por lo que no se entendía casi nada. En lugar de seguir la trama, mis ojos se desviaron una y otra vez hacia Spencer. Me dediqué a contemplar cómo iba pescando los ingredientes de la pizza con una precisión extraordinaria y se los iba comiendo, hasta que sólo le quedaba la masa y también se la zampaba. Estuvo hablando con Kaden sobre excursiones y sobre no sé qué reflector nuevo que quería comprarse. Bromeó, fanfarroneó e hizo reír a Allie y a Kaden. Ese Spencer no encajaba en absoluto con el hombre que ese fin de semana me había dicho que las cosas no volverían a ir bien jamás en su vida.

Cuando nos terminamos la pizza, él empezó a quitar la mesa. Reunió todos los platos y los llevó a la cocina. Allie me dio un golpecito en la espalda con el pie y, cuando me volví para mirarla, me señaló la cocina con la barbilla.

Genial. Incluso nuestros amigos se daban cuenta de que algo no iba bien.

Con un suspiro de resignación, me levanté y recogí todas las servilletas sucias. Cuando entré en la cocina me encontré a Spencer agachado, metiendo los platos en el lavavajillas. Se había arremangado la camisa, lo que revelaba unas franjas de piel más bronceada. Me vinieron tantas ganas de tocarlo que a punto estuve de alargar la mano hacia él.

Me quedé sin respiración un momento y él se me quedó mirando sorprendido. Con un gesto mecánico, metió el último plato en el lavavajillas y se incorporó. Yo tiré las servilletas arrugadas a la basura y me incliné con la espalda contra la encimera.

—¿Qué? —preguntó él sin volverse.

Me sorprendió la frialdad repentina de su voz. Fue como si su buen humor se hubiera perdido camino de la cocina y hubiera quedado enterrado bajo una gruesa capa de hielo.

—He pensado que tal vez querrías hablar —dije con cautela mientras me fijaba en sus hombros y en las costuras de su camisa. La tela se ajustaba perfectamente a su cuerpo, podía vislumbrar con claridad los músculos de su espalda.

Respiró hondo.

—No quiero hablar.

—Spencer, sólo te lo ofrecía porque...

Se volvió.

—Joder, Dawn. ¡Que no quiero hablar contigo! ¿Por qué te cuesta tanto comprenderlo?

Me mordí el labio por dentro, me planté frente a él de un solo paso y le clavé un dedo en el pecho.

—Te derrumbaste frente a mis ojos, Spencer. ¡Lloraste, joder! ¡Y que no quiera salir contigo no significa que me importes una mierda!

Me apartó la mano e intentó pasar por mi lado, pero lo agarré de una manga para retenerlo.

Él soltó un taco, me agarró la mano y me hizo girar sobre mí misma. Fui a parar contra el frigorífico de espaldas, pero el impacto me vació los pulmones de aire.

Spencer se pegó mucho a mí y demostró que era mucho más fuerte de lo que parecía. Con una mano me mantuvo un brazo preso por encima de la cabeza, mientras que el suyo quedó a mi espalda. Permaneció así unos instantes, frente a mí. Luego recorrió mi columna vertebral hacia abajo, hasta el lugar en el que mi espalda se transformaba en mi trasero, extendió los dedos y presionó mi bajo vientre contra el suyo. Yo solté un intenso jadeo.

—La última cosa en la que pienso cuando te veo es en hablar —murmuró. Acercó la boca a mi oído y su aliento me hizo cosquillas en el pelo—. No quiero hablar, Dawn.

Con los labios, recorrió la línea de mi mandíbula mientras yo contenía el aliento. Un calor repentino, abrasador como la lava, se extendió por todo mi cuerpo.

—Entonces ¿qué? —grité.

Spencer entretejió sus dedos con los míos y nuestras manos quedaron unidas contra la puerta del frigorífico. Se apartó un poco de mí para mirarme a los ojos. Tenía las pupilas dilatadas y las mejillas ligeramente sonrojadas, y podía notar cada una de sus respiraciones en mi pecho.

—No creo que quieras oír lo que te haría.

Sí. Sí que quería. De hecho, ansiaba oírlo con todo detalle, puesto que mi cuerpo ya estaba completamente sometido a él. Tenía tanto calor que de buena gana me habría quitado la ropa. Allí mismo. En ese preciso instante. Sin que me importara lo más mínimo que nuestros amigos estuvieran sentados en la habitación de al lado.

—¿Qué quieres, Spence? —susurré. Mi voz sonó como si acabara de pasarme tres horas saltando a la comba.

Se acercó a mi cara hasta que la punta de su nariz rozó la mía. Transcurrieron unos segundos durante los que me perdí por completo dentro de sus ojos.

—Quiero que pares de sentir lástima por mí de una vez y me trates como a un hombre.

La mano que tenía sobre mis lumbares bajó un poco más y se aferró a una de mis nalgas con fuerza, lo que me arrancó un sonoro jadeo.

—Y si no quieres que te haga esto mismo cada vez que nos encontremos en la misma habitación a partir de ahora, será mejor que me hagas caso.

Se apartó de mí y dio un paso atrás con los puños cerrados.

—Distancia, Dawn. Por el bien de los dos.

Retrocedió sin dar media vuelta, con parsimonia, y hundió las manos en los bolsillos de los pantalones sin dejar de mirarme fijamente a los ojos en ningún momento. Parecía casi como si tuviera la esperanza de que fuera yo quien lo evitara.

Pero no pude. Tal vez no podría jamás.

Spencer se dio entonces la vuelta y salió. Yo, en cambio, me quedé apoyada en el frigorífico, con la respiración acelerada, intentando no caer al suelo a pesar de que mis piernas amenazaban con ceder en cualquier instante.

11

Desde hacía unos días que me parecieron una eternidad, me mantenía alejada de mis amigos. O, mejor dicho, del riesgo potencial de cruzarme con Spencer. Invitaba a Allie a que viniera a verme a la residencia en lugar de acudir a su piso, con el fin de evitar encontrarme con él por casualidad. Era algo que quería prevenir a cualquier precio.

Intenté no pensar demasiado en Spencer, ni en aquella noche en la que descubrí una faceta nueva y vulnerable en él. No quería preocuparme, pero lo cierto es que no conseguía olvidar lo mucho que el tema se había salido de madre.

Todas las noches, cuando me acostaba, intentaba recordar el tacto de sus manos sobre mi piel. La dureza de su cuerpo pegado al mío, su aliento descontrolado. No, no. Tenía que desterrar a Spencer Cosgrove de mi mente.

Al menos hasta el día diecinueve de mi plan de desintoxicación de Spence, cuando estuve a punto de estallar.

Allie y yo estábamos cocinando unos espaguetis a la boloñesa y Kaden llegó a casa. Solo, gracias a Dios.

—Esto huele de maravilla —dijo nada más entrar en la cocina para darle un beso a mi amiga.

—Pues hemos preparado comida para quince personas al menos, o sea que algo habrá para ti —le explicó Allie con una sonrisa.

—Muy amable por vuestra parte. Vuelvo enseguida.

Lo seguí con la mirada cuando se metió en su dormitorio.

—Ve y pregúntaselo.

—¿Qué? —exclamé volviéndome hacia Allie.

—Que le preguntes por Spencer.

—No sé, Allie... —titubeé.

—Hace más de dos semanas que no lo veo —me aclaró ella—. Siempre quedan en casa de Spencer, y cada vez estoy más preocupada por ese tema —explicó asintiendo una vez más en la dirección en la que Kaden se había marchado.

Respiré hondo y me levanté. La puerta del dormitorio estaba abierta, por lo que decidí entrar.

Kaden estaba medio desnudo frente al armario.

Por suerte, todavía llevaba los calzoncillos puestos.

—Empiezo a pensar que lo haces a propósito —dijo al verme frente a la puerta.

—No se lo digas a Allie, no quiero tener problemas con ella —respondí, intentando forzar el tono más desenfadado posible mientras me apoyaba en el marco—. Kaden...

—No —me interrumpió enseguida.

—No, ¿qué? —pregunté pasmada.

—Que no, Dawn.

—Pero si todavía no sabes qué iba a preguntarte.

—Puedes cocinar tanta pasta como te apetezca —añadió con una expresión implacable—. Pero no me obligues a incordiar a mi mejor amigo con tus preguntas.

Presioné los labios con fuerza y bajé la mirada hacia mis calcetines rosas de lunares. Tardé unos segundos en responder.

—Me tiene preocupada. Vive solo en una casa enorme, y creo que tiene algún problema. Sólo quiero saber si puedo ayudarlo de algún modo.

Fue en ese mismo instante, cuando lo dije en voz alta, cuando me di cuenta de que en realidad estaba preocupada por él. En el pecho empecé a notar una presión dolorosa.

Spencer siempre hacía creer a todo el mundo que estaba de buen humor. Fanfarroneaba y bromeaba, pero pocas veces revelaba lo que sucedía realmente en su interior. ¿Era posible que en realidad no le fueran tan bien las cosas como nos hacía creer a todos?

Oí cómo Kaden se me acercaba y levanté la mirada de nuevo. Se había puesto una sudadera gris y tenía los brazos cruzados frente al pecho.

—Spencer lo superará.

—¿Qué quieres decir con eso? —pregunté.

Él negó con la cabeza. La expresión de sus labios seguía siendo dura, pero su mirada se había enternecido. No tenía ni idea de cómo lo conseguía.

—No es necesario que te preocupes por él.

—No te creo —dije negando con la cabeza.

—¿Ah, no? —replicó enarcando las cejas.

Había llorado delante de mí y lo había visto completamente destrozado, y aunque no tenía ninguna intención de contárselo a Kaden, la situación empezaba a hartarme. Spencer no estaba dispuesto a hablar ni siquiera en esas circunstancias. Ni una palabra. Había preferido apartarme de su lado de mala manera. No era un tipo dispuesto a compartir la carga de sus problemas por mucho que alguien se ofreciera a ayudarlo.

—Creo que Spencer nunca pediría ayuda, ni siquiera si la necesitara —dije en voz baja.

Él asintió poco a poco.

—Tienes razón. La lástima le provoca alergia.

—¡No es lástima lo que siento por él! —exclamé indignada.

Los labios de Kaden esbozaron una leve sonrisa y yo puse los ojos en blanco.

—De acuerdo, puede que sienta algo de compasión. Pero sólo porque... Mierda, Kaden, tú no conoces a su familia. En esa casa ocurre algo muy raro.

—Ya lo sé.

—¿Y cómo es posible que lo aceptes sin más?

Se encogió de hombros.

—Si de algún modo puedo ayudarlo es no haciéndole pensar todo el rato en las cosas que no andan bien en su vida. Soy la última persona que lo obligaría a hablar de ello.

Me mordí el labio. Comprendía lo que quería decir, yo también reprimía muchas cosas. Aunque eso no significaba que no me doliera ver a Spencer sufriendo.

—No puedo decirte nada más, Dawn. No le des más vueltas. Lo superará, y sabe que estamos a su lado si en algún momento se siente sobrepasado y nos necesita.

A continuación me dio un leve apretón en el brazo al pasar por mi lado y me dejó sola.

No podía quitarme a Spencer de la cabeza. Intentaba llenar mis días con los deberes y las tareas domésticas para evitar pensar en él, pero no lo conseguía: mi mente regresaba una y otra vez a aquella noche. Me daba igual lo que Kaden me hubiera dicho, simplemente no podía dejar de preocuparme por él. Ni siquiera el intento desesperado de sumergirme en el trabajo para evitar que me quedara ni un solo minuto para cavilar sobre el tema sirvió para nada, porque, si no tenía tiempo de pensar en ello durante el día, pasaba las noches en vela recordando aquella casa enorme, su familia y aquellas palabras que había murmurado con tanta amargura.

Por desgracia, todavía no me atrevía a verlo de nuevo. No sabía cómo tendría que comportarme en su presencia. Al fin y al cabo, me lo había dejado bastante claro la última vez: no quería verme.

Durante los días siguientes, me volqué por completo en la publicación de *Hot for You* y en pulir los últimos detalles del texto para poder subirlo, por fin, a las plataformas digitales.

Una lectora de pruebas del foro encontró el vestuario más adecuado para Chelsea y Grover. En la cubierta aparecía un tipo con traje, abrazando a una mujer por detrás. Llevaba las uñas pintadas del mismo color lila de las letras del título, y la mitad superior de las caras no acababa de reconocerse bien, de manera que la ilustración no influía en la imaginación de las lectoras. Como cada vez que publicaba una nueva historia, pasó a ser mi cubierta preferida.

Me reuní varias veces con Isaac para trabajar en la presentación que teníamos pendiente para el señor Walden. Tanto él como yo nos poníamos a sudar sólo de pensarlo, aunque Isaac siempre hacía lo posible para levantar los ánimos.

—No te preocupes, lo conseguiremos, saldrá bien —murmuró con una insistencia fanática mientras se quitaba las gafas y se las limpiaba con el faldón de la camisa. Se las puso otra vez y retomó la presentación desde el principio. A esas alturas, sus frases sonaban ya más o menos comprensibles.

Estábamos sentados en la biblioteca y ocupábamos dos mesas enteras con nuestros papeles, después de haber pasado varias horas puliendo los últimos detalles de nuestra presentación. Por suerte, Isaac dominaba muy bien el programa. Había elaborado dos cuadros impresionantes y una línea cronológica para visualizar todos los datos. Si hubiera tenido que hacerlo yo, la presentación no habría quedado tan seria ni mucho menos.

Estábamos dispuestos a demostrar a ese profesor tan odioso lo que éramos capaces de hacer. Nadie me expulsaría de esa asignatura. No era ni mucho menos mi preferida, pero tampoco estaba dispuesta a abandonarla a medio curso. Al día siguiente pensaba plantarme frente al auditorio y sorprender a ese capullo con la mejor presentación que hubiera visto en su vida. Seguramente primero tendría que vomitar por culpa de los nervios y aparecería con la cara llena de manchas rojas, pero eso me traía sin cuidado. Lo que contaba era que Isaac y yo lo diéramos todo.

Mientras mi compañero seguía murmurando para sí y yo pensaba en lo que me tocaba decir, dejé que mi mirada vagara por la biblioteca. Estábamos sentados en el segundo piso del área de trabajo, donde no estaba prohibido hablar. En el lado opuesto había incontables estanterías llenas de libros especializados en temas de humanidades.

Una sonora carcajada me despertó de mi trance y detuvo también la verborrea de Isaac.

En el lado opuesto, entre las estanterías, vi a dos chicas partiéndose de risa. Hacían tanto ruido que sin duda pronto llegaría alguien para reprenderlas. Estaba a punto de apartar la mirada cuando vi que una tercera figura aparecía junto a ellas.

Spencer.

De inmediato hundí la mirada en mis apuntes. Las frases escritas con tinta azul se volvieron borrosas.

Estaba enfadada con él. Más que enfadada, furiosa. Y también conmigo misma. Y con el mundo entero, pero por encima de todo estaba furiosa con él porque no conseguía apartarlo de mi mente por mucho que lo intentara.

Lo odiaba por eso. Sobre todo porque no podía parar de preocuparme por él. Desde que había charlado con Kaden, las cosas no habían mejorado en absoluto. Más bien todo lo contrario. Echaba de menos las veladas que solíamos pasar todos juntos, riendo con las tonterías que decía Spencer y que siempre me arrancaban una sonrisa, por más que en ocasiones me resistiera a admitirlo. Lo echaba de menos todo, el paquete completo.

Verlo allí con esas chicas, tan contento y despreocupado, me dolió.

Volvieron a reír en voz alta y se sumó a sus risas una carcajada masculina. Furiosa, aparté los ojos de mis apuntes y vi cómo Spencer sostenía unos libros con una mano mientras con la otra añadía otro libro más a la pila.

Dijo algo más y se rieron todos de nuevo, esa vez de un modo más audible, lo que me arrancó un resoplido de desprecio que demostró ser excesivo, porque de repente se volvieron los tres para mirarme.

Y Spencer me vio.

El cosquilleo que sentí en la piel fue increíble.

Sus labios esbozaron una sonrisa ladeada y mi rostro se encendió como el fuego.

Bajé la cabeza tan deprisa que estuve a punto de darme un golpe en la frente con la mesa.

—¿Todo bien, Dawn? —me preguntó Isaac.

Murmuré alguna excusa y mi compañero demostró tener el tacto suficiente para no insistir.

Tenía las tarjetas en la mano y di unos pasos por la habitación mientras iba hablando. Justo en el punto en el que tenía que señalar un cuadro, levanté el brazo. Para saber cuándo llegaba ese momento me había hecho unas marcas de colores en los puntos correspondientes de las tarjetas.

—Me estás volviendo loca —exclamó Sawyer en voz alta.

—Por eso te he prestado los auriculares, para no molestarte —repuse. Mierda, había vuelto a perder el hilo.

Otra vez. Desde el principio.

—No, por favor —gimió al ver que volvía al punto inicial y me ordenaba las tarjetas una vez más.

—Me has interrumpido y he perdido el hilo. O sea que tengo que volver a empezar desde el principio. Estoy ensayando para la presentación de mañana —dije con la mirada fija en la almohada que rellenaba uno de los enormes cárdigan de Sawyer, ya que el estampado me recordaba al de los chalecos de punto que usaba el señor Walden.

—Me estás volviendo loca con esa mierda —se quejó ella de nuevo, levantando bastante la voz. No se había quitado los auriculares, por lo que apenas debía de oírse la voz al hablar.

—Yo sí que me volveré loca de verdad si no me aprendo esto —repliqué. Aspiré aire hasta llenar toda la barriga y fui soltándolo en pequeños soplos controlados.

Sawyer se me quedó mirando como si estuviera contemplando a una extraterrestre.

—¿Qué demonios estás haciendo? —gritó.

Solté un suspiro y decidí quitarle los auriculares para hablar con ella a un volumen normal.

—Ejercicios de respiración. Me ayudan a mantener los nervios a raya y a proyectar mejor la voz —le expliqué.

Se quedó boquiabierta. Estaba sentada en su cama, con los brazos colgando entre las piernas.

—Tía, tú estás fatal —concluyó mirando fijamente la almohada vestida con su cárdigan que yo había colocado sobre una silla—. Pero de verdad —añadió.

—Gracias, Sawyer. Eres muy amable, esto me ayuda mucho. Creo que te mencionaré en los agradecimientos.

—¿No podrías ponerle mejor mi nombre a uno de tus personajes? Siempre he querido ser la protagonista de una novela erótica, pero no me atrevería a salir en una peli. En un libro, en cambio, sí —afirmó sonriendo.

Desde que se había enterado de mi secreto, no habíamos vuelto a mencionarlo. Tuve la sensación de que mi respuesta determinaría cómo seguiríamos hablando del tema.

—De acuerdo, hecho —respondí sin apartar la mirada.

Sawyer sonrió. Luego se puso de pie y fue corriendo hacia su armario, que estaba en la parte de atrás de la habitación. Abrió las puertas y se agachó. Poco después sacó una botella de vodka y la sostuvo en alto con gesto triunfal.

—Toma. Esto te distraerá de la presentación.

—No, gracias —repuse, negando con la cabeza enseguida.

—El vodka es el mejor amigo que puedas tener, si necesitas soltarte un poco. Ven —me ordenó señalando su cama.

—No puedo beber nada, Sawyer.

Me aclaré la garganta y clavé la mirada de nuevo en mis tarjetas.

—¿Por qué no? Ya te he visto borracha en más de una ocasión.

Yo leía la primera línea una y otra vez, a pesar de que habría sido capaz de recitarla de memoria incluso dormida.

—Es simplemente que ahora mismo no me apetece beber.

—Eres la peor mentirosa del mundo, de verdad —replicó.

Volvió a guardar la botella dentro del armario y se aseguró de taparla con un par de prendas.

—Vamos. Suéltalo ya.

La miré con la frente arrugada.

—¿A qué te refieres?

Sawyer reaccionó gesticulando con impaciencia.

—Al verdadero motivo por el que no quieres beber.

Me la quedé mirando perpleja.

—Lo veo en tus ojos y en la rigidez de tus movimientos. Creo que realmente te sentaría bien tomar un trago. Pero parece ser que te estás reprimiendo por algo, y me huelo que no es por esa estúpida presentación.

Tenía razón. Me apetecía mucho acallar mis cavilaciones y aplacar los nervios. Pero justo antes de la presentación no quería beber nada. Además, tendía a cometer estupideces cada vez que tomaba alcohol. Recordaba demasiado bien la última vez, cuando había besado a Spencer, y cómo se había distanciado de mí a partir de entonces. Lo echaba de menos, y tomar una copa de más sería la excusa perfecta para llamarlo y echarle en cara todas mis preocupaciones y mis miedos.

—Oh-oh —exclamó Sawyer—. Ya veo que es por un tío —concluyó enarcando las cejas.

—No me mires con esa cara de sabihonda —repuse señalándola con un dedo.

Al ver mi reacción, sonrió y saltó sobre su cama.

—Quién lo habría dicho. La chica de la sequía permanente por fin ha ligado.

—Vamos, cierra el pico.

Dio unas palmadas en la cama, junto a ella, y le inclinó hacia el cabecero para colocar bien los cojines.

—Vamos, Dawn. Ven aquí. Llevo demasiado tiempo sin acostarme con nadie y se me está haciendo eterno. Necesito compensarlo de algún modo —insistió golpeando la superficie de la cama de nuevo, esta vez con más contundencia.

Solté un gemido para expresar mi mosqueo y crucé la habitación hasta donde estaba ella, para sentarme en el borde de su cama.

—¿Y bien? —preguntó.

—No es nada —respondí de un modo automático.

Sawyer reaccionó poniendo los ojos en blanco.

—¿Es alcohólico y por eso no puedes beber tú tampoco?

—¿Qué? —pregunté indignada—. ¡No!

—¿Tiene una hija y debes acostumbrarte a ser discreta con esas cosas?

—¿De dónde sacas ese tipo de hipótesis?

—De los *realities* de citas —respondió, y acto seguido sonrió de un modo tan pícaro y malicioso que me recordó al Gato de Cheshire de *Alicia en el País de las Maravillas* y no pude evitar soltar una carcajada de desesperación. Con un gemido, hundí la cara entre las manos—. No hace falta que me cuentes nada, Dawn —añadió—. Pero debes saber que se me da muy bien escuchar y todas esas mierdas.

—¿Esas mierdas? —repetí sonriendo frente a mis manos, que bajé poco después para mirar a mi compañera de habitación.

Ella levantó un hombro y se hundió un poco más en los cojines hasta que quedó casi tendida en la cama.

—Sí, ya sabes.

Apoyé la espalda en la pared y poco después Sawyer levantó las piernas y las extendió por encima de mis muslos.

—No puedo beber porque entonces seguramente cometeré alguna idiotez, como llamar a alguien que ahora mismo no quiere saber absolutamente nada de mí —expliqué, poco a poco y con esmero.

—De acuerdo —replicó estirando las sílabas—. ¿Es ése también el motivo por el que hace semanas que siempre estás por aquí rondando después de las clases con cara de echarte a llorar en cualquier momento?

—Más o menos, sí —admití tragando saliva con dificultad—. Me he peleado con un amigo.

—¿Qué hizo para que lo rehúyas de ese modo? —insistió.

—Me dejó muy claro que quería más de mí de lo que yo creía. Y luego descubrí que tenía un montón de problemas sobre los que no quiere contarme nada de nada porque piensa que sentiría lástima por él, y el caso es que me tiene muy preocupada y..., en fin, las cosas se han salido un poco de madre.

—Los tíos con problemas son siempre los que están más

buenos —suspiró Sawyer, ignorando por completo mi desesperación y dejándose caer sobre los cojines de nuevo—. Porque ¿tú quieres algo más de él?

Pensé en el último mes, en todas las veces que había visto a Spencer, en su manera de tocarme, su voz y sus preciosas manos y... abrí los ojos.

—No, no quiero nada más. ¡No!

—Has dicho un «no» de más.

Negué con la cabeza enérgicamente.

—¡No quiero nada con Spencer!

De repente, en la habitación reinó el silencio, pero Sawyer se encargó de hacerlo añicos con una carcajada abrupta.

Me llevé las manos a la cara de nuevo con el firme propósito de no volver a apartarlas nunca más. Pensaba dejarlas para siempre en contacto con mis mejillas ardientes. Sólo necesitaba un tubo de pegamento instantáneo para asegurarme.

—Ay, Dawn. No hay nada malo en el hecho de que te guste alguien como Spencer Cosgrove. Por muy discutible que me parezca tu gusto por los hombres.

Sawyer me dio una patada juguetona en el muslo para dejarme claro que bromeaba.

—Es que no quiero nada —murmuré. Poco a poco, fui apartando las manos de la cara—. Dejar entrar a alguien en mi vida siempre significa exponerme a que me hagan daño. Y ya he sufrido suficiente hasta el momento.

Sawyer resopló.

—¿Cuánto tiempo hace que lo dejaste con tu ex? ¿Un año?

—Más de un año.

—Tal vez empieza a ser hora de que dejes de pensar tanto y te desahogues un poco. Tampoco es necesario que sea el amor de tu vida. Simplemente puedes dar rienda suelta a tus impulsos.

—¿Mis impulsos? —pregunté con las cejas enarcadas.

—Vamos, seguro que en el fondo eres toda una gata salvaj...

La aticé con una almohada hasta que se quedó sin aliento de tanto reír.

Esa noche le confié a Sawyer lo insegura que me sentía respecto a Spencer. Le conté mis preocupaciones y mis miedos, y a cada segundo que pasaba me sentía más y más aliviada. Me sentó bien poder hablar con alguien que pudiera contemplar la situación con objetividad. Cuando hube terminado, nos quedamos en silencio un buen rato.

—¿Y por eso no quieres ver más a tus amigos? —preguntó ella en algún momento.

Asentí.

—Es muy injusto. Y además no tiene lógica, por cierto.

Me revolví, inquieta, sin moverme del sitio.

—Ya lo sé. Pero cuando estoy con Spencer tengo la sensación de que quiere más de lo que puedo ofrecerle. Y él me gusta, eso es lo peor. Si simplemente fuera un tío cualquiera, tal vez sería distinto, pero ¿siendo así? Es que no puedo. No puedo y ya está, ¿comprendes?

—Por extraño que pueda parecer, sí. Aunque yo siempre soy partidaria de sacar a la cerda que llevas dentro. —Sawyer gruñó unos segundos mientras reflexionaba—. Tenéis que dejar las cosas claras, Dawn. No puede ser que no se aclare y que, mientras tanto, debas mantenerte alejada de tus amigos —concluyó con determinación.

Solté un suspiro.

—Probablemente tienes razón.

—Si dices que no te sientes preparada para dejarte llevar de nuevo, tendrá que aceptarlo, Dawn. No puede condicionarte el hecho de que a él se le haya terminado la paciencia.

Le lancé una mirada. Estaba hundida en los cojines, mirando hacia el techo con los brazos cruzados tras la cabeza.

—Eres muy buena tía, Sawyer.

—Sí, ya lo sé.

—¿Puedo seguir ensayando mi presentación ahora? —pregunté esperanzada.

—¿Puedo recuperar mi jersey ya? —preguntó a su vez.

—Si te lo pones y finges ser el señor Walden, por mí encantada.

En lugar de responder, recogió los auriculares que había dejado en la mesilla de noche y se los puso.

12

Esa mañana, la mayoría de las chicas de nuestro pasillo se mantuvieron alejadas de nuestro baño. Llevaba desde las cinco de la madrugada asomada a la taza y había vomitado ya todo lo que había cenado la noche anterior.

Me encontraba fatal. Ya había estado así de nerviosa en otras ocasiones, pero la angustia que me provocaba la presentación era insuperable. Me temblaba todo el cuerpo, y continué teniendo arcadas incluso después de haberlo arrojado todo. Seguramente las otras chicas creyeron que me había pasado la noche anterior bebiendo.

La ducha caliente me ayudó un poco a calmar los nervios. Después me sentí algo mejor y, como mínimo, me quité de encima la peste a sudor frío. Cuando regresé a mi cuarto, Sawyer se me quedó mirando con la frente arrugada.

—Estás hecha una mierda, Dawn.

—Muchas gracias, de verdad —grazné sentándome frente a mi escritorio y dejando caer la cabeza sobre la fría superficie de la mesa.

Sawyer me dio unos toquecitos en el hombro. Con muchas dificultades, me volví para mirarla.

—Toma —me indicó tendiéndome la mano abierta—. Yo a veces me tomo una, cuando me encuentro mal. Y si en lugar de mal me encuentro fatal, entonces me tomo dos o tres.

Examiné el bote de plástico que tenía en la mano.

—¿Qué es? —pregunté con escepticismo mientras lo cogía.

—Algo hecho con plantas, me lo dio mi hermana. Sirven para calmar un poco los nervios —me explicó.

—Ah, gracias —dije observando con atención el botecito sin etiqueta. Lo abrí y vi que estaba lleno de unas cápsulas de color verde.

—Porque supongo que no querrás desayunar nada, ¿verdad? —preguntó Sawyer a continuación.

De inmediato, negué con la cabeza. En ese preciso instante habría jurado que nunca más sería capaz de probar un solo bocado. Cerré el bote y me lo guardé en la mochila.

—Ponte las pilas, todavía tendrás tiempo de repasar las tarjetas otra vez. Si quieres, esta vez incluso puedo escucharte —me ofreció con una mueca malhumorada.

A pesar de todo, supe valorar el esfuerzo que estaba haciendo por mí.

Me maquillé e hice mis ejercicios de respiración. El malestar disminuyó poco a poco mientras me trenzaba el pelo. Ese día me desplacé la raya hacia un lado y me recogí la melena de un modo informal con dos trenzas atadas por detrás. De esa manera, la coleta no me molestaría si tenía que echar un vistazo a las tarjetas, y además evitaría caer en la tentación de juguetear con mi pelo durante la presentación.

Isaac y yo nos reunimos frente a la cafetería del campus, donde él pidió un café para llevar. Parecía más o menos igual de nervioso que yo. Tenía unas sombras azuladas alrededor de los ojos y llevaba la pajarita torcida. Se la enderecé mientras hacíamos cola para el café.

—Lo lograremos cueste lo que cueste —afirmé con una animosidad forzada mientras me peleaba con el cuello de su camisa—. Bueno, así estás bien.

—Creo que me voy a morir —dijo Isaac—. Y eso que a mí no me ha tratado tan mal como a ti. ¿Cómo lo haces? Pareces de lo más tranquila.

En realidad estaba cualquier cosa menos tranquila. Las manos me temblaban y me sudaban de lo lindo, igual que las axilas, que seguramente ya habían dejado manchas en mi camiseta. Las presentaciones orales eran lo peor.

—Esta mañana he vomitado hasta la primera papilla y todavía estoy bastante nerviosa —confesé.

La chica que esperaba en la cola delante de nosotros se volvió con cara de asco y nos miró de arriba abajo con una mueca de desprecio.

—Quizá debería probarlo yo también —reflexionó Isaac en voz alta.

Le acaricié el hombro.

—No. Ya verás cómo lo conseguirás. Eres el mejor de la clase, el más inteligente, y el señor Walden se llevará un buen chasco.

Reto superado: mi compañero de presentación me regaló una sonrisa.

Cogimos nuestras bebidas y nos las tomamos camino del aula. Nuestra conversación se fue extinguiendo a medida que los nervios iban aflorando. Empezó a costarme terminar las frases de un modo coherente, y temí que me sucediera lo mismo durante la presentación. La presión que me imponía a mí misma era mucho mayor que la del simple hecho de complacer al señor Walden. Quería demostrar a cualquier precio que no tenía por qué cambiar de asignatura. Esa clase era para mí, y aunque me costara un esfuerzo titánico, pensaba superar las dificultades y hacer una buena presentación.

Poco antes de entrar en el aula, saqué el bote que me había dado Sawyer.

—¿Qué es eso? —preguntó Isaac.

—Algo hecho con plantas que me ha dado mi compañera de habitación para mantener los nervios a raya —murmuré mientras destapaba el bote.

Había llegado a un punto en el que estaba dispuesta a probar cualquier cosa que pudiera ayudarme a superar aquel mal trago. Me puse tres cápsulas en la mano y me las quedé mirando unos instantes. Luego me las metí en la boca y me las tragué con un poco de agua.

—¿Quieres? Son de Sawyer, pero...

—No hace falta —respondió Isaac, examinando el bote con escepticismo—. Ya tengo... mi café. Aunque tal vez no haya sido una buena idea tomar cafeína justamente ahora.

—Lo conseguiremos —le aseguré, dándole unos golpecitos en el hombro.

Él murmuró algo con poco entusiasmo y a continuación entramos en el aula. Llegamos un poco antes de la clase para poder prepararlo todo, aunque tampoco demasiado pronto, puesto que eso sólo habría contribuido a hacer los nervios más insoportables todavía.

Al cabo de poco rato, el aula empezó a llenarse de gente. Cuando entró el señor Walden y se sentó en la primera fila del auditorio, justo delante de nosotros, lo saludé con cortesía y le entregué el dosier de la presentación, que incluía todos los puntos importantes que trataríamos.

—¿Y bien? ¿Te ha parecido que llegaba de buen humor? —preguntó Isaac cuando me reuní con él junto al encerado.

—Nunca se sabe —respondí encogiéndome de hombros—. Cualquier emoción queda oculta detrás de esa barba.

—Cierto. Bueno, da igual. Lo haremos bien —afirmó Isaac. Acto seguido tendió su puño hacia mí y yo respondí golpeándolo suavemente con el mío. Fingimos que los dos puños explotaban tras el impacto y ocupamos nuestras posiciones frente al atril.

Tenía el cuerpo tenso como un alambre, iba como una moto y tenía la necesidad imperiosa de moverme. Empecé a dar vueltas a las tarjetas que tenía en la mano y a puntearles las esquinas. Me habría encantado poder echar a correr alrededor del edificio para rebajar la tensión de algún modo.

Cuando por fin reinó el silencio en el aula, Isaac se encargó de presentarnos. Prosiguió con una breve introducción del Romanticismo americano y enumeró los textos representativos que habíamos elegido como ejemplos. Todavía iba por la primera hoja cuando el señor Walden resopló por primera vez, lo que provocó que Isaac perdiera el hilo. Se quedó en blanco y tardó un poco en poder seguir hablando. Cuando por fin lo consiguió, el profesor resopló de nuevo.

Isaac se detuvo en seco y tragó saliva. Empezó a juguetear con las tarjetas para intentar relajar los dedos, que no paraban de temblarle.

Poco después, en la última sección de la página, me tocó hablar a mí. Introduje y comenté una tabla en la que Isaac había relacionado a todos los escritores relevantes de la época con sus obras respectivas, cada una de las cuales me encargué de resumir con dos frases breves. En condiciones normales, durante una presentación como ésa yo hubiera estado completamente rígida y me hubiera costado mucho hablar, pero ese día fue todo lo contrario. Gesticulaba de un modo exagerado, andaba de un lado para otro y no podía parar de parlotear. Cuando pasé a la página siguiente, el profesor carraspeó de forma audible y me lo quedé mirando.

Sus pobladas cejas estaban fruncidas al máximo, tenía una pierna cruzada sobre la otra y los codos apoyados en ésta mientras se peinaba una y otra vez la barba con el pulgar y el índice.

Con una expresión malhumorada, procedió a leer los puntos básicos de la página, negó ligeramente con la cabeza y garabateó algo en su cuaderno de notas.

—¿Algún problema, señor Walden? —pregunté en voz alta.

Los alumnos que llenaban el aula contuvieron el aliento de repente. Isaac también, y además hizo un ruido desesperado mientras me daba codazos con disimulo.

—Esa tabla está incompleta —sentenció el profesor, impasible, mientras seguía acariciándose la barba.

—Si se refiere al hecho de que faltan Whitman y Hawthorne, le ruego que espere hasta el final de la presentación —dije en un tono cordial.

Alguien soltó una carcajada mal contenida desde la fila trasera.

El señor Walden hizo un gesto con la mano, como si quisiera ahuyentar a un insecto molesto.

—Prosigan.

Sin duda alguna, Isaac estaba a punto de sufrir un infarto. Tenía la cara completamente colorada. Con la voz afónica, tomó el relevo y presentó el primer texto de ejemplo.

—La elección de ese fragmento es especialmente desafortunada —lo interrumpió el profesor Walden al cabo de unos segundos—. Creo que sería mejor pasar al ejemplo siguiente.

A Isaac se le cayeron las tarjetas al suelo. Soltó un taco susurrado y los dos nos agachamos al mismo tiempo para recogerlas.

—Gracias —murmuró cuando le tendí las que yo había reunido.

—No hay ningún pro... —empecé a decir. Sin embargo, la segunda sílaba de la palabra se me atragantó en cuanto perdí el equilibrio hacia un lado. El golpe lo detuvo el hombro de Isaac, que también perdió el equilibrio, aunque reaccionó enseguida y me agarró por debajo del brazo para levantarme.

—¿Estás bien? —susurró.

Yo asentí.

Sin embargo, era evidente que no lo estaba, porque las paredes empezaron a dar vueltas a mi alrededor y unos puntos de colores aparecieron frente a mis ojos.

Estuve a punto de soltar una carcajada, porque me sentía tremendamente relajada y aquellos puntos me parecieron divertidísimos.

El señor Walden me despertó de golpe de aquel viaje.

—Creo que hemos terminado —sentenció—. Que pase el grupo siguiente y empiece con la presentación.

En cuanto oí esas palabras, los puntos de colores que tenía frente a los ojos se volvieron todos de un rojo escarlata.

—¿Qué? —exclamé, e incluso yo misma quedé sorprendida de la estridencia de mi tono.

—Me parece que he sido lo suficientemente claro. Lo que acabamos de ver es un ejemplo de cómo no debe ser una presentación —repuso el señor Walden—. Vuelvan a intentarlo el año que viene. Quizá entonces estarán preparados para cursar esta asignatura.

Isaac y yo nos lo quedamos mirando asombrados. Ni siquiera nos concedió la oportunidad de continuar. El grupo siguiente se levantó y ocupó nuestro lugar murmurando palabras de disculpa.

Colorados como tomates, recogimos nuestras cosas y salimos del aula. Una vez fuera, tuve que apoyarme en la pared y respirar hondo.

—Mierda —murmuré frotándome la cara.

—No pasa nada —dijo Isaac.

—Sí pasa, ha ido fatal. Yo... Dios, quería demostrárselo. Y lo he echado todo a perder. Lo siento, Isaac.

—No tienes por qué disculparte. Yo estaba igual de nervioso

que tú, se me han caído las tarjetas y no paraba de tartamudear. Es que... —siguió diciendo. Sin embargo, yo sólo podía oírlo a medias.

Me agarré el cuello de la blusa con una súbita sensación de ahogo. Isaac seguía hablando sobre las opciones que teníamos a partir de entonces. Quería que fuéramos juntos al servicio de asesoramiento para estudiantes para pedir un cambio de asignatura, pero yo a duras penas conseguía entender sus palabras. Estaba al borde de la asfixia, y empecé a boquear desesperadamente en busca del aire que me faltaba.

—¿Dawn?

Levanté la mirada hacia Isaac. Se había colocado delante de mí y me contemplaba con preocupación. Con el rabillo del ojo pude ver cómo se iba acercando más y más gente. El pasillo se llenó cada vez más y a mí me faltaba cada vez más el aire.

—¿Estás bien?

Todavía pude negar con la cabeza. Sin embargo, después de eso los puntos que veía frente a mis ojos empezaron a crecer hasta que me impidieron ver nada más y caí al suelo.

Los minutos que transcurrieron a continuación los pasé entre un sueño ligero y una embriaguez absoluta. Oí que alguien me hablaba deprisa, y asumí que debía de ser Isaac. Sin embargo, su voz sonaba tan aguda y nerviosa que por unos instantes creí que era la de una chica.

—¿En qué estabas pensando, Sawyer? —siseó una voz cerca de mi oído.

Alguien respondió algo. Parpadeé varias veces para intentar que el mundo dejara de dar vueltas a mi alrededor y noté cómo se me llevaban apresuradamente por el pasillo.

—Creo que me dará un infarto —se quejó Isaac.

—Deberías haberte tomado alguna pastilla tú también. Todavía me quedan, si quieres.

—No puedes ir recomendando a la gente que tome sedantes, Sawyer —siseó el tipo que me llevaba.

Aunque notaba la cabeza como si la tuviera envuelta en algodón, estaba casi segura de que era Harry Styles el que me había salvado. Guau, y en esos momentos se me llevaba hacia fuera. Era el mejor día de mi vida.

En cuanto noté el aire fresco del exterior, lo inhalé con avidez. Luego hundí la nariz en el cuello de mi salvador y comprobé que olía a ropa limpia y a un *aftershave* tan agradable que deseé sumergirme en ese aroma para siempre.

De repente, me dejó en algún lugar, parpadeé varias veces y más o menos me di cuenta de que estaba dentro de un coche. Mi cuello cedió hacia atrás y el reposacabezas no cumplió su función. Enseguida alguien alargó una mano y me sujetó por la nuca. Abrí los párpados a pesar de notarlos tremendamente pesados y secos. Era un sueño de lo más extraño.

En lugar de Harry Styles, quien estaba agachado frente a mí era Spencer Cosgrove, lo cual no me pareció nada mal. Estaba en cuclillas junto al asiento del pasajero y me miraba con el ceño fruncido.

—Hola —lo saludé. Notaba la lengua pegada al paladar, y las palabras me salían de la boca a cámara lenta.

Spencer miró por encima de su hombro.

—¿Cuántas le has dado?

—Le he recomendado la misma dosis que tomo yo siempre.

—Se ha tomado tres —oí decir a Isaac.

—¿Tres? ¿Estás loca? —siseó Spencer.

—No he caído en que es bastante más menuda que yo.

Sawyer apareció en mi campo visual, jugueteando con las puntas de su melena con las dos manos.

—¿Todo bien, Dawn? —me preguntó mi compañera de habitación.

—*No poddía eztad mejoood...* —balbuceé. La lengua no me obedecía. Sonaba como una niña de cinco años a la que le han caído los dientes y no puede evitar cecear como una loca.

—Creo que deberíamos ir al médico —sugirió Isaac. Estaba de pie junto a Sawyer y mantenía abierta la puerta del pasajero. Parecía casi como si le sirviera de apoyo, y eso me hizo tanta gracia que me eché a reír. Mi cabeza amenazó con caer de lado una vez más, pero Spencer se encargó de volver a evitarlo. Su pulgar me acarició el cuello y el vértigo que sentía se disipó.

—Esas pastillas están hechas a base de plantas. Es sólo que se ha excedido con la dosis, se le pasará durmiendo —respondió mi compañera de habitación.

Spencer exhaló aire de forma abrupta.

—Me está costando mucho contener las ganas de estrangularte.

Sawyer soltó una carcajada.

—Sí, claro. A mí. Como si fuera yo la que la trata como a una leprosa.

—¿Qué has querido decir con eso? —gruñó Spencer.

—Gente, creo que... —trató de interrumpirlos Isaac, pero con una simple mirada furiosa Sawyer consiguió hacerlo callar. Al menos, eso me pareció, porque en realidad lo veía todo doble y cada vez que parpadeaba la sensación de confusión empeoraba más.

—Me lo ha contado todo, Spencer. No creo que puedas ir dando lecciones de nada, teniendo en cuenta que eres el motivo por el que...

El resto ya no lo oí. Intenté mantenerme despierta por todos los medios, pero mi cuerpo tenía otros planes. Me desplomé apoyada en el reposacabezas y quedé hundida en la oscuridad.

Parpadeé poco a poco, notando un peso desmedido en los párpados, aunque conseguí abrirlos de todos modos.

Reconocí la casa. Los muros grises, el sofá enorme en el que estaba tendida. Todo me resultó familiar. Con cuidado, me incorporé hasta quedar sentada. Todo daba vueltas a mi alrededor.

—¿Cómo te encuentras?

La voz de Spencer, sentado a mi lado, me sobresaltó. Me lo quedé mirando. Estaba bañado en una luz dorada, parecía una especie de aparición divina, o algo parecido, y me tendía una botella de agua. Me quedé mirando la mano que la sostenía. Joder, su mano. Era tan bonita, tan grande y tan fuerte...

—Tus manos son para volverse loca.

Alargué los dedos y los deslicé por encima del dorso de su mano. Acaricié su cálida piel y noté un agradable cosquilleo en la mía.

—Tienes las manos más bonitas que he visto jamás en un hombre. Y mira que he visto unas cuantas.

—Supongo que eso era la respuesta a mi pregunta —murmuró reclinándose hacia atrás y cruzando los brazos frente al pecho.

Mis ojos devoraron sus antebrazos desnudos. En mi cabeza, mis pensamientos estaban completamente revueltos.

—A veces desearía poder ser tu Chelsea —dije en voz baja—. Creo que tú serías un Grover espectacular. De hecho, pensaba en ti cuando escribí la escena de la ducha.

En los labios de Spencer apareció una sonrisa.

—No entiendo ni la mitad de lo que dices, pero de acuerdo.

—Quizá sí que tendría que haber dejado que me enseñaras tu cuarto de baño. Desde entonces no puedo quitarme de la cabeza la idea de verte bajo la ducha. Pero yo no puedo ser tu Chelsea —expliqué cambiando de tono mientras negaba con la cabeza.

—Eres un encanto —se limitó a responder él con los labios contraídos en una bonita sonrisa.

Me resultaba inexplicable cómo un rostro podía tener unas facciones tan duras y, al mismo tiempo, ofrecer un aspecto tan tierno. En esos instantes estaba completamente segura de no haber visto jamás a nadie tan guapo como él. Veía las cosas más claras que nunca. Tuve la sensación de haber descubierto el verdadero sentido de la vida.

Levanté la mano y le toqué la comisura de los labios. Su sonrisa se desvaneció y yo reaccioné con una expresión enfurruñada.

—No pares —murmuré levantando también la otra mano para obligar a sus labios a sonreír de nuevo.

Spencer me atrapó las manos y las apartó de su rostro. Luego tiró de mis brazos y me hizo caer hacia delante, de manera que mi mejilla acabó sobre su pecho.

—¿Qué tal si echamos una cabezadita? ¿Qué te parece? —me sugirió, levantando la mano y acariciándome el pelo para descender luego por mi cuello.

Por un momento me relajé, apoyé la cara en él, le rodeé la cintura con los brazos y enlacé mis piernas con las suyas. Él se rio, y con sólo oírlo se me erizó la piel de todo el cuerpo.

—Lo siento, Spence —murmuré frente a su pecho.

—¿Qué quieres decir?

Tragué saliva con dificultad.

—Siento ser así.

Él apoyó la barbilla en mi cabeza y siguió acariciándome el cuello.

—No tienes que pedir disculpas por eso, cielo. Jamás.

Cerré los ojos y me dejé llevar por su respiración, profunda y regular, hasta que me quedé dormida.

13

Spencer estaba dormido, y en esa ocasión no me cupo la menor duda de que dormía de verdad. Su pecho ascendía con suavidad cada vez que aspiraba aire y volvía a bajar cuando lo expulsaba, siguiendo un ritmo regular. Tenía la cara completamente relajada. Parecía una versión masculina de la Bella Durmiente, de no haber sido porque tenía la boca entreabierta. Por primera vez lo examiné a conciencia. Es decir, me fijé en él sin tapujos.

Empecé por el pelo y fui bajando hacia la frente. Las cejas eran tan oscuras y tupidas como el pelo, aunque la izquierda lo era menos y estaba un poco torcida hacia un lado. Las pestañas eran largas, sin duda las había heredado de su madre. Si te paras a pensar, es realmente injusto que ciertas personas, como por ejemplo yo, no podamos tener ese aspecto tan vivaz a menos que utilicemos rímel.

Sobre la barbilla y el mentón, la barba incipiente le crecía de un modo irregular, pero revelaba que Spencer llevaba uno o dos días sin afeitarse. Mis dedos ansiaron poder recorrer la línea de su mandíbula hasta el cuello. Bajo la barbilla, en el lado derecho, descubrí una cicatriz que no parecía fruto de una caída, sino más bien como si se hubiera cortado la piel con un cristal roto o algo semejante. Era una marca torcida, con forma de arco.

Mi mirada siguió vagando hacia el brazo que tenía encima del mío. Allí descubrí unos cuantos lunares pequeños. Por encima del músculo del antebrazo se adivinaban las venas que serpenteaban hasta la mano. Se movió y me agarró con más fuerza.

En el pecho noté una presión y, en el estómago, un revoloteo.

Apenas tres semanas y media después, las aguas habían vuelto a su cauce, y me pareció una mierda que así fuera. No debería desearlo de ese modo, pero tampoco debería sentirme tan bien entre sus brazos.

El aliento de Spencer se detuvo un segundo para cambiar de postura. Eché la cabeza hacia atrás para poder verle la cara. Él abrió los ojos y me miró con cierta pereza. Luego hizo una mueca que culminó en una sonrisa medio adormilada.

—Cómo me gustaría despertarme así más a menudo.

De inmediato, mi postura dejó de ser relajada y se tensó al máximo. Me incorporé hasta quedar sentada y me aferré al respaldo del sofá. De repente tenía frío y me sentía mareada.

Spencer soltó un suspiro y también se sentó.

—Diría aquello tan típico de «No es lo que parece», pero sería mentira —bromeó.

Me aclaré la garganta y retrocedí hasta que mi espalda topó con el módulo esquinero del sofá. Desconcertada, miré a mi alrededor. Estaba en el salón de la casa de Spencer. Y no tenía ni la más mínima idea de cómo había llegado hasta allí.

—No estoy soñando, ¿verdad? —pregunté mientras intentaba recordar lo sucedido.

Spencer cogió una botella de agua de la mesita de centro. Muy despacio, desenroscó el tapón y me la ofreció.

—Toma, bebe un poco.

Irritada, durante unos instantes me limité a quedarme mirando la botella de plástico. Luego la acepté y, cuando hube bebido un par de tragos, me di cuenta de lo mucho que necesitaba beber agua. Tenía la garganta completamente seca. Bajé la botella de nuevo para tomar aire y acto seguido tomé un par de tragos más.

—Despacio, con calma —me aconsejó extendiendo hacia mí una mano abierta.

Le devolví la botella a regañadientes y me sequé los labios con la mano. Poco a poco, me fui despertando del todo. La neblina de mi cerebro se fue disipando y de repente me sobrevinieron todos los recuerdos de lo que había ocurrido por la mañana.

Isaac. La presentación. El señor Walden. Y todo el rollo que le había soltado a Spencer.

—Oh, no —gemí a la vez que me desplomaba de nuevo sobre el sofá—. Mira que soy imbécil.

—Tonterías. Es sólo que tomaste unos... sedantes, y luego saliste del aula.

Entorné los ojos a medida que los recuerdos iban regresando a mi mente. Era como si estuviera viendo una película de terror.

—¡Mierda, joder! No debería haber tomado esas pastillas.

Todavía notaba un leve temblor en las manos.

—Sawyer no debería habértelas dado.

Enarqué las cejas y me lo quedé mirando.

—¿Cómo sabes que me las dio ella? O sea, ¿qué hacías tú allí?

—Tenía una clase en el aula de enfrente y vi cómo te caías encima de Isaac.

Abrí unos ojos como platos.

—¿Que me caí encima de Isaac?

Asintió poco a poco.

—Sawyer también estaba allí. Pensaba pasar a verte después de la clase. Luego te llevamos tan rápido como pudimos hasta mi coche, para que Walden no pudiera desacreditarte por haber ingerido sustancias no permitidas.

Frustrada, solté un gemido. Había sido el peor día de mi vida.

—Probablemente me echarán de la universidad. Debería empezar a preparar las maletas —murmuré.

—Para ya de decir chorradas —me reprendió Spencer antes de tomar él también un trago de agua—. Tampoco es que hayas atacado a un profesor ni nada de eso.

—No, pero he cometido un gran error —constaté tragando saliva—. Quería hacer la mejor presentación de mi vida y, en cambio, ahora... ahora tengo una asignatura menos —me lamenté, frotándome las sienes con los dedos—. Pobre Isaac. Todo es culpa mía.

—Sí, el tío parecía al borde de un ataque de nervios. Sawyer también le ha sugerido que se tomara unos calmantes.

—Lo recuerdo vagamente —admití con un suspiro—. ¿Puedo beber otro trago?

Spencer me devolvió la botella. Le di las gracias y bebí de nuevo. Poco a poco, mi cuerpo empezó a reaccionar y a funcionar con normalidad.

—Y me has traído aquí —dije al cabo de un rato, examinando a Spencer con todo detalle una vez más.

Quería comprender qué había detrás de esa preocupación súbita que él demostraba por mí. Al fin y al cabo, durante las últimas semanas se había distanciado y me había demostrado claramente que no me echaba de menos.

—Y vuelves a dirigirme la palabra. ¿Por algún motivo en concreto?

—Sawyer me ha pegado una buena bronca —repuso sin darle importancia al comentario.

—¿Ah, sí? —pregunté con escepticismo.

Cogió la botella otra vez y la vació de un solo trago. Luego la volvió a tapar y la dejó de nuevo encima de la mesa.

—Creo que te debo una disculpa.

Abrí la boca y volví a cerrarla. Con eso sí que no contaba.

—Me he comportado como un gilipollas. Lo de mi familia me dejó bastante confundido. De hecho, al menos respecto a ese tema, soy bastante reservado —admitió con aire reflexivo mientras se frotaba la barbilla—. No me gusta nada hablar sobre ello, ¿me explico? Me pillaste de mal humor y..., bueno, me comporté como un idiota.

Eso tenía que digerirlo. Traté de asumir aquellas palabras mientras me punteaba los calcetines de lunares.

—Yo también lo siento. No quería importunarte —murmuré.

—Lo sé. Sólo querías ayudarme —repuso antes de hacer una pausa para aclararse la garganta—, que es lo que se espera que haga una amiga. Y yo no te lo permití porque prefería resolver las cosas solo.

Levanté la mirada.

—Tenías todo el derecho a hacer las cosas a tu manera. Yo sólo quería que supieras que estaría a tu lado si me necesitabas en algún momento. Para llevarte a algún sitio en coche, o si sentías la necesidad imperiosa de quitarte un peso de encima.

Al ver cómo arrugaba la frente, levanté las manos en señal de indefensión.

—Pero también comprendo que no quisieras hablar de ello. Al fin y al cabo, hablar está sobrevalorado. Tal vez podríamos volver a ser... amigos..., si te parece bien.

Dios, no había manera de que me salieran las palabras. Nunca me había sentido más idiota intentando expresar algo.

—Nunca hemos dejado de ser amigos, Dawn —susurró.

—Pues a mí me lo pareció —murmuré.

—Ya lo sé. Sólo puedo decirte que lo siento mucho. Y te lo digo de todo corazón.

Las mejillas se me encendieron una vez más al recordar cómo me había empotrado contra el frigorífico.

—Si vamos a ser amigos de nuevo..., no podrás hacerme ciertas cosas —le advertí.

Me di cuenta de que comprendía enseguida de qué le hablaba cuando lo oí suspirar.

—Lo sé. A veces me cuesta controlarme cuando estás cerca.

Solté un resoplido de desdén.

—En serio, Dawn. No era yo, sino el monstruo que vive dentro de mí y que aflora de vez en cuando, lo quiera o no.

—¿O sea que el hecho de que quieras hacer cosas perversas conmigo se debe a que en realidad eres Hulk? —pregunté.

—Eso es justo lo que intentaba decir, sí —respondió con una sonrisa—. Pero sólo el de *Los Vengadores*, porque casi se lo monta con la Viuda Negra —añadió desviando la mirada hacia mi pelo.

No me costó suponer cuál sería su siguiente comentario.

—Por cierto, la Viuda Negra también es pelirroja —comentó ladeando la cabeza y con una sonrisa muy parecida a la que tanto lo caracterizaba, aunque un poco más cautelosa.

—Entonces ya tenemos disfraz para Halloween este año: tú te pintas de color verde y yo me visto con un mono de color negro.

—Has cometido un error diciendo eso. Ahora me pasaré hasta octubre imaginándote enfundada en un mono negro ajustado y... —empezó a fabular. Sin embargo, enseguida se le tensaron los músculos del mentón—. ¿Estás bien? —me preguntó de repente.

El corazón me dio un vuelco debido al alivio que sentí al ver que todo volvía a la normalidad.

—Para ser sincera, no estaba muy atenta a lo que decías —reconocí, y su sonrisa se volvió más acusada todavía.

—Yo también te he echado de menos, Dawn.

El resto del día lo pasamos viendo *El increíble Hulk*, zampando comida asiática y recuperando nuestra amistad. Cuando al atardecer me llevó a casa, fue como si nunca nos hubiéramos peleado.

Todo volvía a ser como antes, y me sentí como si acabaran de quitarme de encima un bloque de hormigón gigantesco.

14

Estaba muy nerviosa, y jugueteaba con los cordones de mi mochila cuando se abrió la pesada puerta del despacho del servicio de asesoramiento para estudiantes. Enseguida junté las manos y enderecé la espalda. Tenía la garganta seca, las manos pegajosas y, poco a poco, empezaba a sudar por todos los poros del cuerpo. Estaba tremendamente inquieta ante la conversación que estaba a punto de mantener con la asesora estudiantil.

—Edwards —me saludó con cortesía mientras yo ocupaba la silla que tenía frente a su escritorio y tragaba saliva.

—Oiga, señora... —empecé a decir. Miré a mi alrededor en busca de algún rótulo con su nombre, pero ella se me adelantó.

—Perkins —se presentó.

—Señora Perkins —repetí sonriendo—, lo que ocurrió en la clase del señor Walden fue un desliz provocado por los nervios. Me gustaría tener la oportunidad de repetir la presentación.

Esa misma mañana había estado ensayando la frase frente al espejo del cuarto de las duchas. Hasta que una de las chicas de la planta había entrado de repente y me había sorprendido hablando sola.

—Es muy loable, Edwards. Sin embargo, me temo que su arrepentimiento no servirá de nada en esta situación. El señor Walden ha dicho que no la quiere en su clase. ¿Ya sabe que hay una gran lista de espera para cursar literatura americana?

Se me hizo un nudo en la garganta.

—No, no lo sabía —respondí con un hilo de voz—. ¿Qué puedo hacer para reunir los créditos necesarios para pasar de curso, pues?

La señora Perkins se subió las gafas, se volvió hacia la pantalla e hizo varios clics con el ratón.

—Vamos a ver qué asignaturas permitirían un cambio.

Se quedó en silencio unos segundos, mientras comparaba la cantidad de alumnos que tenían varios grupos.

—En estudios de literatura femenina quedan plazas libres.

—No. —La respuesta salió tan rápido de mis labios que me pareció un milagro que no se me atragantara.

La mirada de la señora Perkins recayó de nuevo en mí, esta vez esquivando la montura de las gafas por arriba.

—Pensaba matricularme en ésa el próximo semestre —aclaré—. Me interesa mucho el tema y no querría perderme la primera parte del curso.

Bien, había conseguido salvar la situación. De momento.

La asesora estudiantil siguió haciendo clics sobre el listado.

—Todavía quedarían dos cursos de orientación práctica. «Taller de escritura: Elementos del oficio», por un lado, y «Poesía: el arte de las palabras», por el otro.

Normalmente, si todavía quedaban plazas libres en una asignatura mucho después del período de matriculación era porque había un buen motivo para ello: un profesor difícil, mucha carga de trabajo o una materia infumable.

Todo mi ser se rebeló de inmediato contra el curso de poesía. En el instituto había sido uno de los temas que más había odiado, y sólo había conseguido aprobar con una nota bastante baja. Por otra parte, seguro que si en el taller de escritura todavía quedaban plazas libres tenía que haber un buen motivo. Había elegido a propósito cursos de escritura cuyo programa especificaba que podían entregarse los trabajos por escrito. En el taller de escritura tendría que compartir mi obra con la gente, y leerlo en voz alta frente a los demás alumnos para mí equivalía a desnudarme en público. Me daba un miedo atroz, pero si sólo podía elegir aquel curso no me quedaba elección.

—El taller de escritura me parece una buena alternativa —mentí, obligándome a sonreír.

—¡Muy bien! —exclamó la señora Perkins, complacida. Unos cuantos clics más tarde, la impresora que tenía detrás del escritorio empezó a funcionar. La asesora hizo rodar la silla hacia atrás de un empujón y regresó a su puesto con dos hojas en la mano—. Aquí tiene el horario. La segunda hoja es un documento que debe entregar al profesor Gates el día que vaya a clase por primera vez.

Recogí los papeles y, al ver el horario y el número de aula, me quedé sin aliento.

—¡Pero si hay clase hoy mismo!

La señora Perkins le echó un vistazo al reloj que tenía encima de la puerta.

—Empieza dentro de nada. Si se da prisa, llegará a tiempo.

Salí corriendo como una loca, haciendo rebotar la mochila contra la parte baja de mi espalda con cada zancada. Los libros que llevaba dentro no convirtieron aquella carrera en algo plácido, precisamente. Además, por si todavía no lo había mencionado, tengo las piernas muy cortas y mi estado físico dejaba bastante que desear. Entre mis aficiones preferidas estaban escribir, leer y tumbarme en el sofá con mis amigos para ver películas. Normalmente me enorgullecía de ser una apalancada, pero ese día fue todo lo contrario.

Mientras corría, levanté la hoja hasta plantármela frente a las narices y me di cuenta de que me había pasado de largo. Me detuve patinando por el pasillo, di media vuelta y volví atrás.

Llegué al aula completamente sudada, y tuve que dedicar unos instantes a recobrar el aliento antes de llamar a la puerta sin demasiada decisión. Al ver que no obtenía respuesta, la abrí con cuidado y entré con la mayor discreción posible.

Cuando me volví, descubrí que cinco pares de ojos me estaban observando con atención.

No sé quién se sorprendió más. Seguramente yo, porque los alumnos estaban de pie sobre las mesas y se me quedaron mirando desde sus improvisadas atalayas. Supuse que la única persona que no estaba encaramada a una mesa y me daba la espalda tenía que ser el profesor Gates. En lugar de volverse, se agachó y me miró cabeza abajo entre sus propias piernas.

—Hola —me saludó, y los flecos de la bufanda que llevaba alrededor del cuello se le metieron en la boca, por lo que procedió a escupirlos para poder seguir hablando—. ¿Quién eres?

La situación me pareció tan extravagante que ni siquiera pensé en la vergüenza que sentía o en la posibilidad de titubear al responder.

—Dawn Edwards. Acabo de salir del despacho de asesoramiento para estudiantes y a partir de hoy estoy matriculada en esta asignatura.

Ladeé la cabeza con un gesto automático para, al menos, poder distinguir su rostro a medias.

—Bueno, eso creo. Usted es el profesor Gates, ¿no?

El tipo soltó un bufido parecido al que haría un vampiro al ver una ristra de ajos. Tuve que parpadear varias veces para asegurarme de que no estaba sufriendo una alucinación.

Con un movimiento brusco, el profesor se incorporó de nuevo y se volvió para mirarme de frente.

—Chicos, ¿cómo me llamo?

Miré a los estudiantes que estaban encaramados a las mesas, entre los cuales hubo dos que resoplaron de forma audible.

—Nolan —respondieron a coro de todos modos.

El profesor Gates abrió los brazos.

—¡Bienvenida al taller de escritura creativa! —exclamó.

Mi única reacción consistió en quedarme mirándolo fijamente. La primera cosa que me llamó la atención fue su media melena rubia, mal recogida en una trenza, de la que ya habían escapado un buen número de mechones que la electricidad estática de su bufanda le había encrespado por completo, de manera que esos pelos sueltos formaban una especie de corona espectacular, capaz de mecerse con la más mínima brisa. Parecía una versión masculina de la Medusa.

Se vestía como una cebolla, superponiendo un montón de capas: un abrigo gris que le llegaba hasta las rodillas, un cárdigan abierto de color verde y una camisa amarilla con la palabra *Virgin* bordada en cursiva.

Mi ojos se quedaron clavados en el bordado en cuestión y tuve que hacer un esfuerzo para no echarme a reír.

Luego lo miré a la cara y me sorprendí al ver que era muy joven para ser profesor. Calculé que no debía de haber cumplido los treinta. Tenía unos rasgos simétricos y los ojos grises y bonitos, rodeados por unas agradables arrugas de expresión.

—No te quedes ahí plantada, pilla una mesa —me invitó a continuación, señalando las que todavía estaban libres.

Obedecí a la petición titubeando un poco y me quedé mirando a los demás alumnos. Conmigo éramos seis.

Había dos chicas, y la que llevaba el pelo corto y negro me dedicó una sonrisa de ánimo, mientras que la otra mantuvo los brazos cruzados y la mirada fija en el techo. Dos de los chicos me parecieron muy tímidos, porque se limitaban a hundir los ojos en la punta de sus zapatos, mientras que el tercero estaba jugueteando con su móvil.

Todavía sin haber recuperado el aliento del todo, recorrí las estrechas filas del aula y dejé mis cosas junto a la chica del pelo oscuro antes de trepar con dificultades a la mesa.

Aquel seminario era, con diferencia, el más raro al que había asistido nunca. No llevaba ni cinco minutos en la clase y ya me sentí capaz de afirmarlo con seguridad.

—¿Quién será tan amable de contarle a Dawn en qué estábamos trabajando? —preguntó el profesor Gates—. Blake, deja el móvil o te lo quitaré, marcaré el número de tu madre y fingiré una llamada erótica delante de todo el mundo —lo amenazó tendiendo una mano hacia él—. Y con el manos libres —remató.

Blake empalideció de repente y volvió a guardarse el móvil en el bolsillo de los pantalones de tiro bajo.

—Lo siento, Nolan.

—Por cierto, saluda a tu madre de mi parte. Y cuéntale a Dawn lo que estábamos haciendo para que podamos continuar —replicó el profesor mientras daba golpecitos con los dedos en la mesa con impaciencia.

Me volví hacia Blake e intenté animarlo con una sonrisa.

—Bueno, la semana pasada Nolan nos pasó una hoja a cada uno con un personaje y teníamos que adoptar su punto de vista para escribir un breve monólogo —explicó. Blake se aclaró la garganta y se inclinó para echar un vistazo a los apuntes que tenía encima de la mesa—. Ahora nos disponíamos a leer lo que ha escrito cada uno, para luego pasar la hoja y escribir debajo qué personaje se ha imaginado al oír el monólogo.

—O sea, edad, sexo y ocupación —dijo la chica del pelo corto.

—Gracias, Everly —repuso el profesor Gates antes de dar unas palmadas—. Bueno, ¿quién se anima a empezar?

Me habría gustado poder preguntarle a Everly el motivo que justificaba el hecho de estar encaramados a las mesas, pero no me atreví. La clase era tan reducida que era imposible hacer un solo comentario sin que se notara.

El chico que estaba a la derecha de Blake se aclaró la garganta, desplegó la hoja que tenía en la mano y miró al profesor Gates con una expresión interrogante. Éste dio otra palmada y esbozó una amplia sonrisa.

—«Hoy mamá me ha preparado un bocadillo de mantequilla de cacahuete» —empezó a relatar el chico con su tono de voz natural.

Era evidente que la gracia del ejercicio consistía en adivinar el personaje basándonos sólo en la clase de palabras que utilizaba, así como la manera de estructurarlas.

—«Durante la pausa se lo he cambiado a Kyle. Su madre le ha hecho un bocadillo de atún, pero a él no le gusta nada el atún. A mí tampoco me gusta, pero Kyle es muy mono. Se lo he cambiado y me he guardado el bocadillo de atún en la mochila. Ahora la mochila huele a pescado y Molly me ha llamado *Pezqui*. Ha sido muy borde. Pero en la clase de gimnasia lo he hecho bien en la barra fija y ella no. Kyle estaba mirando y me ha saludado, y ahora estoy contenta.»

Terminó asintiendo levemente y todos reímos con cierta prudencia. A juzgar por el tipo de frases, enseguida había tenido la impresión de que se trataba de una niña de unos ocho años.

—Muy bien, Jamie —lo alabó el profesor Gates—. Ahora tú, Everly.

Ella asintió y abrió un cuaderno de tapas brillantes muy vistoso. Se aclaró la garganta y empezó a leer:

—«Estoy cansado, y no sólo desde el punto de vista físico, sino sobre todo mental. Por las noches no paro de dar vueltas y me doy cuenta de lo fría que está la otra mitad de la cama. Tengo sueños y me gustaría poder contárselos, pero ya no está. Después de tantos años se ha marchado, y no sé si llegaré a superarlo algún día. Le digo a todo el mundo que estoy bien, pero no es cierto. Sólo lo estoy cuando no tengo tiempo para pensar, por eso lleno mis días con las cosas más insignificantes que se me ocurren. A pesar de todo, sigo pendiente de ella, puesto que no consigo pensar en nada que no sea seguirla hasta el lugar al que se ha marchado.»

«Guau.» Se me erizó la piel con sólo oírla. Utilizando palabras muy simples, había conseguido emocionarme de verdad. Estaba segura de que el personaje tenía que ser un viudo, aunque no supe determinar qué edad debía de tener. Las expresiones que utilizaba no sonaban propias de un jubilado, sino más bien de un hombre de mediana edad.

—Maravilloso, Everly —la alabó el profesor Gates antes de invitar al alumno siguiente a proceder con la lectura de su texto.

Una vez hubimos escuchado todos los monólogos, el profesor Gates nos ordenó que nos sentáramos en las sillas. Después de haber pasado tanto rato de pie sobre la mesa, casi me pareció raro y todo.

El resto de la clase lo dedicamos a escribir nuestras estimaciones en cada hoja y a debatir, luego, las hipótesis. Estuvimos analizando cada texto, dividiéndolos en partes diferenciadas y discutiendo cuáles indicaban más concretamente la edad, el sexo y la ocupación de cada personaje.

Durante todo ese proceso, el profesor Gates estuvo sentado sobre su mesa con las piernas colgando de nuestro lado. Cada vez que alguien expresaba una opinión con la que él no estaba de acuerdo, iniciaba un debate hasta que se le terminaban los argumentos a su contrincante o hasta que él mismo no encontraba nada más que decir al respecto y se limitaba a asentir.

La clase me pareció muy interesante, aunque sabía que pronto me tocaría a mí también subir a una mesa y leer lo que había escrito. El estómago se me encogió sólo de pensarlo.

Cuando el seminario hubo terminado, recogí mis cosas con la intención de seguir a Everly y a los demás hacia fuera, pero el profesor Gates me llamó. Everly me dedicó una sonrisa por encima del hombro y al pasar articuló unas palabras mudas que no llegué a comprender. Siguió a Jamie y a los demás y cerró la puerta tras ella.

Me di media vuelta y me acerqué a la mesa del profesor, donde seguía meciendo los pies enfundados en unas Converse rojas.

—¿Sí, profesor Gates?

—Nolan —me corrigió, y acto seguido señaló una mesa de la primera fila.

Por unos instantes pensé que tal vez me estaba pidiendo que me encaramara a la mesa de nuevo, pero decidí sentarme imitando no sólo su postura, sino también la forma de mecer las piernas.

—¿Te ha gustado la clase? —me preguntó, y en sus ojos grises detecté una seriedad súbita que contrastó con su apariencia desenfadada.

—Me ha encantado —respondí sin pensarlo.

—¿Qué asignatura has cambiado por ésta? —insistió.

—Literatura americana.

El profesor Gates reaccionó con una mueca malhumorada.

—¿Y por qué, si me permites que te lo pregunte?

—Hubo ciertas... divergencias con el profesor —me limité a responder, aunque por dentro habría preferido no andarme con evasivas.

—Vamos a ver, Dawn. En mi clase no quiero vaguedades. Quiero que en mi aula todos podamos expresarnos con libertad, sin temor a ser juzgados. ¿De acuerdo? —Esperó a que asintiera antes de continuar hablando—: Bien, pues volvamos a intentarlo: ¿Qué ha motivado el cambio de asignatura?

Respiré hondo y me entraron ganas de contárselo todo, pero lo cierto es que no me vi capaz. Una hora no bastaba ni mucho menos para saber cómo era realmente mi profesor nuevo, por no hablar ya de descubrir si podía confiar en él. Lo único que sabía era que estaba algo chiflado.

—Tuve una discrepancia de criterio con el profesor —confesé al fin.

Gates asintió para animarme.

—Eso está mejor. ¿Y en qué consistía esa discrepancia?

Tuve que respirar hondo varias veces al revivir el momento en que el señor Walden me había denigrado frente a toda la clase. En aquel instante me había sentado muy mal, pero no había sido consciente de hasta qué punto sus palabras habían hecho mella en mí. Parecían espinas que no conseguía extraer de mi cuerpo. De repente me sorprendió lo mucho que me estaba costando verbalizarlo. Sin embargo, el profesor Gates tuvo paciencia y dejó que me tomara mi tiempo.

—Tengo serias dificultades para hablar delante de un auditorio —expliqué poco a poco.

—Y Atticus te ha machacado. Comprendo —murmuró Gates frotándose la barbilla.

—¿Atticus? —pregunté con perplejidad.

—El señor Walden.

—El nombre le encaja a la perfección —comenté antes de pensar en censurarme. Enseguida me di cuenta de mi error y me quedé mirando a mi nuevo profesor, aunque él se limitó a sonreír.

—Como ya te he dicho, nada de lo que digas saldrá de aquí. Todo lo que aprendemos y las cosas sobre las que hablamos quedan entre nosotros. Ya he tenido varios alumnos procedentes de un cambio de asignatura como ése, que tenían que lidiar con lo de hablar en público, pero siempre me las arreglo para que acabéis dejando de lado la timidez. Quiero que sepas que contigo también lo conseguiré.

Saltó de la mesa y la rodeó para situarse detrás y reunir los papeles y los libros que tenía esparcidos por el escritorio.

—Respeto los deseos de mis alumnos, Dawn. Si no quieres leer tus textos en público, no lo hagas. Si te apetece escribir, escribe. Si de repente sientes la necesidad de teñirte el pelo de verde y luego resulta que no te gusta, yo animaría a todo el mundo a seguir tu ejemplo. Lo que no sé es si conseguiría convencer a todo el mundo, pero te aseguro que haría lo posible.

Cogió una hoja de papel y sorteó la mesa para acercarse más a mí. Me tendió la hoja y yo la acepté.

—Aquí tienes las actividades que hemos hecho hasta ahora. Estaría bien que para la semana que viene hicieras uno o dos ejercicios. Si lo prefieres, me los puedes mandar por correo electrónico. Lo digo por si te incomoda leerlos delante de los demás. En la otra cara encontrarás la bibliografía recomendada, clasificada por orden numérico. Todos los títulos se encuentran en la biblioteca. ¿Me olvido de algo? —preguntó para sí, frunciendo la frente y levantando la mirada al techo—. Ante cualquier problema o pregunta que te surja, no dudes en ponerte en contacto conmigo. Por lo demás, que alguien nuevo se una a mi clase siempre me parece un motivo de alegría.

Extendió una mano hacia mí y yo se la estreché, sorprendida. Él subrayó el apretón con la otra mano.

—Pronto habrás olvidado el incidente que tuviste con el señor Walden, créeme.

—Gracias, señor Gates —murmuré.

—Nolan —me corrigió. Acto seguido, me soltó la mano y regresó a su mesa haciendo ondear el abrigo.

Por la concentración con la que se puso a leer supuse que me había dado por despedida.

15

Los ejercicios que me propuso el profesor Gates eran tan buenos que durante la semana siguiente acabé escribiendo cinco de ellos. Intenté ponerme al día cuanto antes, y no sólo por las ganas que tenía de ofrecer una buena impresión a mi nuevo profesor, sino también porque me gustó lo mucho que aquellos ejercicios estimularon mi creatividad.

Aparte de eso, por fin llegó la fecha de publicación de *Hot for You.* Subí la historia a internet el miércoles por la noche y el jueves a mediodía ya estaba disponible. Las primeras lectoras me escribieron a mi cuenta de Twitter, y dos blogueras se pusieron en contacto conmigo para solicitar ejemplares digitales que les envié con mucho gusto. En la vida me habría atrevido a soñar que tanta gente llegara a leer las historias que escribía por puro placer.

Sawyer había respetado mi secreto. En ocasiones soltaba algún comentario ambiguo al verme sentada frente al portátil, pero aparte de eso evitaba sacar el tema. Incluso murmuró unas palabras de disculpa cuando le devolví el bote de los calmantes. Después de todo, me alegraba de sentirme unida a ella por algo más que la mera convivencia forzada. Sea como sea, las semanas siguientes al incidente no coincidimos mucho debido a lo atareada que estuve con la publicación de la historia y los preparativos de la fiesta que teníamos previsto celebrar con motivo del inminente cumpleaños de Allie.

Ese día habíamos quedado en reunirnos para planificar la fiesta en casa de Monica e Ethan. Yo estaba sentada en un enorme sillón de piel y les estaba contando a Monica y a Scott lo de mi cambio de asignatura mientras esperábamos a los rezagados.

—He oído hablar de ese profesor —comentó Scott repeinándose el pelo hacia atrás, a pesar de llevarlo ya impecable.

—Yo todavía no —replicó Monica—. Pero su estilo de dar clase parece interesante, si realmente os obliga a subir a las mesas para leer vuestros ejercicios.

—Es muy amable. Y abierto. Aunque también hay que reconocer que está como una cabra, pero de algún modo... —empecé a justificarme. Al final, levanté los hombros con una expresión de impotencia, sin saber muy bien cómo describir al profesor Gates. Era tan caótico y ambiguo que me costaba encontrar una imagen capaz de conseguir que mis amigos se hicieran a la idea de cómo era.

—¿Está bueno? —preguntó Scott esperanzado.

Yo arrugué la frente.

—Si te gustan los tíos que se visten como las cebollas y con el pelo largo, sí.

—Se pueden hacer maravillas con el pelo largo —suspiró él con aire soñador mientras se reclinaba en el sofá.

—¿Cómo es posible que consigas fastidiar cualquier tema de conversación con tus comentarios obscenos? —preguntó Monica, y su tono pareció casi de admiración.

—Mi fantasía no conoce límites. Y el pelo largo, durante el sexo, puede ser genial para...

—¡Eso! ¡Para! —exclamé levantando la voz y llevándome las manos a los oídos—. Es que no quiero ni oírlo, Scottie. De verdad que no. No quiero ponerme colorada la próxima vez que lo mire a los ojos.

Él soltó algo más que no acerté a comprender porque todavía tenía los oídos tapados con las dos manos. Luego puso los ojos en blanco y movió las manos para indicarme que ya había pasado el peligro.

—Eres una aguafiestas —me acusó—. La próxima vez, como mínimo hazle una foto para que pueda fantasear un poco.

—No creo que a Micah lo vuelva loco la idea —comentó Monica con una sonrisa mientras jugueteaba con su cola de caballo. Con los dedos de una sola mano era imposible contar todos los colores que teñían sus mechones.

—Un poco de fantasía no hace daño a nadie —repuso Scott encogiéndose de hombros.

Entonces oí cómo, a mi espalda, la puerta del piso se abría y volvía a cerrarse. Me volví y vi a Kaden y a Spencer entrando en el salón, siguiendo la estela de Ethan. Spencer hablaba por teléfono con una sonrisa en los labios, y levantó la mano libre apenas un instante para saludarnos. Puesto que Scott seguía enumerando las ventajas de los hombres con el pelo largo, agucé el oído para escuchar la conversación que mantenía Spencer por teléfono.

—Claro que sí. Ya me fijaré bien en ese tal Jeremy, la próxima vez —prometió antes de hacer una pausa breve y sonreír con la mirada clavada en las puntas de sus zapatos. Luego se apartó un poco de nosotros caminando por la sala—. No te pondré en evidencia, Olivia. Si me lo propongo, puedo ser más discreto que un ninja. Me limitaré a pedirle el número de teléfono y a decirle que me parece muy mono.

En el otro extremo de la línea, alguien empezó a soltar tacos. Levantaba tanto la voz que incluso yo pude oírlos.

—Que sí, que sí, claro. Oye, tengo que dejarte, tenemos que planificar la fiesta de cumpleaños de Allie. Ajá. Sí, por supuesto, mañana te llamo otra vez. En cuanto haya terminado. Yo también a ti. Saluda a mamá de mi parte. Hasta luego.

Dicho esto, colgó y se volvió hacia nosotros, todavía con la sonrisa en los labios. Al parecer, todo iba bien. Me pareció verlo especialmente contento. Eso me quitó un peso de encima. Por algún motivo, sentí un alivio considerable.

—Hola, gente —exclamó Spencer.

—Hola, tardón número dos —replicó Scott.

—Lo dices como si hubiéramos llegado varias horas tarde. ¿Qué nos hemos perdido?

—Aparte de que Dawn tiene un profesor nuevo y que está buenorro, nada —repuso Scott con una sonrisa malévola.

—¿Has tenido clase con el señor Thornton? —preguntó Spencer mientras se preparaba para sentarse en el reposabrazos de mi sillón.

Me levanté de repente y le ofrecí mi sitio. Se me quedó mirando, parpadeando con perplejidad, y de inmediato decidí sentarme en el suelo, frente al sillón.

—¿Quién es el señor Thornton? —preguntó Scott.

—Un profesor muy guapo. Tanto que alguna vez incluso me ha hecho dudar de mi orientación sexual —respondió Spencer detrás de mí. El sillón crujió bajo su peso cuando por fin se sentó en él.

—Tienes que hacerle alguna foto para que lo podamos comparar con el de Dawn —propuso Scott, dedicándonos una sonrisa.

—No pienso hacerle ninguna foto a Nolan sólo para que podáis babear a gusto —exclamé con decisión mientras negaba con la cabeza.

Scott me señaló de golpe con el dedo.

—¡Ja!

—¿Qué? —pregunté arrugando la frente.

—¡Que ya lo llamas por su nombre de pila! Oh, Dios mío, cuando se lo cuente a Allie...

—¡Tú no le cuentas nada a Allie! —lo amenacé sintiendo un calor repentino en las mejillas.

—Quién habría pensado que justo tú te ligarías a un profe

—insistió Scott, enarcando las cejas para provocarme. Estaba como una cabra.

El sillón volvió a crujir bajo el peso de Spencer cuando se giró para extender las piernas a ambos lados de mi cuerpo.

—Todos sabemos que Dawn no quiere nada con nadie porque se está reservando para mí —anunció en voz alta, posando las dos manos sobre mis hombros—. ¿Verdad, Dawn?

No pude hacer otra cosa que poner los ojos en blanco.

—No sabría decir cuál de vosotros está peor de la cabeza —repliqué.

—¿Por qué te crees que somos amigos, si no? —dijo Scott, cruzando las manos detrás de la cabeza—. Bueno, ¿qué os parece si empezamos de una vez a planificar lo del cumpleaños de Allie? Kaden, en el mensaje que has mandado decías que querías hablar sobre el regalo.

Kaden asintió. Se había sentado frente a mí en el suelo. El piso de Ethan y Monica tenía sólo dos habitaciones y no era el lugar más adecuado para recibir tantas visitas de golpe.

—Por un lado, Dawn y yo hace meses que tuvimos la idea de organizar una fiesta sorpresa. Pero aparte de eso queríamos proponeros algo para el regalo.

—Continúa —le ordenó Monica con un tono de voz complacido, acompañado de un gesto elegante con la mano, como si se estuviera dirigiendo a un súbdito.

Kaden negó con la cabeza sonriendo y se frotó las sienes rapadas. Por la reacción que tuvo, pareció casi avergonzado.

—Ya sabéis que a Allie no le van mucho las cosas materiales. Y puesto que yo soy la mejor del mundo para hacer regalos, ya tiene todo cuanto necesita. Por eso he pensado que tal vez sería buena idea salir de excursión todos juntos, o algo así.

—Si estás pensando en una supertravesía a una de las montañas más altas de América, no cuentes conmigo —sentenció

Monica, a lo que Ethan reaccionó riendo en voz baja—. Lo digo en serio. Y va por vosotros tres —insistió, mirando a Kaden, a Ethan y a Spencer alternativamente—. No me volveréis a engañar para subir a una montaña.

—No se trata de eso, cariño. Deja que Kaden se explique —murmuró Ethan, entrelazando sus dedos con los de ella.

Monica pareció algo más sosegada tras la puntualización de su novio.

—Bueno, sólo quería dejarlo claro, por si las moscas.

—Desde hace tiempo, Allie quiere visitar la costa, pero por un motivo u otro todavía no hemos podido ir —prosiguió Kaden, asintiendo en dirección a Spencer.

—Hace años, Kaden y yo solíamos ir de vez en cuando a un apartamento de la costa —explicó Spencer, y tuve que echar la cabeza hacia atrás para mirarlo. Apartó las manos de mis hombros y miró a los demás, que estaban sentados en el sofá—. He estado buscando un poco y he encontrado una casa de vacaciones que puede salirnos bien de precio si la alquilamos entre todos. Hemos pensado que estaría bien reservarla pronto para pasar un fin de semana todos juntos.

—Me parece una idea genial, de verdad —exclamé.

Spencer bajó la mirada hacia mí y me dedicó una amplia sonrisa.

—¿De verdad?

Asentí con toda la vehemencia que me permitió la postura forzada del cuello.

—O sea que mi idea ha sido aprobada por la mejor amiga de la homenajeada —anunció Spencer, levantando un puño con un gesto triunfal.

—A mí también me parece buena idea —convino Scott.

—Pues a nosotros también, ¿verdad, cariño? —preguntó Monica. Ethan respondió asintiendo enseguida.

—¿Me prestas el portátil? —le preguntó Kaden a Ethan—. Si todos estamos de acuerdo, podríamos contratarlo ahora mismo. No quiero arriesgarme a que lo encuentre en el historial de mi ordenador. Y de paso puedo enseñaros cómo es la casa.

La manera en que Kaden intentaba no sonar entusiasmado fue adorable. Aunque era un tipo realmente duro, era capaz de hacer lo que fuera por Allie, y ese tipo de cosas me llegaban al corazón.

—Claro, tío. Enseguida te lo traigo —aseguró Ethan antes de meterse en su dormitorio. Poco después regresó cargado con su portátil y lo plantó frente a Kaden, sobre la mesita del salón.

—Mirad, es ésta —anunció Kaden, girando el portátil en dirección a Scott y Monica.

—¡Es una pasada! —exclamó ella, y Scott le dio la razón asintiendo poco a poco pero con mucho énfasis.

Ethan rodeó la mesa y se inclinó sobre la pantalla.

—Es una idea genial, me encanta.

Kaden nos contó algo más acerca de la ubicación, las vistas y la distribución de las habitaciones, y cuando por fin pude ver la fotografía en la pantalla del portátil, me quedé de piedra.

La casa era realmente maravillosa. Estaba situada justo frente a la costa, en Coos Bay, y el precio para el fin de semana era razonable, si lo pagábamos entre todos. Dos de las cuatro habitaciones tenían vistas al mar. Seguro que por las noches podías dormirte arrullado por el sonido de las olas. Cuando me imaginé escribiendo frente al mar, mi sonrisa se volvió radiante.

—Creo que será el mejor regalo de su vida, de verdad —le aseguré eufórica, pasándole el portátil de nuevo.

—Apuesto a que llorará —replicó Kaden mientras recibía el portátil con una sonrisa de satisfacción.

—Yo lloraría —convine.

—Entonces la reservo ahora mismo.

Kaden propuso unas cuantas fechas y esperó hasta que todos

nos pusimos de acuerdo. Tardamos un rato, pero al final nos decidimos por el fin de semana inmediatamente posterior al cumpleaños de Allie. Mientras él tecleaba con fluidez, los demás empezamos a planificar el resto de la fiesta.

—Kaden no podrá hacer la compra y guardarlo todo en casa —dijo Monica al cabo de un rato—. Y me temo que nuestro frigorífico es demasiado pequeño.

—El mío también —coincidí.

—Yo me ocupo de la compra, y puedo guardarla en casa —se ofreció Spencer—. Siguiente.

Marqué el punto de mi lista y escribí el nombre de Spencer junto a la compra.

—¿Quién se encargará de despistarla? —preguntó Scott.

—Dawn, por supuesto. ¿Quién, si no? —propuso Spencer, como si no hubiera discusión posible al respecto.

Le lancé una mirada por encima del hombro y él me guiñó un ojo. Seguía sentado en el sillón, inclinado hacia delante, con las manos colgando entre las piernas.

—Supongo que me ha tocado a mí, pues —confirmé, tal vez con algo de retraso, y enseguida desvié la mirada.

—Tenemos que planearlo muy bien. No puedes ir bien vestida, tienes que ir en chándal o algo así, y organizar una noche de mantita, tele y sofá o algo parecido —propuso Scott.

—Creo que eso sería una forma demasiado sospechosa de disimular. Sobre todo teniendo en cuenta que será la noche anterior a su cumpleaños —replicó Spencer.

Lo miré de nuevo y asentí.

—Spence tiene razón. También podría quedar para cenar con ella, o para hacernos un tratamiento de belleza completo, con máscaras faciales, manicura y todo eso —reflexioné en voz alta.

—Sí —convino Kaden, apuntando con un dedo hacia mí sin apartar los ojos de la pantalla.

—Bien, pues esto también lo tenemos claro —afirmé, marcando el punto siguiente de la lista—. ¿Quién se ocupará de convocar al resto de los invitados y de convencerlos para que no se vayan de la lengua? ¿Scott?

Miré a mi amigo y éste se quitó un sombrero imaginario de la cabeza.

—Por supuesto.

—Y... Monica, ¿te importaría encargarte de la decoración?

—¡Claro!

—A mí también me gustaría ayudar con eso, pero creo que no podré, si tengo que encargarme de distraerla —constaté compungida—. Aunque puedo contribuir con unas cuantas guirnaldas y cadenas de lucecitas.

Kaden asintió con vehemencia.

—En cualquier caso, tenemos que convertir el piso entero en una verdadera feria. ¿Crees que encontraremos sombreritos de fiesta para gatos?

Solté una carcajada.

—Ya lo buscaré por internet. Aunque dudo que *Spidey* se preste a llevarlo puesto mucho rato.

—Si se lo pido bien, seguro que como mínimo lo pensará.

—Un tío que viene conmigo a la clase del profesor Thornton trabaja en una tienda de artículos de fiesta, y sé que tienen sombreritos en miniatura. Creo que también venden globos de helio y cosas así —intervino Spencer.

—¡Es una idea genial! —exclamé aplaudiendo con entusiasmo, sabiendo que Allie alucinaría con ese tipo de cosas—. Dile que no ponga globos de color rosa. No le gustan. Lo que sería guay de verdad es que los globos fueran de Spiderman o de Marvel, aunque no estoy segura de que le hagan ilusión, teniendo en cuenta que cumplirá veinte años. Mejor si son plateados, así encajarán con la decoración del salón. ¡Oh! O también podrían ser globos con...

Spencer soltó una carcajada.

—¿Qué pasa? —pregunté.

Me dedicó una sonrisa antes de responder.

—Si hubiera sabido que te gustan tanto los globos, te habría regalado uno hace tiempo.

—No hay nada mejor en el mundo que los globos de helio, Spence.

Durante unos segundos nos limitamos a mirarnos, y todo cuanto nos rodeaba perdió importancia. Sólo existía el brillo de sus ojos y mi mirada, que se desvió hacia su boca. Su sonrisa era amplia y sincera, una sonrisa de esas que no se conceden a cualquiera.

¿Cómo lo lograba? Pesaban sobre él dificultades enormes, él mismo me lo había reconocido. Y, aun así, viéndolo podrías pensar que era la persona más feliz y jovial del mundo. Sobre el Spencer que tenía delante en esos momentos no pesaba ni la más mínima preocupación. Sin embargo, yo sabía que en realidad ofrecía ante sus amigos una imagen muy distinta de lo que ocurría más allá de la superficie, y aquello despertaba en mí tanta admiración como preocupación. Y encima nunca parecía que estuviera interpretando un papel.

Spencer no era un mentiroso: si en esos instantes parecía contento y feliz era porque lo estaba de verdad. Igual que yo. Quería comprender como fuera lo que estaba sufriendo.

Cuando levanté la mirada de nuevo, el brillo había desaparecido de sus ojos. La garganta se me secó enseguida y se me hizo un nudo en el estómago.

El carraspeo de Scott nos interrumpió, y de inmediato me fijé de nuevo en mi lista para resolver el siguiente punto. El pelo me tapó la cara, y deseé que ocultara también el calor que se había extendido por mis mejillas.

16

—Blake, tendrás que hacer el pino —ordenó el profesor Gates, señalando la pared con un amplio gesto.

—Me temo que no puedo, Nolan —respondió mi compañero de clase.

—Pues yo me temo que tendrás que intentarlo de todos modos —replicó él implacable—. Puedes apoyarte en la pared, si quieres —insistió señalando el mismo lugar que antes.

Blake se levantó con pesadez y se acercó a la pared. Fueron necesarios tres intentos, pero al final lo consiguió más o menos y el profesor Gates le permitió sentarse en el suelo con nosotros, donde formábamos un corro.

Hacer el pino fue el castigo impuesto por no haber terminado un ejercicio. Era mi tercera clase con Nolan, y poco a poco empezaba a entender un poco mejor a mi profesor. Aunque eso no quería decir que hubiera dejado de pensar que estaba chiflado, porque lo estaba. Bueno, más que chiflado, estaba como una cabra.

Ese día volvía a llevar ondeando su abrigo gris y, debajo, una camisa estampada con la cara de Justin Bieber. Pero no con veintidós años, guapo, con tatuajes y posando como modelo para Calvin Klein, sino de cuando tenía dieciséis y con el peinado de champiñón.

Debajo se leía: *JUSTIN BIEBER IS MY BOYFRIEND.* No pude

evitar soltar una carcajada nada más entrar en clase. Me llevé las dos manos a la boca, asustada por mi propia reacción, pero Nolan se lo tomó con humor e incluso demostró cierta satisfacción. No tengo ni idea de la lección que pretendía darnos con eso.

Entretanto, Blake ya había ocupado su lugar con gesto compungido. Era evidente que el castigo había tenido el efecto deseado. Nolan prosiguió como si nada hubiera ocurrido.

Dedicamos esa hora de clase a un ejercicio que él bautizó como «el teléfono literario». Teníamos que escribir un texto descriptivo de más o menos media página y luego pasarlo a la persona que tuviéramos a nuestra izquierda.

A continuación, debíamos complementar el texto que recibíamos de la manera más anodina y aburrida posible, y repetir la operación con cada texto hasta que las hojas dieran toda la vuelta y llegara hasta nosotros la descripción inicial. Para terminar, teníamos que leer en voz alta el primer y el último párrafo y analizar a partir de eso lo que había quedado modificado durante el proceso.

A esas alturas yo ya me había animado y leía mis textos en voz alta sin problemas. Estábamos cómodamente sentados en el suelo formando un círculo, por lo que no me resultó tan violento hablar en público. Además, éramos sólo seis personas y me llevaba bien con todos. Sobre todo con Everly, la chica de pelo oscuro y corto y ojos azules, con la que incluso me había propuesto tomar un café algún día.

Al final de la clase, Nolan se sentó con nosotros en el suelo con las manos cruzadas sobre el regazo.

—¿Qué habéis aprendido hoy? —nos preguntó.

Jamie no tardó mucho en responder.

—Que los textos deben ser equilibrados. Cuando nos has dicho que eligiéramos un objeto y lo describiéramos, nos hemos concentrado tanto en ello que hemos sobrecargado los textos con adjetivos.

Nolan asintió con una sonrisa.

—Muy bien. ¿Alguien más se anima?

—Que los adjetivos no están mal en sí mismos, pero debemos utilizarlos para reforzar impresiones. Los últimos párrafos que hemos leído eran bastante monótonos y no muy conseguidos como textos creativos —opiné con cautela, notando cómo el corazón me latía más despacio. Dios mío, sólo había hecho un comentario y mi cuerpo ya había reaccionado bajando una marcha.

—¡Exacto! Muy bien, Dawn —exclamó Nolan, dando unas palmadas y apartándose el pelo de la cara con un movimiento brusco. Una vez más, unos cuantos mechones habían escapado de su trenza.

Estuvimos hablando un rato más sobre las descripciones, comentando las diferencias entre personas y objetos, y en un abrir y cerrar de ojos terminó mi tercera clase en el taller de escritura.

—Dawn, me gustaría hablar un minuto contigo —me dijo Nolan mientras doblábamos la manta que habíamos tendido en el suelo.

Empecé a sudar de inmediato y el corazón comenzó a latirme a trompicones. Sabía que no me deseaba nada malo, pero de todos modos sentí calor y frío al mismo tiempo al oír su petición. Los ejercicios de respiración que había intentado con motivo de la presentación tampoco me sirvieron de nada en esa ocasión. Poco a poco, los demás salieron del aula y yo me acerqué a su mesa, aferrada a mi mochila.

—¿Sí, señor Gates? —pregunté. Incluso yo me di cuenta de lo débil y quebradiza que sonó mi voz, por lo que me aclaré la garganta.

—Nolan —me corrigió, como si fuera un automatismo.

A esas alturas ya comprendía por qué los demás habían accedido a llamarlo por su nombre de pila: es bastante irritante que te corrijan continuamente.

—Ah, sí —exclamó mientras pescaba unas hojas de papel del barullo que tenía montado sobre la mesa—. He estado leyendo los ejercicios que me entregaste.

Esperé muy atenta a sus palabras hasta que hubo terminado de clasificar la pila de papeles y levantó la mirada hacia mí. Se reclinó en su silla y se llevó una mano a la barbilla, perfectamente rasurada.

—Estos textos —dijo levantando el fajo de papeles de nuevo— son realmente buenos. Tienes mucho talento, Dawn.

Me quedé boquiabierta.

—¿Qué? —grazné antes de cerrarla de nuevo.

Nolan le dio la vuelta a la página y ojeó otro ejercicio que le había mandado por correo electrónico.

—Tienes una manera de escribir muy bella, muy gráfica. Sobre todo el ejercicio con el tema «Traición», me ha conmovido especialmente.

Notaba los latidos de mi propio corazón en los oídos, y de repente sentí la necesidad de sentarme. Me dejé caer sobre la mesa que había ocupado durante nuestra última conversación.

—¿Lo dice en serio?

Nolan dejó las hojas sobre su escritorio de nuevo y se reclinó sobre su silla con los brazos cruzados.

—Claro que lo digo en serio. Has entregado unos ejercicios magníficos y creo que merecías saberlo. ¿Ya sabes a qué quieres dedicarte cuando termines la carrera?

Todavía estaba demasiado estupefacta para responder a esa pregunta, por no hablar ya de comprender a qué se refería con eso. Nolan esperó con paciencia hasta que me hube recompuesto. Desconcertada, empecé a tirar de las pieles que crecían alrededor de mis uñas.

—Lo que más me gustaría es dedicarme a escribir. Siempre. Todos los días. Y poder vivir de eso —expliqué. Era la primera vez que se lo contaba a alguien, por lo que sentí la necesidad de complementar la confesión encogiéndome de hombros con fingida naturalidad—. Aunque ya sé que somos muchos los que compartimos ese sueño y que es imposible que...

—Deja de reprocharte lo que deseas —me interrumpió. Lo dijo con cordialidad, pero también con determinación—. O sea que te gustaría vivir de la escritura. ¿Y ya sabes a qué género te gustaría dedicarte? ¿Prosa? ¿Libros juveniles? ¿Literatura para adultos?

Puesto que no podía confesarle que escribía novelas eróticas, bajé la mirada hacia la punta de mis zapatos mientras buscaba una evasiva.

—Si no te importa, me gustaría leer más textos tuyos, Dawn. Verás que te he puesto algunos comentarios sobre cosas que quizá te sirvan para mejorar tu estilo con los siguientes ejercicios. Aun así, estoy muy satisfecho con el resultado —dijo Nolan mientras me devolvía las hojas con las correcciones—. Sigue así —añadió antes de ocuparse del caos que reinaba sobre su escritorio.

Completamente desconcertada, bajé de la mesa y me dirigí hacia la puerta. Me volví una vez más hacia mi profesor, pero las palabras de agradecimiento quedaron atascadas en mi garganta. El corazón seguía latiéndome con fuerza, aunque ya no era debido a los nervios, sino a la alegría que me había invadido.

—¡Es fantástico! —exclamó Allie cuando se lo conté, y me agarró las dos manos y me las presionó con fuerza—. O sea que el drama del señor Walden ha tenido un buen desenlace.

—No hay de qué —intervino Sawyer desde el otro extremo de la habitación mientras guardaba sus cosas en una mochila.

—¿Por qué dices eso? —pregunté.

—Porque si has encontrado ese taller de escritura fue gracias a las pastillas que te di. O sea que, de un modo indirecto, el mérito es mío. Creo que deberías reconocérmelo.

—Estás loca —repliqué con una sonrisa.

Sawyer respondió a mi sonrisa mientras se enfundaba su cazadora de piel.

—Estaré fuera hasta mañana por la noche, te lo digo porque si te apetece invitar a alguien a pasar la noche podrás hacer todo el ruido que quieras.

—Igual te hago caso. Pero entonces te lo perderás, lo sabes, ¿verdad?

Sawyer enarcó una ceja con aire socarrón.

—Eso podría motivarme a regresar sin avisar antes de lo previsto. Lo sabes, ¿verdad?

Dicho esto, se cargó la mochila al hombro y se marchó sin esperar a que le respondiera. Allie y yo nos limitamos a seguirla con miradas de incredulidad.

Esa noche celebrábamos la fiesta sorpresa de Allie, y hasta entonces tenía que encargarme de distraerla como fuera.

Kaden y yo habíamos acordado que, cuando todo estuviera preparado, él le mandaría un mensaje contándole que su gato, *Spidey*, no se encontraba bien y pidiéndole que pasara por casa para llevarlo juntos al veterinario. No es que fuera una excusa especialmente agradable, pero en cualquier caso serviría para alejar sus pensamientos de la posibilidad de encontrarse con una sorpresa al llegar a casa.

—Jamás había recibido un elogio así por parte de un profesor —le comenté a Allie mientras se acomodaba en mi cama.

Tiempo atrás habíamos pasado horas enteras charlando tendidas en esa cama, cuando su mal de amores no la dejaba dormir.

—Estoy segura de que lo que escribes es fantástico, y me alegro de que tu profesor sepa apreciarlo. Te mereces mucho ese reconocimiento —me aseguró con una convicción que me dejó de piedra.

No pude evitar preguntarme si pensaría del mismo modo si supiera con qué clase de historias estaba ganando algo de dinero para ir tirando.

Pasamos las horas siguientes disfrutando de un tratamiento casero de belleza. Le hice varios peinados con trenzas, le ricé el pelo y nos hicimos unas mascarillas faciales con requesón. Luego nos maquillamos y probamos productos nuevos que Allie acababa de comprarse. Además, estuvimos viendo un par de episodios de «The Flash». Reconocí al actor que también aparecía en «Glee», por lo que después me dio por escuchar esa banda sonora y estuvimos bailando y haciendo tonterías hasta que empezamos a sudar.

En algún momento Allie se dejó caer en mi cama, sin aliento, y justo cuando me disponía a buscar canciones capaces de mantener esa euforia, apareció en la pantalla la notificación de un correo electrónico. Le eché un vistazo al asunto del mensaje y vi que se trataba de una reseña de *Hot for You*. Durante las dos últimas semanas había recibido varias reacciones positivas, por lo que abrí el correo con un entusiasmo que no tardó en desvanecerse en cuanto leí el título del mensaje: «Justito, justito, D. Lily».

Tragué saliva. Sabía que no sería una buena idea leer todo el mensaje, pero no pude evitarlo. Engullí las primeras líneas como si nada y un dolor sordo se extendió por mi cuerpo.

Normalmente no escribo críticas de libros, pero en este caso no puedo evitarlo. Espero que esta reseña sirva como advertencia para que la gente se ahorre una compra fallida, puesto que la novela es un verdadero fiasco. Me parece fascinante que hoy en día cualquier ama de casa se atreva a perpetrar literatura barata de este calibre. El estilo de D. Lily deja mucho que desear, y los personajes están saturados de clichés. Las escenas de sexo son patéticas y absolutamente imposibles. Por suerte, esta bazofia no está disponible en formato físico, porque como máximo serviría para encender la chimenea.

—¿Dawn? ¿Estás bien? —preguntó Allie, incorporándose hasta que quedó sentada en la cama.

Me mordí las mejillas por dentro para no empezar a soltar tacos en voz alta. Necesité respirar hondo un par de veces para controlarme.

—Sí, todo bien.

—Pues no lo parece, la verdad —objetó mi amiga, arrugando la frente.

Esa noche tenía que ser especial para ella. Tenía que concentrarme en eso, y no en todas las palabras negativas que luchaban por salir de mis labios en esos instantes. Dios, ¡cuánto me dolió leer aquella crítica! Sobre todo después del esfuerzo que había dedicado al libro.

Pensé que tal vez sería buena idea pasar la noche rodeada de amigos. Al fin y al cabo, me moría de ganas de que empezara la fiesta.

—Es que sin querer he borrado mi lista de reproducción —mentí, señalando a *Watson* con gesto afligido.

—Ah, bueno —respondió Allie.

No me pareció nada convencida, pero de todos modos agradecí que no insistiera.

Por suerte, el zumbido de su móvil la distrajo en ese mismo instante. Rebuscó dentro de su bolso y desbloqueó el teléfono para leer el mensaje. No me gustó nada ver lo lívida que se quedó. Me habría gustado confesarle la verdad de inmediato, pero Kaden y Spencer me habían obligado a guardar silencio con una apuesta, de manera que si me iba de la lengua tendría que pagar veinte dólares a cada uno, y estaba decidida a no perder ese dinero.

—Tengo que volver a casa enseguida —dijo Allie. Se levantó y empezó a andar a trompicones sin apartar los ojos de la pantalla del móvil.

—¿Qué ocurre? —pregunté, colgándome el bolso del hombro mientras ella buscaba sus Vans por la habitación y se las volvía a calzar.

—A *Spidey* le pasa algo. Kaden dice que no come, que ha vomitado y que desde entonces está hecho un ovillo debajo del sofá. Y nunca lo he visto así —dijo angustiada y con manchas rojizas en las mejillas. Los ojos le brillaban de un modo sospechoso y no pude evitar pensar que lo que estábamos haciendo no estaba nada bien. ¿Cómo habíamos llegado a la conclusión de que sería una buena idea hacerla regresar al piso con ese pretexto?

—Todo irá bien. Los gatos suelen vomitar bolas de pelo de vez en cuando —le aseguré posando una mano sobre su brazo con un gesto tranquilizador—. No te preocupes, Allie. Estoy segura de que a *Spidey* no le ocurre nada malo. Dame las llaves. Conduciré yo.

17

Llegamos a casa de Allie y Kaden más deprisa que nunca. Mi amiga se desabrochó el cinturón incluso antes de que yo hubiera terminado de aparcar.

Debido a las frecuentes excursiones que hacía junto a Kaden, Allie estaba en plena forma, y lo demostró saliendo a toda prisa mientras yo intentaba seguir su ritmo. Por la escalera, subió los escalones de dos en dos y llegó arriba antes de que yo pudiera alcanzar el primer rellano. Sin duda olvidó que las llaves las tenía yo, pero llamó a la puerta golpeándola con la mano. Kaden abrió justo cuando yo llegaba al rellano.

Tenía a *Spidey* en brazos y le estaba acariciando la barbilla. Y el gatito llevaba puesto un sombrerito de fiesta.

—¿Qué...? —empezó a preguntar Allie, pero todos los que esperaban en el salón la interrumpieron con un grito exclamado al unísono.

—¡Sorpresa!

No fue como en las películas, y tampoco quedó muy sincronizado, pero lo que cuenta es que conseguimos nuestro objetivo: Allie se echó a llorar.

Yo fui corriendo hacia ella y la envolví entre mis brazos desde atrás.

—¡Sorpresa! —exclamé yo también, abrazándola con fuerza. Ella se aferró a mis manos y las presionó contra su barriga.

—¿Os apetece entrar? —preguntó Kaden con una sonrisa de satisfacción.

Allie soltó un gemido ahogado y se zafó de mi abrazo para entrar en el piso. Enseguida quedó rodeada por nuestros amigos, y todos nos fundimos en un abrazo comunitario. Entre tantas caras conocidas, había también alguna que no me sonaba de nada.

Monica había hecho un trabajo formidable. El salón estaba decorado con guirnaldas, farolillos y cadenas de lucecitas. Por encima de la enorme mesa repleta de comida había un sinfín de globos, entre los que destacaba especialmente un número veinte plateado.

La música ambientaba la sala y en la mesa había pizza y cosas para picar. Enseguida se me hizo la boca agua, tenía un hambre de lobo. Debido a los nervios no había comido nada desde el día anterior, y ya me disponía a atacar la mesa cuando de repente noté que alguien me agarraba por los hombros.

—Lo de la fiesta sorpresa ha sido idea de Dawn —explicó Spencer, acercándome de nuevo a Allie y alejándome, por tanto, de la comida.

Mi corazón lloró por la pizza y tuve que reprimirme para no extender la mano en esa dirección con aire dramático.

—Bueno, también fue idea de Kaden —repliqué, respondiendo a la sonrisa radiante de Allie.

—Gracias a todos. No era necesario —dijo berreando frente a un pañuelo de papel. Estaba apoyada en Kaden, y él la envolvía entre sus brazos y se inclinó sobre ella para besarla en la frente.

—Claro que era necesario —la corrigió—. Y espera a ver el regalo —añadió en voz baja.

Allie reaccionó poniendo cara de sorpresa.

—Creía que la fiesta ya era el regalo.

—Vamos, Bubbles —le dijo Kaden mirándome—. ¿Habéis visto lo mona que es?

—Mucho. La homenajeada más mona del mundo —convine abrazando una vez más a mi amiga.

Antes de nada nos encerramos en el baño para que Allie pudiera retocarse el maquillaje arruinado por las lágrimas. Solía utilizar productos resistentes al agua, pero de todos modos tuve que empolvarle de nuevo las mejillas y limpiarle con bastoncillos de algodón los borrones negros que tenía bajo los ojos.

—No puedo creer que hayáis organizado todo esto a mis espaldas —dijo en cuanto se hubo calmado un poco.

—Ha valido la pena sólo para ver la cara que ponías. Aunque he estado a punto de contarte la verdad cuando he visto cómo reaccionabas al leer el mensaje de Kaden —confesé con aflicción.

—*Spidey* está bien, y sólo por el alivio que he sentido, el susto ya ha quedado olvidado —me consoló con un suspiro—. ¿Qué he hecho yo para merecer unos amigos así?

La pregunta apenas fue un murmullo, pero yo la oí de todos modos.

—Te mereces todo lo bueno del mundo, Allie Harper. No le des más vueltas —le aseguré acariciándole el pelo.

Sus ojos se humedecieron de nuevo, pero yo levanté un dedo amenazador.

—¡No empieces a llorar otra vez!

Ella asintió con los labios apretados y agitó las manos frente a la cara para abanicarse. Al cabo de unos minutos salimos del baño y nos reunimos con los demás. Durante las horas siguientes, el piso continuó llenándose de gente, y varios amigos de Allie y de Kaden llegaron mientras yo estaba pendiente de la comida.

Aunque la fiesta era genial y me lo pasaba bien, no podía

quitarme de la cabeza la crítica que había leído justo antes de llegar.

Ese mismo día, el señor Gates había elogiado mi manera de escribir, pero la voz negativa que sonaba dentro de mi mente era más potente que cualquier alabanza. Realmente debía de tener una tara en el cerebro, si prefería aferrarme a esa dura crítica en lugar de obedecer al criterio de un profesor que de verdad sabía de qué hablaba, aunque lo cierto era que no encontraba la manera de controlarlo.

La palabra *bazofia* no paraba de aparecer en mis pensamientos. Se había instalado allí para encargarse de que me lo cuestionara absolutamente todo. Ése era justamente el motivo por el que había querido mantener siempre mis historias en secreto, porque temía que todos pensaran que mi obra era una bazofia y no lo vieran como algo capaz de alegrarme la vida.

—Pssst.

Levanté la cabeza y miré a mi alrededor. Poco después descubrí a Spencer delante de mí, frente a la puerta del despacho de Kaden. Me hizo señas para que me acercara a él, por lo que decidí levantarme. Cuando me tuvo lo suficientemente cerca, me agarró por un brazo y tiró de mí hacia él, cerrando la puerta una vez dentro.

—Todavía tienes que firmar —me dijo señalando hacia el escritorio de Kaden. Delante de las dos pantallas que tenía allí instaladas había una preciosa tarjeta con una fotografía de Coos Bay, con unas letras que invitaban a Allie a tomarse el siguiente fin de semana libre para ir a la costa.

—La tarjeta es muy bonita —comenté buscando un bolígrafo con la mirada.

Spencer se puso a mi lado y me tendió el mismo boli plateado que los demás habían utilizado para firmar.

—La ha conseguido Ethan. Su madre vive cerca de allí.

La firmé y añadí un corazoncito junto a mi rúbrica antes de meterla en un sobre y cerrarlo.

—Ya está —afirmé con una sonrisa—. Ha sido una idea genial, Spence.

—Sí, ¿verdad? Formamos un buen equipo —repuso respondiendo a mi sonrisa.

Antes de que pudiera replicar nada, él levantó una mano.

—También tengo algo para ti.

—Pero si no soy yo quien cumple años —repuse con la frente arrugada.

—Ya lo sé, pero tranquila, no es nada del otro mundo. Espera.

Se volvió hacia el armario de la pared que quedaba detrás y se me acercó de nuevo.

—Cierra los ojos —me ordenó.

Sin embargo, en lugar de cerrarlos, me limité a hacer una mueca de desconfianza.

—Si no me haces caso, te quedarás sin sorpresa.

Con un suspiro, accedí a su petición y los cerré. Oí cómo abría la puerta del armario, revolvía un poco el interior y lo cerraba de nuevo antes de acercarse a mí una vez más.

—Ya puedes abrirlos —me avisó, y no me hice de rogar.

Spencer sostenía frente a su cara un globo enorme, estampado con las caras de los miembros de One Direction. Por un momento me asusté, pero luego no pude más que echarme a reír. Apartó un poco el globo para ver mi reacción y la amplia sonrisa que esbozaron sus labios hizo aparecer unos profundos hoyuelos en sus mejillas.

—He pensado que era injusto que Allie se quedara con todos los globos y mi chica con ninguno —explicó antes de entregármelo.

Lo agarré por el cordón azul que llevaba atado y hundí la mirada.

«Oh, no.

»No, no, no.»

Cerré los ojos con fuerza y me mordí la lengua.

No pensaba llorar. Llevaba meses sin derramar ni una lágrima, no quería echarme a llorar por muy cariñoso que hubiera sido su gesto. Necesité unos segundos para recomponerme, pero al final respiré hondo y levanté la mirada de nuevo hacia Spencer.

—Seguro que Allie se morirá de envidia —bromeé, dándole unos tirones al cordel para que el globo saltara arriba y abajo—. Gracias, Spence.

—Un placer —replicó. Su sonrisa se vino un poco abajo, pero no hizo comentarios sobre mi reacción—. Creo que deberíamos volver al salón. No vaya a ser que piensen que estoy intentando algo contigo.

El comentario me provocó un calor súbito en las mejillas. Él se limitó a reír mientras iba hacia la puerta.

—Después de vos, milady —dijo dedicándome una reverencia.

—¿Para qué? ¿Para que puedas mirarme el trasero? —repuse.

Spencer enderezó la espalda de nuevo.

—No subestimes jamás el poder de tu precioso trasero, Dawn.

Antes de que pudiera replicar con los puños sobre su hombro, se coló por la puerta en dirección al salón. Todavía se reía, a pesar de estar ya rodeado de gente a la que yo no conocía.

Scott se pasó el rato intentando que yo bebiera algo, pero me mantuve inflexible. Había visto a Spencer con una cerveza en la mano. La había vaciado hasta la mitad, pero luego se había levantado y la había sustituido por agua. En ese instante caí en la cuenta de que Spencer no bebía casi nunca, y cuando por algún motivo le servían una cerveza, raramente se la terminaba.

Una vez más, me pregunté qué debía de ocurrir en su familia, pero decidí descartar esos pensamientos enseguida. Durante las últimas semanas, a menudo me había devanado los sesos al respecto, pero tenía que dejar de hacerlo. Al menos, esa noche. Allie celebraba su cumpleaños y tenía que centrarme en eso, y no en Spencer.

El caso es que me pescó varias veces mirándolo. La primera vez estaba hablando con un chico al que yo no conocía. La segunda estaba entre un grupo de chicas que se lo pasaban en grande con él. La tercera discutía acerca de algo con Kaden y se desabrochaba la manga de la camisa de cuadros para remangarse. Tardó un poco y me di cuenta de que me miraba cuando hubo terminado de subírsela, y volví a fijarme en su cara. Al ver cómo lo observaba, ladeó la cabeza y me contempló con una sonrisa, pero yo clavé la mirada de nuevo en el fondo de mi vaso de Coca-Cola.

No había pasado ni un minuto cuando sus Converse grises aparecieron en mi campo visual y se sentó a mi lado en el sofá.

—Llevas toda la noche mirándome —comentó en voz baja.

—¿De verdad? —repliqué.

—Estoy bastante seguro, sí.

—Bueno, también podría ser que estuviera mirando a la gente con la que hablabas.

Me dio un golpe en el hombro con el suyo.

—Entonces estabas mirando a Kaden como si fuera un bistec crudo y estuvieras a punto de sazonarlo.

Resoplé y me apresuré a beber un sorbo de Coca-Cola para no tener que responder. Mi mirada vagó por la sala y se detuvo en Allie. Justo en ese instante envolvía el cuello de Kaden con los brazos para darle un beso. Dios, qué ganas tenía de besar yo también a alguien. Y no sólo besar.

¿Cuánto tiempo había pasado ya desde la última vez?

Me quedé de piedra. Tuve que pensarlo de verdad para recordar la última vez que lo había hecho con Nate. En cualquier caso, hacía una eternidad que había renunciado a la proximidad física de cualquier chico. A todos los que me habían pedido una cita les había dado calabazas. Me había aislado por completo por temor a que otro tío llegara a intimar conmigo. Sin embargo, en esos momentos ya estaba deseando romper con ese círculo vicioso. No a nivel emocional, en ese sentido, no. Pero ¿físico? Sin duda.

—Parece como si realmente te estuvieras planteando llevarte a Kaden a una habitación y poner en práctica lo que Chelsea le hace a Grover en el capítulo ocho de *Hot for You* —comentó Spencer a mi lado, y tuve que sacudir la cabeza mientras seguía mirando cómo se besaban nuestros amigos.

—La escena del escritorio está en el capítulo siete —murmuré perdida en mis cavilaciones.

Tardé unos instantes en darme cuenta de lo que acababa de decir Spencer. Fue como si me hubiera alcanzado un rayo y me hubiera quedado petrificada de repente. Tras lo que me pareció una eternidad, me volví hacia él poco a poco.

—Dawn Lily Edwards... Lo sabía —concluyó con una sonrisa victoriosa en los labios—. Soy un detective cojonudo.

No podía estar ocurriéndome a mí. Era imposible que ese día terminara de ese modo. Precisamente ese día.

Con los ojos abiertos como platos, me quedé mirando a Spencer. Su sonrisa empalideció un poco al ver mi expresión horrorizada.

—Dawn, yo...

Me levanté bruscamente. Con movimientos mecánicos, crucé el salón en dirección a la cocina. Me apoyé en la encimera y respiré hondo varias veces. Notaba una tremenda opresión en el pecho, era como si un puño enorme me estuviera golpeando el tórax para impedir que el aire entrara en mis pulmones.

—Cuando estuvimos en mi casa, dijiste unas cuantas cosas que no comprendí —explicó la voz de Spencer detrás de mí.

Me volví hacia él con la respiración entrecortada, y odié mi propio cuerpo por la facilidad con la que se descontrolaba.

—No tenías derecho —exclamé.

—¿Derecho a qué? ¿A buscar los nombres de Chelsea y Grover en Google por pura curiosidad?

Dio un paso hacia mí y yo retrocedí instintivamente.

—No.

—De acuerdo —admitió levantando las manos—. Sólo quería decirte que me encanta lo que haces. Nada más.

—No se lo has contado a nadie, ¿verdad? —pregunté invadida por el pánico y presionándome el pecho con una mano. Ni siquiera pude oír lo que me respondió. El corazón estaba a punto de salirme por la boca.

Spencer arrugó la frente y su mirada se volvió más sombría.

—Simplemente fingiré que nunca me has hecho esa pregunta.

—¿Podríamos...? Por favor, ¿podríamos no volver a mencionar ese tema? —pregunté.

—Pero ¿por qué no? —inquirió. Parecía como si no comprendiera nada en absoluto.

—Porque forma parte de mi intimidad. No quiero que se entere todo el mundo y me juzguen por eso.

Apreté los dientes con fuerza y me obligué a no seguir hablando. Aquella noche no era la más adecuada para desnudarme emocionalmente frente a Spencer, por mucho que él hubiera descubierto a qué dedicaba mi tiempo libre.

Dio otro paso hacia mí, muy despacio. Quise apartar la mirada, pero fui incapaz. Había algo en sus ojos que me arrebató las fuerzas.

—¿De verdad crees que yo te juzgaría por eso? —preguntó en voz baja pero con insistencia.

—No, pero... —empecé a decir.

Sin embargo, mi voz se perdió enseguida. Me sentía completamente expuesta y avergonzada. En esas novelas, entre otras cosas había utilizado fantasías que había tenido con Spencer..., ¿y resultaba que las había leído precisamente él? Era lo peor que podía pasarme, lo más embarazoso que podía imaginar.

—Si supieras todo lo que pasaba por mi cabeza mientras lo leía, no me mirarías de ese modo —me dijo dando un paso más hacia mí. Lo tenía tan cerca que tuve que echar la cabeza hacia atrás para poder verle la cara.

—Creo que prefiero no saberlo —concluí, intentando mantener la cabeza fría.

En ese instante detecté en su sonrisa algo sospechoso.

—No me lo creo. Pero si me dejaras, te haría todo lo que Grover le hace a Chelsea. Empezando por la escena de la ducha.

Tragué saliva para intentar deshacer el nudo que se me había formado en la garganta.

—Ésa sale al final.

—Me gusta empezar los libros por el final —admitió levantando un hombro con desenvoltura.

Estuvimos mirándonos durante unos instantes, hasta que mi respiración se fue apaciguando poco a poco.

—¿Quién te ha hecho creer que tienes que avergonzarte de ello? —preguntó Spencer de improviso.

—Todos tenemos algo sobre lo que no nos gusta hablar. Lo sabes mejor que nadie —repuse con amargura.

Él parpadeó con perplejidad mientras encajaba mi comentario.

—Eso ha dolido.

Apreté los labios para no volver a soltar algo de lo que pudiera arrepentirme más tarde.

—De acuerdo, me lo he ganado a pulso —murmuró frotándose el cogote.

Durante un rato nos limitamos a mirarnos sin decir nada.

Me sorprendió que hubiera sido capaz de eliminar uno de mis mayores temores con una sola frase, como si fuera la cosa más evidente del mundo. ¿Por qué me lo ponía tan difícil, cuando intentaba mantenerme alejada de él?

Me había pasado toda la noche mirándolo, y en parte tuve que obligarme a no tocarlo, porque con ello sólo conseguiría empeorar las cosas. No era únicamente mi curiosidad y la necesidad de saber qué escondía tras esa fachada de absoluta simpatía, sino también aquella atracción que sólo iba en aumento y amenazaba con desbordarme en cualquier instante.

—Ya casi es el cumpleaños de Allie —constaté, y mi voz sonó ajena, impostada.

Di media vuelta y salí de la cocina, huyendo de una conversación que empezaba a sentir como ineludible, por no hablar de la necesidad que crecía dentro de mí de aferrarme a él hasta que no pudiéramos seguir respirando.

—Diez, nueve, ocho, siete, seis...

Allie estaba dando saltitos sobre el mismo punto, agarrada con fuerza a mi brazo. Yo sonreía a pesar de todo. Su alegría era contagiosa, y me dejé llevar, encantada de que fuera ella el centro de atención.

—... cinco, cuatro, tres, dos, uno... ¡Feliz cumpleaños!

Los gritos de alegría y los aplausos estallaron de repente mientras abrazaba a mi mejor amiga. Nos estuvimos meciendo y le besé las mejillas antes de que el resto de la gente nos rodeara para reclamar a la homenajeada. Pasó un buen rato hasta que todos terminaron de felicitarla, y a continuación Monica le entregó el sobre que contenía la tarjeta de Coos Bay. Observamos con expectación cómo lo abría y leía el contenido. Sus ojos se abrieron como platos, levantó la cabeza y se nos quedó mirando con los ojos humedecidos.

—¿Nos vamos a la costa?

—Sí —respondió Monica—. El fin de semana que viene, si puedes, y...

Allie se colgó del cuello de Monica chillando de alegría. Luego nos abrazó a todos los demás por turnos, dejando a Kaden para el final, con el que estuvo besuqueándose durante lo que pareció al menos media hora. Luego se dedicó a abrir el resto de los regalos y yo decidí retirarme, temiendo no poder aguantar ni un segundo más en la misma habitación que Spencer.

El miedo había aparecido de nuevo y había desencadenado en mí el instinto de fuga. Deseaba a Spencer, pero no podía tenerlo. Además, el hecho de que fuera uno de mis mejores amigos sólo empeoraba la situación. Sabía que algo lo agobiaba y tenía ganas de descubrir qué era, pero al mismo tiempo temía lo que pudiera acabar sucediendo. ¿Y si... luego sentía algo más por él? No podía permitir que sucediera algo semejante. Con sólo pensar en la posibilidad de dejarlo entrar en mi vida, un miedo atroz se apoderó de mí de un modo abrumador. Sabía cómo me sentiría si lo echaba todo a perder, si permitía que Spencer me hiciera daño como lo había hecho Nate. Y no me veía capaz de sobrevivir a otro golpe como ése.

Necesitaba estar sola, por lo que me puse la chaqueta y salí del piso con la máxima discreción posible. Recordaba que el acceso a la azotea solía estar abierto, así que subí por la escalera hasta el piso superior y apoyé todo mi cuerpo en la pesada puerta que permitía acceder al tejado del edificio.

Una vez fuera, llené los pulmones de aire fresco. Cerré los ojos un instante y empecé a pasear por la azotea. Hacía algo de frío, y en el suelo oscuro se reflejaba el pálido resplandor del aplique que había encima de la puerta metálica. Di una vuelta sobre mí misma y decidí que la vista en dirección al monte Wilson era la más bonita de todas. Desde allí se divisaba también el parque colindante y el perfil oscurecido de las montañas.

Perdida en mis pensamientos, me senté sobre el borde del tejado, donde empezaba la vertiente. La música de la fiesta llegaba hasta mis oídos muy amortiguada. Hacía un frío de muerte, pero no tanto como para obligarme a volver a entrar.

Al cabo de un rato oí el chirrido de la puerta metálica, y no tuve la necesidad de girarme para ver quién me había seguido hasta allí. Los pasos avanzaron muy despacio y se detuvieron muy cerca de mí.

—Por favor, no te tires.

—No tenía ninguna intención de hacerlo —contesté. Allí arriba reinaba un silencio tan sepulcral que mi voz sonó como una interferencia.

—Siento haberte importunado. No era mi intención —se disculpó Spencer en voz baja.

Me limité a responder con un gruñido.

—No tenemos por qué hablar, si no quieres —añadió.

Otro gruñido. No me sentía capaz de mucho más.

—¿Dawn?

—¿Mmm?

—Mírame. Quiero verte los ojos para asegurarme de que realmente estás bien —me pidió con un tono de voz que me provocó un escalofrío.

Bajé las piernas, que tenía recogidas frente al cuerpo, y me volví hacia Spencer con cuidado. Me di cuenta de que había estado conteniendo el aliento porque soltó el aire en cuanto me vio la cara. Entonces avanzó un paso con decisión y se agachó delante de mí. A través de sus oscuras pestañas, me lanzó una mirada que me dejó atrapada, y nos quedamos de ese modo durante un buen rato.

—He cometido un error —murmuró al fin.

Poco a poco, empecé a recorrer su rostro con los ojos.

—¿A qué te refieres?

—Me he pasado meses pidiéndote una cita porque pensaba que lo estaba haciendo todo bien. Pero no tienes por qué salir conmigo, si no te sientes preparada para ello. Da igual.

—No digas eso —grazné.

—Es la verdad. Te quiero de cualquier forma que estés dispuesta a ofrecerme, Dawn —susurró.

Negué con la cabeza.

—No puedo, Spence.

Su mirada se suavizó de repente.

—¿Por qué no?

Aspiré una bocanada de aire, temblorosa. Se me acercó todavía más, y deseé resbalar en ese mismo instante y caer al vacío. Aunque, al mismo tiempo, también deseaba sentarme sobre su regazo, envolverlo con los brazos y las piernas y no volver a soltarlo jamás.

—Porque me harás daño —susurré.

Entonces fue él quien negó con la cabeza. Muy despacio, levantó las manos y las posó a ambos lados de mi cuerpo. Pude sentir en los muslos el calor que desprendían sus brazos, empecé a notar un cosquilleo insoportable en la piel y tuve la sensación de estar derritiéndome por dentro.

—Esto que hacemos desde hace meses, este tira y afloja constante, esa manera de mantener las distancias de un modo forzado..., eso sí que hace daño.

Tenía razón. Cada vez que nos veíamos, me costaba más apartar la mirada de él. No contemplarlo, no tocarlo, mantenerme alejada de su cuerpo, aunque tampoco demasiado, porque al fin y al cabo éramos amigos. Resultaba agotador.

—No te haré ningún daño. No puedo hacerte daño porque

no me concederás ningún poder sobre ti. ¿Recuerdas? —murmuró, recorriendo con las manos mis piernas hasta alcanzar mi cintura. Las metió por debajo de mi chaqueta y siguió subiendo por mis costados hasta dejarme sin aliento.

Asentí muy despacio. Jamás permitiría que se atreviera a hacer lo que había hecho Nate.

—Puedes hacer conmigo lo que quieras —dijo en voz baja, acariciando suavemente con los dedos los costados de mi cuerpo en dirección a mis muslos, otra vez.

Y de nuevo hacia arriba, hasta que se me erizó toda la piel del cuerpo. De repente me agarró con más firmeza y tiró de mí hacia él, de manera que quedé sentada en el borde de la elevación.

—Pero es importante que hagas algo pronto, porque cada vez me cuesta más controlarme —prosiguió. Dicho esto, apretó los dientes y me percaté de que tenía ganas de decir algo más. Sin embargo, reprimió el impulso y dejó en mis manos la decisión que marcaría el final de esa noche.

Yo apenas si podía respirar, aunque en esos instantes no era el miedo lo que me ahogaba, sino la necesidad cada vez mayor de abalanzarme sobre él. No podía engañarlo, del mismo modo que no podía engañarme a mí misma, y esa noche pensaba tomar lo que tanto deseaba. Lo que tanto deseábamos los dos.

Me incliné hacia él hasta que mi cara quedó muy cerca de la suya. En el estómago noté una extraña sensación de calor que se extendió en todas las direcciones posibles. Los ojos de Spencer se abrieron y contuve el aliento. Reduje la distancia que nos separaba del todo y mis labios acariciaron suavemente los suyos. Más que un contacto, fue un suspiro.

—¿Has bebido? —preguntó.

Negué con la cabeza de un modo prácticamente inapreciable y Spencer franqueó el último milímetro que nos separaba con un beso. Tenía los labios cálidos, acogedores y, al mismo tiempo, también cuidadosos. Los brazos le temblaban a ambos lados de mi cuerpo, y luego los usó para envolverme. Me deslicé hasta el borde de la vertiente y llevé una mano a su nuca para obligarlo a acercarse a mí. Spencer reaccionó con un profundo gemido. Atrapé su labio inferior entre los dientes y lo mordisqueé para que dejara de controlarse tanto de una vez.

No hizo falta nada más. Me atrajo hacia sí y me abrazó con más fuerza todavía. Nuestras lenguas se encontraron y entonces fui yo quien gimió en voz alta. Spencer me recorrió la espalda con las manos, me acarició el cuello como si fuera algo muy valioso y luego las hundió en mi pelo. Se aferró todavía más a mí y nuestro beso se volvió aún más profundo, hasta el punto de que sólo lo notaba a él: sus labios, su lengua, sus dientes...

—Así es como debería haber sido nuestro primer beso —sentenció frente a mis labios, y eso me provocó una carcajada. Joder, me sentía de maravilla.

—¿Porque es de noche y estamos bajo un cielo estrellado? —pregunté apartándome un poco.

—No es que me lo imaginara con tanto detalle, pero se le acerca mucho —contestó con una sonrisa.

Cualquier reserva o temor que pudiera haber sentido se desvaneció por completo, había vencido la atracción. Por primera vez lo tocaba justo como había deseado desde la primera vez que lo había visto. Mis manos se deslizaron por sus hombros duros y fuertes. Los presioné un instante y seguí en dirección a su pecho. Spencer posó una mano sobre mi diestra cuando la coloqué sobre su tórax.

—¿Lo notas? —me preguntó.

Los latidos de su corazón rebotaban contra la palma de mi mano, y mi sonrisa de boba se volvió todavía más acusada. Era un milagro que no me estuvieran doliendo las comisuras de los labios.

—Parece el corazón de un ratoncito —dije trazando una línea con el dedo sobre su pecho.

Un brillo peligroso apareció en sus ojos. Tenía las pupilas dilatadas y noté su aliento sobre los labios.

No sabría decir quién empezó esa vez. Todavía notaba sus labios sobre los míos, su cuerpo y el grave murmullo de su corazón cuando abrí los labios para dejar vía libre a su lengua. Si nuestro primer beso había pasado demasiado deprisa, esa vez nos lo tomamos con calma.

Me besó con tanta concentración y tanta intensidad que temí no poder tenerme en pie nunca más, de tanto que me temblaban las rodillas. Me tocó en todas las partes a las que tenía acceso. Me acarició el cuello y me peinó el pelo con los dedos hasta que me lo hubo apartado por completo de la cara. Sus labios consiguieron borrar todas mis cavilaciones, y sólo dejaron sitio para lo que conseguía desencadenar en mí, de manera que un calor ardiente se apoderó de mi cuerpo y deseé que no desapareciera nunca más.

Pasó un buen rato, pero no podíamos parar. Spencer me besaba poco a poco y con profundidad. Me tocaba con las manos candentes, pero al mismo tiempo con una prudencia que a punto estuvo de hacerme llorar. Nunca me habían besado con aquella intensidad. Me dejó absolutamente revuelta por dentro, y necesité unos momentos para recuperar el aliento, porque estaba segura de que él querría ir más allá, y no me veía capaz de sobrevivir a ello sin sufrir un infarto fulminante.

Le toqué las mejillas y noté lo fría que tenía la piel. Me fijé en sus ojos y detecté el anhelo que se los velaba mientras respiraba al mismo ritmo entrecortado que yo.

—¿Qué? —preguntó.

—Que no llevas chaqueta.

—Las chaquetas están sobrevaloradas.

—¿No tienes frío?

Tiró de mí una vez más y fui a parar sobre su regazo.

—Ahora ya no.

—Spence...

—Ya sé lo que me dirás, Dawn. Pero no pienso moverme de esta azotea por nada del mundo, si una vez abajo las cosas vuelven a ser como siempre. Ni hablar —me advirtió lleno de determinación antes de hundir sus labios en mi cuello.

—También podríamos ir a algún sitio donde no nos moleste nadie. Y donde podamos estar más calentitos quizá —propuse con la mayor desenvoltura de la que fui capaz.

Sus labios siguieron pegados a mi piel. De repente se apartó de mí y se me quedó mirando, estupefacto.

—Joder, sí.

Me envolvió entre sus brazos y me levantó en volandas como si no pesara mucho más que *Spidey*.

—Agárrate a mí con las piernas, cariño.

Accedí a su petición con las mejillas ardiendo y cruzando las piernas detrás de su espalda.

—Fantástico. Es un placer trabajar así —exclamó mientras empezaba a recorrer el tejado llevándome en brazos.

Mientras tanto, contemplé la expresión de felicidad que colmaba su rostro y sentí el deseo irrefrenable de besarlo de nuevo. Quería sondear su boca, saborearla y descubrir qué podía hacer para que perdiera el control. Quería oírlo gemir y suspirar, experimentar aquella sensación increíble que conseguía transmitirme su presencia.

Hacía tiempo que no me sentía tan viva.

18

El trayecto hasta la casa de Spencer se me hizo interminable, a pesar de que en realidad no tardamos ni diez minutos en llegar. Tuve que reprimir las ganas de preguntarle qué había estado a punto de decir en el tejado, pero no quise insistir en ello. Cuando entré en su casa, tuve una cierta sensación de normalidad, incluso de familiaridad.

Me pareció que a él le ocurría lo mismo. Se quitó la chaqueta, se descalzó y lo dejó todo en el guardarropa de la entrada. Me dediqué a contemplar todos y cada uno de sus movimientos hasta el punto de olvidarme de imitarlo y quitarme también yo la chaqueta. Cuando extendió un brazo hacia mí me di cuenta de que me había quedado allí quieta como una idiota, todavía tapada como si tuviera que volver a salir.

De inmediato empecé a forcejear con la cremallera, que se atascó con un fleco de mi bufanda, soltando un taco tras otro en voz baja. Spencer me agarró las manos y me las sostuvo con firmeza. Noté el calor que se extendía por mi cuerpo desde el estómago hasta el cuello y más allá, hasta mis mejillas, mientras me preguntaba qué demonios hacía yo allí con él.

—Dawn, mírame.

Levanté la cabeza a regañadientes. Spencer me miró con sus ojos de color azul profundo y me transmitió una sensación de calidez indescriptible. Las manos se me tensaron de repente.

—Hola —se limitó a decir esbozando una sonrisa.

—Hola —repliqué sintiéndome todavía más estúpida que antes.

—¿Te ayudo? —preguntó señalando la cremallera.

Asentí poco a poco.

Con una sonrisa traviesa, clavó sus ojos en los míos y me soltó las manos. Al cabo de unos instantes, resolvió el problema de mi cremallera. A continuación, me acarició los brazos con calma, hacia arriba. Contuve el aliento cuando clavó sus ojos en los míos y me descubrió los hombros.

«Oh. Dios. Mío.»

Se me secó la garganta y se me aceleró el pulso como me había ocurrido ya en la azotea. Pero la bola de fuego que notaba en la barriga reapareció de nuevo.

Spencer colgó mi chaqueta mientras yo me descalzaba y luego fuimos al salón.

—¿Te apetece beber algo? Tengo zumo y... ya está, creo que no tengo nada más —me informó mientras se dirigía hacia la cocina abierta.

—Un poco de zumo me parece bien.

Llenó dos vasos y asintió en dirección al sofá del salón. Me senté en el módulo del rincón como si ya fuera la dueña de ese sitio. Él se acomodó en el otro lado, con la espalda vuelta hacia el reposabrazos. Nos quedamos un buen rato allí sentados, simplemente mirándonos. Spencer estuvo recorriendo el borde de su vaso con la yema del dedo índice, dos veces en sentido horario y una en el sentido contrario, para luego volver a repetir la operación.

Mis ojos buscaron su pelo, completamente revuelto después de que yo hubiera hundido mis dedos en él durante el beso. Eso indicaba lo mucho que me había dejado llevar. Tuve que bajar la mirada de nuevo hacia su vaso para no volver a ponerme colorada. Por desgracia, la estrategia no sirvió de gran cosa. A esas alturas ya sabía lo que era notar sus manos sobre mi cuerpo, y no podía pensar en nada más que en arrebatarle el vaso para que pudiera posarlas sobre mi piel desnuda.

Joder, ¿de verdad había pensado eso?

Me puse a buscar desesperadamente algo con lo que distraerme para quitármelo de la cabeza. En la mesita de centro encontré el mando a distancia del televisor y lo encendí. Pasé un rato haciendo zapping hasta que di con un episodio de *Sexo en Nueva York*.

Noté cómo el sofá se hundía un poco cuando Spencer se sentó cerca de mí. Volví la cabeza hacia él y me lo quedé mirando. Cada vez se me acercaba más, hasta que al final apoyó los brazos a ambos lados de mi cuerpo para colocarse delante de mí.

—Ya sabes que en condiciones normales estaría dispuesto a ver cualquier cosa contigo, Dawn —murmuró con los ojos fijos en mis labios—. Pero hoy —continuó quitándome el mando a distancia— preferiría saltarme esa parte.

Su voz grave y ronca me provocó un escalofrío. Lo tenía tan cerca que sus palabras resonaban literalmente en mi pecho. Llegados a ese punto, habría sido necesario que apareciera un elefante en patinete para que dejara de mirarlo.

Sin desviar los ojos de los míos, él apagó el televisor y dejó el mando a distancia sobre la mesita de nuevo. Antes de que pudiera echar de menos la proximidad y la calidez de su cuerpo, no obstante, se colocó una vez más delante de mí. Posó una mano sobre mi espalda y con un gesto vigoroso me obligó a tenderme en el sofá. La cabeza me quedó apoyada en el reposabrazos, y Spencer se sirvió de las rodillas para abrirse paso entre mis piernas.

—Mucho mejor así, ¿no te parece? —susurró con una sonrisa.

—Sí —respondí.

Sin proponérmelo siquiera, levanté una mano y le toqué los labios. Era tan guapo que estuve a punto de suspirar en voz alta. Me apartó la mano de su cara y me obligó a bajarla para entrelazar sus dedos con los míos.

—Llevo meses deseando besarte, Dawn. Y ahora que me lo has permitido, no quiero pensar en nada más.

—Esta noche puedes besarme tanto como quieras —susurré mientras me aferraba a su mano.

—Tenía la esperanza de que dijeras justamente eso —murmuró antes de presionar su boca contra la mía.

Correspondí a su avance y deslicé la lengua entre sus labios. Cualquier atisbo de timidez se esfumó de inmediato junto con el muro que se había erigido entre nosotros durante el trayecto en coche por la autopista hacia Portland. Volvíamos a estar en la azotea, solos él y yo.

Spencer me puso la otra mano en la cadera. Me agarró con fuerza y el beso se volvió todavía más intenso. Me sorprendió lo que era capaz de conseguir con unos simples movimientos. Primero había logrado que me sintiera de maravilla, luego, más viva que nunca, y en esos instantes, deseada.

Me mordisqueó el labio inferior, arrancándome un leve gemido. Mi cuerpo iba por libre cuando me hacía ese tipo de cosas, pero no me bastó, por lo que le envolví el cuerpo con una pierna y lo atraje más hacia mí empujando la pelvis en su dirección. Spencer soltó un ruido gutural que le salió de lo más hondo del pecho.

Con la mano libre, le acaricié la espalda y recorrí sus músculos con los dedos para terminar agarrándome a su hombro. Nuestro beso se volvió más y más febril y candente, y todo lo que habíamos estado conteniendo durante los últimos meses quedó liberado como un animal salvaje.

Me atreví a deslizar los dedos por debajo de su camisa y noté el contacto de su piel cálida y aterciopelada. Una vez más, Spencer soltó un gemido y me pareció el sonido más erótico que había oído en toda mi vida. Me agarró la pierna con la que me aferraba a él y, cuando sus dedos se hundieron en mi muslo, me quedé sin aliento.

Al cabo de un instante, presionó su cuerpo contra el mío y noté su erección a través del tejido de mis vaqueros. Creí morir, allí mismo, en ese preciso instante, entre sus brazos. Habría sido una muerte bella y feliz.

Recorrió mi mentón con sus besos, dejando un reguero abrasador hasta mi cuello. Apretó los labios con fuerza detrás de mi oreja y noté el contacto húmedo de su lengua sobre la piel.

—Spence —jadeé, aferrándome a él con desesperación. Volví a levantar la pelvis para pegarla a la suya, para notarlo mejor. Mis instintos tomaron las riendas y dejé de estar al mando de mi cuerpo.

—No puedo parar —murmuró frente a mi piel, descendiendo de nuevo.

—Ni se te ocurra parar. Como pares, te mato —le advertí, y de inmediato me sorprendió lo mucho que me faltaba el aliento.

—Magnífica amenaza —replicó antes de apartar la tela de mi camiseta para llegar hasta mi pecho—. Joder, me encanta tu cuerpo.

Esas palabras me cortaron la respiración. Por fin me soltó la otra mano y enseguida pude hundirla en su pelo para atraerlo todavía más hacia mí. Spencer repartió una retahíla de besos por mi escote mientras me agarraba con firmeza, con mucha firmeza, como si se estuviera conteniendo para no pasar a regiones más prohibidas.

Aunque no había prohibición alguna. Ya no.

Presioné su pecho con las dos manos un momento para incorporarme un poco. Durante el tiempo que dura un pestañeo, el pánico se apoderó de su mirada, pero en cuanto me vio levantar una mano para acariciarle la mejilla, el anhelo volvió a aparecer enseguida. Luego bajé las manos para agarrarme el dobladillo de la camiseta y, sin apartar los ojos de los suyos, me la quité por encima de la cabeza.

Él aspiró aire con brusquedad.

—¿Qué haces?

Dejé caer la prenda al suelo antes de responder.

—¿Eliminar obstáculos para que tengas vía libre?

Al oír mis palabras, expulsó entre los dientes el aire que había estado conteniendo.

—Ya lo veo. Joder, si lo veo —exclamó mirándome con avidez. Sus ojos se detuvieron por unos instantes en mi sujetador antes de regresar a mi rostro—. Tú lo que quieres es matarme, Dawn Edwards.

—Y tú a mí. Pero al menos moriremos felices.

Yo no tenía ni el más mínimo control sobre mis actos, pero me sentía de maravilla.

—Eres una exhibicionista —me acusó entonces con una sonrisa antes de bajar la mirada hacia mis pechos de nuevo, con los músculos de la mandíbula completamente tensos.

—Ven aquí de una vez, en lugar de mirarme tanto.

—No haberte quitado la ropa —me reprochó.

—Parece como si estuvieran a punto de salírsete los ojos de las órbitas, como en los dibujos animados.

—No descarto que acabe sucediendo.

Spencer devoró mi pecho con la mirada, que se le ensombreció todavía más hasta que reaccionó sacudiendo la cabeza.

—Joder, Dawn —exclamó antes de empujarme levemente para hacerme caer de espaldas y poder colocarse encima de mí.

Me llenó la barriga de besos, arrancándome más de un jadeo

con mordiscos juguetones. Un calor abrasador se apoderó de mí y el cuerpo se me tensó al máximo. Con los labios consiguió repartir una mezcla perfecta de besos, suaves caricias y succiones, y cuando se aproximó a mi entrepierna y pasó los dedos por debajo de la cintura de mis vaqueros, empecé a temblar con vehemencia. Spencer se dio cuenta de ello y volvió a subir las manos hasta justo debajo de mis pechos. Allí se dedicó a acariciarme la piel y a recorrer las líneas de mi cuerpo con tanta precisión que parecía que llevara años enteros estudiando cómo hacerlo.

Al mismo tiempo, su lengua se centró en mi ombligo, obligándome a retorcerme debajo de ella. Necesitaba que me diera más, mucho más.

Deslicé las manos por sus brazos y tiré de él hacia mí. Spencer accedió a mi muda petición y empezó a recorrer mis pechos con la boca. Al ver mi reacción, me agarró la barbilla entre los dedos y me echó la cabeza hacia atrás con suavidad, para besarme con verdadera pasión. Nuestras lenguas se encontraron y suspiré frente a su boca. Mi cuerpo se arqueó para conseguir el máximo contacto con el suyo, y al mismo tiempo mis dedos se aferraron a la tira de botones de su camisa. Intenté desabrocharlos, pero no pasé del primero, de tanto que me temblaban las manos.

—Déjame a mí —murmuró Spencer, incorporándose.

Se arrodilló entre mis piernas y levantó las dos manos buscando el cuello de la camisa. Al contrario que las mías, sus manos no temblaban lo más mínimo. Con movimientos sosegados y perfectamente coordinados, fue desabrochando un botón tras otro sin apartar los ojos de los míos en ningún momento.

Una vez desabrochados todos los botones, poco a poco hizo lo mismo con las mangas. Yo no podía apartar la mirada de sus preciosas manos. Eran las más bonitas que había visto en toda mi vida. Magic Mike no podía competir con Spencer quitándose la camisa.

—Me vas a dejar el sofá perdido de babas —se burló en cuanto se hubo desabrochado el último botón.

Más allá de los faldones de la camisa divisé los músculos de su vientre y decidí incorporarme un poco para contemplarlos mejor.

—Cállate —ordené sin demasiada convicción, deslizando las manos bajo el tejido de su camisa. Con cuidado, le desnudé los hombros disfrutando de cada centímetro de piel que pude recorrer por el camino. La camisa cayó al suelo, junto a mi camiseta, y a partir de entonces sólo tuve ojos para él.

Spencer era de constitución atlética. A pesar del frío que reinaba desde hacía meses, tenía la piel bronceada. Su aspecto encajaba a la perfección con el tacto aterciopelado que ya había podido comprobar. Tenía unos pectorales muy pronunciados, y sus fuertes abdominales se tensaron todavía más cuando clavé la mirada en ellos. Seguí el fino rastro de vello que bajaba desde su ombligo y desaparecía por debajo de sus vaqueros y tuve que tragar saliva. Era simplemente perfecto. Casi me pareció injusto para el resto de los tíos del mundo.

Titubeando, le toqué el pecho y posé una mano sobre su corazón. Spencer me agarró por las caderas y me levantó en volandas para luego sentarme sobre su regazo. Me incliné sobre él y le besé el cuello, continué por la clavícula y disfruté comprobando el efecto que tenían mis labios sobre su respiración.

—Te deseo desde hace tanto tiempo... —confesó.

Me envolvió la cintura con un brazo y la otra mano se deslizó entre mis escápulas para presionar mi cuerpo contra su cálido pecho con firmeza.

Piel sobre piel. Magnífico.

—No querría que esto arruina... —empezó a decir. Sin embargo, dejó la frase inacabada.

Le agarré la cara entre las manos y lo miré fijamente a los ojos.

—Me parece imposible que lo que estamos haciendo pueda arruinar nada —repuse con determinación. Acto seguido, me incliné sobre él y le besé la comisura de los labios—. Me parece más bien algo maravilloso —susurré plantándole un beso en el mentón—. Y esto también —añadí pegando mis labios a los suyos y disfrutando de la intensidad con la que me correspondió, a pesar de que el control del beso era todo mío.

Cuando nos separamos de nuevo, vi que sus ojos estaban completamente ensombrecidos por el deseo. Lo único que le quedaba de autocontrol eran unos finos hilos de seda. Y estaba dispuesta a desgarrarlos.

Poco a poco, me incliné hacia él y le atrapé el lóbulo de la oreja entre los dientes.

—Te deseo, Spence —susurré.

No puso reparos, probablemente no le quedaba ninguno. Hundió una mano en mi pelo, me atrajo hacia sí y me besó con avidez. Sin soltarme en ningún momento, se levantó cargando con mi peso y, tal como ya había hecho en la azotea, yo enlacé las piernas tras su espalda para quedar bien agarrada. El beso terminó sólo porque Spencer hizo caer una lámpara de pie al pasar y no sólo el estrépito fue considerable, sino que además luego tropezó con el cable. Riendo, hundí la cara en su cuello y le acaricié la espalda.

Me dejó en el suelo antes de subir la escalera que llevaba hasta la planta superior. El corazón me latía sin control, y tuve que reprimirme para no seguir besándolo o tocándolo mientras subíamos los escalones. Al fin y al cabo, la noche terminaría demasiado deprisa si alguno de los dos se caía y se rompía un brazo o una pierna, por lo que reprimirse un poco no me pareció mala idea.

Ya en su dormitorio, dejé de aferrarme a él para deslizarme por su cuerpo hacia abajo. Ni siquiera me fijé en el espacio, toda mi atención estaba centrada en su cuerpo.

Él conservó las manos sobre mi cintura y una voracidad innegable en la mirada. Le agarré la mano derecha y se la dejé en mi espalda, justo donde tenía el cierre del sujetador.

—Realmente estás decidida a matarme.

—Y yo que creía que eso te alegraría —repliqué mientras recorría los músculos de su vientre. Nunca habría creído posible que Spencer tuviera un cuerpo como ése. Capaz de hacer que mi piel reaccionara de ese modo tan eléctrico, o que el mero hecho de tocarlo bastara para que se me acelerara el pulso. Me desabrochó el sujetador con una mano mientras hundía la boca en mi oreja.

—No lo sabes tú bien —me susurró.

Al cabo de un segundo me apartó los tirantes de los hombros y de inmediato mis pezones se endurecieron tanto que contuve el aliento. Sus manos encontraron los caminos de mi cuerpo y tuve la sensación de que incluso le temblaron un poco antes de posarlas sobre mis pechos. Exhaló bruscamente y se detuvo unos segundos antes de empezar a acariciarme.

Tenía los pechos turgentes, sobre todo desde que tomaba la píldora, pero Spencer tenía las manos bastante grandes y, a juzgar por su respiración, le gustó lo que tocaba. Me atrapó un pezón entre dos dedos y lo acarició con suavidad.

Solté un jadeo mientras una oleada de lujuria se extendía por mi cuerpo. Me aferré a él con fuerza y cerré los ojos, entregándome a las delicadas torturas a las que me estaba sometiendo. Cuando, poco después, noté su lengua en mi cuello, las piernas amenazaron con dejar de sostenerme.

Aturdida, miré a mi alrededor y descubrí lo que buscaba a pocos metros de donde estábamos. Impulsada por un anhelo ciego, lo guie por la habitación hasta que tropezó de espaldas con la cama. Lo empujé levemente para conseguir que quedara sentado en el colchón y él accedió a mi petición tácita sin apartar las manos de mis pechos. Con una sonrisa traviesa y los ojos velados por la lujuria, levantó la mirada hacia mí.

—Espero que seas consciente de que no podré soltarlas nunca más.

—Me parece bien —repliqué con la voz ronca y respondiendo a su sonrisa. Poco a poco, bajé las manos hacia mis vaqueros. Me desabroché el botón, me bajé la cremallera y me libré de ellos.

Spencer seguía mirándome fijamente a los ojos, y me sentí aliviada cuando vi que no se fijaba especialmente en mis piernas. Tenía alguna cicatriz sobre la que no quería pensar en esos momentos. Aun así, él no apartó los ojos de los míos ni siquiera cuando extendió las manos y me agarró las braguitas. Pareció casi como si estuviera buscando el punto en que le pediría que se detuviera. Pero no lo hice, de manera que siguió bajando las manos por debajo del tejido mientras yo me abrasaba por dentro.

—Sigo esperando un no —dijo con la voz ronca y las manos sobre mis muslos.

—Estoy desnuda delante de ti, ¿de verdad crees que me voy a echar atrás? —repliqué. Le toqué los brazos y los hombros, quería sentirlo por completo y absorber el calor que desprendía su piel.

—Quiero que sepas que puedes negarte si en algún momento no quieres, ¿de acuerdo? Puedes cambiar de opinión en cualquier instante si...

No lo dejé seguir hablando. Me incliné hacia él y lo acallé con un beso. Al mismo tiempo busqué su cinturón a tientas y se lo desabroché.

—Me gusta esa respuesta —murmuró frente a mi boca mientras se ponía de pie para quitarse los vaqueros.

El sonido de la tela deslizándose hasta el suelo me provocó un cosquilleo por todo el cuerpo. Lo agarré por las nalgas y lo atraje hacia mí. Su risa me hizo vibrar y poco faltó para que me contagiara, y es que me sentía tan feliz que apenas podía asumirlo.

Una vez más, Spencer me levantó sin esfuerzo y me dejó encima de la cama. Me envolvió entre sus brazos y desplegó los dedos en mi espalda para presionarme con firmeza contra su cuerpo. Noté su erección con claridad a través del fino tejido de su bóxer y empecé a frotarme contra ella. Un rugido gutural escapó de su garganta.

—Otra vez —exigió con la voz ronca.

Volví a apretar mi pelvis contra la suya y encontré la manera de ejercer todavía más presión. Su reacción me gustó mucho. Todo en él me gustaba mucho.

Nuestros labios se encontraron en un beso apasionado y nuestras lenguas danzaron de un modo frenético. Comencé a recorrer su cuerpo con las manos, tanteando sus músculos y aferrándome a él, presionando mi cuerpo contra el suyo. La sensación era fantástica, pero no me bastaba.

De un modo febril, bajé una mano y le agarré el miembro duro a través de la tela del bóxer. Spencer aspiró aire entre los dientes una vez más y apoyó la frente en la mía. Con suavidad, deslicé los dedos por debajo de la goma de sus calzoncillos y se los bajé. Volvió a respirar de forma audible, se inclinó para ayudarme a quitárselos del todo y luego se giró y abrió el cajón de la mesilla de noche. Oí un leve frufrú de plástico y mientras tanto le estuve acariciando la espalda. Enseguida estuvo de nuevo encima de mí, aunque su peso se acomodó sin problemas gracias al mullido colchón. Me miró fijamente a los ojos, me pasó una mano por el pelo y me apartó unos mechones de la frente.

—¿Todo bien? —susurró.

Lo besé con ternura.

—Mejor que bien —respondí, y me invadió una sensación de calidez tremenda al verlo sonreír.

Con el pulso acelerado, bajé una mano y le agarré el miembro. Lo acompañé hasta mi abertura y lo invité a entrar un poco.

Sin apartar los ojos de mí, Spencer empezó a penetrarme. Aunque su mirada era de deseo ardiente, procedió con calma, casi con cuidado incluso. Tenía un pene bastante grande, y por unos instantes me quedé sin aliento. Fue como si leyera y comprendiera todos y cada uno de los movimientos de mi cuerpo, porque no se atrevía a continuar entrando hasta que me veía respirar con normalidad de nuevo. Cuando por fin me la metió del todo, se quedó quieto unos instantes, respirando de un modo entrecortado.

Tanteó el terreno moviéndose ligeramente y luego soltó un murmullo. Hundió el rostro en mi clavícula, me lamió la base del cuello y me atrapó la piel entre los dientes. Llevada por el instinto, apoyé los talones en el colchón y empujé la pelvis hacia arriba. Su miembro encontró un punto especial en mi interior y reaccioné con un sonoro jadeo. Un cosquilleo se apoderó de todo mi cuerpo de inmediato, acompañado de una energía tremenda. La sensación era fantástica. Increíble.

—Lo sabía —murmuró Spencer, impasible. Se apoyó en un brazo y me miró a los ojos. Se apartó un poco de mí y enseguida eché de menos el hecho de notarme llena.

—¿El qué? —susurré mientras le pasaba las manos por la espalda hasta los omóplatos. De repente, hundí los dedos con fuerza. Spencer volvía a embestirme, esta vez con más ímpetu, y no pude más que gemir echando la cabeza hacia atrás.

—Que nos entenderíamos a la perfección —lo oí decir antes de que presionara los labios contra mi cuello un instante—. Tú y yo.

Oírselo decir con tanta seguridad era lo último que me faltaba. Lo envolví con mis piernas y lo agarré por el pelo para hacerle bajar la cabeza. Recogí su gemido entre mis labios y respondí a su siguiente embestida arqueando el cuerpo para hacerla todavía más profunda. Spencer empezó a marcar un ritmo regular y yo intenté seguirlo. Posé una mano sobre su barriga y hundí las uñas de la otra en su brazo, cuyos músculos se tensaron mientras continuaba bombeando cada vez con más intensidad.

—Joder, Spence.

En cuanto gemí su nombre, sus movimientos se volvieron más febriles y su aliento, irregular. Me incorporé un poco y le besé el cuello.

Hasta esos momentos yo no había sido consciente de lo mucho que lo había deseado, pero entonces me di cuenta con toda claridad. Deseaba a Spencer hasta el punto de quedarme sin aliento, y aunque me estaba abrazando por dentro y por fuera, no me pareció ni mucho menos suficiente.

Hundí los dedos en su espalda y, en el mismo instante, me mordió el hombro. Solté un gemido de placer y deslicé mis manos hacia abajo, hasta sus nalgas. Sentía deseo, desenfreno, y al mismo tiempo era consciente de lo fantástico que resultaba aquel afán tan poderoso.

Curvé la espalda, mis pechos quedaron aplastados contra su torso y un profundo gemido llenó la habitación entera. El ritmo de sus movimientos se volvió todavía más frenético y el siguiente beso que me dio fue húmedo y descontrolado. Notar cómo perdía el dominio de sí mismo superó todas mis fantasías. Me aferré a él con toda la fuerza de la que fui capaz y tensé los músculos alrededor de su cuerpo. Todo lo que tenía a mi alrededor quedó apagado de inmediato, y el mundo se disolvió durante unos segundos en un éxtasis de colores.

—Dawn. Dawn...

Dijo mi nombre como si estuviera pronunciando una plegaria, aunque al mismo tiempo sonó como una maldición. Me empaló hasta el fondo y soltó un suspiro de alivio en mi cuello.

Yo me aferré todavía más a él con los brazos y las piernas, mientras todo su cuerpo se estremecía con virulencia.

Sus caderas impactaron una última vez con las mías y luego se desplomó, todavía agarrándome la cabeza, con los dedos enredados en mi pelo.

Noté los latidos frenéticos de su corazón e intenté determinar la frontera en la que empezaba su pulso y terminaba el mío, pero no fui capaz de detectarla. Mi cerebro quedó sumido en una agradable nebulosa.

—Guau —susurré, acariciando de nuevo la espalda desnuda de Spencer y trazando nuestros nombres sobre su piel sudorosa con las yemas de los dedos.

Él se apoyó sobre los codos para levantar la cabeza. Tenía las mejillas enrojecidas y los labios hinchados. Estaba..., por difícil que pueda parecer, estaba todavía más guapo que antes.

—Ya tardábamos en hacerlo —comentó, y las comisuras de sus labios se alzaron para esbozar una sonrisa.

—Puede que tengas razón —dije tocándole suavemente el labio inferior. Cuando levanté la mirada otra vez, el azul de sus ojos ya se había ensombrecido de nuevo.

—Quizá debería quedarme aquí, para no volver a desperdiciar el tiempo —murmuró moviendo ligeramente las caderas.

El sonido que salió de mis labios fue una mezcla de risa y gemido. A pesar de que nada me habría gustado más que envolverlo nuevamente entre mis piernas para atraerlo hacia mí, opté por apoyar las manos en su pecho y apartarlo con delicadeza.

—Ve a lavarte, anda.

—Vuelvo enseguida —anunció mientras se levantaba—. No te muevas.

Sin embargo, no hizo ademán de cumplir con su promesa y se quedó donde estaba, contemplando mi cuerpo desnudo con calma, hasta que el calor me invadió de nuevo.

—Joder... —murmuró.

Me apresuré a cubrirme con la colcha hasta que quedé completamente envuelta, pero Spencer siguió mirándome de todos modos.

—Si yo fuera Jack y tú Rose y estuviéramos en el *Titanic*, ahora mismo te pintaría. Tal como estás —indicó levantando la mano con el índice y el pulgar extendidos, fingiendo buscar un encuadre con los ojos entornados—. Pero por desgracia no tengo talento para pintar desnudos. Hace años que sólo dibujo cómics, y al final me acabaría saliendo un retrato en forma de superheroína.

—Ve a tirar el condón, Spence.

Dejó caer la mano y se rio. Fue una carcajada honesta, le salió del corazón y me transmitió una sensación de calidez acompañada de un revoloteo en el estómago. ¿Quién habría pensado que nos sentiríamos tan cómodos y despreocupados?

Se levantó y pude contemplarle el trasero mientras se dirigía al cuarto de baño. Regresó poco después, y lo acogí con ganas debajo de la colcha, donde nos quedamos tendidos un buen rato. Desnudos, sudados y llenos de vida.

—Esta noche me has hecho muy feliz —anunció al cabo de un rato.

—Ya sabía yo que mi vagina servía para algo.

Spencer reaccionó con una sonrisa.

—Tu vagina es genial, pero no me refería a eso, en realidad.

Me acerqué un poco más a él para notar el calor que irradiaba.

—Ya lo sé.

—Gracias —repuso antes de besarme la frente—. Que duermas bien, cariño.

Y con esas palabras me devolvió a la realidad.

19

Ya había amanecido cuando descolgué las piernas de la cama y bajé a la planta inferior de puntillas para recoger mis cosas. Las manos me temblaban mientras me vestía de nuevo. Me sentía fatal, tenía un nudo en el estómago y las extremidades me pesaban tanto que casi me pareció como si no fueran mías.

Lo que habíamos compartido Spencer y yo había sido maravilloso. De eso no tenía la menor duda.

«Que duermas bien, cariño.»

Era ridículo que cuatro palabras fueran suficientes para cambiar mi manera de ver las cosas de un modo tan radical. El dolor me llegaba a la piel desde lo más hondo. Un vistazo a la parte interior de mis muslos bastó para que me sobreviniera una intensa oleada de asco. Había sido una idiota pensando que podría dejar atrás mi pasado.

«Que duermas bien, cariño.»

¿Por qué? ¿Por qué había tenido que utilizar precisamente las mismas palabras que decía Nate cada vez que nos acostábamos? ¿Por qué me había besado en la frente y me había transportado de ese modo al pasado?

Era imposible que Spencer supiera lo que había desencadenado sin querer. No podía saberlo, pero de todos modos me había abierto los ojos de repente.

Él quería una relación, algo serio. Para mí, en cambio, esa

posibilidad era la peor que podía llegar a imaginar. Quedarme dormida en sus brazos, pasar la noche con él y despertarnos juntos al día siguiente..., no me sentía preparada para ello. Era demasiado. Y no podía seguir soportando esa presión.

Me había engañado a mí misma. Porque en aquellos instantes, por muy bonita que hubiera sido la noche anterior, no podía comprometerme con alguien de un modo serio. Nunca podría volver a mantener una relación con nadie. Me daba un miedo terrible que volvieran a hacerme daño. No estaba dispuesta a permitirlo, no quería conceder a nadie el poder de destruirme, puesto que eso era justo lo que había hecho Nate.

Encontré mi bolso sobre la encimera de la cocina y fui corriendo hacia el guardarropa de la entrada. Me puse los zapatos enseguida, me envolví el cuello con la bufanda de cualquier manera y me puse la chaqueta sin cerrar siquiera la cremallera. Lo único que quería era salir de aquella casa cuanto antes. Con pasos apresurados, doblé la esquina del pasillo y... me detuve en seco.

Spencer. Con los brazos cruzados y apoyado en la puerta de entrada. Tenía el pelo revuelto, con toda probabilidad se acababa de levantar.

—¿Qué pasa, Dawn?

Se me formó un nudo enorme en la garganta. Intenté tragar saliva una y otra vez, pero no sólo no seguía allí, sino que no paraba de crecer. Cerré los puños para enfrentarme a la situación de una pieza, sin derrumbarme. Tenía que salir de allí cuanto antes.

—Lo siento —conseguí articular con decisión, y acto seguido di un paso en dirección a la puerta.

Spencer se me adelantó y se interpuso en mi camino, lo que me obligó a levantar la cabeza para mirarlo.

—¿Qué es lo que sientes? —preguntó con calma.

Un sudor frío me humedeció la nuca mientras un nudo como el que había obstruido mi garganta se estaba formando también en mi estómago. Me clavé las uñas en las palmas de las manos para notar el dolor e intenté concentrarme en él. Cualquier cosa me valía, excepto el picor que sentía en los ojos.

—¿Sientes querer marcharte sin avisar después de haber pasado la noche conmigo? —prosiguió él, intentando sonar despreocupado—. ¿O tal vez sientes haberme tratado como si fuera un rollo de una noche?

Clavé la mirada en las puntas de mis zapatos y empezaron a aparecer borrosas frente a mis ojos. Parpadeé varias veces, pero el picor seguía en aumento.

—Por favor, deja que me vaya y ya está —le supliqué.

—Cariño, mírame.

Negué con la cabeza y cerré los párpados con fuerza. Ni siquiera los abrí cuando me agarró la barbilla con dos dedos y me la levantó. No podía mirarlo a los ojos, estaba demasiado avergonzada.

Entonces me agarró la cara entre las manos y tuve la sensación de que iba a desplomarme en cualquier momento. Los ojos me ardían, me dolía todo el cuerpo y apenas podía respirar de tanto que me estaba costando resistirme a la necesidad imperiosa de echarme a llorar.

—Dawn, soy yo. Puedes hablar conmigo. Si quieres ir a casa, sólo tienes que pedírmelo y te llevo en coche. Como siempre. No tiene por qué pasar nada malo entre nosotros. No soy un tío cualquiera, soy yo.

Le aparté las manos de golpe y solté un sonoro sollozo. Estaba hecha una mierda.

Sin mediar ni una sola palabra más, Spencer me atrajo hacia sí. Ignorando mis protestas, me envolvió entre sus brazos y me mantuvo agarrada. A pesar de que era lo último que quería, acabé derrumbándome contra su pecho. Las lágrimas empezaron a recorrer mis mejillas para terminar desembocando en su piel desnuda.

Llevaba meses enteros sin llorar, pero en cuanto empecé, ya no pude parar. No pude evitar los gimoteos, los sollozos y otros ruidos entrecortados más propios de un ataque de hipo frenético. Y encima se me llenó la nariz de mocos. Fue bastante desagradable, sobre todo teniendo en cuenta que Spencer me tenía abrazada con fuerza y sólo llevaba puesto un bóxer, por lo que su pecho se convirtió en mi pañuelo. A pesar de eso, no me soltó ni un instante, acariciándome la espalda en todo momento. Sus brazos siguieron rodeándome con firmeza. Actuaron como un pegamento desesperado que intentaba mantener unido algo que acababa de hacerse añicos.

En algún momento me levantó en volandas y me llevó de nuevo hasta el salón. Me sentó en el sofá, en mi esquina, y desapareció un momento en dirección a la cocina. Regresó poco después con una caja de pañuelos y un vaso de agua.

—Estás perdiendo muchos fluidos, será mejor que bebas antes de que te deshidrates —bromeó sentándose a mi lado.

Acepté la caja y me sequé los ojos antes de sonarme la nariz. Dios, no había manera de que dejaran de brotar las lágrimas. Parecía una manguera averiada.

Spencer me ofreció el vaso de agua, esperó hasta que hube tomado un par de sorbos y luego lo dejó encima de la mesita de centro. A continuación, se levantó y cogió la manta del sofá para taparme con ella.

El hecho de que fuera tan cariñoso conmigo a pesar de haberme pillado intentando huir de su casa a hurtadillas sólo me hizo llorar todavía más. ¡Y no quería! Llegué a pensar que tenía un reventón en el lagrimal, o algo parecido. Tardé una eternidad en calmarme mínimamente. Los ojos me escocían, notaba la tensión de las lágrimas que se me habían secado sobre la piel y seguía sollozando de un modo descontrolado.

—¿Todavía quieres volver a casa? —me preguntó Spencer al cabo de un rato. Estaba jugueteando con los flecos de la manta, enrollándoselos en los dedos y desenrollándolos de nuevo, con toda la calma del mundo. Ese jugueteo me pareció tan típico de él que por unos instantes incluso consiguió hacerme olvidar el malestar que sentía. Levanté la mirada hacia él y negué con la cabeza. Spencer respondió con una sonrisa atenta. Todavía parecía preocupado por mí, pero al mismo tiempo me di cuenta de lo aliviado que se había quedado al saber que no me marcharía.

Durante unos minutos nos limitamos a mirarnos sin decir nada, y cada vez más tuve la sensación de haberme comportado como una desquiciada. Al fin y al cabo, era Spencer. Mi Spencer. No tenía por qué huir de él sólo porque hubiera pronunciado unas palabras que bien podrían haber salido de la boca de Nate. Spencer no era Nate.

Siempre le preguntaba si quería hablar sobre sus problemas familiares, pero yo también tenía mis propias historias y me estaba comportando como una enferma mental. Tenía que ser honesta. Se merecía saber la verdad, y no que lo dejara tirado sin decirle ni una palabra.

—Me has dicho «que duermas bien, cariño» —constaté con un tono de voz que pareció más bien un graznido capaz de hacer huir a cualquier otra persona.

Sin embargo, él me miró con una expresión paciente en los ojos y esperó a que me recompusiera del todo.

—Nate... Nate siempre me decía esas mismas palabras con un beso en la frente antes de ir a dormir.

Sus ojos se ensombrecieron de repente al oírlo.

—Cariño...

—Ya lo sé, tú no eres Nate. Ya lo sé. Pero de todos modos... Me hizo tanto daño que dejó algo roto en mi interior. No lo digo porque sí. Es la verdad.

Cogí otro pañuelo de papel y me lo llevé a la nariz, que empezaba a gotearme de nuevo.

—Nunca me has contado lo que sucedió realmente entre vosotros —dijo al cabo de un rato.

—Ni siquiera Allie sabe toda la historia.

—¿Por qué no?

Me encogí de hombros.

—Porque no es especialmente agradable, que digamos. Además, quería dejar atrás el pasado y no regodearme en la autocompasión.

Al oír eso, asintió poco a poco y su mirada se aclaró durante unos instantes. Parecía como si se hubiera sumergido en sus propios recuerdos. Luego parpadeó varias veces y me miró de nuevo.

—Dejar atrás el pasado no es fácil cuando te has esforzado en ocultar algo en tu interior —sentenció apoyando la nuca en el reposabrazos y dirigiendo la mirada hacia el techo—. El pasado suele quedar aguardando hasta que reunimos el valor necesario para afrontarlo.

—Eres muy sabio, Spence.

Ladeó la cabeza para poder mirarme.

—Eso debería animarte a hablar conmigo, pues.

—A ninguno de los dos se nos da bien eso de hablar sobre nuestras cosas.

—Pero aún queda esperanza.

Me arranqué una piel que encontré junto a una de mis uñas y, por fin, me recliné en el respaldo, imitando su posición. Mirándolo fijamente a los ojos, en esos instantes sentí que no había nada que nos separara. Ni lo que habíamos hecho, ni mi temor irracional al compromiso.

Éramos tan sólo dos amigos que se encontraban en una burbuja protectora en la que no estaba permitido juzgar a nadie. Un espacio seguro en el que todo era posible y no podía descartarse nada.

—Estuvimos casados.

Ésas eran las dos palabras que todavía no había tenido el valor de pronunciar delante de ninguno de mis amigos de Woodshill.

Spencer se quedó callado un buen rato. No supe interpretar si estaba esperando a que siguiera hablando o si en realidad estaba procesando lo que acababa de decir.

—Nos casamos medio año después de la graduación. Celebramos una pequeña fiesta con nuestras familias y un puñado de amigos.

Los dedos de Spencer buscaron de nuevo los flecos de la manta, muy cerca de mí.

—Estábamos ahorrando para comprarnos una casa y justo después de la boda empezamos a pensar en formar una familia. Nate tenía un buen empleo en la empresa de su madrastra, y yo..., bueno, intenté quedarme embarazada. Por aquel entonces ni siquiera me planteaba la posibilidad de seguir estudiando. ¿Te lo imaginas? —pregunté negando con la cabeza—. Yo quería ganarme la vida escribiendo y pensaba dejar el empleo que tenía en el taller de mi padre en cuanto empezara a ganar suficiente dinero con mis novelas. Éramos pareja desde los trece años. Nos casamos muy jóvenes y queríamos formar una familia cuanto antes. Ése era nuestro sueño de siempre. Ahora ni siquiera consigo imaginármelo, pero durante esa época... fui muy feliz. Todo iba como siempre había deseado.

Me mordisqueé el interior de la mejilla y enseguida tuve que secarme las lágrimas de nuevo.

—Nuestra luna de miel duró una semana, y justo después

me marché de acampada. Durante los preparativos de la boda y la mudanza a nuestro primer piso había estado tan atareada que había dejado bastante de lado a mi padre, por lo que quise marcharme de acampada con él a cualquier precio. Por desgracia, tres días antes del día que teníamos previsto volver empezó a diluviar y tuvimos que regresar antes de tiempo. Papá me llevó a casa y llegamos al atardecer. Llovía a cántaros, lo recuerdo perfectamente. También recuerdo que me quedé en la calle, despidiéndome de mi padre con la mano, hasta que la lluvia me impidió seguir viendo la parte trasera de su camioneta. Entré cargada con la mochila y de repente oí gritos en el dormitorio. Ya tenía el móvil en la mano, preparado por si debía hacer una llamada de emergencia, cuando me di cuenta de que los gritos en realidad eran gemidos. Recuerdo cada uno de los pasos que di hasta que llegué a la puerta. Como también recuerdo perfectamente que la entreabrí y lo vi en la cama. Con otra mujer. Desnudos. Se la estaba...

Tuve que parpadear varias veces para eliminar las imágenes que volvían a mi mente.

—Se la estaba tirando. Se estaba tirando a nuestra vecina. En nuestra propia cama. Tres semanas después de la boda. Y eso que estábamos intentando formar una familia.

—Joder —exclamó Spencer en voz baja. A esas alturas ya no jugueteaba con la manta, sino que la tenía agarrada con las dos manos, con los nudillos pálidos por la fuerza con que la apresaba.

—Ni siquiera se dieron cuenta de mi presencia —proseguí. Sobrecogida por el dolor, me froté el pecho para mitigar la presión que me acuciaba—. Me los quedé mirando sin poder moverme. Creo que ni siquiera pestañeé. Meses después, seguía viendo la escena con total claridad, como si fuera una película. No puedes imaginarte lo horrible que fue. Me sentía atrapada en mi propio cuerpo, era como si estuviera paralizada, mirando cómo lo hacían. Y ella... hacía mucho ruido, era insoportable, hasta el punto de que, mientras se corría, él terminó tapándole la boca con la mano.

Spencer soltó una retahíla de tacos.

—Luego me entraron ganas de vomitar. Fui al baño, y fue allí donde me encontró Nate, frente al inodoro. Estaba desnudo y yo no podía parar de vomitar —susurré—. Echó a Rebecca y cambió las sábanas. Yo regresé a nuestra habitación y me lo encontré allí sentado. Estaba tan furiosa con él, Spence..., que empecé a golpearlo.

—Se ganó bastante más que una simple tunda de palos —gruñó.

—No, no lo entiendes. Le pegué con tanta fuerza que incluso le abrí una herida en el labio. Y porque llegó un punto en el que me agarró, porque de lo contrario lo habría...

Apreté los labios para no seguir hablando. Con cautela, Spencer acercó las manos un poco más a mi regazo, casi hasta tocarme. De nuevo, ignoré su mudo ofrecimiento. No podía corresponderle en esos instantes.

—Nate me confesó que lo de Rebecca llevaba ocurriendo varios meses, y entonces me entraron ganas de vomitar de nuevo, porque nosotros..., bueno, de todos modos nos habíamos...

Dejé la frase inacabada con un gesto de desesperación y Spencer aspiró aire entre los dientes.

—Lo primero que me vino a la cabeza fue si debía de haberme contagiado alguna enfermedad de transmisión sexual. Lo segundo, si era posible que ya me hubiera quedado embarazada, porque no paraba de vomitar—expliqué con una carcajada exenta de alegría—. Cuando le pregunté cómo había podido hacerme algo así a pesar de lo feliz que había sido nuestra relación hasta ese momento, se limitó a encogerse de hombros. No fue capaz de darme ninguna explicación. Y se acabó: seis años, un matrimonio y todos los planes para nuestra vida en común. Todo quedó fulminado de golpe y porrazo.

Una vez más, las lágrimas empezaron a aflorar a mis ojos. Nunca había hablado de ello con nadie. Por supuesto, les había contado algo a Allie y a Scott: que me había visto obligada a huir de Portland a toda prisa, por ejemplo, pero todavía no le había referido a nadie la historia completa. Ni lo que había hecho Nate, ni el hecho de que yo lo hubiera pillado con las manos en la masa justo después de casarnos. Resultaba demasiado doloroso hablar de ello, de lo mucho que lo había amado, de todo lo que le había dado, desde mi primer beso o mi virginidad a las promesas de pasar el resto de mi vida con él. Me dolía demasiado que nada de eso hubiera servido para nada más allá de demostrar que era imposible amarme. Me daba vergüenza, y al mismo tiempo me daba rabia que me diera vergüenza y que todo aquello me doliera tanto.

Y, aun así, también supuso un alivio contárselo a Spencer. De ese modo esperaba que comprendiera un poco mejor la manera en que me comportaba.

—Siento mucho que tuvieras que pasar por todo eso —me dijo, todavía con la cabeza apoyada en el respaldo del sofá. Levantó la mano y me atrapó una lágrima con un dedo—. Debió de ser muy duro volver a levantarse tras un golpe como ése.

—Creo que me quedé en shock —respondí—. No sentía nada de nada, y al mismo tiempo me dolía tanto que a veces no podía ni respirar. No... no pude volver a dormir en aquella habitación, tuve que buscarme una habitación de hotel. Tampoco podía volver a casa de mi padre mientras estuviera fuera.

—Supongo que tu padre sí le pegó un buen puñetazo a Nate.

—Mi padre no sabe nada de todo esto —contesté—. Y no debe saberlo.

Spencer se incorporó enseguida.

—¿Cómo dices?

—Que mi padre piensa que nos separamos de mutuo acuerdo. No quería que se preocupara por mí.

—No lo dirás en serio, Dawn —repuso con incredulidad.

—Es mejor así, créeme. Hace años que mi padre es amigo de los Duffy, y no quiero revelarle lo gilipollas que es su antiguo yerno.

Vi cómo los engranajes se ponían en marcha de repente dentro del cerebro de Spencer. Una vez más, me pareció que necesitaba tiempo para digerir todo lo que acababa de contarle.

—Pero... pero no llevas el apellido Duffy, ¿verdad? —preguntó al cabo de un rato.

Negué con la cabeza muy despacio.

—Ya no.

Me costó una barbaridad decir esas dos palabras tan cortas. Durante tres meses había estado orgullosa de apellidarme Duffy, pero ésa era una parte de mi pasado en la que no me gustaba ahondar.

—De acuerdo —se limitó a replicar Spencer, y se me quedó mirando las manos como si buscara en ellas el rastro del anillo que había llevado.

—Intenté anular el matrimonio, pero en Oregón sólo está permitido si en el momento de la boda uno de los contrayentes es menor de edad o existen otras circunstancias de peso, como un matrimonio forzado o el descubrimiento de una relación de parentesco. Y ése no era el caso —seguí explicando en voz baja.

—Sí, ya lo sé. He oído ese tipo de cosas más de una vez —murmuró él.

—¿A tus padres? —pregunté.

Levantó la mirada y asintió.

—Les gusta hablar sobre su trabajo, y escuchando se aprenden muchas cosas.

Me mordí el labio inferior. Me costó un gran esfuerzo hablar de todo eso con Spencer, pero al mismo tiempo me di cuenta de lo importante que era. De ese modo comprendería que no lo había rechazado una y otra vez por pura diversión.

—Cuando te conocí..., hacía sólo cuatro meses que me había divorciado.

Spencer levantó la mirada de nuevo y yo tuve que aclararme la garganta.

—Sabía que no podría comprometerme nunca más con nadie de ese modo. Y luego vas y apareces tú, con ese pelo, esas camisas que llevas y esa sonrisa desvergonzada que... Me pareció totalmente injusto.

Sus labios se movieron ligeramente, aunque sin llegar a formar una sonrisa.

—El día que sorprendí a Nate perdí una parte de mí que jamás recuperaré. Ya no creo en el amor ni en los finales felices. Al menos, para mí. Ya tuve uno, ¿me explico? Nate y yo nos queríamos, pero sucedió todo aquello igualmente. Y ahora... ya no me fío de nadie.

Spencer se puso muy serio.

—Por eso querías marcharte.

Con cuidado, le agarré las manos y se las acaricié con suavidad. En la izquierda descubrí un pequeño lunar entre los dedos índice y corazón. Lo toqué y luego envolví su mano con la mía.

—Lo siento. Es que... tus palabras me han recordado tanto a Nate que he sentido como si me hubieran echado un jarro de agua helada por encima.

Él giró la mano y entrelazó sus dedos con los míos.

—¿Todavía lo quieres? —preguntó en voz baja.

—No —respondí con énfasis mientras negaba con la cabeza

sin apartar la mirada de los ojos de Spencer para asegurarme de que se lo dejaba bien claro—. Pero todo eso me ha pasado factura. Los meses posteriores a la separación fueron los más duros de mi vida. No podía ni comer, de lo aturdida e impactada que me quedé... Escribir fue lo único que me mantuvo con vida. Cuando escribía, sentía. De lo contrario, era una especie de zombi. Durante el día actuaba como si me hubieran amputado los sentimientos, y por las noches me despertaba empapada en sudor y no podía ni respirar.

—Cielos, deberías haberlo hablado con alguien —me aconsejó, dándome un apretón afectuoso en la mano.

—¿Con quién? Mis amigos eran también los amigos de Nate. Todo el mundo estaba al corriente de lo mal que lo estaba pasando y al principio se habían apiadado de mí. Pero al cabo de un tiempo me di cuenta de que venían a verme cada vez menos y de que preferían visitar a Nate y a Rebecca. Entonces fue cuando decidí aislarme. No necesitaba a gente de esa calaña, podía prescindir de ellos perfectamente. Sobre todo del mejor amigo de Nate, Benji, que supo desde el principio que él me engañaba y no tuvo la decencia de avisarme.

Respiré hondo antes de continuar.

—Pasé tres semanas en una habitación de hotel, hasta que reuní las fuerzas necesarias para mudarme a casa de mi padre de nuevo. Le conté que Nate y yo nos habíamos separado, que lo nuestro no había funcionado, que nos habíamos casado demasiado pronto y que la boda había sido un tremendo error, y él me creyó. Al fin y al cabo, su matrimonio con mi madre había sido algo por el estilo. Consciente de ello, decidí utilizarlo. Me mudé a su casa de nuevo y buscamos a un abogado junto con los Duffy para que nos asesorara. Sólo recuerdo a grandes rasgos lo que tuvimos que firmar. Yo me limitaba a sonreír, a asentir y a repetir siempre las mismas palabras... Nate no puso ninguna pega. De hecho, le vino de perlas que yo quisiera mantener en secreto el verdadero motivo de nuestra separación. Nos limitamos a fingir que sólo éramos amigos, que habíamos cometido el error de casarnos y que queríamos que todo volviera a ser como antes. Conseguir el divorcio fue muy sencillo, el proceso fue muy rápido porque no teníamos ninguna propiedad en común y tampoco teníamos... hijos.

Las palabras me salían solas, era como si ya no pudieran seguir atrapadas dentro de mí. Spencer me acarició la mano con suavidad.

—No estabas embarazada, ¿verdad?

Expulsé el aire de forma audible.

—No, no lo estaba.

—¿Y cómo conseguiste digerirlo? —insistió.

Tragué saliva antes de responder, sin apartar la mirada de nuestras manos.

—Es que no lo digerí. Fue una época horrible. No tenía el más mínimo control sobre mí misma, sobre mi vida, sobre mi futuro. Aunque me había graduado en el instituto, no tenía perspectivas de ningún tipo. Mi vida se había ido al garete y no sabía... —Me detuve en cuanto noté que los ojos se me humedecían de nuevo—. No sabía qué hacer para recuperar la normalidad algún día.

Las palabras se me atascaban en el nudo que se me había formado en la garganta. Tenía la mano libre encima del muslo, justo en el lugar en el que, bajo la manta, tenía las cicatrices de las heridas que me había infligido a mí misma.

—Una noche me autolesioné.

Spencer se quedó boquiabierto.

—Dawn...

—Sólo fue una vez —lo interrumpí enseguida—. Sólo una. Tenía que... tenía que comprobar que seguía siendo yo misma. En ocasiones no soportaba ni siquiera mirarme a mí misma en el espejo, cuando salía de la ducha y me veía las cicatrices en los muslos.

—Dawn —susurró él una vez más, cargando las cuatro letras con todo lo que sentía, lo que me obligó a levantar la cabeza para mirarlo.

—Me da mucha vergüenza.

Su mirada era de verdadero tormento, como si deseara haber podido estar a mi lado durante esa época para evitar que hubiera cometido esos errores.

—Ahora, cuando miro atrás, me siento imbécil. Cada vez que veo lo que llegué a hacer... Realmente perdí el control, no fui nada fuerte —susurré.

—No tienes nada de lo que avergonzarte, Dawn. Pero prométeme que la próxima vez que te sientas así hablarás con alguien. Puedes venir a verme a mí, o a Allie. O puedo pasarte el número de mi terapeuta si quieres.

Esa frase la soltó con naturalidad, como si no fuera nada especial.

Tragué saliva con dificultad. Spencer realmente me hacía sentir como si no tuviera que avergonzarme de nada, como si mi reacción a la traición de Nate y al posterior divorcio fuera la más natural del mundo.

—No pienso volver a hacer algo semejante jamás. Nada más ver la sangre fluyendo, fui consciente de la tontería que acababa de cometer. De golpe y porrazo me vi catapultada hacia la realidad de nuevo y me di cuenta de que mi vida tenía que cambiar de algún modo.

—Y viniste a Woodshill.

Asentí poco a poco.

—Todavía me quedé tres meses más en Portland, y luego me mudé aquí. Dediqué ese tiempo a recuperarme lo suficiente para empezar de nuevo.

—Eres fuerte, Dawn Edwards. Muy fuerte.

Su mirada transmitía una admiración genuina, y me pregunté cuál sería el motivo. Spencer estaba sentado delante de mí y me calificaba de persona fuerte, cuando en realidad yo sentía todo lo contrario.

Me acerqué un poco más a él y vi que se le había erizado la piel de los brazos. Acto seguido, levanté la manta en la que estaba envuelta para taparlo también a él. Todavía mantuvimos cierta distancia, pero de algún modo fue como si estuviéramos compartiendo una misma burbuja protectora.

—Gracias —dijo levantando las comisuras de los labios de un modo tan imperceptible que la sonrisa ni siquiera afectó a su mirada.

—No puedo entregarme tanto a otra persona —expliqué en voz baja. Intenté elegir las palabras con cuidado para no faltar a la verdad—. No sobreviviría a otro golpe como ése.

Spencer asintió. Levantó una mano hacia mi rostro y me secó las lágrimas una vez más. Parecía un milagro que no me hubiera deshidratado del todo, que no me hubiera secado como una planta sin riego.

—Mira que soy idiota —exclamó de repente—. Te he estado importunando cuando era justamente lo último que necesitabas. Debes de haberlo pasado fatal por mi culpa.

—No eres ningún idiota, Spence. No digas eso.

—Es tan típico de mí... —siguió quejándose después de soltar un gruñido.

—¿A qué te refieres? —pregunté sin saber de qué estaba hablando.

—Se me da mejor que bien eso de meter la pata. ¿Cómo has podido soportarme todos estos meses sin partirme la cara?

—Bueno, porque ya se encargó de ello otra persona —bromeé. Era imposible olvidar que Kaden le había dejado un ojo morado a Spencer y que yo, en un intento de venganza, había estado a punto de romperme la mano. Sin duda alguna, en nuestro círculo de amigos había demasiada agresividad.

—Lo siento mucho, Dawn. De verdad. Si hubiera estado al corriente de todo esto jamás te habría... —Hizo una mueca y se frotó el cogote con la mano—. Dios, esto se me da muy mal —constató.

—A mí también.

Esbozó una tímida sonrisa.

—Eso lo hace más sencillo.

—Bueno, ¿y tú qué querías decirme?

—Quería...

Trago saliva. Con dificultad, a juzgar por cómo se le movía la nuez del cuello.

—Antes de conocerte, lo último que quería era echarme novia. Sólo me acercaba a una chica si sabía que no tenía expectativas en ese sentido. Pero fue conocerte a ti y...

Se encogió de hombros con una expresión desvalida.

—Me entraron ganas de hacer las cosas bien. Me propuse enamorarte siguiendo el manual de cortejo con todo detalle. Nunca había tenido una relación seria y me sentí completamente vendido.

—No sabía que hasta el momento no hubieras tenido ninguna relación —confesé con cautela.

—Hasta ahora no he tenido ninguna relación que haya pasado de una sola noche.

—Menudo ligón —comenté en ese tono bromista que tanto a él como a mí se nos daba mucho mejor que hablar en serio.

—No tenía ni tiempo ni paciencia para más que eso. Tú has sido la primera mujer que me ha hecho desear algo más. Aunque supongo que habría sido mejor que actuara como de costumbre.

—Seguramente habrías conseguido tu objetivo mucho antes —repuse.

Arrugó la frente apenas un instante y luego nos quedamos absortos, cada uno con sus cavilaciones.

—¿Te arrepientes de lo que hicimos anoche? —me preguntó de improviso.

Puede que parezca una locura, pero por unos instantes había olvidado por completo que habíamos pasado la noche juntos. Entre tantas lágrimas y tantas confesiones, ese hecho había quedado en segundo plano. En esos instantes, mirándolo a los ojos y reconociendo el desasosiego patente en sus ojos azules, fui consciente de todo con claridad y busqué en mi interior la respuesta más honesta posible.

—En absoluto —respondí al fin.

Spencer respiró aliviado.

—Ya empezaba a pensar que dirías que sí —replicó con una sonrisa que yo intenté imitar. Noté lo mucho que me dolía la cara y me di cuenta del motivo por el que había estado evitando llorar durante tanto tiempo.

—Me parece inconcebible.

Spencer me apartó el pelo de la cara e intentó sujetármelo detrás de la oreja, pero los mechones todavía eran demasiado cortos para ello. Enseguida volví a tener el cabello por delante de los ojos y él se lo quedó mirando muy concentrado, con una profunda arruga entre las cejas. Su expresión se volvió reflexiva de repente.

—Cuando te he dicho que estaba dispuesto a aceptar lo que quisieras darme lo decía en serio, Dawn.

De golpe se me secó la garganta. Aquellas palabras me quitaron el habla. Acababa de confesarle lo jodida que estaba y él me soltaba algo así.

—Eres una de mis mejores amigas. No quiero que dejes de serlo por lo que ha ocurrido esta noche —prosiguió.

Todavía tenía la mano en mi pelo. No paraba de acariciar uno de mis mechones con dos dedos.

—Yo tampoco —susurré con la voz ronca.

Dejó caer el brazo y me miró a los ojos de nuevo.

—Bien —dijo con una expresión preocupada. Asintió muy despacio, aunque tuve la impresión de que el gesto no iba dirigido a mí—. Bien —repitió.

—Bien —subrayé yo también—. ¿Seguimos siendo amigos, pues?

—Seremos lo que tú quieras que seamos.

La expresión con la que reaccioné a esa frase debió de ser muy reveladora, porque Spencer se incorporó y me miró con una seriedad poco habitual en él.

—No quiero que le des demasiadas vueltas a lo que hay entre nosotros. Porque, eso sí, es innegable que algo hay —afirmó con seguridad—. Ya sé lo que te daba miedo, y también que te cuesta mucho no pensar en el futuro. Sin embargo, creo que sería mejor que no lo hicieras y que simplemente te tomaras la vida igual que yo.

—¿Y en qué consiste tu método, si puede saberse?

—Cuando empiezo a pensar demasiado en el futuro, también me angustio. ¿Y a quién no le ocurre?

—El miedo al futuro es el más terrorífico que hay —murmuré. Recordaba perfectamente lo mucho que me había afligido el peso de la incertidumbre que había aparecido de repente frente a mí a partir de la separación. Era un peso que me aplastaba y apenas me dejaba respirar.

—Por eso hay que vivir día a día. Cada mañana es una oportunidad de empezar de nuevo. Creo que deberíamos tomárnoslo así.

—¿Me estás diciendo que quieres seguir como si no hubiéramos...?

—¿Estás loca? Por supuesto que no —replicó con vehemencia—. Lo que quiero decir con eso es que no tienes por qué preocuparte, si en algún momento te agobia el tema. Y que tampoco es necesario que te comas la cabeza si algún día vuelve a suceder.

«Oh-oh», pensé.

Tragué saliva con dificultad mientras notaba el calor que empezaba a apoderarse de mis mejillas.

—Te lo digo porque a mí es posible que me ocurra —añadió. Esa vez, su mirada no fue de compasión, sino de otra cosa, algo más profundo, lleno de las promesas y los recuerdos de la noche anterior. Algo que me provocó un intenso cosquilleo en el estómago, si es que eso era posible después de haberme derrumbado delante de él.

El silencio se prolongó demasiado. Su ofrecimiento tácito quedó suspendido en el aire que nos separaba, y es que en aquellas condiciones no me vi capaz de tomar una buena decisión. Spencer se dio cuenta e hizo ademán de apartar la mano de mi mejilla.

Sin embargo, no se lo permití. Posé mi mano sobre la suya para evitar que la retirara. Me gustaba notarla allí, y quise retenerla un rato más.

—Gracias por haberme escuchado —susurré con la voz ronca—. Y por ser tan comprensivo conmigo.

Su pulgar me acarició el pómulo y tuve la sensación de que notaba el rastro de mis lágrimas en una capa salada.

—Gracias por habérmelo contado. Sé lo difícil que resulta confiar así en alguien, y lo aprecio, créeme.

Nos quedamos sentados en el sofá un buen rato, juntos debajo de la manta, respirando un aire que había quedado impregnado de la esperanza de Spencer, de mi inseguridad y de las implicaciones de su propuesta.

20

El regreso a casa fue muy curioso. Me sentía completamente revuelta por dentro. Además, estaba agotada desde el punto de vista físico, seguramente no sólo por el sexo, sino también por toda la tensión que había soportado mientras lloraba. Dios, sin duda debía de haber agotado todas las reservas de lágrimas para los siguientes cinco años.

Un vistazo al espejo del baño de la residencia confirmó mis sospechas: tenía la cara como un globo estampado con manchas rojas. Bajo el agua de la ducha, intenté desconectar de mis pensamientos. Necesitaba tiempo para digerir lo que había ocurrido la noche anterior y, de hecho, me quedé bajo el chorro hasta que el agua empezó a salir fría.

Luego me puse el pijama y leí los cinco mensajes que me había mandado Allie durante la noche, en los que me preguntaba adónde había ido y por qué no había avisado antes de marcharme. También me mandó una carita sonriente llorando de risa.

Le escribí que la noche anterior había tanta gente a su alrededor que no había conseguido llegar hasta ella. Era una excusa bastante mala, pero estaba demasiado cansada para inventarme algo más creativo. Quería recuperar el sueño atrasado cuanto antes.

Cuando era pequeña, mi padre siempre me decía que después de dormir unas cuantas horas las cosas se veían de otro modo, por lo que decidí envolverme en mi colcha y cerrar los ojos. Sin pensar, sin sentir, entregándome sólo al silencio y al peso de mis extremidades agotadas.

Me desperté cuando Sawyer regresó a la residencia. Se quitó las botas y las tiró contra la cómoda. Fueron esos golpes los que me despertaron.

—Ay, lo siento. No sabía que estabas durmiendo —se disculpó al ver que me levantaba de la cama frotándome los ojos.

—No pasa nada —repliqué bostezando—. ¿Qué hora es?

—Las siete y pico —dijo ella mientras se quitaba la chaqueta de cuero.

Poco a poco, empecé a hacer un ejercicio de introspección. Me había pasado el día entero durmiendo y me sentía descansada, con la cabeza mucho más clara que cuando Spencer me había dejado en la residencia.

Entonces Sawyer se fijó más en mí. Ladeó la cabeza y se me quedó mirando con la frente ligeramente arrugada.

—Te has acostado con alguien —dijo de repente.

—¿Qué? —exclamé, poniéndome en guardia de repente.

—Que te has acostado con alguien —repitió cruzando los brazos frente al pecho.

—¿Cómo demonios puedes saberlo? —repuse perpleja.

Sawyer se limitó a sonreír.

—Noto las vibraciones. Y, viendo que no lo desmientes, ahora todavía estoy más segura de ello.

Recogió la mochila del suelo y se sentó en su cama. Luego sacó la cámara, le quitó la tarjeta de memoria y la insertó en la ranura correspondiente de su portátil.

—¿Estuvo bien, al menos?

Tragué saliva. ¿Tenía que preguntarme precisamente eso? No quería pensar en la respuesta, porque si me ponía a pensar...

En mi mente comenzaron a aparecer imágenes de Spencer, de su cuerpo sobre el mío, de su mano hundida en mi pelo...

—Oh, Dios —gemí hundiendo la cara en las manos y dejándome caer hacia atrás sobre la cama.

—No le des importancia, Dawn. La primera vez tras una larga pausa nunca suele ir bien —me consoló Sawyer.

El pulso se me había acelerado, y me esforcé para no pensar en el cuerpo desnudo y sudoroso de Spencer. No sirvió de nada. Enseguida aparté las manos de la cara y parpadeé varias veces para intentar que las imágenes se desvanecieran. Sin embargo, cuanto más lo intentaba, más claramente volvían a mí. Me habían quedado grabadas a fuego en la mente y en el cuerpo.

—No estuvo mal —murmuré.

—¿Ajá?

Me quedé mirando el techo, en el que tenía pegado un mapamundi de colores que brillaba en la oscuridad.

—Decía que no estuvo mal.

La cama de Sawyer soltó un crujido cuando se levantó para venir a la mía. Se dejó caer a mi lado y apoyó la espalda en la pared, con las piernas cruzadas.

—Cuenta, cuenta.

—¿Quién te ha dicho que me apetezca hablar sobre eso? —pregunté mirándola.

Llevaba la misma ropa que el día anterior: unas medias desgarradas y una camiseta con grandes aberturas en los lados que dejaban entrever el tatuaje que tenía en las costillas. Seguramente mi aspecto era bastante parecido al que tendría un fantasma en pijama, pero Sawyer parecía una verdadera estrella del rock.

—Es la ventaja de compartir habitación, ¿no?

—¿El qué? ¿Contarle a otra persona tu vida sexual? —pregunté estupefacta.

Sawyer asintió.

—A cambio, yo también te contaré lo que hago.

—¿Aunque yo no quiera? —murmuré de forma apenas audible. Sin embargo, ella me pegó un puñetazo en la tibia—. ¡Ay!

—Te lo has ganado. Y ahora, escupe de una vez: ¿con quién te has acostado?

Me quedé callada, intentando contener el calor que había empezado a extenderse desde mi estómago. Todavía no estaba preparada para hablar de ello. Quería aclararme yo primero. Por desgracia, Sawyer no estaba dispuesta a aceptar evasivas.

—¿Fue el tío que casi pierde los papeles cuando arruinaste la presentación? —preguntó—. Me dio la impresión de que sólo iba de cerebrito para acercarse a las chicas.

—¿Isaac? Pero ¿qué dices? ¡No!

Se me quedó mirando, intentando detectar si le decía la verdad.

—No me digas que lo has hecho con Spencer.

Me apresuré a desviar la mirada hacia el techo.

—¿De verdad? —exclamó Sawyer sorprendida—. Creía que no querías saber nada de él, que cuanto más intentaba acercarse, más conseguía asustarte.

No lo dijo a modo de reproche, sino que más bien sonó sorprendida.

—En realidad, así era. Pero luego..., bueno, simplemente ocurrió. Nos besamos y ya no pudimos parar —expliqué en voz baja.

—¿Y ahora sois follamigos? —preguntó con asombro—. ¿O espera algo más de ti?

Llevaba años escribiendo historias eróticas, describiendo vergas gigantescas con venas abultadas en detalladas escenas sexuales, y aun así la palabra follamigos consiguió que me pusiera colorada. Lo mío era grave de verdad.

—A juzgar por tu expresión, te ha mandado a paseo.

—No, no, en absoluto.

—Entonces ¿qué pasa? —Su tono de voz no era acuciante. Parecía más bien como si sintiera la necesidad de comprender lo que me ocurría.

—Creo que me ha propuesto algo —empecé a decir, pero tuve que parar para aclararme la garganta—, algo sin compromiso. Pero sólo de forma indirecta.

—¿Qué te ha dicho exactamente?

—Que no me coma la cabeza si vuelve a suceder algo entre nosotros. Y que no piense tanto en el futuro, si tanto miedo me da.

Sawyer asintió poco a poco.

—Pues eso era justo lo que tú querías, ¿no?

Rodé sobre mí misma hasta que quedé boca abajo y apoyé la barbilla en las manos.

—Lo que sé es que no quiero empezar ninguna relación. Y él también lo sabe. Pero no creo que esto funcione tan fácilmente.

—¿Por qué no? —insistió.

Me encogí de hombros.

—No sé, ¿cómo funciona en tu caso?

Sawyer arrugó la nariz, como si no entendiera qué le estaba preguntando.

—Me refiero a si hay normas tácitas o algo así. ¿Es posible simplemente... tener sexo sin sufrir por las posibles contrapartidas?

Su expresión cambió de repente cuando por fin comprendió lo que le preguntaba.

—Si un tío espera algo más que sexo, no duermas con él por nada del mundo —explicó, y antes de continuar se acomodó un poco más en mi cama y apoyó la cabeza en la pared—. Que no tengáis expectativas no significa que eso esté libre de compromisos. A mí me suena como si Spencer se hubiera propuesto disfrutar del presente contigo, sabiendo que no estás dispuesta a más. Se limita a aceptar lo que tú quieras darle.

Justo la frase que él había pronunciado: «Aceptaré lo que quieras darme».

Tal vez tenía razón.

—Pasaste tanto tiempo en una misma relación que ni siquiera eres capaz de imaginar las posibilidades que existen, Dawn —sentenció Sawyer con una sonrisa—. Los idilios sin compromiso tienen un montón de cosas buenas. Por ejemplo...

A continuación procedió a relatarme con todo detalle lo que había hecho la noche anterior, puesto que había roto su celibato y había vuelto a salir de caza.

Más tarde, esa misma noche, Sawyer volvió a su cama y a su portátil. Yo también saqué a *Watson* de la mochila. Tenía que librarme de aquellas cavilaciones de algún modo, y normalmente escribir era lo que más me ayudaba a centrarme cuando no veía las cosas claras.

Después de aquella mala reseña, no quería sentir la tentación de entrar en los foros, por lo que me desconecté de la red wifi. Abrí un documento nuevo, una página en blanco, y escribí todo lo que me vino a la memoria: lo que pensaba, lo que sentía, y todo lo que había quedado enredado en mi interior como un manojo de cables. Comencé a teclear con los auriculares puestos y no paré hasta que hube escrito varios miles de palabras.

Acababa de nacer una nueva historia.

21

Nolan se recogió el pelo en un moño y se lo sujetó con dos lápices que tomó prestados del estuche de Blake.

—Mucho mejor así —dijo agitando las manos—. Bueno, he leído los ejercicios que me enviasteis. Jamie, puesto que no entregaste nada, tendrás que ir a buscar una ronda de cafés para todos.

Nolan se metió la mano en el bolsillo trasero de los pantalones, del que pescó su cartera.

—No te preocupes, pago yo. Gente, decidle a Jamie lo que queréis tomar.

Blake y Everly reclamaron enseguida cafés con leche, y yo me decidí por un chocolate caliente.

A esas alturas, ya me había acostumbrado a la curiosa atmósfera que se respiraba en esa clase. Incluso me gustaba, aunque todavía me ponía a sudar cada vez que tenía que leer algo delante de los demás.

Jamie aceptó unos billetes del profesor y salió hacia la cafetería del campus con una mueca de frustración. Mientras tanto, Nolan sacó nuestros trabajos impresos de su portafolios.

—Aunque a algunos de vosotros os gustaría trabajar en el ámbito editorial o en otras áreas de la economía, sé que también hay quien sueña con ganarse la vida escribiendo —empezó a decir mientras se acercaba a nuestro corro de mesas.

Sí, exacto: «corro de mesas». Ese día quiso que nos sentáramos con las piernas cruzadas sobre las mesas dispuestas en un círculo.

—Si lo deseáis de verdad, entonces debéis aprender a lidiar con las críticas —explicó, devolviendo el ejercicio a Blake—. Hoy os he destrozado. Literalmente —añadió.

La hoja siguiente se la entregó a Paige, la tercera chica de la clase, que abrió unos ojos como platos al ver la cantidad de correcciones que había en su texto.

—Buena parte de vuestra carrera consistirá en saber valorar qué críticas son injustas y cómo hay que reaccionar ante eso —prosiguió mientras le devolvía a Everly el ejercicio.

Nada más ver las primeras líneas, Everly perdió la sonrisa que había lucido hasta el momento en los labios, y éstos pasaron a dibujar una línea recta y pálida. Tragó saliva con dificultad, y no me pasó por alto que las manos empezaron a temblarle.

Yo me había divertido haciendo ese ejercicio. Por lo general, me gustaba mucho que Nolan nos animara a introducir en nuestros escritos las cosas que eran realmente importantes para nosotros, por lo que me había dejado llevar bastante. Las marcas y las correcciones rojas de la hoja me sorprendieron y me indignaron tanto como las malas reseñas que recibía sobre mis historias.

No obstante, empecé a analizar todos y cada uno de los comentarios que me había escrito. Según él, mis planteamientos eran vagos; la ejecución, poco creíble, y las comparaciones, malas.

Tragué saliva. Realmente fue muy duro. Duro y, en mi opinión, poco constructivo. Tenía la sensación de que Nolan había basado sus correcciones únicamente en valoraciones personales.

Fruncí la frente, pero cuando llegué a la última hoja y leí el último párrafo, respiré aliviada: «La próxima vez prueba a no intercalar tantas frases. Aparte de eso, está muy bien. ¡Sigue así!».

Nos había tomado el pelo. Enarqué una ceja y miré hacia el estrado. En los labios de Nolan apareció una sonrisa. Al parecer, se lo pasaba en grande asustándonos.

A mi lado, oí cómo alguien se sorbía la nariz. Me volví hacia Everly y vi que se estaba secando las lágrimas de los ojos.

—Eh —exclamé en voz baja, poniéndole una mano en el brazo—. Sigue leyendo hasta el último párrafo.

Ella parpadeó varias veces y una lágrima le recorrió la mejilla y fue a caer sobre la hoja llena de garabatos rojos. Luego le dio la vuelta a la página y su expresión se iluminó de repente. Levantó la mirada de nuevo y la clavó en nuestro profesor.

—¿Habéis terminado? —preguntó Nolan después de dar una palmada.

De nuestro corrillo surgió un tímido murmullo de asentimiento.

—Cómo duele, tío —refunfuñó Blake, sosteniendo el ejercicio con desánimo entre las piernas, que colgaban de la mesa—. Con lo que me había esforzado.

—De eso se trata —respondió Nolan de inmediato, justo cuando Jamie entraba con las bebidas. Sin duda, era el mejor momento para tomar algo, necesitábamos ese consuelo. Cogí mi vaso con una sonrisa de agradecimiento y volví a mirar hacia delante.

—¿Cómo os habéis sentido al leer los comentarios? —preguntó el profesor, bajando del estrado y acercándose a nuestro corrillo. Eligió la mesa de Everly para sentarse.

—Me parece que es evidente cómo me he sentido —respondió ella, evitando mirarlo a los ojos.

Nolan le posó una mano en el hombro un instante, lo justo para darle un leve apretón.

Un gesto afectuoso. A veces tenía la sensación de que, más

que actuar como un profesor, se comportaba como un amigo dispuesto a ayudarnos.

—¿Y tú, Dawn? —preguntó, volviéndose un poco hacia un lado para poder mirarme.

La boca se me secó de repente cuando noté todas las miradas clavadas en mí. Nerviosa, empecé a juguetear con el borde del vaso de chocolate y tragué saliva varias veces antes de responder.

—La mayoría de los comentarios no me encajaban. Normalmente tus críticas me parecen muy acertadas y siempre intento utilizarlas para mejorar.

Él me señaló con un dedo.

—Dawn ha comprendido el principio a la perfección.

—Gran lección, Nolan —gruñó Blake.

—Lo que he hecho ha sido criticaros sin el más mínimo ánimo constructivo —explicó el profesor—. No podréis convencer a todos los lectores con vuestra obra. Habrá quien incluso odie lo que hacéis, por mucho que os apliquéis a la hora de escribir. Lo que quiero es que aprendáis a diferenciar la crítica constructiva de los gustos personales. No es fácil encajar las críticas. Sobre todo si has puesto el alma en tu trabajo. Se trata de saber filtrar lo mejor entre todas esas palabras duras, que os fijéis en lo que pueda serviros para mejorar, y no dejéis que el resto os afecte. Buscad reseñas de vuestros libros favoritos.

—Yo ya lo he hecho —intervino Jamie—. Un desastre. Se cargaban precisamente todo lo que a mí me había gustado.

—¿Y qué podemos aprender de eso? —preguntó Nolan.

—No lo sé, tío. ¿Que incluso nuestros autores favoritos reciben malas críticas y que no se puede contentar a todo el mundo? —sugirió Blake, mirando a Nolan para ver cómo reaccionaba.

—Exacto.

Entonces me vino a la cabeza la reseña que había leído la

semana anterior y me di cuenta de que, de repente, la veía con otros ojos. Las palabras pasaban por delante de mí y yo podía contemplarlas con cierta distancia.

No podía complacer a todo el mundo. Era humanamente imposible. Aun así, dolía leer esas palabras, pero también me di cuenta de que no me ayudaban a mejorar en absoluto. No me aportaban nada y, por consiguiente, no servían para nada.

—Gracias, Nolan —exclamé con espontaneidad.

Él me agarró una mano y me la levantó en alto.

—¡Lo ha entendido! ¡Bien por Dawn y por el hecho de que me haya llamado por mi nombre!

Mis compañeros sonrieron y levantaron los vasos en señal de brindis.

Menuda clase. Era fantástica.

A esas alturas, el arsenal de condimentos e ingredientes que guardaba en la cocina de Allie ya era mayor que lo que tenía en la cocina de la residencia, donde todo solía desaparecer de manera misteriosa. Ese día tenía previsto preparar fajitas con guacamole y, como postre, un suflé relleno de chocolate fundido. No es que fuera una combinación muy adecuada, pero Allie había insistido en aprender cómo se preparaba el suflé porque se había convertido en una verdadera adicta. Yo me había esforzado en explicarle que había tardado varios años en aprender a cocinar un suflé más o menos pasable, pero mis reservas no la habían intimidado en absoluto.

Aprendí a cocinar muy pronto porque mi padre siempre tenía mucho trabajo en el taller y no volvía hasta tarde por la noche. Y, a pesar de que una de las cosas que recordaba con más cariño de mi infancia era estar sentada en el banco de trabajo del taller, con las piernas colgando y un trozo de pizza en la mano, en algún momento le pedí a mi padre que me enseñara a utilizar los fogones. Por aquel entonces yo debía de tener diez u once años. A él tampoco es que se le diera muy bien cocinar, por lo que decidimos aprender los dos juntos. Nos compramos los libros con las recetas más sencillas que pudimos encontrar y empezamos a probarlo todo. Y la cocina, como tantas otras cosas, es una cuestión de práctica.

Al final, cocinar juntos se acabó convirtiendo en una de nuestras aficiones preferidas.

Llegó un momento en el que mi padre tuvo que despedir a dos trabajadores del taller y arrimar el hombro más que de costumbre, y entonces fue cuando empecé a encargarme yo de cocinar en casa. No es que nos sobrara precisamente el dinero, por lo que aprendí enseguida a sacar el máximo partido al dinero para alimentarnos correctamente. Sin duda ése era el motivo por el que, a diferencia de muchas de mis compañeras, y a pesar de no haber vivido nunca sola, sabía cómo administrarme el dinero para llegar a final de mes.

—¿Cómo puedes retener tanta información? Yo ya he olvidado la mitad de lo que hemos hecho —suspiró Allie mientras poníamos la mesa.

—Tarde o temprano se te acaba grabando a fuego en el cerebro. Al menos, eso es lo que me pasa a mí —le expliqué, y acto seguido regresé a la cocina para apagar el horno.

Las tortillas ya estaban calientes y las verduras para el relleno estaban en la mesa. Una hoja de lechuga había caído al suelo y *Spidey* la estaba olisqueando con su hocico rosado. Me agaché y le acaricié la cabecita. Enseguida empezó a ronronear, y no pude evitar sonreír.

Poco después, regresé al salón y dejé el plato de tortillas encima de la mesa. Allie se encargó de bajar el volumen de la música. La banda sonora del día era el último álbum de Justin Bieber. Sólo nos atrevíamos a ponerlo cuando Kaden y Spencer salían de excursión.

Me senté a la mesa y, cuando Allie se unió a mí y se fijó en la comida que habíamos preparado juntas, me dedicó una sonrisa radiante.

El hecho de que fuera tan feliz comiendo era por un lado adorable, pero también bastante triste. Yo sabía que su madre no sólo le había prohibido siempre la comida basura, sino que había llegado a controlar la cantidad de calorías que ingería. Siempre que pensaba en ello, afloraba mi instinto maternal y sentía la necesidad imperiosa de cebarla hasta que quedara bien rolliza. Por eso siempre preparaba raciones gigantescas durante nuestras sesiones de cocina.

—¿Sabes algo más de tu madre? —le pregunté mientras le pasaba el cuenco con el guacamole. Ella lo aceptó y me dio las gracias asintiendo levemente.

—Sí. Les he contado a ella y a mi padre lo de la fiesta sorpresa. Me ha preguntado si tenía cuatro años, y que una recepción con champán le habría parecido lo más apropiado. Luego me ha felicitado, eso sí —explicó poniendo los ojos en blanco.

—Siempre que hablamos de tu madre me entran ganas de insultarla. Luego me acuerdo de que al fin y al cabo es tu madre, y de que no sería lo más apropiado —repuse untando mi tortilla con generosidad.

Allie se limitó a encogerse de hombros.

—Adelante, por mí no te cortes.

—De acuerdo: pues tu madre es una mala bruja, y no soporto que te trate así. Ojalá se siente desnuda encima de un cactus.

Allie sacudió la cabeza sonriendo.

—Daría cualquier cosa por ver cómo se lo dices a la cara. Creo que estallaría de rabia.

—Nos lo podríamos proponer como un objetivo. Me ofrezco para limpiar la sangre del suelo después —bromeé frotándome las manos con una expresión diabólica en el rostro.

—Mejor no. De hecho, nuestra relación ha mejorado mucho durante los últimos meses. Sigue sin ser una relación normal entre madre e hija, pero creo que ya es demasiado tarde para aspirar a eso.

La mirada de Allie se ensombreció durante unos segundos y luego negó con la cabeza, como si quisiera ahuyentar pensamientos funestos.

—En cualquier caso, gracias otra vez por la fiesta, fue fantástica —dijo levantando la vista de nuevo—. Fue el mejor cumpleaños de toda mi vida.

Sonreí. Desde el sábado anterior, Allie me había dado las gracias cien veces, como mínimo. Y seguro que a los demás también. Sin embargo, yo había estado bastante ocupada durante la semana, y me había atrincherado en mi habitación para escribir. Por un lado, porque no me quitaba de la cabeza la nueva historia que había empezado, y por el otro... porque me había estado escondiendo de Spencer.

Spencer.

Me había acostado con él, y estaba segura de que con una sola mirada suya empezaría a arder en llamas, o de que caería muerta al instante. No sabía cuál de las dos, pero una de esas dos cosas, seguro.

—No puedo creer que nos marchemos mañana mismo. Todavía no tengo ni idea de lo que me llevaré —comentó Allie.

—No te compliques la vida. Ropa de travesía, calzado robusto, un impermeable y ropa interior bonita, por si quieres pasarte la noche dándole con Kaden —le solté.

—Lo dices como si no hiciéramos nada más día y noche —replicó ella enrollando una tortilla.

—Yo me llevo tapones para los oídos. Os quiero mucho, pero la perspectiva de un fin de semana entero rodeada por tres parejas me tiene aterrorizada.

—¡Tonterías! Tú y yo dormiremos juntas en una habitación, y Kaden y Spencer en otra, o sea que no los necesitarás para nada —repuso Allie con una expresión furiosa. Acto seguido, mordió la tortilla y su rostro pasó al instante de la rabia al placer.

Justin Bieber cantaba una canción sobre disculpas tardías cuando se abrió la puerta del salón. Se oyeron unas risas y enseguida me di cuenta de que Kaden había llegado acompañado.

«Mierda... Mierda, mierda, mierda.»

Entró en el salón seguido de Spencer. Venían completamente empapados.

—Hola —nos saludó Kaden—. Se ha puesto a llover y hemos decidido dejar la excursión para otro día.

—Qué lástima. Con lo bien que estábamos hasta hace un momento —exclamó Allie.

—Pues ya verás lo mal que lo pasas este fin de semana —replicó él—. Sólo puedes venir si no vas a paso de tortuga. Spence y yo marcaremos el ritmo, y si no nos sigues, no pensamos volver atrás. No te creas que tendremos piedad porque seas mi novia. Y, si no, pregúntaselo a Monica. —Kaden se quedó callado un momento y levantó la cabeza—. ¿Quién de vosotras ha puesto estos gimoteos? —preguntó.

—No me vengas con ésas. Sé que en el fondo te encanta Justin Bieber.

—Bubbles, como no quites esa mierda, empezarán a sangrarme los oídos.

Apenas estuve pendiente de las pullas que se lanzaban. Tenía los ojos clavados en Spencer, que se estaba pasando las manos por la cara y el pelo empapados. Parecía que hubiera salido de una fantasía erótica. Tenía gotas de agua en el rostro y la camiseta pegada al cuerpo, igual que los vaqueros, y enseguida me entraron ganas de secarle el cuerpo entero con la lengua.

Dios mío.

No era justo. No pude hacer nada para evitar que mi entrepierna reaccionara. Nada más verlo delante de mí, imaginé sus besos febriles ardiendo en mis labios. La boca se me hizo agua, pero la reacción no tenía nada que ver con las tortillas.

—Me muero de hambre —exclamó él de repente, olfateando el aire y soltando un sonoro suspiro—. ¿Habéis vuelto a cocinar?

—Lo ha hecho Dawn. Y de postre hay suflé —explicó Allie con orgullo.

—Dawn sí que sabe cómo hacer feliz a un tío —repuso Spencer, dedicándome una sonrisa que consiguió que me atragantara.

—¿Os ha sobrado algo? Porque nos podríamos cambiar enseguida y sentarnos con vosotras —sugirió Kaden, y acto seguido le plantó un beso en la cabeza a Allie y me miró con expectación.

—Tío, siempre se pasan tres pueblos con la comida porque saben lo comilón que llegas a ser —comentó Spencer antes de inclinarse hacia delante y meter un dedo en el guacamole.

Mis fantasías quedaron olvidadas de inmediato.

—¡Eh! Nada de meter los dedos en mi comida —protesté, retirando el cuenco para que quedara lejos de su alcance.

Él se limitó a sonreír.

—Puedo meterlos en otros sitios, si me dejas —insinuó lamiéndose los dedos. Se los lamió muy despacio y con una expresión tan lasciva que me dejó boquiabierta.

Noté cómo los pezones se me endurecían bajo la camiseta. Las mejillas me ardían tanto que seguramente ni siquiera tendríamos que encender el horno para calentar las tortillas. Bastaría con dejarlas unos segundos cerca de mi cara.

—Es culpa tuya. Es que se lo pones en bandeja, Dawn —lo disculpó Kaden antes de pegarle un puñetazo en la espalda. Dicho esto, se lo llevó a rastras hacia el dormitorio para cambiarse de ropa.

Spencer me lanzó una última mirada por encima del hombro con una sonrisa de satisfacción. Me alegré cuando la puerta por fin se cerró tras él y pude respirar tranquila.

—Por tu reacción, parece como si fuera la primera vez que lo oyes decir esas cosas —comentó Allie mientras empezaba a prepararse otra tortilla.

—Por desgracia, creo que nunca seré inmune a sus comentarios —murmuré, y mi respuesta reveló más de lo que me habría gustado.

Spencer se comportaba con absoluta normalidad, tal como me había prometido. Pero yo ya sabía lo que ocurría cuando cumplía sus amenazas.

Y en secreto deseaba que las cumpliera.

22

La casa donde íbamos a pasar el fin de semana estaba justo al lado de la costa. Era una construcción de madera de dos plantas con la fachada acristalada y vistas a los acantilados. La planta superior estaba bordeada por un gran balcón, y en la parte izquierda había un pequeño voladizo que servía de tejado para una terraza, en la que había un banco y un conjunto de sillas con una gran mesa y unos cuantos taburetes.

Casi todo el trayecto hasta Coos Bay lo pasé boquiabierta. El tiempo era fabuloso, el sol brillaba y se reflejaba sobre el mar. Woodshill era muy bonito porque tenía el valle y el lago, pero aquello era algo completamente distinto. El agua rompía en grandes olas espumosas contra las escarpadas rocas, y la panorámica de la amplia costa superaba cualquier expectativa que pudiera haberme creado viendo el mapa que le habíamos regalado a Allie. El aire era fresco y claro, el viento me azotaba en la cara y con cada bocanada de aire me sentía más libre y más revitalizada. Y eso, al cabo de sólo un cuarto de hora de haber llegado.

Yo fui con Allie y Kaden en el Jeep. Spencer llevó a Ethan y a Monica, mientras que Scott y Micah vendrían más tarde por su cuenta.

Nada más llegar, Monica nos saludó desde el amplísimo salón, haciendo visera con la mano para protegerse del sol. Cuando bajamos del coche, vi cómo Allie se secaba las lágrimas disimuladamente. Me acerqué a ella enseguida y le envolví la cintura con los brazos.

—Esto es precioso —comentó apoyando la barbilla en mi cabeza.

—Increíblemente precioso —convine mientras contemplábamos las vistas al Pacífico junto a la casa.

—¡Entrad de una vez para que podamos repartirnos las habitaciones! —gritó Monica desde la terraza.

Allie y yo nos volvimos hacia ella y vimos a nuestra amiga dando vueltas sobre sí misma, haciendo revolotear sus mechones multicolores. A lo lejos pude oír cómo Ethan intentaba contener un poco el entusiasmo desmesurado de su novia, y eso me arrancó una sonrisa. Luego Kaden y yo abrimos el enorme maletero del Jeep, en el que sin duda cabría un fiambre sin problemas, y él me tendió mi maleta. Puesto que la tenía cubierta de flores adhesivas, no le costó nada distinguirla de las demás, que eran todas negras.

Juntos, recorrimos la extensión de césped que nos separaba de la casa, y la maleta se me atrancó un par de veces, hasta que decidí levantarla y llevarla en volandas hasta la puerta. Una vez allí, Monica nos abrió la puerta con gran entusiasmo.

—¡Bienvenidos a la casa del cumpleaños de Allie! —exclamó con los brazos abiertos.

Ethan apareció tras ella en el pasillo.

—Hola, gente.

—Tenemos buenas y malas noticias —empezó a decir Monica mientras entrábamos.

—Primero las malas —solicitó Allie arrugando la frente.

—Scott y Micah no vendrán. Micah ha pillado algo y está en la cama con fiebre. Y Scott no quiere dejarlo solo.

Monica envolvió a Allie entre sus brazos, abarcando hasta mis hombros.

—Pero la buena noticia es que ¡tenemos una habitación de más!

—¿Dónde está Spence? —preguntó Kaden desde atrás del todo.

—Ha ido a comprar provisiones al supermercado, para evitar que nadie se muera de hambre. Entrad, quiero saber qué habitación elige Allie para poder meter nuestras cosas de una vez.

Monica nos empujó ligeramente a Allie y a mí en dirección a la escalera que conducía a la planta superior, y por el camino pude divisar brevemente el salón y el comedor, que prácticamente ocupaban la planta inferior al completo.

—Hay una habitación en el piso de abajo, aunque las vistas no son muy bonitas, ya que la ventana no da al mar. Spence ya ha metido sus cosas allí —explicó Monica mientras subíamos la escalera—. Como Micah y Scott no vienen, hemos pensado que Spence y Dawn podrían quedarse las habitaciones individuales, y así..., bueno, ya sabes. Al fin y al cabo, se supone que esto tenía que ser un poco romántico para Kaden y para ti.

Allie se volvió hacia mí y me lanzó una mirada interrogante.

—Me parece bien —afirmé con una sonrisa, y de inmediato me propuse hacer el mayor número de fotos posible para Scott y Micah, de manera que pudieran apreciar el lugar aunque no pudieran verlo en persona.

Una vez arriba, Monica nos mostró la primera habitación.

—Ésta de aquí y la que hay justo al lado son las habitaciones con balcón. Son muy parecidas, cada una con dos camas individuales que se pueden colocar juntas.

—Son muy bonitas —murmuró Allie, sonriendo al ver la cama grande.

—¿Quieres ésta? —le preguntó Monica, colgándose de su brazo.

—Si a vosotros no os importa, sí —respondió, y enseguida se

acercó a la ventana que daba al balcón—. Caray, creo que no me cansaría jamás de ver estas vistas.

—Entonces avisaré a Ethan para que suba nuestras cosas. Bueno, sólo si a ti no te importa quedarte con la habitación del anexo de la casa, Dawn.

Monica me dirigió una mirada interrogante y yo hice un gesto negativo con la mano enseguida.

—Claro. Coge tus cosas, yo me quedaré la otra habitación.

Dio unas palmadas de alegría, se puso a danzar por la estancia y oí cómo llamaba a Ethan desde lo alto de la escalera.

—Bueno, ahora que ya nos hemos repartido las habitaciones, voy a echarle un vistazo a mi reino —le dije a Allie—. ¿Nos vemos abajo?

Asintió con una sonrisa. Luego se echó de espaldas sobre la enorme cama y movió los brazos como si estuviera dibujando un ángel sobre la nieve. Me reí y al salir de la habitación me topé con Kaden en el pasillo.

Con el pulgar, señalé la puerta de madera por encima del hombro.

—Ésta es tu habitación.

—Guay —exclamó, y cuando ya empujaba la puerta con la maleta se volvió hacia mí de nuevo—. Gracias por dejarme dormir en la misma habitación que ella —me dijo poco a poco.

—Me debes una —bromeé con una sonrisa.

—Sin duda.

—Entonces escucharemos Justin Bieber durante el viaje de vuelta.

—Por encima de mi cadáver.

Dicho esto, entró en su cuarto y cerró la puerta antes de que yo pudiera replicar nada.

Sonriendo, tiré de mi maleta por el pasillo hasta la última puerta. La abrí con cuidado y me quedé plantada frente al umbral.

¡Menuda pasada!

El nicho que formaba la pequeña edificación anexa estaba equipado con una cama doble. Aunque era un dormitorio más pequeño que los demás y no tenía balcón, no me importó en absoluto. Me acerqué a la cama y dejé la maleta en el suelo.

Desde la cama había unas vistas fantásticas a la costa. Era justo como me la había imaginado. Por suerte, me había llevado a *Watson*. Me entraron ganas de pasarme los tres días allí atrincherada, escribiendo.

Saqué de la maleta las cosas más esenciales y me refresqué un poco. Luego me puse una sudadera y bajé a la planta inferior para examinar el salón y la cocina. Frente a la escalera había un pequeño cuarto de baño con ducha. El pasillo conducía directamente al salón, una estancia amplia y con mucha luz natural. Contemplé los muebles antiguos y los sillones orejeros con tapicería estampada. Me trajo sin cuidado que las tablas crujieran a cada paso y que el salón oliera un poco a moho.

Examiné el espacio un poco más y de repente vi unos libros sobre un estante, junto al televisor. También había unos cuantos DVD. Seguí examinando la sala y abrí la puerta que daba a la cocina.

—Oh —exclamé en voz baja.

Spencer ya había regresado del supermercado y estaba llenando el frigorífico de comida. Al verme entrar, se volvió un instante hacia mí y me dedicó una amplia sonrisa.

—Hola —me saludó, arremangándose la sudadera.

—Hola —respondí, contrariada por el hecho de que mi voz sonara tan rara.

«Sólo es Spencer —me dije—, todo está bajo control.» Al fin y al cabo, nos comportábamos con normalidad. Bueno, como si alguna vez nos hubiéramos comportado con normalidad estando tan cerca.

—¿Tienes hambre? He comprado chocolate. Y manzanas. Y otras cosas que Monica me ha encargado pero que primero deben prepararse —explicó, y lo hizo con tanta precipitación que casi sonó como si le faltara el aliento, al menos tanto como a mí.

—Yo nunca digo que no cuando me ofrecen chocolate —sentencié. Me acerqué a él y eché un vistazo a la bolsa de la compra con la que estaba llenando la despensa.

Bastante arriba vi un paquete enorme de chocolatinas Reese.

—¡Oh, bingo! Eres el mejor.

Le birlé el paquete y lo abrí. Pesqué una de las tartaletas de manteca de cacahuete y la desenvolví. Mordí un pedazo y solté un suspiro de placer.

Las Reese son una invención divina, eso está claro. Quise lanzarle a Spencer una mirada de agradecimiento, pero vi que me observaba como si se me hubiera pegado algo a la cara.

—¿Te ha gustado la habitación que te ha tocado? —preguntó con la voz ronca mientras seguía sacando cosas de la bolsa de la compra.

Me metí el resto de la tartaleta en la boca, la mastiqué un poco y lo ayudé a guardar la compra.

—Tengo la del anexo. Es muy guay, tiene la cama en un nicho —le expliqué.

—He pensado que te gustaría —dijo aceptando los tomates que le tendía. Nuestros dedos se rozaron apenas un segundo y reaccioné conteniendo el aliento.

—¿No has querido ninguna de las habitaciones de la planta de arriba? —me apresuré a preguntar para disimular mi reacción ante aquel contacto fugaz.

—No —respondió encogiéndose de hombros mientras guardaba las hortalizas en el cajón.

—¿Y eso? —pregunté mientras sacaba unas lechugas de la bolsa. Al parecer, Spencer había comprado comida bastante sana, aparte del chocolate y las pizzas congeladas.

—Estamos aquí por el cumpleaños de Allie, Monica se ha enamorado enseguida de la primera habitación y tú es la primera vez que visitas la costa. He pensado que era justo que tuvieras preferencia.

Lo dijo como si no fuera nada especial, aunque en realidad me pareció todo lo contrario. Con el rostro serio, metió las lechugas con las demás hortalizas en el cajón. Sin embargo, no quedó satisfecho con el orden y volvió a sacar unas cuantas cosas para guardarlas de otro modo con los músculos de la mandíbula tensos por la concentración.

—Por favor, no me mires así —murmuró al cabo de un rato, sin apartar la mirada del interior del frigorífico.

—¿Cómo?

Levantó la cabeza. Sus ojos recorrieron mi rostro y se detuvieron un segundo sobre mis labios antes de volver a centrarse en mi mirada. Luego frunció el ceño.

—Como si fuera un santo o algo así. No lo soy.

—Me has traído chocolatinas y te has asegurado de que me tocara una habitación bonita. Yo diría que un poco santo sí que eres —repuse antes de sentarme sobre la encimera con las piernas colgando.

Spencer guardó las últimas cosas en el frigorífico y lo cerró de un sonoro portazo. Me llevé un sobresalto y me lo quedé mirando con los ojos muy abiertos. Apoyó la espalda en la puerta, cerró los ojos con la cabeza echada hacia atrás y respiró hondo unas cuantas veces.

—¿Spence? —pregunté en voz baja—. ¿Todo bien?

Se frotó la frente con las dos manos. Me disponía a bajar de la encimera cuando se volvió hacia mí con una sonrisa forzada en los labios.

—Todo bien. Es sólo la falta de sueño.

Me pareció notar un matiz extraño en sus palabras.

—¿Has vuelto a casa de tus padres? —pregunté en apenas un susurro. Todavía recordaba la reacción que había tenido la última vez que le había preguntado por el tema de su familia.

Durante unos segundos, se me quedó mirando en silencio. Luego asintió poco a poco.

Bajé de la encimera y me acerqué a él. Con cuidado, le agarré un brazo y le acaricié suavemente la piel con el pulgar.

—¿Seguro que va todo bien? —susurré de nuevo.

Esta vez negó con la cabeza, aunque luego asintió como si no supiera cuál era la respuesta a mi pregunta. En sus ojos apareció algo más oscuro y más profundo que cualquier otra expresión que yo hubiera podido ver en ellos hasta entonces.

Sin pensarlo dos veces, lo envolví entre mis brazos y cualquier pregunta o curiosidad quedó olvidada de inmediato. Lo único que deseaba era que desapareciera de sus ojos aquella expresión triste que nunca debería haberse apoderado de ellos. Spencer tardó unos segundos en responder a mi abrazo y encerrarme entre sus brazos.

Se aferró a mí con fuerza y hundió la cara en mi hombro. Su respiración se volvió temblorosa, a pesar de los esfuerzos que hizo por inspirar hondo. Tuvo un escalofrío y enseguida me agarró con más fuerza por la cintura. El apretón que me dio me vació los pulmones de aire, pero no me importó lo más mínimo. Lo único que quería era hacer algo para que se sintiera mejor.

—Gracias —murmuró frente al pliegue de mi cuello. Sus palabras me provocaron un cosquilleo en la piel.

Le acaricié la espalda con movimientos regulares y tranquilizadores.

—Ojalá pudiera hacer más por ti.

—Esto ya es más de lo que merezco —repuso, y a pesar de lo mucho que farfullaba, pude oír sus palabras, aunque no comprendí su sentido.

Estaba a punto de preguntarle qué había querido decir con eso cuando de repente se zafó de mí para incorporarse. Poco después oí unos pasos acercándose. De inmediato, la expresión de Spencer recuperó su habitual aire desenfadado.

Kaden apareció por la puerta acompañado de Allie y preguntó:

—¿Os apetece dar un paseo por el parque nacional?

—Claro, tío. Dame un minuto, tengo que recoger la chaqueta —respondió Spencer antes de salir con pasos grandes y rápidos de la cocina.

Me quedé con un montón de preguntas por formular y una sensación enrarecida en el estómago.

Estábamos rodeados de incontables flores, en medio del jardín botánico del parque natural de Shore Acres. Un aroma intenso y agradable impregnaba el aire y me hacía cosquillas en la nariz. Daba igual hacia dónde miraras: el paisaje era irisado por los cuatro costados.

Llevábamos una hora caminando por el parque. Allie seguía con dificultades el ritmo que marcaban Kaden y Spencer, que iban tan sobrados de fuerzas que no sólo abrían camino, sino que encima se partían de risa. Monica se conformó con fotografiarlo todo mientras Ethan le sostenía el bolso. Yo, en cambio, me dediqué a tocar casi todas las plantas del parque, porque apenas podía creer que algo tan precioso pudiera existir realmente.

—Dawn, sonríe —me gritó Monica.

Me volví y sonreí en dirección a la cámara. Un par de clics más tarde, Monica salió corriendo hacia delante e intentó convencer a Kaden y a Spence para que posaran para una foto junto a un manantial. Mientras tanto, yo iba echando fotos con el móvil y se las mandaba a Scott y a Micah, así como a mi compañera de habitación. Sawyer respondió poco después para preguntarme si había metido condones en la maleta. Puse los ojos en blanco y me guardé el móvil en el bolsillo.

—Dawn, ponte junto a Allie —exclamó Monica, y de inmediato me giré hacia mis amigos, que ya estaban posando frente al manantial.

—Deja eso de una vez y disfruta de las vistas, Monica —dijo Kaden con una mueca y los brazos cruzados tras la cabeza.

—Si alguna vez te dignaras sonreír en alguna foto, quizá me lo plantearía.

Me coloqué entre Allie y Spencer y sonreí ante los intentos infructuosos de que Kaden mostrara su mejor cara a la cámara. Nadie conseguía que posara, ni siquiera Allie. En lugar de eso, levantó el dedo corazón hacia el objetivo.

—Encantador, Kaden —murmuré.

Spencer me pasó un brazo por encima del hombro, Allie me agarró por la cintura y yo hice lo mismo con ellos.

Mientras mi mejor amiga intentaba apartar la mano de Kaden, levanté la mirada hacia Spencer, que estaba mostrando su mejor sonrisa a la cámara. No parecía ni mucho menos la misma persona que pocas horas antes había encontrado en la cocina, intentando digerir la noche anterior como si hubiera sido una de las peores de su vida.

En cuanto se dio cuenta de que lo estaba mirando, volvió la cabeza hacia mí.

—Mira a la cámara. Si no, Monica no nos dejará en paz —me advirtió reprimiendo una carcajada.

Yo quería comprender lo que le estaba sucediendo. Sabía que guardaba algún secreto y que no quería que saliera a la luz. Pero no podía olvidarme tan fácilmente. Tenía que saber lo que ocurría, entender el motivo por el que podía estar tan triste y cómo, al cabo de unos segundos, era capaz de ocultarlo tras una máscara ante todo el mundo, y sobre todo ante sus amigos.

En ese preciso instante, Spencer bajó la cabeza y acercó los labios a mi oído.

—No me mires así, cariño. Si no, Monica acabará inmortalizando el bulto de mis vaqueros.

—Vaya, pues justo creía que estaría bien documentarlo.

Su sonrisa se acentuó, y una calidez agradable se extendió por mi cuerpo. Al menos podía hacer algo por él: hacerlo reír.

Monica siguió trasteando con la cámara un rato más, hasta que por fin ordenó a Ethan que se uniera a nosotros. Al ver que pulsaba el disparador automático, intenté poner mi mejor sonrisa.

—Kaden, baja ese dedo de una vez.

—Nah.

—¡Kaden!

—¿Qué piensas hacer? ¿Cortarme la m...?

Ni siquiera pudo terminar la frase. Allie se apartó de mí de repente y le pegó un empujón con las dos manos en el pecho. Kaden se tambaleó hacia atrás, se agarró a la chaqueta de Allie y los dos cayeron de espaldas en el manantial. Las salpicaduras nos alcanzaron de lleno y solté un agudo chillido. Todos quedamos bastante mojados.

—¿Estáis chiflados o qué? —exclamó Monica—. ¡Eh, no! ¡No te atrevas, Ethan! —lo amenazó.

—*Sorry, baby.*

Ethan la envolvió entre sus brazos y la lanzó junto a Allie y Kaden, dentro del manantial.

Cuando volvió a aparecer, lo hizo tosiendo de un modo escandaloso.

—¡Te mataré, Ethan!

Acto seguido, su novio se metió también en el agua. Yo no podía parar de reír. Monica parecía a punto de estallar de rabia en cualquier instante, tenía la cara roja como un tomate.

Estaba a punto de volverme para recoger la cámara cuando Spencer me agarró por los codos.

—No queremos quedar como unos aguafiestas, ¿verdad? —preguntó con un brillo diabólico en los ojos.

—Ni se te ocurra, Spence —lo amenacé, intentando retirar los brazos.

Sin embargo, él consiguió agarrarme y me levantó en volandas.

—Suéltame enseguida o te pegaré, y te morderé, y te arañaré...

—En lugar de amenazarme, estás consiguiendo que me ponga cachondo, Dawn —se burló, y antes de que me diera cuenta se metió en el manantial con nuestros amigos, cargando conmigo en brazos. Me agarré con las piernas a sus caderas para no caer en el agua, y también rodeé su cuello con los brazos.

—¡Déjame bajar!

—Me estás ahogando —graznó Spencer, por lo que aflojé un poco los brazos.

—¡Sácame del manantial! —le ordené.

—Vamos, no te lo tomes así —exclamó Allie.

¡Justamente Allie! La muy traidora.

—¡Que sólo he traído un par de zapatillas, idiotas!

No pensaba dejar de aferrarme a Spencer por nada del mundo. Era la única posibilidad que tenía de salvarme entre aquel atajo de chiflados.

—Bueno, tú lo has querido —dijo entonces Spencer, dejándose caer de espaldas.

Con eso no había contado. Al cabo de un segundo acabé sumergida en aquellas aguas verdosas hasta la cintura. La cabeza fue lo único que conseguí salvar del chapuzón. Spencer asomó la cabeza del agua poco después, apartándose el pelo mojado de la cara.

Cerré los ojos enseguida en cuanto noté las salpicaduras que me ametrallaron cuando agitó la cabeza.

—Estás como una cabra —le solté.

Él se rio y se pasó las manos por la cara. Luego empezó a chapotear en mi dirección con las dos manos, como si fuera un niño pequeño. Los ojos le brillaban cuando observaba que, intentando secarme los dedos, sólo conseguía empeorar las cosas. Sin más ni más, de repente me entraron unas ganas locas de besarlo. Sólo habría sido necesario inclinarme un poco hacia él, nada más.

—Creo que Dawn todavía no se ha mojado lo suficiente —oí decir a Monica a mi espalda, y el comentario me arrancó de golpe de mis fabulaciones.

Otro intenso chapoteo de agua me alcanzó por detrás. Genial, ahora también tenía la parte de arriba mojada.

—Esto no puede quedar así, ¿verdad, Dawn? —me preguntó Spencer con una sonrisa todavía más amplia. Amplia y honesta. Cualquier preocupación que hubiera podido acuciarlo había desaparecido de su mirada, y vi claramente que no se trataba de ninguna máscara. Fuera lo que fuese lo que le preocupaba, quedaba relegado cuando estaba con nosotros. Si era eso lo que necesitaba, estaba dispuesta a hacer lo que estuviera en mis manos para ayudarlo. Al fin y al cabo, para eso están los amigos, ¿no?

Apoyándome en el borde del manantial, me levanté por encima del agua.

—Estoy completamente de acuerdo contigo —convine, extendiendo un brazo hacia él para ayudarlo a subir también.

Poco después nos tiramos en bomba y nos enzarzamos en otra batalla de chapoteos, tan intensa que acabaron echándonos del parque y nos prohibieron volver a entrar.

23

La nueva historia que había empezado a escribir la titulé *About Us* porque no se me ocurría nada mejor. A esas alturas ya me había acostumbrado a ese título provisional e incluso me parecía bueno por lo breve y conciso que era.

Me había inspirado en Spencer para empezar a escribir *About Us*, un proyecto bastante distinto de mis novelas anteriores. Normalmente todo lo que escribía salía de mi imaginación. Esa historia, en cambio, era... especial. No tan sexy, pero sí más profunda y sobre todo más auténtica. Reflejaba mis sentimientos y me servía casi de dietario.

La protagonista era Mackenzie, una estudiante de Literatura, y su mejor amigo, Tristan, que era artista. La historia se desarrollaba a lo largo de una década, durante la cual la amistad que los unía se ponía a prueba una y otra vez. En algún momento dejaban de ser sólo amigos y empezaban a sentir algo más, pero Mackenzie tardaba en ceder a la atracción que había surgido entre ellos. Su miedo procedía de un pasado que la había marcado y que le había hecho perder la capacidad de confiar en las personas. Hasta que Tristan la ayudaba a recuperar esa confianza.

El personaje de Mackenzie estaba completamente inspirado en mí misma, tanto respecto a los miedos como a su lucha interior. Tristan, en cambio, se parecía a Spencer hasta un punto casi embarazoso. Era divertido e ingenuo, pero también abnegado y serio cuando las circunstancias lo requerían.

El hecho de no tener internet en aquella casa me fue de perlas. Solía revelar a mis lectoras en la red en qué estaba trabajando, pero esa vez era distinto. Me sentía de maravilla escribiendo, tal vez porque la voz de la narración era muy distinta de la de mis obras anteriores. Todavía no sabía si llegaría a publicar la historia, ya que en principio quería guardarme a Mackenzie y a Tristan sólo para mí tanto tiempo como fuera posible. La sensación de escribir de ese modo era totalmente nueva. Por eso no me atreví a sacar a *Watson* hasta que todos se hubieron retirado a sus habitaciones.

Un timbre escandaloso me hizo perder el hilo en algún momento. Agucé el oído, y cuando volvió a sonar me recordó a esos teléfonos antiguos con dial. Me quité a *Watson* del regazo y lo dejé sobre la mesa del salón. Luego miré a mi alrededor intentando determinar de dónde procedía aquel timbre.

Justo al lado de la cómoda sobre la que Ethan había dejado sus cosas vi la pantalla iluminada de un teléfono móvil. La luz azulada se proyectaba débilmente en la pared. Levanté los trastos de Ethan y me tapé los oídos con las manos, ya que el chisme estaba sonando a todo volumen.

No tenía ni idea de cómo apagarlo, por lo que toqué la pantalla y, sin querer, acepté la llamada.

—¿Hola? —oí que decían desde el otro lado de la línea.

—Mierda —siseé antes de acercarme el teléfono al oído—. Esto..., ¿hola?

—¿Quién eres? —preguntó una voz femenina que me resultó familiar de inmediato. De fondo se oía mucho ruido.

Al cabo de un segundo, me quitaron el teléfono de las manos con brusquedad. Casi me da un infarto, del susto que me llevé.

Spencer me fulminó con la mirada, luego cogió aire y se acercó el teléfono a la oreja.

—¿Mamá?

La señora Cosgrove, por supuesto. De eso me sonaba la voz.

—¿Quieres que vaya?

Su madre habló deprisa y en un tono estridente, lo oí incluso de lejos, aunque Spencer se alejó cada vez más de mí en dirección al ventanal del salón.

—De acuerdo. Pon el manos libres. No, que no pueda llegar a coger el teléfono.

Su voz sonó autoritaria, como si ya hubiera repetido aquella operación un montón de veces. Mantenía la espalda erguida y los hombros tensos. Sólo llevaba puesto un bóxer, y el pelo revuelto revelaba que debía de estar durmiendo.

—No, no pasa nada —siguió diciendo, y me lanzó una mirada por encima del hombro.

Al instante, me dio la espalda de nuevo y miró hacia fuera.

—Hola, Olivia.

Continuó en voz baja, como si estuviera hablando con un animal atemorizado. Su tono de voz era cálido, suave y profundo. Una vez más, oí un estrépito al otro lado de la línea, y otra voz que se añadió a la conversación, aunque no comprendí nada de lo que decían. Sólo me llegaban ruidos estridentes.

—Olivia, cálmate. No es necesario que le digas nada. Tranquila.

El tono de voz de Spencer era apremiante, y mantuvo la misma postura de máxima tensión en todo momento. Yo no sabía qué hacer. Me limité a quedarme junto a la cómoda, desesperada e impotente. ¿Era mejor que me marchara? ¿Que me acercara a él? En realidad, habría optado por lo segundo. Quería abrazarlo muy fuerte y rebajar esa tensión que acumulaba su cuerpo.

—¿Que no lo sabías? Ayer ya te dije que este fin de semana lo pasaría fuera. Estoy en Coos Bay, con mis amigos. Hoy hemos ido de excursión al parque nacional, pero al final nos han echado. ¿Quieres saber por qué?

En esa ocasión no oí nada procedente del otro lado de la línea.

Spencer le contó cómo había ido el trayecto hasta allí, que Ethan y Monica se habían estado besuqueando en el asiento trasero y que lo sabía por los ruidos que había oído mientras conducía. También describió la casa con todo detalle, y explicó qué habitación se había quedado cada uno. Luego procedió a relatar la excursión.

—Y luego he querido meter a Dawn dentro del agua, pero ha intentado escaparse de mí —contó lanzándome una mirada indescifrable por encima del hombro—. No, no es que sea una cobardica.

«Si él supiera...», pensé.

—Entiendo que no quisiera meterse en la fuente, el agua estaba asquerosa. Era de color verde, y cuando me he metido bajo la ducha todavía me salían algas del pelo.

Spencer se movió un poco y percibí débilmente la voz de Olivia, aunque no entendí lo que dijo.

—Un día vendremos contigo y te enseñaré el manantial. Y las flores. Está todo tan bonito que no sabía ni hacia dónde mirar.

Hubo una pausa, durante la cual Spencer esperó con mucha paciencia. Yo sólo oía su respiración profunda y regular.

—No, tranquila. A papá lo dejaremos en casa —respondió con una risa que me pareció forzada—. Mamá me ha enviado una foto del cuadro que has pintado en la escuela. Te ha quedado genial.

Los hombros se le tensaron todavía más y no pude seguir conteniéndome. Muy despacio, me acerqué a él, titubeando un poco al principio, pero luego le rodeé la barriga con los brazos.

Presioné la mejilla contra los músculos tensos de su espalda y respiré hondo.

Al principio se mantuvo igual de tenso, pero al cabo de unos segundos posó la mano que le quedaba libre sobre mis brazos cruzados para agarrarse a mí. A su lado sí pude oír la voz de Olivia. Hablaba lentamente y con muchas pausas, y por la voz parecía muy joven.

—Claro que volveré a llamarte mañana. Pero sólo si ahora te metes en la cama y no haces enfadar a mamá.

Ella pareció satisfecha con el trato, a juzgar por lo que añadió Spencer poco después:

—Buenas noches, Olivia.

Colgó el teléfono y dejó caer los brazos. Ni él ni yo nos movimos durante un buen rato. Luego me apartó un poco y se volvió hacia mí. Tenía los ojos ensombrecidos. Al contrario de lo que podría indicar la ternura de su voz, su mirada era severa.

—¿Prefieres que te deje solo? —pregunté de un modo apenas audible.

Negó con la cabeza ligeramente.

—De acuerdo.

Su mirada vagó hacia mi boca y se ensombreció todavía más. De un modo instintivo, me puse de puntillas, le agarré la cara entre las manos y le acaricié las mejillas con los pulgares. Spencer apoyó la frente en la mía y cerró los ojos.

Nos quedamos de ese modo, hasta que su respiración se aplacó y recuperó un ritmo regular. Con cuidado, me incliné hacia él y le besé la comisura de los labios. Spencer me agarró por las caderas. Le besé la otra comisura de la boca antes de besarlo en los labios apenas un instante, con cuidado. Cuando me aparté de él, soltó un leve gruñido y hundió los dedos en mi piel para acercarme más. Su lengua entró con determinación en mi boca y sus movimientos perdieron cualquier atisbo de vacilación.

Metió las dos manos por debajo del fino tejido de mi camiseta y gimió al notar el tacto de mi piel. Era evidente que lo que necesitaba no era ni soledad ni conversación, sino desahogarse.

Me pareció perfecto.

Me zafé de él, le cogí una mano y empecé a tirar de él hasta su habitación, donde lo dejé pasar frente a mí para, una vez dentro, cerrar la puerta y apoyar la espalda en ella con la respiración acelerada. La estancia estaba a oscuras y mis ojos tardaron un buen rato en acostumbrarse a la falta de luz. Al principio sólo distinguía levemente el contorno de Spencer, pero a medida que pasaban los segundos su imagen se tornó cada vez más nítida. Sin pensarlo dos veces, me quité la camiseta y los *shorts* y dejé caer las dos prendas al suelo.

Entonces Spencer me agarró las manos y me las sujetó por encima de la cabeza. Presionó su cuerpo contra el mío y, al notar la firmeza de su tórax contra mi piel, los pezones se me endurecieron de inmediato. Soltó un gruñido y hundió los labios en mi cuello. En ese mismo instante, me incliné hacia delante y le besé el pecho. Le recorrí la clavícula con los dientes, atrapando su cálida piel entre mis labios.

Él me soltó las manos y hundió los dedos en mi pelo, obligándome a girar la cabeza para poder besarme mejor. En cada uno de sus movimientos percibí desesperación, notaba lo que él sentía sin necesidad de palabras. Cada uno de sus besos urgentes me revelaba cómo se encontraba, y podía experimentar el mismo dolor y las mismas preocupaciones que él.

Le palpé la barriga, tiré de la cintura elástica de su bóxer y deslicé las manos hacia el interior para agarrarle el miembro erecto y caliente. De improviso, se apartó un poco de mí. Luego su pecho chocó contra el mío y su respiración se volvió entrecortada.

—Dawn, ahora no puedo pensar con claridad. Si sigues así...

—me advirtió, y soltó un jadeo cuando empecé a deslizar mi mano arriba y abajo.

—Quiero hacértelo olvidar todo —susurré.

Un gemido torturado escapó de sus labios.

—Pues lo estás consiguiendo.

Se apoyó con una mano en la puerta y empujó la pelvis hacia delante. Continué de ese modo hasta que tuvo que acallar sus gemidos contra mi cuello. Al cabo de un segundo, le bajé el bóxer, él terminó de quitárselo y me abrazó con fuerza. Nos tambaleamos hasta la cama sin disolver nuestro abrazo más que un momento, cuando Spencer cogió su cartera de la mesilla de noche, sacó un condón y enseguida regresó conmigo. Poco después, mis braguitas cayeron al suelo y él se colocó debajo de mí.

—Te quiero encima —murmuró.

En esos instantes le habría concedido cualquier deseo. Su miembro se abrió paso por mi entrepierna, robándome el aliento. Lo deseaba al menos tanto como él demostraba necesitarme. Poco a poco dejé caer mi peso encima de él, paso a paso, sin apartar la mirada de sus ojos. Incluso a oscuras, pude distinguir el brillo de sus ojos. Spencer me envolvió con un brazo mientras con la otra mano me tocaba los pechos. Solté un leve gemido y empujé mis caderas contra su cuerpo. Empezó acariciándome los senos y luego me los magreó con codicia. Reaccioné por instinto levantándome un poco y dejándome caer de nuevo. Lo tenía tan dentro que apenas podía respirar.

Spencer clavó los dedos en mis caderas y me ayudó a encontrar un ritmo. Con cada movimiento empujaba más con la pelvis hacia arriba, hasta que por fin alcanzó a tocar un punto fabuloso.

—¡Oh, Dios!

Presioné los labios contra su hombro para reprimir un grito de placer. Enseguida me agarró por el pelo y me obligó a echarme hacia atrás con firmeza.

—No. Quiero oírte —me exigió, y en su voz no quedaba ni rastro de la suavidad que había demostrado antes.

Al oír ese tono autoritario, mis músculos se tensaron alrededor de su cuerpo. Siseando, aspiró aire.

—Joder, Dawn.

Intenté que se hundiera todavía más en mi cuerpo y esa vez no me retiré, para que oyera con claridad lo que me estaba provocando.

Entonces hundió los dedos en mi costado para controlar mis movimientos. Estaba absolutamente entregada, a su absoluta merced. Muy dentro de mí, se concentró tanta tensión que creí que perdería el sentido. Apenas podía respirar de lo intensas que eran las sensaciones que me provocaba.

Me pellizcó los pezones y volvió a empujarme con la pelvis de ese modo especial, propulsándome hacia arriba. Me aferré a él con fuerza, clavándole las manos en los hombros. Spencer tembló bajo mi peso, presionó la cara contra mí y jadeó mi nombre.

Le acaricié el pelo, le envolví el cuello con la otra mano y noté su pulso acelerado. Disfruté de aquellos instantes al máximo, agarrada a él con todas mis fuerzas, sintiéndolo en mi interior. No había nada impostado en esa sensación. Nada que pudiera infundirme temor. Era Spencer. Mi Spencer.

Presioné los labios contra su pelo, luego en sus mejillas y, al fin, le incliné la cabeza hacia atrás para besarlo en la boca. Fue un beso lento, saciado. La tensión de Spencer se había esfumado por completo, igual que la desesperación. Al menos, de momento.

No dijimos nada. Ni cuando él se dejó caer de espaldas arrastrándome consigo, ni cuando me envolvió entre sus brazos. Tampoco cuando volvimos a besarnos y la lentitud inicial dio paso a una verdadera tormenta. No dijimos nada cuando retomamos el ataque, cuando Spencer me puso boca abajo y me arremetió desde detrás. Lo único que se oía en la habitación eran nuestras respiraciones, la unisonancia de nuestros cuerpos y mis gemidos, que esta vez tuve que amortiguar con la almohada para no despertar a toda la casa.

También en esa ocasión nos quedamos tendidos uno junto al otro en silencio, aunque no fue uno de esos silencios incómodos o desagradables. Spencer estuvo trazando dibujos sobre mi espalda con las yemas de los dedos. Parecía realmente que estuviera pintando un retrato sobre mi piel. Sus dedos eran suaves pinceles y yo era el lienzo que, gracias a él, era tan colorido como el jardín botánico.

Seguimos sin decir nada cuando, en algún momento de la noche, me levanté y me vestí. Spencer se incorporó hasta que quedó sentado en la cama y me atrajo una vez más hacia sí. Se puso a juguetear con los mechones de mi pelo, los mismos que poco antes me había agarrado de forma tan apasionada. Abrí la boca para decir algo, pero él negó con la cabeza y me besó con ternura. Luego salí de su habitación para meterme en la mía.

El resto del fin de semana lo pasé sumergida en un estado parecido a la embriaguez.

Al día siguiente salimos de excursión y estuvimos andando hasta que los pies me quedaron tan doloridos que Allie tuvo que llevarme a caballito durante los últimos cincuenta metros del camino de vuelta, porque de lo contrario me habría desplomado antes de llegar y habría tenido que arrastrarme hasta la casa.

Monica, Ethan y yo nos turnamos para cocinar. Kaden y Allie parecían tan enamorados que casi me habrían dado asco y todo si no me cayeran tan bien. Y Spencer... era Spencer. La rabia y la desesperación que había demostrado se esfumaron por completo y se comportaba igual que siempre, bromeando y haciéndonos reír a los demás.

Poco a poco aprendí a aceptar por qué tenía la sensación de que estaba mejor con nosotros que cuando pensaba sólo en lo que ocurría en casa de sus padres.

En presencia de los demás, nuestra relación siguió siendo igual que siempre. Al menos, eso les hicimos creer. Seguíamos bromeando, aunque intentando ignorar la atracción que nos unía. No obstante, en cuanto los otros se retiraban y nos quedábamos solos, se acababan las opciones.

Durante la última noche, cuando los otros se hubieron retirado a sus habitaciones, me senté en el sofá del salón y saqué a *Watson*. Oí que Spencer llamaba por teléfono desde su cuarto, esta vez con un ánimo mucho más alegre que el día anterior.

Cuando hubo terminado, se me acercó sin hacer ruido. Se detuvo a mi espalda y apoyó las manos en mis hombros. Reaccioné cerrando rápidamente el documento.

—Cuánto secretismo —murmuró inclinándose hacia mí.

Eché la cabeza hacia atrás y lo miré. Le brillaban mucho los ojos, y tenía marcadas las arrugas alrededor de las comisuras de los labios. Parecía feliz. El corazón me dio un vuelco cuando se me acercó más aún y me acarició la boca con la suya.

Le envolví el cuello desnudo con una mano para que pudiera besarme de verdad, pero mi gesto no tuvo el efecto previsto, porque se echó a reír sin poder evitarlo y nuestros dientes chocaron ligeramente. No es que fuera la más agradable de las sensaciones, pero me alegré bastante de verlo reír de ese modo. Me besó de nuevo en la mejilla, con mucha suavidad, y siguió bajando hasta mi mentón. Un estremecimiento me recorrió el cuerpo entero.

Cerré el portátil y lo dejé a un lado, encima del sofá.

—¿Spence?

—¿Mmm? —murmuró. Estaba demasiado ocupado lamiéndome el cuello.

—Aquí abajo tienes un cuarto de baño pequeño sólo para ti.

Se detuvo un instante, y enseguida noté sus dientes sobre mi piel.

—Me gusta que me digas guarradas.

—Sólo constataba un hecho.

—Sí, la verdad es que a mí también me gusta comentar las características volumétricas de las instalaciones sanitarias. Es una buena manera de romper el hielo. De verdad, me paso el rat...

Le pegué un puñetazo juguetón en el hombro y me volví hacia él.

—¡Idiota!

Esbozó una amplia sonrisa, luego me agarró la cara entre las manos y me dio el beso más guarro que me habían dado en la vida. A partir de ese momento supe que no podría pensar en nada más que en su boca sobre la mía.

Al cabo de un segundo rodeó el sofá para plantarse delante de mí e intentó levantarme tirando de mis manos. Al ver que no reaccionaba tan rápido como le habría gustado, me agarró por el cuerpo y me levantó en volandas. Enseguida procedió a manosearme, desnudarme y llevarme hasta el baño, todo al mismo tiempo. Tuve que sofocar mi risa con su pelo.

Me sorprendió mucho su capacidad de coordinación. Solamente tropezó una vez.

Ya en el baño, me dejó de nuevo en el suelo y cerró la puerta. Con la mirada resplandeciente, se volvió hacia mí de nuevo. Cada vez me costaba más respirar cuando me miraba de ese modo.

—La ducha es diminuta —comenté con aire distraído. En realidad, por dentro estaba a punto de perder el control.

—Me gustan los retos —repuso él, recorriendo mi cuerpo con las manos una vez más.

Y entre los besos febriles, el agua caliente y el deseo desbocado anhelé que ese momento no terminara jamás.

Aunque también tenía claro que, igual que el día anterior, acabaría dejándolo solo en su cama y regresaría a mi habitación.

24

El pequeño bungalow de Beaverton siempre había sido mi hogar. Desde que tenía uso de razón, aquella casita gris de ventanas blancas me había servido de refugio. Hasta que regresé después del fracaso de mi matrimonio con Nate. Seguía siendo mi casa, por supuesto, eso no cambiaría jamás, pero las sensaciones eran totalmente distintas.

Tenía la impresión de que las paredes rosas se burlaban de mí, igual que las fotografías que tenía colgadas en el tablón de corcho, en las que aparecía junto a Nate. Pasé por mi habitación como un verdadero tornado, barriéndolo y arrancándolo todo. Cuanto tenía que ver con Nate acabó en una pila inmensa que de buena gana habría quemado. Sin embargo, ya que tenía que guardar las apariencias frente a mi padre, tuve que deshacerme de ello a sus espaldas. Por supuesto, comprendió que necesitaba distanciarme de mi pasado con Nate, pero seguramente una hoguera destructora habría despertado su curiosidad.

Ese día colgué fotografías de mis amigos de Woodshill en los dos tablones que tenía. Les puse marcos nuevos, pintados de verde menta. Además, había imprimido imágenes de nuestra excursión, y las fijé con unas chinchetas de colores pastel.

Satisfecha, admiré mi obra. Mis amigos y yo parecíamos bastante felices en las imágenes, lo que me provocó una oleada de gratitud. No había esperado encontrar tan rápido a un grupo en el que me sintiera tan integrada.

La excursión que habíamos hecho todos juntos había sido un éxito, incluso a pesar de las agujetas que todavía arrastraba por culpa de Kaden. Menudo *coach* motivacional se perdía el mundo con él. Uno de esos que te gritan despiadadamente cuando ven que no puedes más. En ese sentido, no es que me muriera de ganas por repetir la experiencia precisamente. Aunque también era posible que las agujetas me las hubiera provocado lo que había estado haciendo con Spencer. Si bien durante el día conseguíamos mantener las distancias, por las noches nos consagrábamos a nuestros encuentros sexuales como si hubiéramos estado años privados de ellos. Al principio era escéptica acerca de la posibilidad de que una amistad con derecho a roce pudiera funcionar, pero resultó que sí. Y bastante bien, además. Más que bien, incluso. Spencer era simplemente... una pasada.

—Esto tiene buena pinta —afirmó la voz de mi padre, a mi espalda, y yo reaccioné sobresaltada a pesar de saber que no podía adivinar lo que estaba pensando en esos instantes. Sin embargo, tenía la sensación de llevar el nombre de Spencer escrito en la frente con letras de color escarlata.

—Gracias —grazné, aclarándome la garganta.

—Hacía tiempo que no te veía hacer manualidades —prosiguió él con la mirada fija en las fotografías y una sonrisa en los labios.

—Es cierto —repuse. Ni siquiera me lo había planteado, pero tenía razón.

Tiempo atrás, dedicaba bastantes horas a ese tipo de cosas. Las ganas de verme rodeada de colores alegres se me pasaron después del divorcio. Cada vez que cogía unas tijeras o un papel, no podía evitar pensar en las tarjetas de felicitación que había elaborado para la boda.

Mi padre me pasó un brazo por encima de los hombros, como si realmente me hubiera leído el pensamiento, y regresamos juntos al salón.

—Dawny, tengo que contarte algo. Espero que no te lo tomes a mal.

—Oh, Dios. ¿Qué ha ocurrido? Papá, no me digas que estás enfermo.

—Tranquila, es sólo que... —empezó a decir, pero se detuvo un momento para aclararse la garganta él también—. He conocido a una persona.

Respiré aliviada y le di un codazo afectuoso en el costado.

—¡Papá, pero si eso es una gran noticia! ¡Quiero saber todos los detalles! ¿Cómo fue vuestra primera cita? ¿Cuánto tiempo lleváis juntos? ¿Cómo se llama? ¿Y cuándo os conocisteis?

Todas esas preguntas brotaron de mi boca a gran velocidad. Al contrario de lo que suele suceder en estos casos, siempre había tenido la esperanza de llegar a tener una madrastra algún día. Mi padre y yo formábamos un gran equipo, pero de todos modos me parecía que en casa era necesaria una mayor presencia femenina.

—Demasiadas preguntas de golpe, ¿no te parece? Ven, siéntate —me indicó mi padre, señalando hacia el sofá del salón. Me ofreció un trago de la limonada casera que estaba tomando y luego se sentó a mi lado.

—Veamos, ¿cómo os conocisteis? —pregunté—. Ah, ¿y cómo se llama?

—Se llama Maureen. La conocí en el taller.

Solté un silbido mudo en señal de admiración. Normalmente mi padre tenía reglas muy estrictas respecto a su clientela.

—Me encargó un armario empotrado y, cuando fui a tomar las medidas, simplemente conectamos enseguida —me explicó con las mejillas coloradas.

«¡Qué mono!»

—¿Y cuánto tiempo hace de eso? —pregunté.

—Sólo un mes y medio. No quería contártelo hasta que estuviera seguro de que la cosa iba en serio.

Esbocé una amplia sonrisa.

—¡No sabes cuánto me alegro por ti, papá! Cuéntame más cosas acerca de Maureen. Quiero saber hasta el último detalle.

Él tomó un sorbo antes de responder.

—He pensado que sería mejor que le preguntes tú misma lo que quieras saber. Saldremos a cenar hoy mismo con ella y con su hija.

—¿Qué? —exclamé—. ¡Papá!

—Lo siento —se apresuró a decir. Dejó el vaso encima de la mesa y me miró con aire compungido—. No sabía cómo decírtelo por teléfono. Por eso lo fui posponiendo hasta que me olvidé y ahora..., bueno, están a punto de llegar.

—¡Por el amor de Dios, papá! Deberías haberme avisado con antelación. Ni siquiera he traído nada bonito para ponerme, y seguramente tengo purpurina por toda la cara —me quejé mientras me miraba.

Y era cierto. Había cogido toda la purpurina que había encontrado en mi cómoda y había recubierto mi tablón de corcho con ella para darle una segunda vida. Y encima, estaba haciendo la colada, de manera que sólo me quedaban unas mallas y una camiseta enorme. Llevaba el pelo mal recogido en un moño del que escapaban varios mechones. Además, no me había maquillado y había sudado un montón, porque había regresado a casa en un autobús sin aire acondicionado y me había pasado el trayecto entero rebotando de un lado a otro y rodeada de gente. Digamos que no estaba en las mejores condiciones posibles para conocer a mi futura madrastra.

Justo en ese instante sonó el timbre de la puerta y me quedé rígida como una tabla. En realidad había vuelto a Portland porque se habían terminado las clases y había pensado que mi padre y yo podríamos pasar un día haciendo el vago juntos.

—Por favor —me pidió él mientras se levantaba—, sé amable con ella. Y también con su hija.

—No puedo creer que no me hayas avisado con antelación. ¡Es que mira cómo voy! —me quejé señalándome la ropa.

—Estás muy guapa. Sobre todo por la purpurina que llevas en la nariz.

Dicho esto, me dejó sentada en el salón y fue a abrir la puerta.

Típico de mi padre. No era capaz de diferenciar un hada de un trol. Con un movimiento bastante basto, me pasé la mano por la cara en un intento seguramente vano de quitarme la purpurina. Sólo tenía la esperanza de no haber empeorado las cosas.

Oí cómo se abría la puerta y unas voces femeninas que se acercaban a la sala, y rápidamente me levanté. El primero en entrar fue mi padre, luego una mujer preciosa con el pelo negro y corto.

—Tú debes de ser Dawn —me dijo con una amplia sonrisa.

—Y tú mi nueva mamá —repliqué, arrepintiéndome de inmediato de haber empezado bromeando. Si no compartía mi sentido del humor, quizá se lo tomaría a mal.

Por suerte, Maureen reaccionó con una carcajada y enseguida me dio un abrazo. Cuando nos separamos, vi entrar a su hija.

Un segundo. No podía creer lo que estaba viendo.

—¿Everly?

Se parecía a Maureen de un modo espectacular. Llevaba el pelo negro con un corte *bob* irregular que le llegaba hasta el mentón, las cejas muy definidas y una cara casi élfica.

—¡Oh, gracias a Dios! ¡Estaba cagada de miedo! —exclamó

cruzando la sala a toda prisa y envolviéndome entre sus brazos igual que había hecho su madre, aunque con más efusividad.

—Un momento, ¿os conocéis? —preguntó mi padre. A juzgar por su tono, parecía más nervioso que nunca.

—¡Claro! Estudiamos juntas —respondí.

—El mundo es un pañuelo —afirmó Maureen mirándonos.

—Tenéis mi bendición —sentenció Everly.

Al ver que Maureen le dedicaba a mi padre una tierna sonrisa y que él le respondía con otra y claramente aliviado, supe de inmediato que me caería bien.

Fuimos a un bufet asiático, y entre *wan-ton* y rollitos de primavera sacié mi curiosidad acerca de Maureen. Al parecer, trabajaba en una editorial de libros de divulgación, y Everly quería seguir sus pasos, aunque también se imaginaba viviendo de la escritura, igual que yo. La conversación fluyó de un modo relajado, hasta el punto de que en ocasiones tuve la impresión de que nos conocíamos desde hacía tiempo. Poco a poco, mi padre también se fue relajando. Para él debía de ser una verdadera novedad eso de compartir mesa con tres mujeres a la vez, pero lo cierto es que se las arregló de maravilla. Sobre todo teniendo en cuenta que estaba acostumbrado a compartir el tiempo con sus empleados del taller.

—Creo que realmente se entienden bien —me susurró Everly en algún momento, cuando él y Maureen se levantaron para emprender otro ataque al bufet.

—Me alegro mucho. Hacía una eternidad que papá no tenía novia. Hace unos años incluso intenté buscarle yo una. Y te aseguro que no fue una buena idea.

Everly se rio, recogiéndose el pelo detrás de la oreja.

—Sí, mi madre estaba igual. Espero que esta relación dure

un buen tiempo, al menos. ¿No te parece raro que nos alegremos por nuestros padres? —reflexionó en voz alta—. En las películas, los hijos suelen oponerse totalmente a ello.

—Creo que eso es más típico de los hijos que han convivido con los dos padres. Pero no es mi caso. Desde que tengo uso de razón, mi padre ha estado solo, por eso me alegro de que por fin las cosas le vayan un poco mejor en ese sentido.

—Pues a mí me ocurre lo mismo —convino Everly—. Y creo que es una suerte que se hayan conocido.

Respondí a su sonrisa y lancé otro vistazo a mi padre y a Maureen, que todavía hacían cola frente al bufet.

Mi mirada vagó por encima de sus cabezas y se detuvo en una cabellera castaña.

Sin darme cuenta, me tensé de inmediato. Me quedé completamente helada y el corazón me dio un vuelco.

—¿Dawn? ¿Estás bien?

Apenas llegué a oír la voz de Everly mientras mantenía los ojos clavados en Rebecca, que justo en ese momento soltó una carcajada.

Y luego vi a Nate.

Fue como recibir un puñetazo en la boca del estómago: doloroso, intenso y nauseabundo. Dejé escapar el aire de los pulmones con un silbido y de repente me pareció imposible llenarlos de nuevo. El mundo se detuvo de golpe y me sentí como cuando los había pescado juntos, hacía algo más de un año. Y justo igual que entonces, me vi incapaz de apartar la mirada de ellos.

Nate exhibía una sonrisa resplandeciente que le achicaba los ojos. Había tenido la suerte de ahorrarse la ortodoncia, siempre había tenido unos dientes bonitos, rectos y blancos. Por eso apenas teníamos fotografías de cuando teníamos catorce o quince años. Durante esa época yo llevaba aparatos y a su lado me sentía como un patito feo.

Como si hubiera notado que lo miraba, Nate volvió la cabeza hacia mí y de inmediato se le congeló la sonrisa en los labios.

Reaccioné haciendo lo primero que se me ocurrió, sin pararme a pensar siquiera un segundo si era lo más adecuado: me escondí bajo la mesa. Me agaché tan deprisa que me golpeé la frente contra el canto de la mesa y pasé unos momentos viendo puntitos negros flotando frente a mis ojos.

«Mierda. Joder, vaya puta mierda.»

—¿Qué haces? —siseó Everly.

Entré en un estado de shock. Nate me había visto. ¿Y si le daba por venir a saludarme?

Me dolió mucho encontrármelo, compartir el mismo espacio que él. No podía respirar, y salir corriendo de allí era la única opción que se me pasaba por la cabeza.

—No sé qué le ocurre. Simplemente se ha... —le oí explicar a Everly.

Al cabo de un segundo, mi padre apareció a cuatro patas bajo la mesa. Lo miré con unos ojos como platos, aunque en realidad lo veía todo borroso y notaba unas intensas punzadas de dolor en la frente.

—Dawny —dijo él, agarrándome de la mano y presionándola de un modo afectuoso—. ¿Quieres que volvamos a casa?

Me las arreglé para asentir. Mi padre me ayudó a salir de debajo de la mesa. Me concentré mucho para no mirar a mi alrededor, centrándome sólo en los pasos que daba, uno después de otro, con el brazo de mi padre por encima de los hombros. Everly y Maureen, que encajaron mi numerito con mucha dignidad, nos siguieron hasta el exterior del local.

Poco después nos sentamos los cuatro en el coche y nos dirigimos a casa. Maureen y mi padre estuvieron hablando sobre un nuevo proyecto del que ella tendría que ocuparse sin mencionar en ningún momento la escena que había montado.

Everly estuvo escribiendo en su móvil y de vez en cuando intervenía en la conversación que transcurría en los asientos delanteros. En ningún momento me hicieron sentir ridícula ni me transmitieron la sensación de haber tenido una reacción exagerada.

Y, por algún motivo que no acierto a comprender, eso sólo empeoró las cosas.

Me tendí en mi cama y me quedé mirando el techo fijamente. Era un poco más de las ocho cuando llegamos a casa después de aquella cena tan catastrófica. Me disculpé con Everly y con Maureen y luego me encerré en mi habitación.

Llevaba un cuarto de hora mirando fijamente la pantalla del móvil, con el dedo encima del contacto de Spencer. Por un lado no quería hablar, pero por otro necesitaba algo que me permitiera volver a sentirme yo misma. Mis amigos, y Spencer más que ninguno, eran la mejor opción para conseguirlo.

Respiré hondo y pulsé el botón de llamada. Sonó un buen rato, y ya estaba a punto de desistir cuando por fin aceptó la llamada.

—Hola —dijo sin aliento.

—¿Molesto? —me apresuré a preguntar.

—No, no. Es que estoy corriendo. ¿Qué pasa?

Cerré los ojos y me limité a escuchar sus pasos sobre el asfalto. También se oía un leve sonido de viento, e imaginé cómo debía de estar corriendo. Simplemente para distraerme del resto de las cavilaciones.

—Nada —respondí con algo de retraso.

Los pasos de Spencer se detuvieron.

—¿Qué te ocurre? ¿Estás bien? —insistió.

—Creo que no quiero hablar de ello.

Mi voz sonó ronca y algo tomada, y de repente odié la mera idea de que Nate pudiera desencadenar todas esas reacciones, que siguiera teniendo tanto poder sobre mí. Ya no lo quería, eso era incuestionable, y sin embargo el mero hecho de verlo con Rebecca me había devuelto a un abismo del que ya había conseguido salir.

—De acuerdo, entonces hablemos de otra cosa. ¿Quieres que te cuente lo que estamos haciendo en la clase de arte? —preguntó con un tono de voz despreocupado.

—Sí, por favor.

—Pues estamos haciendo escultura. Y para ello primero tenemos que hacer esbozos y que nos los acepten. Yo he tenido suerte, pero Miles no. Quería presentar una escultura del trasero de Kim Kardashian, pero a nuestra profesora digamos que no le ha emocionado mucho la idea, de manera que se está retrasando respecto a los demás, que ya hemos empezado a armar el esqueleto de la escultura con tubos de PVC y alambre.

Sonreí y abrí los ojos de nuevo.

—Realmente es una lástima lo de Miles. Era una escultura muy necesaria y el mundo entero la habría agradecido.

Spencer se rio en voz baja.

—Eso mismo pensaba Miles. Por cierto, ¿he mencionado que pensaba hacer la escultura a escala real? Cuando la profesora lo ha oído, se ha puesto colorada como un tomate.

En esa ocasión fui yo la que se rio.

—¿Y tu escultura cómo será?

—Es una sorpresa. Te la enseñaré cuando esté terminada.

—No me digas que piensas hacer una réplica detallada de mi trasero.

—No me hagas pensar en según qué cosas, cariño.

De nuevo, el viento se dejó oír a través del teléfono.

—Joder, ¿sería muy inadecuado mencionar que ahora mismo no consigo quitarme tu trasero desnudo de la cabeza?

Sonreí de nuevo. De repente quedó olvidado lo que había

ocurrido durante la cena. Quedó olvidado todo. Spencer conseguía que desapareciera todo lo que me hacía infeliz.

—Mi padre me ha presentado a su nueva novia.

—¿Ah, sí? —repuso él—. ¿Y qué tal?

—Es genial. Lo más divertido es que su hija Everly también está en el taller de escritura de la universidad.

—Menuda coincidencia.

Llené los pulmones de aire.

—He hecho un ridículo espantoso, Spence.

Esperó pacientemente a que siguiera hablando. Ésa era una de las cosas que más me gustaban de él, que nunca hacía preguntas. Me daba tiempo. Siempre me daba tiempo.

—Estábamos cenando y... resulta que Rebecca y Nate estaban en el mismo restaurante.

Él aspiró aire entre los dientes.

—Joder.

—Y que lo digas. El caso es que se me han cruzado los cables y me he escondido debajo de la mesa.

Spencer soltó otro taco.

—He avergonzado a mi padre —murmuré con una mano frente a los ojos, que me ardían por culpa de la luz deslumbrante de la lámpara del techo. Al menos me convencí de que la culpa era de la lámpara.

—No lo creo. Tu padre te conoce bien, Dawn. Sabe lo dura que fue la separación para ti, por mucho que hayas intentado fingir que lo encajaste bien.

Spencer se quedó callado un momento.

—¿Puedo ser honesto contigo?

—Quiero que siempre seas honesto conmigo —repliqué enseguida.

—Bien. Pues creo que deberías contarle la verdad a tu padre. Lo que ocurrió fue muy jodido. Tienes muy buena relación con él. Si decides no contarle lo que tanto te ha atormentado durante el último año, siempre seguirá habiendo algo que os separará en el futuro. No tiene por qué condicionar la relación que tiene con los Dursley.

—Duffy —lo corregí, titubeando un poco.

—Como se llamen. Los padres de ese cabrón.

Una vez más, sonreí como una idiota.

—No sé por qué, pero me parece muy adorable la manera que tienes de soltar tacos.

—Si eso me hace sumar puntos y me vuelve más irresistible a tus ojos, puedo hacerlo sin parar. ¿Te gustaría que gritara «gilipollas» a grito pelado?

Solté un gemido impostado.

—Eso me pondría muy cachonda —bromeé.

Lo gritó tan fuerte que la palabra siguió resonando en mis oídos unos segundos después.

—¿Qué te ha parecido eso?

—Creí que estabas en plena calle.

—Así es. Una mujer se ha desmayado, un tío ha estado a punto de atropellarme y todos los niños que tengo a un radio de siete kilómetros acaban de incorporar una palabra nueva a su todavía limitado vocabulario. Ya verás cómo sus padres vendrán a buscarme a casa esta noche armados con horcas y antorchas.

—Eres un verdadero héroe.

—Se hace lo que se puede —repuso, y me pareció detectar una sonrisa en su tono—. ¿Cuándo vuelves a casa?

—Pensaba volver esta misma noche.

—¿Nos vemos mañana? —preguntó a continuación.

El corazón me dio un vuelco.

—Por mí, encantada.

—Guay.

—Mucho.

—Si no te importa, ahora seguiré corriendo. La mujer que se ha desmayado me acaba de adelantar y no soporto que me humillen de esta manera.

—Claro. Perdona que te haya retenido tanto rato.

—No digas tonterías, Dawn. Puedes llamarme siempre que algo te pese en el corazón. O también cuando no puedas dormir por las noches y te apetezca un poco de sexo telefónico sin segundas intenciones.

Me incorporé de un salto.

—¡Spence!

—Era un decir, mujer —repuso sonriendo.

No podía verlo, pero podía oírlo y, en cierto modo, también podía notarlo. En mi pecho se extendió una calidez reveladora, y el corazón empezó a latirme a un ritmo inusual.

—Hasta mañana, cariño.

Tragué saliva.

—Hasta mañana.

Después de colgar, el mundo ya no me parecía tan hostil como antes de la llamada.

25

Querida Dawn:

Creo que te has equivocado al adjuntar el archivo. En lugar del ejercicio que os he encargado, me has mandado los primeros capítulos de una novela romántica. No creo que fueran para mí, ¿verdad? Por supuesto, les he echado un vistazo de todos modos. Tienes muy buena mano para los diálogos picantes y para transmitir una situación de tensión entre personajes. ¡Genial! Si quieres, puedo darte algo más de *feedback* acerca del lenguaje y la perspectiva narrativa. Por otro lado, también me gustaría que me enviaras el archivo correcto.

Saludos,

Nolan

No, no, no. ¡No podía ser!

A una velocidad impresionante, consulté el historial de mi bandeja de salida y comprobé el mensaje que le había enviado de buena mañana a Nolan.

Efectivamente, le había mandado los tres primeros capítulos de *About Us*. En cambio, a mis lectoras de pruebas les había mandado el ejercicio que había escrito para la clase de Nolan. No podía creer que hubiera cometido esa equivocación.

En esos momentos, sólo pude desear que me partiera un rayo o que me pasara un coche por encima a toda velocidad. O las dos cosas. Golpeé la barra con la frente y solté un taco en cuanto noté que me había excedido, porque me dolió bastante.

—¿Y ahora qué te pasa? —preguntó Sawyer, irritada.

Ese día había ido a verla a su nuevo empleo en el Steakhouse. Sawyer ya había trabajado allí un par de días como prueba y al final la habían contratado. Acababa de servir las bebidas a unos clientes y estaba limpiando la barra por quinta vez.

—Le he enviado a mi profesor un archivo adjunto por error —le expliqué cogiendo mi vaso de nuevo.

—¿Eran fotos de desnudos? —preguntó ella mientras empezaba a secar los vasos recién salidos del lavavajillas.

No, nada de fotos de desnudos, pero sí una escena sexy en la que Tristan y Mackenzie compartían un baile subido de tono y él le susurraba guarradas al oído. Sólo eran guarradas en tono de broma, pero de todos modos...

«Tienes muy buena mano para los diálogos picantes y para transmitir una situación de tensión entre personajes. ¡Genial!»

¿Genial? Dios, no podría volver a mirarlo a los ojos en el taller de escritura. No podría volver a poner los pies en la universidad. Tendría que pedir un traslado. Y mudarme. Tal vez lo mejor sería regresar a Portland, donde me encontraría con Rebecca y Nate a diario.

—¡Aaaahh! —exclamé golpeando la barra con la cabeza una vez más.

—No te lo tomes así —repuso Sawyer—. Déjame verlo.

Sin darme tiempo a reaccionar, me quitó a *Watson* y lo giró hacia ella. Quise recuperarlo enseguida, pero lo había agarrado con las dos manos y no hubo forma de arrebatárselo.

De inmediato esbozó una amplia sonrisa.

—De acuerdo, ahora entiendo tu desesperación. Aunque...

Siguió desplazándose por el documento y decidí no hacer nada para evitarlo. A esas alturas ya no me andaba con remilgos con Sawyer. Hasta entonces no me había juzgado en ningún momento por el hecho de escribir literatura erótica. Incluso había leído mis dos novelas y me había dicho que un protagonista le parecía tan excitante que ella no dudaría en ir a por todas si llegaba a encontrar un tío semejante.

Había sido completamente distinto de leer críticas y reseñas por internet. En la vida real me había puesto roja como un tomate, aunque por dentro me alegré muchísimo de que le gustaran. Además, empezaba a cogerle cariño de verdad. Me caía bien.

—Pero si aquí no hay ninguna escena sexual, Dawn. No te lo tomes así —me consoló mientras me devolvía el portátil.

—Pero los protagonistas bailan juntos. Y él le susurra guarradas al oído. O sea que Nolan ya sabe que yo...

—Bla, bla, bla... —me interrumpió Sawyer, gesticulando para que me callara—. Para ya, deja de repetirte que está mal escribir lo que escribes. Si vuelves a decirlo, te meteré un huevo crudo en la cama y te haré una foto justo cuando te acuestes.

Apreté los labios para reprimir una sonrisa.

—De acuerdo. Lo siento.

Sawyer asintió.

—Eso sí, la próxima vez fíjate bien qué mandas y a quién se lo mandas. Problema resuelto. Por cierto..., ¿está bueno tu profesor?

—¿Y eso qué tiene que ver?

Sawyer enarcó las cejas.

—Todavía tienes mucho que aprender, Dawn. En serio, como persona sexualmente activa no deberías hacer ese tipo de preguntas.

Dejé mi vaso encima de la barra de nuevo.

—¿Sexualmente activa? ¿Cuántos años tienes? ¿Sesenta?

Sawyer sonrió.

—¿Verdad que luego has quedado con Spencer? Pues pregúntale cómo lo llamaría él.

De repente me puse colorada.

—¡Sawyer! Sólo cocinaremos juntos.

—Humm..., cocinar, ¿eh? —dijo con una mirada que consiguió subirme todavía más los colores.

—¡Eres imposible!

Riendo, se puso detrás de la barra de nuevo para atender a unos clientes que acababan de entrar.

—¡Espero que tú y tu cocina estéis preparados! —exclamé a modo de saludo cuando Spencer me abrió la puerta por la tarde.

Llevaba puesta una camiseta blanca que realzaba su bronceado y unos vaqueros oscuros llenos de manchas blancas que revelaban que había estado trabajando en su escultura.

Spencer me miró de arriba abajo, y cuando sus ojos detectaron las bolsas de la compra llenas a rebosar que llevaba en las manos, en sus labios apareció una amplia sonrisa.

—Tú dirás —respondió. Se apartó para dejarme pasar y fui directamente a la cocina para descargar las bolsas sobre la encimera.

Luego me quité la chaqueta y la metí en el guardarropa. Cuando volví a la cocina, Spencer ya estaba sacando las cosas de las bolsas.

—¿Qué haremos?

—*Spaghetti verdura* —anuncié colocándome a su lado.

—Suena sexy.

Le lancé una mirada de reojo.

—¿Qué demonios tienen de sexy unos *spaghetti verdura*?

Respondió a mi mirada con un vistazo fugaz y volvió a fijarse en el contenido de las bolsas de la compra con una sonrisa de satisfacción.

—La manera en que lo pronuncias. Es bastante sexy.

No supe qué responder a eso, por lo que me limité a negar con la cabeza y confiarle a Spencer los calabacines y las berenjenas. Yo me dediqué a preparar el agua para la pasta y luego me puse a picar cebollas y ajos.

Mientras las cebollas se doraban en la sartén, eché una ojeada a lo que él hacía por encima de su hombro. Bueno, por encima de su brazo, más bien.

—¿Puedes cortarlas en dados en lugar de rodajas?

—Claro, ningún problema.

Me coloqué a su lado para ver cómo lo hacía.

—Y las berenjenas córtalas un poco más gruesas, por favor.

Hizo un saludo militar con el cuchillo.

—Sí, señora.

Spencer era muy eficaz ayudándome en la cocina. Me tendía los utensilios si me quedaban demasiado lejos y no se metía nunca en medio. Poco a poco, fuimos añadiendo los ingredientes para la salsa. Dejé que las verduras se rehogaran un poco y luego añadimos los tomates.

Por desgracia, no había pensado en los condimentos, y Spencer no tenía más que sal y pimienta en casa.

—En realidad deberíamos poner bastantes condimentos y hierbas frescas —murmuré antes de añadir otro pellizco de sal a la sartén.

—A partir de ahora intentaré tener siempre un buen surtido de hierbas frescas y botes de condimentos, por si te da por venir más a menudo y de repente sientes la necesidad imperiosa de abusar de mi cocina —replicó.

—Estos fogones están pidiendo a gritos que alguien los utilice. Cualquier otra cosa sería un verdadero desperdicio.

Dejé la sal de nuevo en el armario de la cocina. De puntillas, removí los diferentes recipientes que tenía allí guardados y descubrí un bote marrón que contenía pastillas. Antes de que pudiera cogerlo, noté los brazos de Spencer a ambos lados de mi cuerpo. Tenía las manos apoyadas en la encimera.

—¿Necesitas ayuda? —preguntó tan cerca de mí que noté su aliento en el cuello.

Dejé caer el peso sobre los talones de nuevo.

—Creo que me las puedo arreglar sola, gracias.

Una vez más, su aliento me provocó un agradable cosquilleo, y el vello de los brazos se me erizó de inmediato. Era increíble la reacción que despertaba en mí su mera proximidad. Sólo tenía que reducir la distancia que nos separaba para derribar todos mis muros. Ni siquiera le hacía falta tocarme.

—Spence.

Mi voz sonó como un jadeo. Cuando lo tenía tan cerca, perdía el control sobre mi cuerpo y no podía evitar quedarme sin aliento.

—¿Mmm? —respondió, esta vez más próximo aún a mi oído. Me acarició el cuello con los labios.

—La salsa —grazné.

—Sí —repuso, pero acto seguido me atrapó la piel entre los dientes, lo que me obligó a soltar un suspiro. Luego me lamió suavemente debajo de la oreja.

«Oh, cielos.»

—Para.

—Mhhh —se limitó a gruñir, pero en la piel noté con claridad que no estaba dispuesto a obedecer.

—Para ya. He venido a cocinar contigo, no a que me distraigas.

Su sonrisa me hizo cosquillas en el cuello.

—Pero es que a mí me gusta mucho distraerte.

—Qué generoso por tu parte.

Spencer asintió, y su pelo me rozó la mejilla.

—Sí, ¿verdad? Generoso y sacrificado.

Solté una carcajada. Luego me volví hacia él. Seguía acorralándome entre sus brazos. Tenía los ojos ensombrecidos, y reconocí en ellos un destello de avidez.

—No me mires así —susurré.

Las comisuras de sus labios se levantaron, pero cerró los ojos de todos modos.

—De acuerdo.

Me pasó las manos por los costados, hacia arriba, y sus pulgares me acariciaron las costillas, muy cerca de los pechos. Se inclinó hacia delante y presionó su cuerpo entero contra el mío.

«O la salsa, o Spencer —pensé de un modo febril—. Spencer o la salsa.» Cuando noté el contacto de su cuerpo, me derretí por dentro y desapareció cualquier atisbo de dilema.

Me puse de puntillas y lo besé. Él me agarró por la nuca y me acercó más a él mientras su lengua exploraba mi boca. Cuando un intenso escalofrío recorrió mi cuerpo, Spencer atrapó con los labios el suspiro que solté. Fue como si tuviera todos mis sentidos en sus manos. Podía hacerme lo que quisiera: yo no estaba en condiciones de oponer resistencia alguna.

Y aunque había sido yo la que había buscado el beso, fue él quien tomó las riendas de la situación. Con una mano alrededor de mi nuca, me agarró la parte baja de la espalda con la otra y se aferró a mí con firmeza. Una agradable sensación de calor se extendió por todo mi cuerpo, y un cosquilleo me recorrió de la cabeza a los pies.

Sin aliento, se apartó un poco de mí, aunque sin alejarse mucho. Me dio una serie de besos muy delicados siguiendo la línea de mi mentón. Estaba disfrutando, entregada a sus manos y sus besos, cuando me llegó un sospechoso olor a quemado.

—¡Mierda! —exclamé, y me aparté de Spencer enseguida para atender el fogón.

Lo apagué y retiré la sartén. Removí la salsa para valorar cuál era la magnitud de la tragedia. Las verduras sólo se habían pegado en un par de sitios a la sartén. Vertí la salsa que todavía podía aprovecharse en un recipiente mientras Spencer colaba la pasta. Me supo muy mal arruinar la comida, pero él me aseguró una y otra vez que no tenía por qué torturarme, que sin duda sabría mejor que la lasaña precocinada que tenía en el frigorífico, lo que me tranquilizó un poco.

Esa vez comimos sentados a la mesa en lugar de instalarnos en el sofá, como de costumbre.

—Delicioso. Simplemente delicioso —exclamó Spencer con la boca llena y señalándome con el tenedor—. Eres la diosa de los fogones, Dawn Edwards.

Me lo quedé mirando y negué con la cabeza. Estaba segura de que sólo lo decía para animarme, y no porque el sabor de aquella salsa quemada lo hubiera impresionado.

Estuvimos charlando sobre la universidad y sobre las clases. Spencer me contó que en verano quería salir de excursión con Kaden de nuevo, que estaban planeando una travesía con acampada incluida.

Después de comer recogimos la mesa juntos. Me ofrecí para ayudarlo a lavar los platos, pero él no dejó que me acercara al fregadero. Se limitó a señalar un taburete de la isla central.

—Quien cocina no limpia. Podemos seguir hablando mientras los lavo yo.

Esa regla me pareció de maravilla, por lo que accedí enseguida y le conté lo mucho que me gustaba ir al Steakhouse, y que ahora Sawyer estaba trabajando allí. Le expliqué que le había estado haciendo compañía durante el turno de mediodía y la embarazosa historia sobre el correo electrónico que le había mandado a Nolan, todo eso agarrándome las mejillas ardiendo con las manos. Spencer se partió de risa, e hizo tantos aspavientos que acabó con la camiseta empapada. Quiso oír las palabras literales que me había escrito Nolan, y no paró de insistir hasta que por fin fui a buscar el móvil que tenía guardado en el bolso para recuperar el correo.

Cuando abrí la aplicación de correo electrónico, aparecieron los mensajes nuevos. Entre ellos había una crítica nueva a la que, carcomida por la curiosidad, quise echar un vistazo. Abrí el correo en cuestión y me arrepentí de inmediato en cuanto leí la primera frase. Se me cayó el alma a los pies.

Me entraron ganas de apagar el móvil, guardarlo de nuevo y olvidar las desagradables palabras que acababa de leer, pero no fui capaz. De hecho, no podía apartar los ojos de la pantalla, me quedé helada.

—¿Qué ocurre? —preguntó Spencer, y me di cuenta de que había dejado de chapotear en el fregadero.

Respiré hondo para aplacar mis pulsaciones y alejar la sensación de asco que se había apoderado de mí. Con una sonrisa forzada, me volví hacia él.

—Ah, nada. No pasa nada —mentí. Sin embargo, no era capaz de ocultárselo. Se me acercó con determinación y yo no pude más que encogerme de hombros—. He recibido una crítica desagradable. Eso es todo.

—¿Cómo de desagradable? —preguntó inclinándose sobre el móvil. Se apoyó en el respaldo del taburete con una mano y con la otra me giró la pantalla para poder leer el mensaje.

—«Casi duele y todo —murmuró con la voz apagada—. Simple... literatura barata... Ni tocarlo.»

Entonces se detuvo y se quedó mirando la pantalla. Tragó saliva varias veces seguidas. Tenía el cuerpo completamente tenso.

—¿Spence? —pregunté en voz baja.

Él respiró hondo, enderezó la espalda y salió de la cocina sin mediar palabra.

—¿Spence? —insistí al ver que no respondía.

Se limitó a lanzarme una mirada por encima del hombro y a hacerme un gesto con la mano para indicarme que lo siguiera.

Subió de dos en dos los escalones que llevaban hasta la planta superior y fue directo a su cuarto, donde se sentó frente al escritorio y arrancó el ordenador.

Yo no tenía ni idea de lo que se traía entre manos. Desorientada, me detuve frente a la puerta.

—¿Qué hacemos aquí?

Sin levantar la mirada de la pantalla, Spencer me hizo señas para que me acercara.

—Ven aquí.

Crucé la estancia muy despacio. La última vez que había estado allí sólo había tenido ojos para Spencer, de manera que no me había fijado en la habitación en absoluto. Igual que el resto de la casa, su dormitorio parecía un verdadero ejercicio de estilo de diseño interior. Paredes de color azul grisáceo, cortinas verde oliva, parquet de madera oscura y, encima, una alfombra del color de la arena.

La estructura de la cama también era de madera oscura, y encima del colchón había un sinfín de cojines apilados contra el cabecero macizo, mientras que la colcha era de cuadros. Sobre el cabecero había unas cuantas fotografías en blanco y negro que, por lo que me pareció, eran panorámicas de Portland.

Cuando llegué hasta Spencer, apoyé las manos en el respaldo de su silla. Mientras se iniciaba el ordenador, dejé que mis ojos vagaran por las hojas de papel y cuadernos de esbozo que tenía apilados por todo el escritorio.

Una fotografía en la que aparecía él junto a su familia me llamó la atención. Me permitió ver a Olivia por primera vez. Me pareció una chica linda, y aunque la imagen ya tenía sus años y ella todavía era muy pequeña (debía de tener unos siete u ocho años), se apreciaba a la perfección lo mucho que se parecía a su hermano. Los dos tenían el pelo oscuro y unos hoyuelos profundos en las mejillas cuando se reían. En esa fotografía él tenía un aspecto más bien rebelde: una expresión de enojo, vaqueros rasgados y camiseta de Johnny Cash dos tallas más grande. Era evidente que en el momento de la foto habría preferido estar en alguna otra parte, y que no quería saber nada del resto de las personas con las que compartía la instantánea.

—«Con su sentido del humor, D. Lily no sólo consigue hacerme reír, sino también desear poder casarme algún día con alguno de sus protagonistas» —leyó Spencer, arrancándome de mis cavilaciones.

—¿Qué...?

—«Con esta obra, la autora ha conseguido secuestrarme en un mundo en el que todo es posible» —prosiguió, impertérrito—. «Últimamente estoy pasando una mala racha y sus novelas, especialmente *Tame Me*, me han ayudado a distraerme. Querría agradecértelo de todo corazón, D. Lily, por si algún día llegas a leer este comentario.»

Poco a poco empecé a comprender lo que estaba haciendo.

—Para, Spence —susurré.

—«D. Lily, ¿dónde puedo conseguir un hombre como Grover? ¡Pagaría por saberlo!»

Spencer se volvió hacia mí con una sonrisa, se señaló las piernas y se me quedó mirando con expectación.

Al ver que yo no hacía el más mínimo ademán de acceder a su petición, me agarró por una muñeca y tiró de mí con suavidad, hasta que, viendo que no me quedaba más remedio, por fin me senté en su regazo. Luego se volvió de nuevo hacia la pantalla del ordenador.

—¿Lo ves? —preguntó señalando con el dedo el campo en el que aparecía la valoración media de los lectores.

En aquella plataforma podía concederse una puntuación máxima de cinco corazones. Yo tenía cuatro.

—Dawn, lo que haces significa algo para esos lectores. Les ofreces algo a lo que aferrarse. Algo que les permite evadirse de la rutina diaria y les da fuerzas para afrontarla. Les enseñas que también pueden ser personas fabulosas.

Tragué saliva con dificultad. Los ojos me ardían de nuevo. Clavé la mirada en el teclado.

—Sea quien sea la persona que ha escrito esa mierda de crítica, no puedes dejar que te afecte —prosiguió, plantándome un beso en el cuello—. Mucha gente te admira. Y eso hace que me sienta muy orgulloso de ti.

Me quedé mirando a Spencer y abrí la boca para contestar, pero no me salieron las palabras.

Sólo pude envolverlo entre mis brazos y hundir la cara en su cuello.

26

Esa noche nos reunimos todos en casa de Allie y Kaden. Estuvimos viendo la última película de *Los Vengadores*, pedimos unas pizzas y luego organizamos un torneo de Mario Kart. La madre de Kaden le había mandado su vieja Nintendo 64 a casa, y pude disfrutar de la nostalgia que despertó en mí el juego. Además, gané a Allie incluso después de que ella hubiera jugado unas cuantas rondas de tanteo. Sin lugar a dudas, sirvieron para algo la cantidad de partidas que había echado contra mi padre y sus amigos cuando era pequeña. Ya por aquel entonces ganaba siempre.

Resultó que a Spencer se le daba mejor que a mí eso de fingir que no había cambiado nada entre nosotros. Yo, en cambio, no paraba de lanzarle miradas cada vez que no me sentía observada. Desde que se había preocupado por mí de un modo tan cariñoso, la situación sólo había empeorado: cuanto más me prohibía desearlo, más intensas eran las ganas de abalanzarme sobre él; era como cuando te ponen a dieta: cuanto más te prohíben comer dulces, más hambre tienes y más te apetecen.

No podía apartar los ojos de él, y apenas atendía cuando alguien me decía algo. Estaba demasiado fascinada por los brazos de Spencer, por cómo se le tensaban cada vez que pulsaba el mando, y por las carcajadas que soltaba cada vez que conseguía adelantar a alguien. Sentía un cosquilleo en los dedos que me recordaba la urgencia con la que deseaba tocarlo.

Y cada vez que nuestras miradas se encontraban, Spencer me dedicaba una sonrisa. Como si supiera perfectamente lo que me ocurría por dentro.

Fue una velada muy larga. Cuando por fin la dimos por terminada, él se ofreció para llevarnos a casa a Scott y a mí, y en algún momento paré de contar las veces que nuestras miradas coincidían en el espejo retrovisor.

Cuando nos detuvimos frente a la casa de Scott, salí del coche para despedirlo con un abrazo. Él me miró muy fijamente a los ojos y luego le lanzó una mirada furtiva a Spencer, que se quedó sentado tras el volante.

—¿Todo bien? —susurró.

—Sí —asentí. Sin embargo, no era cierto del todo.

Scott me miró con una ceja enarcada, y cuando detecté en su mirada la pregunta que no llegó a formular, me limité a negar con la cabeza.

—No hagas nada que yo no haría —me aconsejó antes de abrazarme una vez más y salir corriendo hacia su piso.

«Mierda.»

Scott tenía un olfato increíble para descubrir que alguien ocultaba algo. Si se había dado cuenta de que entre Spencer y yo saltaban chispas, más me valía ir con cuidado. Lo que había entre nosotros dos estaba bien como estaba. Funcionaba, y eso me bastaba para no querer cambiar nada.

Cuando volví a subir al coche, noté la mirada de Spencer clavada en mí.

—¿Todo bien? —preguntó.

Teniendo en cuenta que en pocos segundos dos personas me habían preguntado si estaba bien, llegué a la conclusión de que debía de tener un aspecto horrible.

—Todo genial —mentí antes de volver la mirada hacia la ventanilla.

El trayecto hasta la residencia duró lo mismo que una canción de James Morrison.

Cuando el coche se detuvo, no me atreví a mirar a Spencer a los ojos.

—Gracias por acompañarme en coche —murmuré mientras me desabrochaba el cinturón.

Antes de que mis dedos pudieran asir la manija de la puerta, me agarró el brazo. Respiré hondo y levanté la vista hacia él. Me estaba evaluando con la mirada.

—¿Qué te pasa?

Tenía la garganta tan seca que apenas si podía tragar saliva, pero lo intenté de todos modos.

—Es sólo que estoy cansada.

Él arrugó la frente.

—Chorradas —murmuró, y en el mismo instante empezó a acariciarme el brazo con el pulgar—. ¿Qué te pasa por la cabeza?

Joder, ¿por qué tenía que ser tan rematadamente guapo? Siempre que me miraba de ese modo, con los ojos ensombrecidos e impenetrables, algo empezaba a mariposear dentro de mi estómago.

—Dime qué te ocurre para que pueda ayudarte —insistió.

Siguió describiendo círculos con el pulgar sobre mi piel y yo clavé los ojos en su mano. Me sentía incapaz de decir nada mientras siguiera mirándome de ese modo tan intenso. Era demasiado.

—Podrías ayudarme si... —grazné con la voz ronca.

¿Escribirlo? No habría sido ningún problema. Sin embargo, ¿expresar en voz alta que lo deseaba? No, eso me resultaba sencillamente imposible.

Titubeando, levanté la mirada hacia su rostro y descubrí en él una expresión de genuina comprensión. Me miró con calidez, ya sin los temores que le habían arrugado la frente.

—Dawn...

Eso fue lo único que dijo: mi nombre, con la voz ahogada, casi inaudible. Y luego tiró de mí para acercarme a él.

No sé cómo, terminé aterrizando en su regazo. Me golpeé la pierna contra el volante, pero no me importó en absoluto porque enseguida me consoló la presión de sus labios contra los míos. El dolor me traía sin cuidado si estaba justo en el lugar que había estado deseando ocupar durante toda la noche.

Hundí las manos en su pelo con determinación y él soltó un gemido que recorrió todo mi cuerpo. De inmediato, sus manos empezaron a acariciarme con fervor, como si buscaran aquella exhalación que acababa de dejar escapar.

Me agarró por el trasero y hundió los dedos en la carne para acercarme todavía más a él, lo que me arrancó un jadeo. De repente tenía la cabeza vacía, ya no podía pensar ni encontraba motivos para hacerlo. La única posibilidad que contemplé en esos instantes fue la de moverme con él, y una presión inmensa empezó a crecer en mi interior.

A esas alturas ya sabía lo que le gustaba, y decidí aprovecharlo. Se le cortó el aliento en cuanto empecé a mordisquearle el lóbulo de la oreja. Me agarró todavía con más fuerza cuando mis labios recorrieron el pliegue de su cuello, y cuando empecé a tirar de su pelo sus besos se volvieron más ávidos, hasta que soltó un gemido más sonoro. Con eso sólo consiguió avivar todavía más mi fuego, y mis movimientos se volvieron cada vez más rápidos.

Nuestros besos eran tan febriles que casi me olvidé de respirar. Apoyé la frente en su sien y aspiré una bocanada de aire desesperada. Con cuidado, levanté los dedos y toqué delicadamente sus labios hinchados. Su respiración se aceleró al menos tanto como la mía.

—Me vuelves loca —susurré.

—Es una suerte que me gusten tanto las chicas locas.

Sonreí.

—¿Te apetece...?

De repente, empezó a vibrarle el paquete.

Y al mismo tiempo comenzó a sonar un timbre muy escandaloso.

Furiosa, bajé la mirada. A través del tejido de sus vaqueros se vislumbraba la pantalla de su móvil.

En un instante, quedé sentada de nuevo en el asiento del pasajero, y en esa ocasión me golpeé la cabeza contra el techo. Spencer soltó unos cuantos tacos y tuvo que retorcerse un poco para poder sacarse el teléfono del bolsillo.

Yo ya conocía aquella melodía estridente. La había oído pocos días antes, en la casa que habíamos alquilado para pasar un fin de semana en la costa. Era un tono de llamada imposible de ignorar, y encima no auguraba nada bueno.

—¿Sí? —respondió Spencer. Seguía con el aliento entrecortado, pero apretó los labios con fuerza y su mirada se llenó de inquietud—. ¿Cuánto rato hace de eso?

Alargué el brazo para cogerle la mano, pero antes de que pudiera tocarlo siquiera, la apartó. El corazón me dio un vuelco.

—De acuerdo. No, ningún problema. Voy enseguida —prometió antes de colgar con una expresión pétrea en el rostro.

Nos quedamos unos segundos en silencio dentro del coche. Spencer posó la mano libre sobre el volante y dejó caer la cabeza sobre ella mientras intentaba aplacar el ritmo de su respiración.

Allí sentada, mirándolo, me sentí completamente desamparada. No tenía ni idea de lo que podía hacer para ayudarlo a soportar la carga que tanto lo oprimía. Ni idea.

—Adiós —dijo impasible. Enderezó la espalda, se guardó el móvil de nuevo en el bolsillo y arrancó el motor del coche.

—Pero...

—Adiós, Dawn.

Ni siquiera me miró, mantuvo la mirada fija en la calle en todo momento, con el rostro petrificado e inexpresivo.

Aunque todavía tenía las mejillas ruborizadas, dejó de parecerme el chico que un momento antes me estaba haciendo perder el sentido con sus besos.

—Spence...

—Por favor, ¡márchate de una vez, Dawn!

Volvió la cabeza de repente y se me quedó mirando con cara de odio.

—No pienso dejar que conduzcas hasta allí solo.

Durante apenas unos segundos que se hicieron interminables, nos limitamos a mirarnos fijamente. Al final, él entornó ligeramente los ojos.

—Bueno, pues vamos.

Pisó el acelerador tan a fondo que los neumáticos se quejaron con un chirrido. En un acto reflejo, me aferré a la puerta para contrarrestar la brusquedad con la que arrancó.

Spencer recorrió las calles de Woodshill a toda velocidad. Parecía un loco, y en varias ocasiones me maldije por no haber reaccionado a tiempo quitándole las llaves del coche.

No dijo nada en todo el trayecto. Tampoco aprovechó ninguno de los intentos que hice yo de entablar una conversación, por lo que al cabo de un rato decidí dejar de insistir. Asimismo, no se me ocurrió tocarlo en ningún momento. Me limité a estar allí, acompañándolo en silencio y sin moverme.

Un trayecto de más de dos horas en condiciones normales quedó recortado ese día a una y media. Me alegré de llegar sana y salva, cuando por fin detuvo el coche frente al sendero de acceso a la casa de sus padres.

Mientras cruzábamos el jardín para entrar en la casa, ni siquiera se dignó mirarme. Sin embargo, tenía muy claro que yo no era el motivo que lo impulsaba a actuar de ese modo, sino la situación que le esperaba ahí dentro. Aun así, me dolió, y al dolor tuve que sumarle el miedo que me daban sus reacciones.

Correteé tras él a través del vestíbulo, pasando junto a la escultura abstracta y los muebles caros hacia la planta superior. Esa vez no se oían chillidos, sino que la casa entera estaba sumida en una calma asombrosa. Era tarde por la noche y el pasillo estaba bien iluminado. Igual que la primera vez, Spencer anduvo con pasos largos y ligeros, de manera que me costó no quedarme atrás.

Cuando por fin llegamos a la habitación de Olivia, abrió la puerta y entró sin siquiera volverse para mirarme. Simplemente actuó como si yo no existiera.

Desconcertada, me quedé quieta en el pasillo. Llegaron hasta mis oídos unos murmullos, entre los que acerté a distinguir la voz de la madre de Spencer. También me pareció reconocer la voz de su padre, y luego una voz leve y lenta que con toda seguridad debía de ser la de Olivia. Igual que la última vez, apoyé la espalda en la pared junto a la puerta del dormitorio. Me dejé caer hasta el suelo, donde me senté y agucé el oído, aunque no acerté a comprender nada entre aquel barullo de voces. Poco después, los padres de Spencer salieron del dormitorio.

El señor Cosgrove me examinó de arriba abajo con cara de pocos amigos.

—Hola, Dawn —me saludó la señora Cosgrove, lo que me permitió desviar la mirada del rostro asqueado de su marido. Al contrario que éste, la madre de Spencer me dedicó una mirada cálida y acogedora. La cantidad de maquillaje que se había puesto no conseguía disimular sus profundas ojeras.

—¿Quieres acompañarnos a la planta de abajo?

Tragué saliva con dificultad e intenté sonreír. Al fin y al cabo, no sabía qué estaba haciendo allí, y pocas veces me había sentido tan intrusa en toda mi vida.

—Si no le importa, preferiría esperar aquí —respondí en voz baja.

Con la espalda apoyada en la pared tras la que se encontraba Spencer, de algún modo me sentía más... segura, aunque sabía que no tenía ningún sentido. Quería estar a su lado, tan cerca como me lo permitiera. Incluso si eso implicaba tener una pared de por medio.

—Por supuesto. Avísanos si necesitas algo —dijo la señora Cosgrove. Luego cogió la mano de su marido y recorrieron juntos el pasillo hacia la escalera.

Al cabo de un rato, oí la voz de Spencer y los sollozos de Olivia. Doblé las rodillas y me agarré las piernas con los brazos. En algún momento la señora Cosgrove regresó al pasillo para traerme una taza de chocolate caliente. Se la agradecí con una sonrisa, aunque tuve la sensación de que ella necesitaba el chocolate mucho más que yo.

—Gracias por haberlo acompañado —me dijo acariciándome el hombro—. Seguro que él no lo admitirá, pero creo que agradece tener a alguien con quien poder hablar.

Dicho esto, la señora Cosgrove dio media vuelta y me dejó sola en el pasillo de nuevo. Fijé la mirada en la capa de nata que cubría la parte superior del vaso y negué con la cabeza.

Si ella supiera...

Spencer hablaba conmigo, pero nunca mencionaba a su familia.

Hablábamos sobre cualquier otra cosa, pero sobre Olivia, jamás. Durante las últimas semanas me había prohibido a mí misma atosigarlo con preguntas. Teníamos un pacto tácito al respecto.

Me tomé la taza de chocolate y agradecí la sensación de calidez que me proporcionó. Tenía las piernas algo agarrotadas y el trasero me dolía después de pasar tanto rato sentada en el suelo, pero todo eso me traía sin cuidado. Lo único que contaba era que Spencer no tuviera que regresar a casa solo. Todavía recordaba muy bien lo agotado que había llegado la última vez, así como lo doloroso que había resultado para mí verlo de aquella manera.

Tarde, por la noche, la puerta del dormitorio de Olivia se abrió. Las piernas de Spencer aparecieron frente a mis ojos. Levanté la mirada hacia él sin saber muy bien cómo se encontraba. Sin saber si me necesitaba, o no.

—Todavía estás ahí —constató en voz baja y con los ojos ensombrecidos. Parecía realmente agotado. Donde normalmente exhibía al menos el atisbo de una sonrisa, no había nada. Parecía derrotado. Como si en cuestión de horas le hubieran arrebatado toda la energía vital.

—Te estaba esperando —susurré para no despertar a Olivia.

Spencer me lanzó una mirada indescifrable. Luego recorrió el pasillo sin volverse hacia mí ni una sola vez. Me levanté enseguida y fui tras él. Bajó por la escalera hacia la planta baja, para despedirse de sus padres. El trato con su padre fue gélido, y en el ambiente reinaba una tensión más que palpable que su madre intentó suavizar. Su hijo se parecía mucho a ella en ese sentido. Spencer siempre era el que se encargaba de calmar los ánimos cuando se enardecían demasiado en nuestro grupo de amigos.

La señora Cosgrove me dio un abrazo cuando nos despedimos y, cuando por fin salimos por la puerta, Spencer cruzó las manos tras la cabeza y se quedó un buen rato junto a la calle con los ojos cerrados, respirando hondo. Me fijé en cómo su pecho subía y bajaba con dificultad.

No lo dejé conducir durante el camino de vuelta. Me planté con los brazos cruzados frente a la puerta del conductor y me negué en redondo. Creo que no le quedaban fuerzas ni siquiera para enfadarse conmigo, porque me cedió las llaves enseguida.

Igual que la otra vez, se pasó el trayecto entero con los ojos cerrados, y aunque no llegué a descubrir si realmente dormía o no, lo cierto es que me daba igual. Lo más importante era que pudiera estar tranquilo durante un rato.

Tardamos dos horas y media en regresar a Woodshill. Eran casi las tres cuando llegamos a la casa de Spencer y aparqué el coche. Antes de que pudiera despertarlo, se desabrochó el cinturón.

—Puedes llevarte el coche a la residencia —me dijo—. Lo recogeré mañana. O pasado.

Saqué la llave del contacto y negué con la cabeza.

—No pienso dejarte solo.

Spencer abrió la boca y la cerró de nuevo sin llegar a decir nada. Se aclaró la garganta y evitó mi mirada.

—Preferiría que volvieras a casa —concluyó.

—Y yo preferiría que dejaras de ordenarme que me marche.

Me incliné sobre el salpicadero, decidida a no concederle la más mínima oportunidad de rehuirme. Le puse una mano en la mejilla y lo obligué a mirarme. En sus ojos detecté desesperación, los sentimientos que estaba conteniendo estaban a punto de superarlo.

—No puedes estar siempre dando, Spence. Estoy aquí y no pienso largarme a ningún sitio hasta que estés mejor —dije en voz baja pero con determinación.

Tragó saliva con dificultad.

—No te necesito.

—Somos amigos. Y los amigos se consuelan cuando se tuercen las cosas.

—No necesito que me des lecciones sobre amistad —replicó enfurecido.

Bien. Prefería que se enfadara a verlo derrotado e intentando huir de mí.

—Pues a mí me parece que sí, si todavía no has comprendido que no pienso dejarte solo en este estado.

—Me gustaría estar tranquilo. ¿Tanto te cuesta comprenderlo? —repuso con frialdad.

—¿Por qué?

Arrugó la frente antes de responder.

—Porque no merezco tu consuelo, Dawn.

—¿Por qué no paras de decir esas cosas? —pregunté incrédula.

—Es que no lo entiendes.

—Pues no. Realmente, no lo entiendo.

Dicho esto, abrí la puerta del coche y fui corriendo hacia su casa sin volverme siquiera para comprobar si me seguía. Abrí la puerta y entré en el recibidor. Antes de que pudiera quitarme la chaqueta, Spencer me agarró por los hombros y me hizo girar sobre mí misma hasta que quedamos de frente.

—Márchate, Dawn —me ordenó con una calma amenazadora y agarrándome las manos para evitar que me quitara la chaqueta.

—Mala suerte. Me quedo —gruñí.

—No seas tan testaruda —repuso con la mandíbula tensa.

—Mira quién habla, el cabezota que no es capaz de aceptar ayuda de nadie.

—¡Que no necesito tu ayuda, joder! —rugió.

Me llevé un sobresalto. Spencer me soltó las manos de repente y retrocedió unos pasos hasta que chocó de espaldas contra la cómoda del recibidor, que se tambaleó peligrosamente. Se llevó las manos a la cara y los hombros empezaron a temblarle.

En ese instante me trajo sin cuidado la posibilidad de que intentara zafarse de mí. Con pocos pasos, me planté frente a él, le agarré las manos con fuerza y lo obligué a bajarlas para que no le quedara más remedio que mirarme a los ojos. Y confié ciegamente en la mirada para transmitirle no sólo compasión, sino también la preocupación que sentía por él y todo lo demás, simplemente todo.

Tenía la esperanza de que comprendiera que podía confiar en mí. Que estaría a su lado cuando lo necesitara y que no tenía ninguna necesidad de echarme.

—Por favor, déjame entrar —supliqué con un susurro.

Detecté el instante casi inapreciable en el que asintió, algo en su mirada se resquebrajó, y la brecha que se abrió se reflejó también en su postura.

Spencer Cosgrove, el que siempre actuaba como el faro entre el oleaje para sus amigos, el que contagiaba su alegría a los demás y siempre estaba dispuesto a dar mucho más de lo que recibía, se derrumbó entre mis brazos.

27

Apoyé la espalda en el cabecero de su cama abrazándolo con fuerza. Me envolvió la cintura con un brazo y hundió la cabeza en algún lugar entre mi barriga y el pliegue de mi codo. Yo tenía las piernas dobladas para quedar lo más cerca posible de él. Intentaba envolverlo con mi cuerpo como si fuera una cálida manta. Le acariciaba los hombros y la espalda, y en algún momento balbuceó algo, pero mi torso se tragó el sonido.

—Si me lo decías a mí, deberías hablar un poco más alto. Pero si se lo decías a mi brazo, ya está bien así —murmuré.

Spencer giró un poco la cabeza.

—A tu brazo se le da muy bien escuchar —dijo con la voz ronca.

—Eso no se lo digas a mi rodilla, que se pondrá celosa.

Su cuerpo reaccionó temblando ligeramente, y tuve la esperanza de que fuera risa.

Por lo demás, me dolía todo. Eso fue algo que aprendí esa misma noche: el dolor propio no era comparable al que se experimentaba cuando lo sufría alguien a quien querías. Ése era mucho peor.

—Antes era un gilipollas integral.

El cambio de tema fue radical, pero seguí acariciándolo entre los omóplatos, arriba y abajo, para animarlo a seguir hablando.

—Todo comenzó cuando tenía quince años. Estaba harto de

ser el hijo perfecto y empecé a relacionarme con malas compañías, a fumar porros y todo eso.

—¿A los quince? —exclamé sin poder reprimirme.

Spencer rodó hasta que quedó echado de espaldas y se me quedó mirando. Seguía con la cabeza recostada en mi regazo, tenía las mejillas enrojecidas y la mirada enturbiada por los recuerdos.

—Mi padre me odia. Siempre me ha odiado, incluso antes de descarriarme. Nunca logré que se sintiera orgulloso de mí, y desde que era muy pequeño siempre se encargó de que eso me quedara muy claro...

Se quedó callado un momento y desvió la mirada hacia el techo, como si de ese modo le costara menos hablar sobre su pasado.

—Eso me dolía mucho. Necesitaba distraerme, enturbiar mi mente para poder dejar de pensar en ello a cada instante.

Empecé a acariciarle el pelo con una mano y Spencer siguió hablando con los ojos cerrados.

—Por aquel entonces, Olivia tenía ocho años. Al contrario que a mí, a ella la adoró desde que nació. Siempre fue su princesa. Era su preferida y siempre le concedía hasta el último deseo. En las reuniones familiares y cuando estaba con sus amigos, hablaba maravillas de ella, mientras que a mí me consideraba más bien como la oveja negra de la familia. Y yo... empecé a odiarlo por eso.

Esas últimas palabras las pronunció tan deprisa que apenas acerté a comprenderlas. Spencer cerró los ojos con fuerza y una profunda arruga apareció entre sus cejas. Seguí acariciándole la cabeza sin apartar el otro brazo de su barriga.

—Me metí en muchos líos —prosiguió—. Llegó un punto en el que no sólo fumaba hierba, sino que también empecé a venderla. Ni siquiera necesitaba el dinero, lo hacía sólo por la vidilla que me daba, por la adrenalina. Mi madre se daba cuenta de que las cosas no iban bien y cada vez se obstinaba más en involucrarme en actividades familiares. Siempre quería que hiciera cosas con Olivia, porque la verdad es que no estábamos nada unidos. Además, no le gustaba mi comportamiento y los problemas que conllevaba.

»A veces, cuando llegaba a casa por la noche y los veía cenando juntos, me sentía como un intruso. Aunque en el fondo me lo hubiera ganado a pulso comportándome como un gamberro malcriado.

—Todos hacemos tonterías durante la pubertad, Spence —intenté consolarlo.

Durante un buen rato, no dijo nada más. Tampoco quise atosigarlo, por lo que me limité a seguir acariciándole la cabeza y a esperar.

—Soy el responsable de lo que le sucedió a Olivia, Dawn —dijo al fin.

Me detuve de repente.

—¿A qué te refieres?

Spencer abrió los ojos y el dolor que vislumbré en ellos me llegó a lo más hondo del corazón.

—La dejaron a mi cargo porque la niñera estaba enferma y mis padres tenían un compromiso importante. Ese día yo también tenía cosas que hacer y tuve que cancelar planes, por lo que estaba furioso. Acompañé a Olivia al parque y me fumé un peta para rebajar los ánimos.

Su mirada se aclaró por unos instantes.

—Me puso de los nervios, se pasó todo el rato intentando llamar mi atención. Quería que la mirara mientras trepaba no sé dónde, pero yo preferí ponerme a jugar con el móvil. Hasta que oí el grito.

Aspiré aire bruscamente y los ojos de Spencer se clavaron de nuevo en los míos.

—En las películas, esas escenas siempre se ven a cámara lenta, pero te juro que en realidad sucedió todo muy deprisa. Gritó, levanté la mirada y ya había caído. No obstante, sí pude oír el crujido de su cabeza cuando impactó contra el suelo.

Me llevé una mano a la boca de repente.

—Creí que había muerto. Su cuerpo quedó inmóvil mientras el crujido seguía resonando dentro de mi cabeza, en bucle. A partir de ahí, tengo bastantes lagunas acerca de lo ocurrido. Sólo sé que fui corriendo hacia ella y que al agacharme me manché las manos de sangre. Luego vino la ambulancia, que nos llevó hasta el hospital más cercano. Después llegaron mis padres.

Noté que las lágrimas empezaban a acumularse en mis ojos. Le agarré la mano y entrelacé mis dedos con los suyos. Tenía la piel sorprendentemente fría.

—Mi padre me pegó un puñetazo. Fue la primera vez que me levantó la mano. Luego vio que iba colocado y me pegó otro. Me agarró con las dos manos y me gritó. Podría haberme defendido, pero decidí no hacerlo. Seguramente estaba en estado de shock.

Su voz sonaba cada vez más ronca, hasta que no tuvo más remedio que aclararse la garganta para poder seguir hablando.

—A Olivia la operaron y le indujeron un coma. Recuerdo perfectamente el momento en el que la vi por primera vez después de la operación. Mi padre no quería que entrara en el cuarto, por lo que tuve que esperar fuera y mirarla por la ventanilla de la puerta. Estaba tendida en la cama, con un tubo que le salía de la boca y vías en los brazos. Parecía hecha polvo, pálida e inerte. Por mi culpa.

Se tapó los ojos con la mano libre mientras yo le agarraba la otra todavía con más fuerza.

—Fue como si me hubieran echado un jarro de agua. Como despertarse de repente, te lo aseguro. Olivia necesitaría mucho tiempo para recuperarse, y no estaban claras las secuelas que sufriría. El caso es que sobrevivió, pero mi vida dio un giro radical.

—¿Cómo quedó después del accidente? —pregunté con un susurro.

Spencer tuvo que tragar saliva antes de responder.

—Fue el año más duro que haya tenido que soportar jamás nuestra familia. Olivia sufrió un traumatismo craneoencefálico grave y una parte del cerebro le quedó dañada de forma permanente. Tiene parte de la cara paralizada y padece afasia, la incapacidad de expresarse verbalmente. Mis padres han recurrido a los médicos más caros del país para que reciba el mejor tratamiento de logopedia posible, pero pasó más de un año sin decir ni una sola palabra y tuvo que aprenderlo todo de nuevo. A hablar, a escribir, e incluso las funciones motoras. No es capaz de relacionar conceptos. Lo más frustrante para ella es que dentro de su cabeza es la misma persona de siempre. Quería compartir cosas con nosotros, pero no podía porque la boca y la lengua no le respondían.

Debía de ser horrible tener un cuerpo que no respondiera a tu voluntad.

—¿Y cómo fueron las cosas a partir de ahí?

Necesitó unos segundos para responder a esa pregunta. Su respiración se volvió irregular y me di cuenta de que intentaba encontrar las palabras más precisas para explicármelo.

—Una mierda. Simplemente fueron una mierda. Sufrí estrés postraumático, pánico y muchos problemas de sueño. Siempre que intentaba dormirme oía los gritos de Olivia. No podía parar de pensar que podría haberlo evitado. Luego empezaba a sudar y me faltaba el aire. Mi madre me llevó a un especialista que me sometió a una terapia y me recetaron fármacos para la ansiedad.

Entonces recordé que en algún momento había mencionado

a su terapeuta, y también el bote de pastillas que había encontrado en el armario de la cocina.

—¿Y te ayudó? —pregunté en voz baja.

—Sin duda. Gracias a todo eso pude volver a dormir. No te imaginas lo increíble que resulta poder dormir bien después de pasar meses sin pegar ojo una noche entera. Además, moderé mi comportamiento, por el bien de la familia. Tenía que enmendar demasiadas cosas. Por fin quise ser el hermano que Olivia merecía tener. Alguien que mantuviera unida a la familia, en lugar de destruirla desde dentro.

—Spence... —susurré. Le cogí la mano y se la aparté de los ojos. Quería que me mirara mientras escuchaba lo que quería decirle—. Nada de lo que yo pueda decir mejorará las cosas, pero, por muy malo que fuera tu comportamiento, lo que le ocurrió a Olivia no fue culpa tuya.

Su expresión se endureció de repente, pero no dejé que eso me amedrentara. Quería terminar lo que quería decirle a cualquier precio.

—Si no hubieras fumado, ¿habrías tenido tiempo de atraparla al vuelo? —inquirí.

Él se limitó a resoplar con desdén.

—Si no hubieras tenido el móvil y hubieras estado mirando cómo trepaba, ¿habrías tenido tiempo de evitar que se cayera? —insistí.

—No lo comprendes, Dawn. Incluso seis años después, sufre graves secuelas y todos la consideran como una retrasada sólo porque no puede hablar correctamente y porque tiene la cara paralizada. No se lo merecía, Dawn. Se merecía vivir una vida mejor. Y, por culpa de mi error, no podrá gozar de esa vida.

Le envolví la cara entre las manos y me incliné hacia él para que no pudiera rehuir mi mirada.

—Para de fustigarte de una vez.

—Pero es que me lo...

—Como se te ocurra pronunciar la palabra «merezco», te dejaré inconsciente de un puñetazo —lo amenacé, y se quedó callado enseguida—. Te conozco, Spencer Cosgrove. Te conozco y sé que amas a tu familia más que a cualquier otra cosa, que lo darías todo por ella. Y eso es más que suficiente.

—Mi capacidad de sacrificio no conseguirá rehacer una vida que se ha ido al carajo por mi culpa —respondió.

Si se había pasado los últimos seis años repitiéndose esa conclusión, sin duda sería necesaria más de una noche para convencerlo de lo contrario. Le acaricié las mejillas con los pulgares y me limité a mirarlo a los ojos. Aquella carga que pesaba sobre sus hombros lo estaba aplastando, pero a partir de ese instante yo la compartiría con él. Estaba dispuesta a ayudarlo como fuera.

—¿Después del accidente cambió la relación con tu familia? —pregunté con cautela.

Spencer parpadeó, sorprendido por el cambio de tema, y reflexionó durante unos segundos antes de responder.

—Sí —dijo al cabo de un rato—. Al cien por cien.

—¿En qué sentido?

—Desde entonces intento estar siempre al lado de Olivia. Incluso al principio, cuando trataban de echarme, me negaba en redondo. En una ocasión llegué a atarme a su cama con una brida para que no pudieran apartarme de ella. Por unos momentos creí que mi padre iba a pegarme de nuevo, pero las enfermeras ignoraron mi presencia por completo y pasé día y noche junto a Olivia. Mis notas bajaron muchísimo, pero eso no me importó lo más mínimo. Creo que si mi madre me ha perdonado fue por eso. Por aquel entonces, cuando Olivia estaba peor, empecé a pintar. La terapia de Olivia me animó a tomarme el arte en serio. Me parecía absolutamente fascinante la posibilidad de comunicarme por medio de los colores. Empezamos a entendernos utilizando cuadernos de esbozo. Cuando alguien sufre la pérdida del lenguaje como le sucedió a ella, hay que tener paciencia. Olivia estaba muy irritable, y su estado de ánimo variaba de forma muy brusca. Todavía le ocurre, de hecho.

—¿Por eso vuelves a casa tan a menudo?

Asintió.

—Soy su único punto de referencia. Por eso mis padres compraron esta casa. Cuando me aceptaron en Woodshill, querían traérmela aquí cuanto antes. Sin embargo, las posibilidades de tratamiento son mucho más precarias que en Portland. Olivia empeoró después de que yo me mudara. Fue traumático para todos. Si sigo aquí es sólo porque mi madre insistió en que continuara estudiando. Si de mí dependiera, me habría quedado con Olivia. Sobre todo por mi padre.

—¿Qué quieres decir con eso? —pregunté, y me di cuenta de que la mirada se le ensombrecía antes de responder.

—No sabe relacionarse con ella. Cuando Olivia sufre un ataque de ira, reacciona gritándole. No tiene paciencia con ella, la trata como si fuera una carga. Y cuando le habla, lo hace como si fuera un bebé o una niña de parvulario. Y el caso es que ella comprende cada palabra y por la entonación sabe si la están tratando con condescendencia. A veces, todo eso la supera y sufre ataques. Y desde que ya no vivo con ella, ha empeorado, porque no estoy allí para recibir los embates de mi padre y le toca a ella pagar el pato.

Al oír la palabra *embates*, me sobresalté. Sin proponérmelo, me pregunté si después del accidente Spencer se había convertido en el muro de contención que absorbía el mal carácter de su padre. La mera idea de que pudiera ser así me enfureció.

—Pero ahora está mejor, ¿no? —pregunté.

—Sí, eso sí —respondió Spencer, asintiendo poco a poco—. Va a la escuela y le gustaría seguir estudiando después del instituto. Pero será muy duro. A las personas con afasia a menudo las tratan como si fueran tontas o niños pequeños. Y eso lo sufrirá toda la vida. Ni siquiera puede pedir la comida en un restaurante porque no se atreve a pronunciar las palabras de la carta. Pero sigue en tratamiento y se esfuerza mucho. Estoy seguro de que conseguirá todo lo que se proponga. Y yo la ayudaré a conseguirlo.

La esperanza que irradiaban sus palabras me dejó sin habla por unos instantes.

—¿Cómo lo haces?

—¿Hum? —musitó con una mirada interrogante.

Tragué saliva y tracé un círculo en su sien con la yema de los dedos.

—Siempre pareces tan alegre y despreocupado que me preguntaba cómo lo consigues.

—Ya te he contado cuál es mi filosofía de vida.

Curvó ligeramente los labios, aunque no fue para esbozar una sonrisa alegre, sino una que me pareció al menos tan pesada como la carga que arrastraba.

—Cada día me ofrece la oportunidad de empezar de nuevo y de ser buena persona. Me tomo cada mañana como un nuevo inicio. Eso no significa que haya olvidado lo que hice, pero trato de asumirlo y esforzarme para ser digno de la vida que disfruto, del amor de mi familia, del tiempo que paso con mis amigos...

Me agarró la mano y se la acercó a los labios.

—De una chica demasiado buena para mí —añadió, y su comentario consiguió que una dolorosa punzada se extendiera por mi cuerpo.

¿Cómo podía decir algo semejante? ¿Cómo podía pensar que no era lo suficientemente bueno para su familia, después de todo lo que hacía por su hermana? Por no hablar de lo que hacía por mí.

—No quiero que digas esas cosas —repuse con la voz algo tomada por la emoción. Fue entonces cuando me di cuenta de que tenía los ojos llenos de lágrimas.

Spencer se incorporó hasta quedar sentado y se me quedó mirando asustado.

—Dawn...

—Cuando me mudé aquí, me parecía increíble creer que al cabo de tan poco tiempo pudiera volver a ser feliz. Nunca habría dicho que volvería a llorar de risa. Y mucho menos que bailaría. O que me sentiría tan llena de vida.

Le golpeé el hombro. No fue un puñetazo fuerte, pero sí contundente, para que el muy tonto se diera cuenta de una vez de lo que intentaba contarle.

—Eres una de las personas más fuertes que he conocido jamás, Spencer. O sea que haz el puto favor de no volver a decir algo semejante.

Su expresión de sorpresa se desvaneció y se volvió más cálida.

—Cariño...

—Si vas a decir algo malo sobre ti, te agradecería que me avisaras para que pueda taparme los oídos.

Cumpliendo con la amenaza, me llevé las manos a los lados de la cabeza y empecé a tararear una melodía.

Spencer abrió la boca, pero no oí lo que decía. Me agarró las manos con suavidad pero con firmeza y me obligó a bajarlas de nuevo.

—Ésa es una de las canciones favoritas de Olivia —me dijo.

—No tengo ni idea de lo que estaba tarareando —reconocí.

—Si mal no recuerdo, era la canción de la primera parte de *High School Musical.*

—Oh.

Entonces sí que sonrió. Sonrió de verdad. Con la boca, con la mirada y con toda la cara.

—Estás chalada... —murmuró atrayéndome sobre su pecho.

Nos dejamos caer los dos juntos sobre el colchón, abrazados y con la barbilla de Spencer sobre mi cabeza. Cerré los ojos y aspiré el delicioso aroma de su cuerpo.

—Cuéntame más cosas sobre Olivia.

—En realidad es una chica de catorce años como cualquier otra. Le encantan las películas cursis, ahora mismo su preferida es *Dando la nota*. Le gustan las *boy bands* incluso más que a ti, por eso conozco casi todas las canciones que llevas en el iPod. Durante la rehabilitación a menudo le cantaba, y me obligó a aprenderme todos los álbumes de One Direction de memoria. Se puso bastante triste cuando Zayn dejó el grupo para seguir su propia carrera en solitario, pero el primer álbum que ha publicado le gusta y sigue apoyándolo. Ah, y le encanta esa laca de uñas tan rara, la que se pone en dos capas para que se agriete la de arriba.

Me reí junto a su pecho y él apoyó una mano sobre la parte baja de mi espalda para presionar mi cuerpo contra el suyo.

—Esta semana ya he empezado a pensar en lo que haré para su cumpleaños.

—¿Cuándo es? —pregunté levantando la mirada.

—Dentro de dos semanas. No tengo ni idea de cómo son las quinceañeras. Quince años ya suena a mayor. Con catorce aún me atrevía, porque todavía las considero niñas, pero con quince..., no sé yo —prosiguió negando con la cabeza—. Pronto será mayor de edad. En algún momento empezaré a ser para ella ese hermano mayor tan pesado que la pone de los nervios.

—No me lo imagino, Spence. ¿Qué regalos has pensado?

En sus ojos advertí un brillo travieso.

—Lo que más me gustaría sería comprar entradas para un concierto, pero a mi madre no le ha emocionado precisamente la idea. De hecho, a mí no me dejó ir a conciertos hasta los dieciséis.

—Ojalá yo hubiera tenido un hermano mayor que me llevara a conciertos —suspiré.

—Puedo llevarte igual aunque no seamos hermanos —dijo, lo que me obligó a sonreír de nuevo con la cara pegada en su camiseta.

—No, que Olivia se pondrá celosa.

—También podríamos esperar hasta que cumpla los dieciséis y luego ir los tres.

—Trato hecho, me parece buena idea.

Durante la hora siguiente me estuvo contando más cosas de su hermana, y cada detalle me revelaba lo mucho que la quería. A cada minuto que pasaba le costaba menos hablar de ella, y me sentí bien apoyándolo, desenterrando sus secretos. Comprendiéndolo mejor.

En algún momento, su respiración se aplacó un poco y empezó a frotarse los ojos con una mano.

—Estoy cansado.

—Pues duerme —respondí acariciándole la barriga.

—No quiero que vuelvas a casa sola —sentenció negando con la cabeza.

Durante unos segundos me limité a escuchar los latidos de su corazón. No sentía más que calidez. Ni rastro de miedo o angustia.

—Me gustaría quedarme contigo —susurré.

Se quedó completamente quieto unos instantes. Su pecho dejó de subir y bajar tanto y luego, como si de repente hubiera comprendido lo que le había dicho, me envolvió entre sus brazos con más fuerza todavía y hundió la cara en mi pelo.

28

Formábamos un ovillo de brazos y piernas, hasta el punto de que no habría sabido determinar de quién era cada extremidad. Me envolvía entre sus brazos, y tenía una mano sobre la franja de piel que dejaba a la vista mi camiseta levantada, mientras que la otra la tenía extendida debajo de mi cabeza. Le acaricié el antebrazo hasta llegar a su fuerte muñeca y sus largos y esbeltos dedos, atravesando las líneas de su palma.

Se despertó. Me di cuenta porque la tensión de su cuerpo cambió de repente.

—He dormido bien —murmuré sin dejar de juguetear con sus dedos, fijándome en todos los pliegues y los surcos que encontraba.

—Esta cama es genial, ¿verdad? —preguntó con la voz ronca y adormilada.

Me volví para quedar de espaldas al colchón y giré la cabeza hacia él. Parecía hecho polvo, pero al menos no quedaba ni rastro de dolor en su mirada. Me acarició con los dedos la parte de la barriga que tenía destapada, lo que me dejó sin aliento.

Se inclinó hacia delante y se detuvo apenas un momento.

—Gracias —murmuró, y enseguida presionó los labios contra los míos.

Ese beso fue distinto. Parecía más bien una simple muestra de gratitud. En su boca percibí el vínculo que había ido creciendo entre nosotros durante los últimos meses, pero sobre todo durante la noche anterior. Abrí los labios para permitir que su lengua buscara la mía, y cuando la encontró, en mi interior se removió algo que creía haber perdido.

Muy lentamente, me levantó un poco más la camiseta. Con los pulgares me acarició la parte inferior del pecho y eso me arrancó un jadeo. Luego viró hacia mi cintura y siguió deslizando la mano hacia abajo, hasta llegar a mi muslo. Cuando estaba a punto de acariciarme la parte interior, un acto reflejo me obligó a agarrarle la mano.

—No.

Spencer rodó sobre sí mismo y se colocó encima de mí. Me apartó el pelo de la frente y me miró fijamente a los ojos. Me sentí tan desnuda como si pudiera verme por dentro.

—Eres perfecta, Dawn —susurró, y acto seguido me besó con dulzura—. No tienes por qué esconderte de mí —añadió antes de besarme de nuevo, esta vez en la mejilla—. Yo he confiado en ti.

Otro beso, ahora en el cuello. Y en la oreja. Debajo de la oreja. Junto a la raíz del pelo.

—Ahora te toca a ti —dijo.

El corazón me dio un vuelco. Tenía la sensación de estar al borde de un abismo. Bum. Bum. Bum.

—Por favor, no me destroces —susurré.

Él apoyó su frente en la mía y nos quedamos en esa posición durante unos instantes. Notaba su peso sobre mí, aunque no me molestaba en absoluto, protegida como me sentía por su calidez.

—No tengo ninguna intención de hacerlo.

Le pasé las manos por la nuca y lo atraje hacia mí.

Spencer soltó un sonido gutural que acabó perdiéndose en nuestro beso. Lo presioné hacia mí todavía con más fuerza para poder notar mejor su calor. Quería absorberlo, retenerlo y corresponderle. Merecía mucho más, por lo que intenté demostrárselo con mi cuerpo. Con cada beso. Con cada caricia.

Me atrapó el labio inferior entre los dientes y me lo mordisqueó con firmeza antes de aliviar el pellizco con la lengua. Cielos. Sólo Spencer podía besar de un modo tan canalla y tan dulce al mismo tiempo.

Deslicé las manos por debajo de su camiseta y recorrí su columna vertebral con mis caricias. Poco a poco, le quité la camiseta pasándosela por encima de la cabeza. La mía cayó al suelo poco después, y entonces pude notar su piel ardiente en contacto directo con la mía.

Lo envolví con una pierna para atraerlo más hacia mí. Noté la erección que se escondía bajo el fino tejido de su bóxer y me moví un poco hacia abajo para frotarla contra el punto de mi cuerpo que más lo reclamaba. La respiración de Spencer se volvió más intensa, y su cálido aliento me acarició el cuello.

Recorrí su pecho con los labios y dejé un rastro de besos a medida que subía hacia su cuello. Spencer rodó sobre sí mismo hasta quedar apoyado sobre un costado y se llevó mi cuerpo consigo, puesto que todavía me mantenía agarrada con una pierna. Un murmullo surgió de lo más hondo de su pecho. Ese sonido me volvía loca. Sobre todo cuando nuestros cuerpos estaban tan cerca y notaba la vibración en mi propio pecho.

Me metió la mano por debajo de las bragas y se aferró a una de mis nalgas. No sé cómo lo hacía, pero esos gestos de dominación, mezclados con la ternura que demostraba, me hacían perder el juicio. Apartó la tela hacia abajo y yo terminé de quitármelas. Luego me acarició las piernas mirándome fijamente a los ojos. Sus dedos dejaron un rastro cosquilleante sobre mi piel a medida que seguía avanzando hacia arriba. Por fin llegó a las cicatrices que tenía en la parte interior del muslo, pero no detecté ningún cambio en la expresión de su rostro. En sus ojos había el mismo brillo que unos momentos antes. No se detuvo ni insistió especialmente en esa zona, sino que la trató como cualquier otra parte de mi cuerpo. Como si formara parte de mí.

Siguió abriéndose paso hacia arriba de forma inexorable, hasta que su mano alcanzó mi entrepierna. Sin apartar los ojos de los míos, introdujo un dedo en mi humedad. Su implacable contacto visual fue un reto que me propuse soportar a cualquier precio. Un destello apareció en sus ojos cuando sumó otro dedo al primero. Poco a poco. Con cuidado. Como si quisiera dejar su huella en mí. Dentro de mí.

A pesar de haberlo conseguido ya.

Retiró un poco los dedos y luego volvió a hundirlos, marcando un ritmo torturador y contemplando en todo momento mis reacciones. Cada gemido, cada jadeo, cada bocanada de aire que tomaba le revelaban hasta qué punto me quitaba el sentido.

Cuando alcanzó un punto especialmente sensible de mi anatomía y los músculos se me tensaron de repente, Spencer soltó un profundo gemido. Arqueé la espalda para arremeter contra su mano y un temblor me sacudió el cuerpo entero.

—Déjate llevar, Dawn —murmuró con la voz ronca.

Dicho esto, añadió también el dedo pulgar. Un tacto firme sobre mi punto más sensible, otra embestida con los dedos ligeramente doblados, y me derretí entre sus manos. Seguramente incluso pronuncié su nombre con un sonoro gemido.

Me agarró por el muslo que todavía mantenía aferrado a su cuerpo con fuerza. Su pulgar insistió trazando círculos implacables y mi cuerpo se estremeció de un modo intenso durante unos segundos. Ya me había corrido, pero no me pareció ni mucho menos suficiente. Lo deseaba. Lo necesitaba.

—Spencer —susurré, y mi propia voz me sonó ajena por la inmensa carga de significado que acarreaba.

Me besó muy despacio y muy hondo. Tenía la sensación de estar envuelta en llamas. Bajé la mano y lo despojé del tejido que cubría sus caderas. Fuera. Al diablo con él.

—Joder —murmuró frente a mi boca mientras presionaba su cuerpo entero contra el mío.

—El condón —dije.

—Buena idea.

Me encantaba que lo hiciéramos de ese modo. Que pudiéramos perdernos en el deseo por completo sin dejar de ser nosotros mismos. Chiflados, juguetones y, al mismo tiempo, entusiasmados el uno por el otro.

Poco después me abrió las piernas ayudándose con una rodilla. Se tumbó encima de mí, hundiéndome con su peso todavía más en el mullido colchón. No había lugar en el mundo en el que hubiera preferido estar en esos instantes más que debajo de él, rodeada por sus fuertes brazos, con sus ojos ardientes buscando mi mirada.

Lo envolví con las piernas y, con una lentitud exasperante, Spencer empezó a penetrarme sin desviar la mirada de mis ojos ni un solo segundo. Centímetro a centímetro, siguió entrando. Lo noté hasta en la punta de los dedos de los pies, en cada rincón de mi cuerpo.

—Eres perfecta, Dawn Edwards —murmuró con la voz ronca.

—Lo mismo digo, Spencer Cosgrove.

Sonriendo, me apartó el pelo de la frente y apoyó el peso sobre los codos. Le acaricié la comisura de los labios. Era tan guapo...

Se apartó de mí y me embistió de nuevo, entrando más adentro todavía, demostrando que estaba disfrutando al menos tanto como yo. Siguió repitiendo ese movimiento una y otra vez de un modo controlado, y una increíble sensación de calor empezó a acumularse en mi interior.

Me incliné hacia delante y le besé el pecho. Lamí la fina película de sudor que había aparecido en su cuello y eso le arrancó un gemido gutural que sonó tan rematadamente sexy que los músculos se me contrajeron de golpe una vez más. Siseando, aspiró una bocanada de aire y noté sus pulsaciones muy dentro de mí. Le pasé las manos por los hombros, me aferré a sus bíceps con fuerza y levanté la pelvis para notarlo más todavía. Spencer reaccionó de inmediato.

Se hundió todavía más en mí y tuve que agarrarme con fuerza. Sus labios acariciaron los míos, y arqueé la espalda. Mi cuerpo actuaba por su cuenta cuando estábamos tan cerca. Desear a alguien tanto como yo lo deseaba a él me habría resultado inquietante, de no haberme sentido tan bien. Era alarmante, excitante, maravilloso..., lo era todo.

Spencer lo era todo.

Le agarré la cara entre las manos cuando el ritmo al que nos movíamos se volvió más febril y empezamos a perder el control.

Spencer tenía la mirada ensombrecida, los labios hinchados y las mejillas coloradas. La tensión siguió en aumento, cada vez más, hasta que empezó a costarme sostener su mirada.

No obstante, quería que me mirara. Que comprendiera lo que me estaba haciendo. Y deseé que entendiera de una vez por todas que se merecía más.

Mucho más.

29

Llevaba una hora esperando sentada en la barra del Steakhouse de Woodshill. Había quedado con mi padre, pero estaba allí desde que Sawyer había empezado su turno, para poder charlar con ella mientras se iba llenando el restaurante.

Estaba avanzando bien con *About Us*, aunque todavía faltaba mucho para empezar a divisar el final de la historia. A esas alturas, estaba segura de que ese proyecto acabaría siendo mi primera novela de verdad. La trama tenía muchas capas que valía la pena explorar y que me apetecía narrar. Y, puesto que tenía que procesar todo lo que había sucedido entre Spencer y yo, me costaba mucho encontrar las palabras adecuadas. Había intentado que entre Mackenzie y Tristan hubiera el mismo nivel de confianza que teníamos nosotros, y enseguida me di cuenta de que eso suponía un reto considerable.

—Creo que por ahí llega tu viejo —me avisó Sawyer.

Me volví en el taburete para poder mirar hacia la puerta. Un anciano con bastón entraba en esos momentos en el Steakhouse. Debía de tener al menos ochenta años.

—Llevas una hora diciendo lo mismo con cada hombre que entra —repuse—. Cada vez me hace menos gracia.

Sawyer se encogió de hombros con una sonrisa y continuó secando vasos. Aunque hacía esfuerzos para que no se le notara, me di cuenta de que no estaba del todo a gusto en ese trabajo. Al fin y al cabo, era una de esas personas que necesitan estar la mayor parte del tiempo al aire libre.

Lo que más le gustaba era callejear cámara en mano por los alrededores y fotografiar lo que iba encontrando. Si había aceptado el empleo en el Steakhouse era por pura necesidad.

No me había contado lo que le sucedía, pero yo sabía que necesitaba el dinero. Si como mínimo podía entretenerla un poco y que las horas le pasaran más deprisa dejando que me fastidiara, pues adelante. Además, no me costaba nada escribir en su presencia.

—Debe de ser ése, ¿verdad? —preguntó a continuación.

Puse los ojos en blanco.

—Ja, ja, qué risa, Sawyer.

—¡Gorrioncillo!

Me volví y recibí con una sonrisa a mi padre, que avanzaba hacia mí con los brazos abiertos. No había duda de que el amor le sentaba bien. Me pareció rejuvenecido, y los vaqueros y el jersey de lana que se había puesto le sentaban muy bien.

—Hola, papá —lo saludé respondiendo a su abrazo. A continuación lo agarré por los brazos para contemplarlo de la cabeza a los pies—. Tienes muy buen aspecto.

—He seguido tu consejo y me he dejado el mono de trabajo en casa. ¿Vamos? —propuso, asintiendo en dirección a la mesa que quedaba frente al ventanal.

—Antes me gustaría presentarte a alguien —respondí—. Papá, ésta es Sawyer, mi compañera de cuarto. Sawyer, te presento a mi padre, Stanley.

—¡Ah! He oído hablar mucho sobre ti —comentó mi padre mientras sacudía la mano de Sawyer con vehemencia—. Por fin empiezo a ponerle cara a algún nombre.

Ella reaccionó con una perplejidad más que evidente.

—Ah, esto..., igualmente.

Mi padre sonrió y procedió a ocupar la mesa.

Me disponía a seguirlo cuando Sawyer me agarró por la muñeca.

—¿Qué pasa? —pregunté.

Abrió la boca y la cerró de nuevo sin decir nada. Antes tuvo que tragar saliva.

—¿Le has hablado a tu padre de mí?

—Claro —respondí arrugando la frente—. Le hablo de todos mis amigos.

Sawyer parpadeó con indignación y me soltó la muñeca. De inmediato, su expresión se transformó en alivio.

—Ah.

—¿Qué creías que pasaba? —pregunté.

Se limitó a negar con la cabeza antes de dar media vuelta. No pude evitar preguntarme si debía de ser la primera vez que conocía al padre de una amiga, y pensé que tarde o temprano tendríamos que hablar sobre eso.

Durante la hora siguiente, mi padre y yo estuvimos comiendo los bistecs que habíamos pedido mientras él me contaba cómo iban las cosas por el taller. Yo lo interrogué acerca de Maureen y él demostró el mismo interés por Everly. Ese día me lo pasé genial charlando con mi padre, sobre todo porque lo vi más feliz que nunca.

—También me gustaría que habláramos sobre lo que sucedió la semana pasada —comentó mi padre en algún momento, cuando ya habíamos terminado de comer y se estaba limpiando la boca con la servilleta.

—¿Humm? —murmuré, a punto de engullir el último trozo de bistec, flotando en el séptimo cielo cárnico.

—Me refiero a lo de Nathaniel, gorrioncillo.

De repente fue como si el trozo de carne se hubiera convertido en una cucharada de harina. Me lo tragué con muchas dificultades y sólo con la ayuda de un buen trago de limonada.

—Ya sé que mi reacción fue excesiva, papá. De verdad que no quería que pasaras vergüenza por mi culpa, pero...

—¿Qué dices? —me interrumpió, arrugando la frente y apoyando los brazos en la mesa—. No pasé vergüenza por tu culpa. Es absolutamente comprensible que te incomode ver a tu exmarido con otra mujer.

Me llevé un sobresalto al oír esas palabras. *Exmarido.*

—Papá, creo que... Mira, tengo que contarte algo.

Enseguida dejó los cubiertos a un lado y me miró con preocupación.

Yo no conseguía articular palabra. No había previsto mantener aquella conversación justamente ese día y no sabía ni por dónde empezar.

—Me estás asustando, Dawny. Escúpelo de una vez —dijo mi padre con impaciencia.

—El motivo por el que Nate y yo nos separamos... no fue que nos hubiéramos distanciado —empecé a decir en voz baja.

—¿Pues cuál fue?

Me aclaré la garganta.

—Nate... me..., bueno, me puso los cuernos.

Mi padre abrió la boca, pero la cerró de nuevo sin mediar palabra. Me pareció interpretar varias reacciones en su rostro, pero la más evidente fue la perplejidad.

—¿Cómo dices?

Intenté buscar en mi interior las fuerzas que necesitaba para continuar con aquella conversación.

—Que me engañó con Rebecca —confesé al fin.

El corazón me latía a toda prisa y tenía las manos húmedas de sudor.

—¿Qué? —preguntó de nuevo. Cada vez pronunciaba la palabra más despacio.

Alargué la mano por encima de la mesa, buscando la suya,

hasta que encontré aquella piel áspera que tan bien conocía y que tanto me recordaba a mi hogar.

—Durante bastante tiempo, además. Llevaba varios meses engañándome.

Me costó un esfuerzo enorme confesarle lo que había ocurrido en realidad. Los ojos de mi padre soltaban destellos de rabia. Se levantó tan de repente que golpeó la mesa con los muslos y los vasos se tambalearon peligrosamente. Luego la rodeó y se sentó a mi lado para envolverme entre sus brazos.

—Lo siento mucho, papá —susurré antes de hundir la cara en su hombro—. No quería que te preocuparas por mí. Por eso decidí fingir que todo iba bien. Pero cuando vi a Nate y a Rebecca en el restaurante... todo se revolvió de nuevo dentro de mí. Siento mucho no haberte contado la verdad durante todo este tiempo.

Mi padre no respondió nada, se limitó a darme un fuerte abrazo que llegó con un año de retraso, pero que agradecí de todos modos. Fue como si hubiera estado necesitando ese momento para poder cerrar el tema definitivamente. Las lágrimas empezaron a brotar de mis ojos y dejaron un rastro caliente en mis mejillas.

—Lo mataré —dijo al cabo de un rato. Se separó de mí e ilustró la frase gesticulando con las manos, como si estuviera estrangulando el aire—. Pienso darle una buena tunda de palos. Y luego lo ataré a mi banco de trabajo para darle los últimos retoques.

Solté una leve risita.

—Por favor, no. No quiero que se resienta tu amistad con Sherman y Elena.

Las arrugas aparecieron de nuevo en su frente más profundas que nunca.

—¿Por eso decidiste que sería una buena idea no contármelo?

—Te conozco, papá. Sabía cómo reaccionarías y no quería poner en peligro tu amistad con ellos. Además, me hice el firme propósito de ser fuerte y conseguir que no se me notara lo mucho que me afectó. Al fin y al cabo, soy una Edwards de pura cepa.

—Dawn, deberías habérmelo contado mucho antes —insistió mi padre con mucha seriedad—. Eres mi hija. Mi familia. Y eso cuenta mucho más que cualquier amistad.

Las lágrimas siguieron acumulándose en mis ojos, pero ya estaba harta de llorar, por lo que parpadeé con ganas para reprimirlas.

—Me he pasado el último año siendo amable con ese cabrón porque creía que sólo..., que simplemente lo habías decidido tú y que queríais volver a ser amigos como antes. Me he esforzado en ser cortés y en comportarme de forma amistosa a pesar de lo que te hizo —gruñó mi padre.

Tenía el rostro deformado por la ira.

—Como vuelva a cruzarse en mi camino, no respondo de mis actos.

—No quiero que le hagas daño, papá.

—Alguien capaz de hacerle algo así a mi hija merece que le hagan todo el daño posible —replicó implacable.

Cerró el puño hasta que le crujieron los nudillos. Me apresuré a agarrarle las manos callosas de nuevo.

—No —insistí con determinación—. Quería contártelo para que por fin estuvieras al corriente y olvidar el tema de una vez por todas. No quiero más dramas. Por favor.

Escudriñé el rostro de mi padre.

—Para ti, este asunto pasó hace meses, pero yo lo veo de otro modo.

Suspiré. Tenía razón. Era culpa mía que esa situación se me hubiera escapado de las manos de ese modo. Lo había cogido desprevenido, por lo que quise darle el tiempo que necesitara para liberar la rabia que sentía.

Sin embargo, se me ocurrió una idea para intentar acelerar ese proceso.

El sol brillaba y proyectaba reflejos sobre la superficie del lago. El trinar de los pájaros resonaba por todo el valle y desde lejos vi un par de botes en el agua de los que sobresalían cañas de pescar.

En el momento de pagar la cuenta vi con claridad la cara de preocupación con la que nos atendió Sawyer. No obstante, cuando le aseguré que todo iba bien, se limitó a arrugar la nariz y a retirar nuestros platos de la mesa.

—Y yo que siempre me preguntaba cómo habías podido encajar tan bien la separación. La sensatez con la que habías llevado el divorcio... Me siento como un verdadero idiota —dijo mi padre.

Lo había agarrado del brazo y salimos del restaurante los dos juntos para seguir por el camino de arena que llevaba hasta el lago.

—Debería haberme dado cuenta. Debería haberlo visto en tus ojos, o algo así. Seguro que una madre es capaz de detectar ese tipo de cosas —refunfuñó.

—Todo eso son tonterías, papá. Y lo sabes. Lo que cuenta es que ya lo he superado. Cuando me enteré me lo tomé muy mal, porque al fin y al cabo yo confiaba en Nate y él me humilló. No sólo me engañó, sino que encima... —Me encogí de hombros—. Bueno, es que no sabía qué hacer, sin los planes que habíamos hecho juntos para el futuro. Lo único que sabía era que quería dedicarme a escribir, y a partir de entonces ése se convirtió en mi único plan. Nada más.

—Quizá el error lo cometí yo dejando que os casarais tan jóvenes.

Al oír eso, me detuve y agarré a mi padre por los hombros con firmeza.

—Para ya de repetirte que no has sabido criarme bien —le ordené.

—Los padres siempre nos hacemos reproches. A Maureen le sucede lo mismo —repuso con las comisuras de los labios ligeramente levantadas.

—Entonces parad los dos. Everly y yo somos la prueba manifiesta de que lo habéis hecho todo bien. Claro que habréis cometido errores, pero todos los cometemos, y eso no significa ni mucho menos que nos hayáis criado bien o mal. Lo único que revela es que somos humanos y que todavía tenemos que seguir creciendo y aprendiendo.

Mi padre asintió con aire reflexivo mientras seguíamos nuestro paseo alrededor del lago. Me encantó notar el sol calentándome la piel, y levanté la cara hacia el cielo.

—¿Y cómo pintan ahora tus planes, Dawny?

Antes siempre solía responder a esa pregunta con todo lujo de detalles. Después de la separación, en cambio, esa misma pregunta podía desencadenar un ataque de pánico. Aun así, en esos momentos la encajé con toda la calma del mundo. Estaba a punto de responder cuando me llamó la atención el sonido de unos pasos rítmicos a nuestra espalda. Me volví y...

El corredor todavía debía de estar a unos cincuenta metros de nosotros, pero de todos modos no me costó reconocerlo enseguida.

Claro, mi padre me preguntaba por mis planes y antes de que pudiera responder llegaba Spencer corriendo. En el sentido más literal de la expresión.

Llevaba su indumentaria de *running* y mantenía un ritmo regular bastante alto. Levanté un brazo cuando todavía estaba a unos veinte metros de nosotros. Él ladeó la cabeza y se llevó la mano a la frente a modo de visera para protegerse los ojos del sol.

En cuanto se dio cuenta de que era yo, una sonrisa apareció en sus labios. Esos veinte metros que nos separaban los recorrió al esprint y cuando llegó, en lugar de detenerse del todo, siguió corriendo sin moverse del sitio.

—Señor Edwards, me alegro de verlo —exclamó con una leve reverencia que, teniendo en cuenta que no paraba de dar saltitos, le quedó más bien cómica. Luego se volvió hacia mí y su sonrisa empalideció de repente.

—Señor Edwards, ¿por qué Dawn tiene los ojos enrojecidos?

Se acercó más a mí y me agarró por los hombros.

—¿Has llorado? Señor Edwards, ¿por qué ha llorado su hija?

Estaba sin aliento y sudado de la cabeza a los pies, pero eso me dio absolutamente igual. Le envolví la cintura con los brazos y lo acerqué a mí. Luego me puse de puntillas para acercar mi boca a su oído.

—Ya se lo he contado.

Spencer titubeó un momento antes de responder a mi abrazo, levantándome unos centímetros del suelo y vaciándome los pulmones de aire.

—Estoy muy orgulloso de ti.

Una sensación de calidez indescriptible se apoderó de mi corazón.

Me soltó de nuevo, luego se pellizcó la camiseta sudada y olisqueó el tejido húmedo.

—Lo siento, no estaba preparado para una cita con mi futuro suegro. Señor Edwards, tiene usted un aspecto formidable, aunque echo de menos su mono de trabajo, si quiere que le diga la verdad. En mi opinión, siempre le ha dado un toque de profesionalidad.

Spencer sonrió y empezó a lanzar puñetazos juguetones contra el hombro de mi padre antes de volverse hacia mí de nuevo.

—Todavía me queda algún kilómetro por correr. ¿Nos vemos mañana en casa de Kaden y Allie?

Asentí, cómo no. Spencer dudó unos instantes, luego me plantó un beso en la sien y siguió corriendo. Se volvió una vez más para mirarnos por encima del hombro y levantó una mano. Yo le devolví el saludo.

¿Llegaría un día en el que por fin me acostumbraría a todas sus diferentes facetas? Sobre sus hombros seguía pesando una carga tremenda, y aun así era capaz de tomarse la vida a la ligera. Era despreocupado a pesar de la multitud de cosas que lo atormentaban. Yo quería ser como él. A pesar de mi pasado lleno de desengaños y de las traiciones sufridas, quería tomarme la vida como Spencer.

—Supongo que ese *clown* entra dentro de tus planes, ¿no? —preguntó mi padre.

Lo agarré del brazo de nuevo y seguí con la mirada la figura cada vez más pequeña de Spencer.

—Ya no hago planes de futuro, papá. Ahora afronto cada día como un nuevo inicio.

30

—Tengo que contaros algo.

Allie y Scott levantaron la mirada.

Estábamos sentados en el suelo de mi habitación, empollando para un examen.

El hecho de haberme sincerado con mi padre había sido toda una liberación, como si las cuerdas que me habían mantenido atada durante tanto tiempo por fin hubieran cedido. Podía respirar tranquilamente. La desagradable sensación que me había asaltado cada vez que surgía el tema de Nate había desaparecido por completo. Sabía que mi padre por fin me comprendía. Durante el último año nos había estado separando ese asunto, pero por fin había quedado atrás.

Mi padre y yo nos lo confiábamos todo, en realidad. Había sido él quien me había inculcado lo importante que era que nos ayudáramos mutuamente, sobre todo ante las adversidades importantes, y a partir de entonces estaba decidida a cumplirlo.

Después de habérselo contado a él, les tocaba el turno a mis amigos. Me costó un esfuerzo tremendo, pero llegué a la conclusión de que merecían estar al corriente de mi carrera secreta como escritora. Al fin y al cabo, Sawyer y Spencer ya lo sabían, y aunque a ellos no se lo había contado voluntariamente, su reacción había sido mucho mejor de lo que podría haber esperado. Scott y Allie tenían que ser los primeros a los que se lo confesara voluntariamente.

—No puedes empezar diciendo algo así y luego quedarte mirando al infinito como si nada —me criticó Scott expectante.

—*Sorry* —me disculpé. Una sensación de calidez se apoderó de mi estómago debido a la emoción.

—A juzgar por tu mirada, es algo malo —dedujo Allie, acercándose más para ponerme una mano sobre un muslo—. Nos lo puedes contar, sea lo que sea, Dawn. Lo sabes, ¿verdad?

—Claro que lo sé —repuse, asintiendo—. Pero saberlo no lo hace más sencillo. Yo..., es que no sé ni por dónde empezar. Creo que será mejor mostrároslo directamente para que lo veáis con vuestros propios ojos.

Cogí a *Watson* y lo encendí. Abrí el navegador y, de reojo, vi cómo Allie y Scott intercambiaban miradas de impaciencia.

—No me digas que te dedicas al porno —dijo ella.

—No sé si eso me haría sentir orgulloso de ti o si me horrorizaría —dudó Scott.

—Quizá sólo se hace fotos desnuda —reflexionó Allie en voz alta.

Menudo par de tarados.

Escribí «D. Lily» en la barra de búsqueda del navegador y esperé unos instantes a que aparecieran los resultados. Cuando el ordenador por fin mostró las cubiertas de mis novelas, lo giré hacia ellos para que pudieran verlo.

—¿Nos estás recomendando libros? —preguntó Scott.

—Sólo si os apetece leerlos. Pero no estáis obligados, por supuesto. Sobre todo si no os va el tema.

Allie se acercó un poco más al portátil y desplazó la página hacia abajo. Con mucha concentración, leyó en diagonal algunos de los textos de la cubierta.

—«D. Lily nació en Oregón y escribe desde que era muy joven. La literatura fue su primer amor, por eso es difícil verla sin la compañía de un libro. Siente debilidad por las *boy bands*, las novelas románticas y la comida frita.»

Mi amiga levantó la mirada. Luego consultó la pantalla de nuevo, hizo clic en unos cuantos enlaces y volvió a levantar la vista. Y vuelta a empezar.

—A ti te encantan las *boy bands*.

—Pues sí.

—Y la comida frita —añadió Scott.

Asentí.

—Y tienes la habitación llena de novelas románticas —reflexionó Allie, señalando la estantería que tenía junto al escritorio.

De nuevo, asentí lentamente. El corazón estaba a punto de salirme por la boca.

—Eres... tú.

En el rostro de Allie apareció una amplia sonrisa.

—¡Dios mío, Dawn! —exclamó antes de abalanzarse sobre mí y envolverme el cuello con los brazos.

De acuerdo. No estuvo nada mal.

—Eh, esto mola muchísimo, Dawn —profirió Scott, apoderándose de *Watson* y poniéndoselo sobre el regazo a la vez que apoyaba la espalda en mi cama—. Están muy bien posicionados en las listas.

Allie se separó de mí.

—Dawn Lily, ¿verdad? Dios, ¿cómo es posible que no haya caído hasta ahora?

—¡Eh, incluso hay uno que va sobre dos tíos!

Scott levantó el portátil y lo giró para que Allie pudiera ver la cubierta de *Deep Within*.

—Ése fue mi primer proyecto chico-chico —dije con una sonrisa cautelosa.

—¿Lo ves? ¡Para que luego me vayas diciendo siempre que no te cuente mi vida sexual! Que te quede bien claro, Allie: ¡he servido de inspiración para una escritora!

Yo no lo habría descrito de ese modo, pero me gustó oírselo decir a Scott.

—¡Pienso leerlos todos! ¡Todas las novelas! ¡No sé ni por dónde empezar! —exclamó Allie entusiasmada—. Esta cubierta me gusta. Y ésa también. Pero esa otra me parece genial —dijo señalando la de *Hot for You*—. Hace un montón de tiempo que quería hacerme con un lector de libros electrónicos. ¿Cuál crees que debo comprar? ¿Los podré leer en cualquier modelo o tengo que comprarme alguno en concreto? ¿Por cuál empiezo? ¿Es una serie, Dawn? ¿Siguen un orden o se pueden leer por separado?

El torrente de palabras brotó con tanta rapidez y tanto entusiasmo de la boca de Allie que tuve dificultades para comprender todas las preguntas.

—Yo...

Tenía la voz tomada. Me aclaré la garganta, pero el nudo que se me había formado no desapareció tan fácilmente.

—¿Dawn? —preguntó Scott con un tono de voz más suave.

Miré a mis dos amigos alternativamente y luego clavé los ojos en el suelo, notando ya las lágrimas que amenazaban con empezar a aflorar en cualquier instante. Antes de mi confesión a Spencer, me había pasado varios meses sin llorar. Sin embargo, desde que había decidido no seguir escondiéndome de los demás me había convertido en una verdadera blandengue, y de mis ojos no paraba de manar agua salada. Tenía la esperanza de que pronto dejaría atrás ese complejo de manguera que se había apoderado de mí.

—Me daba mucho miedo contároslo —confesé al fin, parpadeando con vehemencia. Mejor sacar de una vez aquello que me estaba abrasando por dentro.

—Pero ¿por qué? —preguntó Allie, acercándose de nuevo a mí. Arrimó la cara a mi hombro y me envolvió la cintura con los brazos.

—Porque... porque pensaba que os avergonzaríais de mí. Me encanta escribir, pero me había sentido tan juzgada por el hecho de leer ese tipo de historias que me daba pánico revelar que ahora me dedicaba a escribirlas. Cuando me mudé aquí, me encantó cómo me tratasteis desde el principio. Y no quería que... que me miraraís con otros ojos —sentencié encogiéndome de hombros.

Allie me abrazó todavía con más fuerza.

—Comprendo perfectamente tus temores —me aseguró—. A mí me ocurrió lo mismo, antes de contaros todo aquello de Anderson. Pero tus reparos son del todo infundados. Creo que hablo por los dos cuando digo que me parece genial tener a una escritora de verdad como amiga.

Las primeras lágrimas se desprendieron de las comisuras de mis ojos. No obstante, en esa ocasión no fueron lágrimas de tristeza, sino de puro alivio.

Scott se arrastró hasta nosotras y me pasó un brazo por encima de los hombros.

—Estoy completamente de acuerdo con Allie.

Me reí, abrazándola a ella y apoyando la cabeza en el hombro de Scott. Nos quedamos sentados de ese modo, entrelazados, hasta que empezó a imponerse la incomodidad de la postura y me quedé sin lágrimas.

Luego Allie se apoderó de mi portátil de nuevo.

—Me dijiste que te gustaría ganarte la vida escribiendo, pero no podía imaginar que ya lo estuvieras haciendo desde hacía tiempo —constató negando con la cabeza—. Dawn, ¡es alucinante!

—No creas que gano mucho, ni siquiera me llega para pagarme los estudios. Sin la ayuda de mi padre, estaría perdida.

—¿Y por qué escribes bajo seudónimo? —preguntó Scott.

Me apoyé todavía más en su hombro mientras dejaba que me acariciara el pelo.

—Nate no quería que mi nombre apareciera relacionado con ese tipo de historias.

Scott se tensó y Allie levantó la mirada de la pantalla del portátil.

—Sí, ya lo sé —me apresuré a afirmar en cuanto vi cómo reaccionaban—. Pero ahora agradezco haber utilizado un seudónimo. De algún modo me siento más libre para escribir, y así tengo la posibilidad de firmar con mi verdadero nombre libros de otro género.

—Eso es más que razonable. ¿Y quieres seguir con la autoedición, o tienes previsto presentar tu obra a agencias o editoriales? —preguntó Scott.

La mera idea de que una editorial publicara mis historias me parecía una utopía. Y sin embargo me había pasado por la cabeza en más de una ocasión la posibilidad de hablar con Maureen acerca de ello. Al fin y al cabo, trabajaba como lectora para una editorial, y aunque publicaban libros especializados, estaba segura de que debía de tener contactos.

—No lo sé —respondí con honestidad.

—No deberías esconderte. No hay ninguna necesidad.

—Gracias, Scott.

—No hay nada que agradecer. Si realmente quieres dedicarte a ello de forma profesional y aspiras a hacer carrera en este ámbito, podemos ayudarte. Kaden sabe programación y diseño gráfico, podríamos montar una página web profesional, y yo podría encargarme del marketing.

Me imaginé en una librería contemplando libros firmados con mi nombre, y un cosquilleo empezó a extenderse por todo mi cuerpo, aunque al mismo tiempo tuve una cierta sensación de vértigo. Mostrar mi nombre y mi rostro públicamente en la red me parecía una exposición a los ataques que me hizo sentir más frágil. La última vez que había recibido una mala reseña, Spencer había tenido que animarme.

—Creo que de momento todavía no estoy preparada. Ya me ha costado un horror contároslo a vosotros —respondí titubeando.

—Lo comprendo perfectamente. Sólo quería que supieras que existe esa opción y que si en algún momento decides dar el paso no estarás sola ni mucho menos. Lo sabes, ¿verdad? —preguntó Scott, pellizcándome un costado.

Respiré hondo. Más ataduras liberadas.

Me costaba creer que mis amigos hubieran reaccionado de un modo tan cariñoso.

—Bueno, ya he encargado un lector de libros electrónicos —anunció Allie con aire festivo—. ¿Con qué novela debería empezar?

Esbocé una amplia sonrisa. Por primera vez podía recomendar mis libros sin vergüenza ni reservas de ningún tipo.

Cuando Scott y Allie se hubieron marchado, salí de compras. Volví a la residencia cargada con una bolsa enorme que procedí a vaciar en el suelo. Entretanto, Sawyer ya había regresado y estaba escuchando uno de sus vinilos de rock a todo volumen. Cada una estaba ocupada con lo suyo: ella, editando fotos (de montones de ropa, según me pareció ver); yo, extendiendo mis utensilios de manualidades por el suelo.

Quería elaborar un *scrapbook* para Olivia.

Faltaba una semana para el cumpleaños de la hermana de Spencer, y después de todo lo que me había contado acerca de ella quería regalarle algo hecho por mí misma con todo el cariño.

No tenía el archivo del iPod de Spencer, pero tampoco me hacía ninguna falta.

En la sala de fotocopias de la universidad imprimí unas cuantas imágenes de las bandas y los cantantes preferidos de Olivia, pero también alguna de Spencer y de la excursión que hicimos a Coos Bay. En una de las fotografías aparecía Kaden a punto de caer de espaldas en el manantial del jardín botánico, aunque tal vez era demasiado reveladora. Ethan, Allie y Monica lo miraban con cara de sorpresa, mientras que Spencer era el único que miraba hacia otro lado. Concretamente, hacia mí. Era una fotografía muy bonita, sobre todo por la expresión de Spence.

También había imprimido imágenes de los lugares preferidos de Olivia en Portland que él me había mencionado. Tenía cartulinas de colores, purpurina y rotuladores, con los que pensaba escribir en el librito las letras de unas cuantas canciones. Como regalo no era más que un detalle sin importancia, pero tenía la esperanza de que se alegrara de recibirlo y no le pareciera demasiado hortera.

Decidí mandarle un mensaje a Spencer. Apenas nos comunicábamos con mensajes de texto (él era de los que contestan con monosílabos y prefieren hablar por teléfono), pero después de no habernos visto durante dos días, me pareció adecuado. Le envié una foto de todos los materiales esparcidos por el suelo junto a una carita sonriente. No tardé en recibir su respuesta.

¿Han entrado a robar en tu habitación?

Sonreí.

No, estoy haciendo manualidades.

Me respondió con una fotografía de su mano repleta de manchitas blancas. Sin duda lo había pillado trabajando en su escultura de escayola, sobre la que mantenía tanto secretismo. Luego me llegó otra imagen en la que aparecía sobre una mesa de madera manchada de todos los colores posibles. Spencer se había plantado justo delante de su escultura. Había hecho la foto desde arriba y aparecía luciendo una amplia sonrisa. Tenía más manchas en la barbilla y en las mejillas, aunque de la escultura sólo pude divisar un fragmento de color blanco, pues la mayor parte quedaba oculta tras su cabeza.

Lo imité y le mandé una fotografía mía frente al *scrapbook*, de manera que sólo se vislumbrara una esquina diminuta.

Me respondió con un selfi frente a una escultura que sin lugar a dudas representaba un trasero a escala real. También aparecía sonriendo, con esos preciosos hoyuelos que le salían en las mejillas. Luego me llegó otra foto en la que el creador de la escultura me mostraba el dedo corazón, y no pude evitar reírme de nuevo.

Creía que la idea del culo se la había tenido
que comer con patatas.

No deberías utilizar las palabras *culo* y
comer en el mismo mensaje, si no quieres
que me ponga a pensar guarradas.

Estaba a punto de responder cuando me llegó el mensaje siguiente.

A no ser que lo hayas hecho a propósito
porque quieres que piense guarradas.

Tenía razón, quería que pensara guarradas. ¿Para qué negarlo? No tenía ningún sentido. Estaba a punto de responderle cuando mi móvil vibró con una llamada entrante que acepté enseguida.

—Se te da fatal lo de escribir mensajes —me burlé, riendo mientras contemplaba los materiales que había extendido por el suelo. Me traía sin cuidado lo que Sawyer pudiera pensar de mí. A decir verdad, me traía todo sin cuidado, mientras siguiera sintiéndome de aquel modo. Tan ligera, como si pudiera flotar por encima de las cosas.

—¿Dawn?

De repente, dejé de flotar y me convertí en una piedra que se precipitó a toda velocidad hacia el suelo.

—Soy yo, Nate.

31

—¿Qué quieres?

De inmediato, se había formado un vacío insondable en mi interior, y creo que mi voz lo reflejó a la perfección.

—¿Hablar contigo? —respondió Nate, riendo con despreocupación.

Conocía muy bien esa risa. Había amado esa manera de reír durante años. No obstante, en esos momentos sólo consiguió revolverme el estómago.

—Echaba de menos oír tu voz —añadió.

—Pues ya la has oído. Ahora, adiós.

—No cuelgues —suplicó, y al notar el pánico que impregnaba su voz cerré los ojos con fuerza—. Por favor, no cuelgues —repitió.

Oí su respiración a través del teléfono y sentí la necesidad urgente de cortar aquella llamada. Estampando el teléfono contra la pared. Con toda la rabia del mundo.

—Es que... tengo... tengo que decirte algo.

Apreté los dientes hasta que me chirriaron, y sólo entonces me di cuenta de que Sawyer se había levantado y se había sentado a mi lado, en el suelo.

—¿Todo bien? —me susurró.

Respondí negando con la cabeza. No pude hacer otra cosa, teniendo en cuenta las circunstancias.

—Te echo de menos, Dawn —prosiguió Nate—. Echo de menos la relación que teníamos. Estábamos muy unidos, y quería que supieras que...

—Cierra el pico.

—Ya sé que cometí un error terrible. Ahora soy muy consciente de ello. Y me entristece pensar que después de tanto tiempo ya no quieras formar parte de mi vida, porque éramos...

—Para ya, Nate —lo interrumpí de nuevo con un tono de voz gélido.

Se quedó callado, pero no colgó el teléfono. Me puse a temblar, aunque no habría sabido decir si era un temblor provocado por la rabia, el temor o algún otro motivo. De repente noté un peso en el estómago y un cosquilleo en las extremidades. Era como si tuviera miles de arañas correteando por mi cuello desnudo.

—Pero es que yo te quiero.

Las arañas se detuvieron de golpe y un murmullo se apoderó de mis oídos.

—¿Qué? —grazné.

—Siempre te querré, Dawny —repitió con la voz cada vez más débil y el aliento entrecortado—. Cuando te vi en el restaurante, de repente se me cayó la venda de los ojos y fui más consciente que nunca del error que cometí. Dios mío, ya sé que lo eché todo a perder, pero tenía que decírtelo, Dawn, tenía que decirte que no volveré a hacer jamás nada parecido. He cambiado. Asumiré la responsabilidad de mis errores y...

Se oyó un ruido de fondo y Nate soltó un taco.

—Mierda, un segundo.

Entonces me di cuenta de que balbuceaba al hablar.

—Has bebido —constaté.

—Hace un año que firmamos ese puto papel, Dawny. Me he dado cuenta de que ha pasado un año entero desde que hablamos por última vez, que nunca habíamos pasado tanto tiempo alejados desde que nos conocemos. No puedes creer lo mucho que me duele.

Una vez más, pareció como si hubiera tropezado y tardó unos instantes en poder volver a hablar.

—Pienso en ti. Cada día. Y te echo mucho de menos, joder. Por eso creo que...

—No quiero oírlo —lo interrumpí de nuevo. Al otro lado de la línea se oyó un sonido de vasos.

—Pero yo lo necesito, Dawn. Eres parte de mi vida. Sin ti no lo conseguiré.

Se le rompió la voz y de fondo se oyeron las voces roncas de otros hombres.

—Vuelve a casa, Nate. Duerme la mona y borra mi número de una vez por todas.

Dicho esto, y sin esperar respuesta, colgué. Luego lancé el móvil contra la pared del fondo de la habitación.

Sawyer me tocó un brazo con cautela, pero no reaccioné ni siquiera cuando me habló.

Era incapaz de oír nada. Estaba aturdida, y sólo pude salir corriendo hacia el cuarto de baño. Una vez allí, me metí dentro de una de las duchas y cerré la puerta detrás de mí.

Lo había olvidado. Por completo.

Ese día se cumplía un año desde que habíamos firmado los papeles del divorcio y simplemente lo había olvidado.

Apoyé la cabeza en las baldosas de la pared y disfruté del frescor que me transmitían. Había albergado la esperanza de que el agua fría me arrancaría de aquel estado de aturdimiento, pero por desgracia no fue así.

«Te necesito.»

Dejé caer la mano sobre el muslo y me quedé mirando las cinco señales que me habían quedado. Pasé la mano por aquel tejido de cicatrices y, recordando la sangre sobre la superficie blanca de la bañera, tuve un escalofrío.

«Te quiero.»

Cuando alguien te quiere, cuando te quiere de verdad, no te hace lo que Nate me hizo a mí.

Me había costado mucho tiempo sobreponerme a ese golpe, pero al final me había encontrado a mí misma y no estaba dispuesta a perderme de nuevo en pensamientos estériles. El frío interior que sentía desde que me había llamado siguió extendiéndose y empezó a darme miedo. No quería sentir ni frío ni miedo.

Golpeé las baldosas con la cabeza hasta que vi las estrellas y tuve que cerrar los ojos con fuerza.

¿Qué estaba haciendo allí exactamente? No podía dejar que esas cavilaciones ocuparan mi espacio mental. No era sano. Tenía que expulsar de mi cabeza la voz de Nate como fuera. Necesitaba distraerme a cualquier precio.

La cerveza se convirtió en mi nueva mejor amiga. En realidad no me gustaba el sabor, pero Kaden no tenía nada más en el frigorífico, y cuatro botellas después ya casi ni notaba su característico amargor.

Estábamos sentados en casa de Allie y Kaden, viendo «The Bachelorette», un programa de citas, a petición mía. Mientras Kaden, Scott y yo discutíamos qué hombres me parecían pasables y cuáles no podría soportar de ninguna manera, Allie le teñía el pelo a Monica en el cuarto de baño. Spencer e Ethan volvieron con las pizzas que habíamos pedido y se acomodaron en la mesa del comedor.

—¡Oh, guau! Pensaba que eliminarían a Mitchell enseguida —exclamó Scott, alargando el cuello para no perder de vista la pantalla mientras Ethan pasaba por delante.

—Yo también. Es un gilipollas —convine.

—¿De quién habláis? —preguntó Kaden mientras me pasaba otra cerveza.

—Del rubio.

—Hay veinte tíos rubios, Scott.

—El de la melena y la cara de dios griego —replicó él con los ojos en blanco—. El instructor de surf.

—Ah, ése.

Kaden me lanzó una mirada interrogante, como si pidiera ayuda, y yo escondí mi sonrisa tras la quinta botella de cerveza.

Spencer se dejó caer en el sofá, a mi lado. Para eludir su mirada me quedé mirando fijamente al instructor de surf rubio, que por fin había obtenido el pase a la semifinal.

—La tía debe de ser ciega si no se queda con Rodrigo —comentó Scott.

—¿Ése cuál es? —preguntó Kaden.

Scott soltó un suspiro y yo me encargué de las explicaciones.

—El tío de los pantalones de peto. El jardinero.

—Ah, ¿el que no viste nada debajo del peto y siempre lleva uno de los tirantes colgando? Aficionado...

Brindé con Kaden haciendo chocar nuestras botellas. La cerveza era fantástica, pero tener a un colega para compartirla todavía era mejor.

—Todavía espero a que me respondas el mensaje, Edwards —me reprochó Spencer de repente. Lo dijo en voz baja, muy cerca de mi oído, y cuando noté su aliento acariciándome la piel me recorrió un escalofrío.

Si no le había escrito era, por un lado, porque mi móvil había quedado hecho polvo, pero también porque simplemente no me había dado la gana. La llamada de Nate me había enfurecido y me había vuelto a poner los pies en el suelo.

Noté la mirada de Spencer clavada en mí, pero no me atreví

a afrontarla de frente. Sabía que me provocaría un cosquilleo. Por todo el cuerpo. Y no quería sentirlo. Nunca más.

—Ese tío me parece de lo más odioso —opinó Kaden de improviso, salvándome por unos momentos.

—A mí también —coincidí.

Una vez más, hicimos chocar nuestras botellas.

—¿Cuántas se han tomado ya esos dos? —le preguntó Spencer a Scott.

—Creo que tres.

—Cinco —lo corregí, orgullosa de la inusitada resistencia al alcohol que estaba demostrando ese día.

—Por la quinta, pues —brindamos riendo.

—¿Y hay algún motivo que explique por qué estáis bebiendo tanto? —preguntó Allie desde el baño.

—¿Hola? —respondí con sequedad. El alcohol me había desinhibido por completo—. Joder, pues Kaden y yo bebemos para celebrar que llevo un año divorciada. Hace exactamente un año estaba sentada en un bufete de abogados firmando los papeles.

Se hizo el silencio. Un silencio total y absoluto.

—Vamos, gente. Es un motivo de celebración —exclamé con amargura mientras vaciaba lo que quedaba en la botella de un solo trago. El sabor de la cerveza se había convertido en la perfecta expresión de mi sentimiento.

Ante el silencio sepulcral que reinaba en el salón, decidí levantarme de golpe. Me tambaleé un poco, pero Spencer me agarró enseguida por la cintura, lo que evitó que me cayera al suelo.

—Los hombres son todos unos gilipollas, y hay que ser muy imbécil para creer en los finales felices. Y quien diga lo contrario o bien no tiene ni idea de la vida, o nunca le han engañado —sentencié en voz baja mientras me apartaba de él.

Fui hacia la cocina para deshacerme de la botella vacía. La

dejé sobre la encimera, que utilicé para mantener el equilibrio, agarrándome a ella como si no hubiera un mañana. Estaba mareada, pero me consolaba pensar que mientras las paredes siguieran dando vueltas frente a mis ojos no quedaría espacio para nada más dentro de mi cabeza. Tenía que evitar pensar en lo mucho que me había dolido la llamada de Nate. Tenía que evitar pensar y punto.

—¿Dawn? —preguntó Spencer con cautela.

No respondí. En lugar de eso, me acerqué al frigorífico para coger otra botella de cerveza.

—Cariño, mírame.

—Ahora mismo no estoy de humor, Spence.

Saqué la cerveza y la abrí. Luego pasé por su lado para regresar al salón. Mis amigos se me quedaron mirando al verme entrar de nuevo. Era como si llevara algo pegado en la cara. Allie y Monica incluso habían salido del cuarto de baño para verme.

—¿Qué os pasa? —gruñí.

Allie me miró con cara de preocupación.

—No nos habías contado que estuviste casada con Nate.

«Ah. Oh, mierda.»

Para no tener que responder, tomé un buen trago de cerveza y encogí un hombro con indiferencia. Una gota me cayó de la comisura del labio, y me la sequé con despreocupación usando la manga de la camiseta como servilleta.

—Ya, ¿y qué? Tampoco tiene importancia, ¿no?

—¡Claro que tiene importancia! —repuso Allie con un tono acalorado.

Al ver que se acercaba a mí, retrocedí de inmediato.

—Mira, precisamente por eso no os lo había contado. Porque no quería que me miraraís así —refunfuñé señalándola.

—Somos tus amigos, Dawn. Es lo más normal —intervino Monica.

—Déjalo, Monica —dijo Spencer en voz baja a mi espalda. En cuanto noté que me ponía una mano en la parte baja de la espalda di media vuelta, absolutamente enfurecida.

—¡No me toques! —grité.

Una expresión de sorpresa apareció en su mirada.

—No es necesario que descargues tu rabia contra mí, Dawn. Yo no soy Nate.

—Todavía no, quizá. Pero sólo es cuestión de tiempo.

Spencer se quedó de piedra al oír mi acusación.

—¿Me estás diciendo que crees que yo sería capaz de hacerte algo semejante? —preguntó con la frente arrugada.

Me encogí de hombros y desvié la mirada. Me di cuenta de que el ambiente que había reinado hasta poco antes había cambiado de repente.

—Todos los tíos os volvéis gilipollas —proseguí—. Sólo que algunos tardáis más en mostrar cómo sois en realidad.

—¿Pues yo sabes lo que creo? —preguntó dando un paso hacia mí de un modo que casi me pareció amenazador.

Obstinada, levanté la barbilla y lo miré a los ojos.

—Creo que Nate siempre ha sido un capullo, pero estabas demasiado cegada para darte cuenta.

—Eso no es cierto —protesté.

Un músculo de la mandíbula se le tensó al máximo.

—Consiguió que te avergonzaras de tu obra, y te engañó a pesar de estar casado contigo, Dawn. No es justo que me compares con él.

—¿Quién sabe de lo que serás capaz cuando te hayas hartado de mí?

La mirada de Spencer se volvía cada vez más fría.

—Creo que éste no es el lugar más adecuado para mantener esta conversación. Ni tampoco el momento.

—Muy bien. Pues, mira por dónde, yo creo que ahora mismo es el mejor momento. Tarde o temprano habría llegado la hora de tenerla.

No podía parar, me odié a mí misma por ello, pero es que simplemente no podía parar de hablar.

Spencer resopló y se frotó la cara con las manos. Luego negó con la cabeza.

—¿Por qué te empeñas en que amarte sea tan difícil?

El corazón se me detuvo de golpe. Tuve la esperanza de no haberlo oído bien.

Abrí la boca, pero no fui capaz de decir nada. Había regresado a mí todo el miedo. Y junto a la rabia que sentía por Nate y el alcohol que había tomado, la combinación no era precisamente afortunada. Más bien todo lo contrario.

Sin mediar palabra, salí corriendo hacia el cuarto de baño y vomité.

32

Me desperté con la boca seca y un dolor de cabeza espectacular.

No estaba en la residencia, sino en el dormitorio de Allie.

La cama era increíblemente blanda y mullida, y justo a mi lado estaba *Spidey*, sobre una almohada. El gato se me quedó mirando con los ojos muy abiertos. Levanté la mano para acariciarlo, pero soltó un gruñido de indignación y saltó de la cama.

Me lo merecía.

Con cuidado, me senté en la cama y me froté los ojos. Empezaron a venirme a la mente imágenes del día anterior.

La llamada de Nate.

El dolor.

El alcohol.

El aturdimiento.

Mi pelea con Spencer.

Comenzó a temblarme el labio inferior. Mierda, me había comportado como una perfecta idiota. Eso era lo único que tenía muy claro; el desenlace de la noche anterior, en cambio, no pasaba de ser un recuerdo borroso.

Enseguida bajé las piernas de la cama y respiré hondo un par de veces antes de levantarme y acudir al salón. Allie y Kaden estaban sentados en el sofá viendo una película. En cuanto me oyeron, pulsaron el botón de pausa enseguida.

—Buenos días —murmuré con cautela.

—Buenos días —respondió él, mirándome con cara de pocos amigos.

—¿Te encuentras mejor? —preguntó Allie, levantándose para venir a mi encuentro.

—Creo que ayer metí la pata hasta el fondo.

—No es tan grave como crees —me consoló—. Todos cometemos errores cuando nos emborrachamos. ¿Te acuerdas de aquella vez que bebí tanto y acabamos en una fraternidad? Si Kaden no hubiera venido a buscarme, seguramente habría terminado...

—Creo que preferiría no oírlo —la interrumpió Kaden. Él también se levantó y se acercó a nosotras con mirada sombría—. Te pasaste con los reproches que le hiciste a Spence, colega.

Me pregunté si el hecho de que me hubiera llamado «colega» significaba que todavía me veía igual que la noche anterior, cuando habíamos estado compartiendo cervezas.

—Es que no recuerdo muy bien lo que le dije —reconocí con la mirada clavada en el suelo.

—Bueno, básicamente le rompiste el corazón en mil pedazos, luego lo pisoteaste y le escupiste encima. Delante de todos, además.

Tragué saliva con dificultad. Allie me agarró con cautela por un brazo y me acompañó hasta la mesa del comedor. Me dejé caer sobre la silla que me ofreció.

—Dawny, ¿desde cuándo estás liada con Spencer? —me preguntó en voz baja.

Las mejillas me ardían y me sentía incapaz de levantar la mirada.

—Bueno, hace un tiempo.

—Dios, Bubbles, eres más ciega que un topo —le reprochó Kaden, colocándose detrás de ella y masajeándole los hombros.

—¿Tú lo sabías? —preguntó ella, incrédula.

—Él no me lo contó, si te refieres a eso. Pero vamos, que sólo había que ver lo feliz que estaba últimamente.

Allie levantó un brazo y descargó un puñetazo contra el bíceps de Kaden.

—Además, hicieron mucho ruido en la casa de vacaciones —añadió como si nada mientras se frotaba el antebrazo.

Las mejillas empezaron a arderme todavía más.

—¿Desde cuándo hay tantos secretos entre nosotras? —preguntó Allie volviéndose hacia mí.

—Lo siento —me disculpé con la voz temblorosa, aunque también con el firme propósito de no romper a llorar por nada del mundo.

—No tienes por qué sentirlo, Dawn. Es sólo que me temo que tienes la sensación de que no puedes hablar conmigo. Quiero que sepas que puedes confiar en mí. Después de todo, yo siempre recurro a ti para contarte hasta la más mínima tontería.

Dicho esto, alargó el brazo por encima de la mesa, me agarró la mano y me dio un apretón afectuoso.

Quizá tenía razón, quizá iba siendo hora de confiárselo todo. Realmente todo, sin excepción. Allie era mi mejor amiga, y el hecho de que no me hubiera reprochado nada significaba que se preocupaba por mí. Que me cuidaba. No se me había olvidado cómo se había abierto ante mí y Scott, y lo orgullosa que me había sentido por ello. Me había sentido bien ayudándola y estando a su lado. Haciendo, en definitiva, lo que suelen hacer los amigos.

Así pues, empecé a contárselo todo a Kaden y a Allie. De un modo sorprendente, esa vez no sentí la necesidad de derramar ni una sola lágrima. Ella, en cambio, lloró como una Magdalena.

Sin lugar a dudas había resultado más sencillo contarles lo de mis novelas, y en el fondo eso debía de significar algo. En más de una ocasión tuve que detenerme y respirar hondo un par de veces para que las palabras salieran de una vez.

Kaden no paró de soltar tacos. Sin embargo, el enfado que había demostrado hacia mí poco antes se había desvanecido por completo, de manera que los tacos iban dirigidos a Nate, y hay que reconocer que demostró una creatividad extraordinaria.

Se lo conté todo sin excepción. Y aunque tuve la sensación de quedar demasiado expuesta y me sentí muy frágil, lo cierto es que me sentó bien compartir mis secretos.

—Anoche... simplemente no estaba en plenas facultades mentales. La llamada de Nate me dejó desconcertada. De repente me sentía como hace un año. Y me resultó insoportable —concluí.

—Lo comprendo —aseguró Allie, secándose las lágrimas de los ojos con la manga—. Y estoy segura de que Spencer también lo comprenderá cuando se lo expliques.

—Soy la peor amiga del mundo —sentencié. No recordaba todo lo que le había dicho, pero en el fondo sabía que había metido la pata hasta el fondo.

—Tienes que arreglar las cosas, Dawn. Spencer está... —empezó a decir Kaden, pero tuvo que detenerse unos instantes para encontrar las palabras más adecuadas—. Creo que no se tomó muy bien lo de anoche. Ya estaba bastante estresado por lo del cumpleaños de Olivia, y tus reproches eran lo último que necesitaba en esos momentos.

—Por supuesto.

Todavía no sabía cómo, pero estaba dispuesta a enmendar mi error.

Llamé dos veces a la puerta antes de que saliera a abrirme. Llevaba el pelo húmedo y revuelto, y el aroma de su gel de ducha me hizo cosquillas en la nariz. Aunque por fuera parecía fresco como una rosa y completamente desvelado, me fijé en que tenía unas ojeras considerables.

Sin decir nada, se hizo a un lado para dejarme pasar manteniendo la puerta abierta. Si en algún momento lo sorprendió que llegara con un regalo envuelto en papel de colores, no lo demostró lo más mínimo.

Spencer fue a la cocina y volvió a salir con una botella de agua del frigorífico. Se giró hacia mí.

—¿Necesitas un analgésico?

Avergonzada, negué con la cabeza. Ya me había tomado uno en casa de Allie. Luego había regresado a la residencia para recoger el regalo de Olivia y para ducharme y eliminar de mi piel los restos de aquel día anterior tan nefasto.

Él asintió y abrió la botella. Luego volvió a cerrarla y repitió la operación un par de veces más. Hacía girar la botella de plástico en una mano y se quedaba mirando el logotipo azul. Tenía la mirada ensombrecida y resignada, y de repente la disculpa que me había preparado me pareció insuficiente.

Me acerqué a él poco a poco. Su mirada me resultaba tan peculiar que no sabía cómo interpretarla. Le toqué el brazo con cautela y reaccionó con un sobresalto que me sentó como una patada en el medio del pecho.

—Spencer, me comporté como una idiota. Por favor, perdóname.

Las palabras me sonaron insípidas incluso a mí. No me extrañó que no le afectaran lo más mínimo. Se limitó a evitar mi mirada y seguir mirando fijamente la etiqueta de la botella.

Intenté tocarlo de nuevo, pero en esa ocasión me atrapó la mano antes de que lo consiguiera.

—Déjalo, por favor —me pidió, manteniéndome agarrada la mano.

Cuando me la soltó de nuevo, lo hizo como si se hubiera quemado al tocarme, y entonces fui yo quien evitó mirarlo.

—En ningún momento quise hacerte daño —susurré.

Levantó la cabeza y la rabia patente en su mirada me pilló completamente desprevenida.

—Es imposible que lo estés diciendo en serio.

El corazón estaba a punto de salirme por la boca.

—¿Cómo dices?

Soltó una carcajada exenta de alegría. Sonó falsa, impostada.

—Que no querías hacerme daño, dices... Dawn, llevas meses partiéndome el corazón a diario.

Tuve la sensación de que un montón de piedras me caían de repente en el estómago. Me lo quedé mirando con unos ojos como platos.

—No actúes como si acabara de revelarte algo sorprendente —prosiguió sin la más mínima emoción en la voz—. Cada vez que me has rechazado, cada vez que has dejado que me acercara a ti y luego te has encerrado en ti misma de nuevo, cada vez que creía estar a punto de estallar de alegría y te acababas alejando. Me has hecho daño cada puto día, Dawn. Y yo... —empezó a decir, aunque la voz se le quebró y se le convirtió en una especie de graznido— ya no puedo más.

De pronto noté una intensa presión en el pecho, y el dolor de cabeza reapareció en forma de intensas punzadas que seguían el ritmo de los latidos de mi corazón.

—Spence, estaba borracha. Y cabreada porque Nate me...

—Sólo porque Nate te haya tratado como el gilipollas que es no te da derecho a hacer lo mismo conmigo —me interrumpió negando con la cabeza—. Te da mucho miedo que puedan hacerte daño, pero no tienes reparos en herir a los demás.

Un calor abrasador se apoderó de mis mejillas y los ojos empezaron a escocerme.

—Lo siento —me disculpé.

Asintió y hundió la mirada. Me di cuenta de que no encontraría palabras para enmendar mi comportamiento.

—He..., le he hecho un regalo a Olivia —dije al fin, sintiéndome como una idiota. No podría haber encontrado un momento menos indicado para dárselo.

Spencer se fijó entonces en el paquete que había traído. Además del *scrapbook*, también le había envuelto una chocolatina y un vale de compra para Barnes & Noble, porque Spencer me había contado lo mucho que le gustaba leer.

Se quedó mirando el lazo y aceptó el paquete sin mediar palabra.

—Quiero enseñarte algo —me informó de improviso. Con amplios pasos cruzó la cocina, el pasillo y subió a la planta superior.

Incapaz de seguir su ritmo, vi cómo se metía en su habitación. Me dolía el corazón, y el hecho de no saber adónde conducía aquella conversación y ese día en general estaba a punto de matarme. Tenía la sensación de estar pisando un suelo quebradizo que podía ceder en cualquier momento. Entré en el dormitorio de Spencer y me lo encontré plantado frente a su escritorio, donde tenía la escultura que había estado haciendo.

Me quedé sin aliento.

Era una figura enorme, masiva, de fuertes brazos y espalda ancha, y tenía enfrente otra más pequeña, de formas más delicadas, que encajaba con la primera como dos piezas de un rompecabezas.

La escultura todavía no estaba pintada, pero de todos modos reconocí enseguida los contornos inconfundibles del Increíble Hulk y la Viuda Negra. Me acordé de la conversación que habíamos mantenido después de nuestra primera riña, el día que me había tomado las pastillas de Sawyer y Spencer me había llevado a su casa. El día en que me había dicho que en mi presencia se sentía como un monstruo que se hubiera expuesto demasiado a una radiación gamma.

Tragué saliva con dificultad y lo miré a los ojos.

—La he hecho para ti. En realidad, quería que la pintáramos juntos, porque pensé que la otra noche habían cambiado las cosas entre nosotros —me explicó.

Yo tenía un nudo en la garganta. Por supuesto que habían cambiado. Todo había cambiado.

Incapaz de mantener la distancia que nos separaba ni un segundo más, ansiosa por demostrarle lo que no podía decirle con palabras, me acerqué a él y le envolví el cuello con los brazos. Presioné mi cuerpo contra el suyo y me quedé aferrada a su nuca y a sus hombros, pero él no correspondió a mi abrazo, sino que reaccionó con rigidez. Al cabo de unos instantes, me agarró los brazos para desprenderse de ellos.

—Enfádate. Grítame. Dime que me he comportado como una chiflada y discute conmigo. Pero no me apartes de este modo, por favor —supliqué casi sin aliento.

—No estoy enfadado, Dawn —me aseguró negando con la cabeza—. Si quieres que te diga la verdad, creo que la vida me está castigando por el error que cometí haciendo que a la chica de mis sueños le entren ganas de vomitar justo cuando le confieso lo que siento por ella.

La nebulosa de mi cabeza se aclaró de golpe.

«¿Por qué te empeñas en que amarte sea tan difícil?»

Me había confesado su amor. No era sólo que nos hubiéramos peleado. Es que él se había expuesto por completo ante mí y yo le había pasado por encima como si eso no significara nada de nada.

—Spence... —grazné, luchando por encontrar palabras capaces de expresar lo que sentía. Sin embargo, todos mis esfuerzos fueron en vano.

—Esa noche... significó mucho para mí, Dawn. Te lo conté todo. Me parece bien que no puedas corresponderme en ese sentido, pero no puedo seguir de este modo más tiempo.

—Para mí también significó mucho —admití en voz baja.

Dios, me merecía un buen bofetón, por tonta. Ese maldito bloqueo interior, esos límites que yo misma me había impuesto, impedían que pudiera abrir mi corazón ante él. Con lo cerca que había estado de conseguirlo. No era justo que Nate lo hubiera estropeado todo llamándome por teléfono, que precisamente por su culpa se hubiera echado a perder mi relación con Spencer.

—Quizá tenías razón.

—¿A qué te refieres? —pregunté, sabiendo que lo más probable era que la respuesta no me gustara lo más mínimo.

Me miró fijamente a los ojos antes de contestar.

—A que Nate te dejó destrozada. Realmente te dejó hecha polvo, pero tú tampoco has hecho nada para levantarte. Te resistes a mirar hacia delante.

—¡No es cierto! —exclamé. De inmediato empecé a notar unas dolorosas punzadas por todo el cuerpo.

—¡Me estás utilizando, Dawn! —gritó él también antes de volverse de espaldas.

—¡Tonterías! —chillé con la voz disonante y la mirada borrosa—. Me dijiste que me querías como fuera. Que te parecería bien lo que quisiera darte.

Spencer resopló con desdén.

—Ya lo sé. Pero luego tú... —empezó a decir. La voz se le volvió ronca y se me quedó mirando, negando con la cabeza—. Te quedaste a mi lado. Y eso significa algo, ¿no?

Tragué saliva.

—Sí, pero...

—«Sí, pero» —me interrumpió—. Siempre pones excusas de

por medio, siempre encuentras alguna manera de evitar que lo nuestro pueda convertirse en algo serio, de seguir manteniendo las distancias. Y estoy hasta los huevos.

—Lo decidimos juntos, Spence. Tú y yo. No actúes como si te hubiera impuesto algo que tú no querías.

Spencer se estremeció.

—No pretendas que crea que nuestra relación es meramente física, Dawn. Los dos sabemos que hay algo más, sobre todo desde aquella noche. Lo que ocurre es que eres demasiado cobarde para admitirlo.

—¡Para ya de tratarme como a una gallina! —dije indignada.

—¿Acaso no tengo razón? Yo te deseo, tú me deseas, y las cosas podrían ser más sencillas, pero tú no quieres que lo sean.

Entonces fui yo quien soltó un resoplido.

—¿Y qué me dices de ti? Puede que yo sea una cobardica, ¡pero tú no te atreves a mostrar a la gente cómo es tu vida en realidad! ¿Qué te hace pensar que tu actitud es mejor que la mía?

—Yo al menos me esfuerzo —repuso—. Yo no bajo los brazos, a pesar de arrastrar un pasado de mierda. ¡Miro hacia delante, todos los días, aunque tenga que recurrir a mis últimas reservas de energía! Lo que tú haces, en cambio, es...

Se detuvo de repente, como si se hubiera dado cuenta de que estaba a punto de decir algo que luego no podría retirar, y empezó a dar golpecitos con los dedos sobre la caja del regalo que yo había traído.

—Te la quería presentar —confesó en voz baja, casi inaudible, como si de repente lo hubiera asaltado el temor de que las palabras pudieran echar a perder lo que todavía nos quedaba—. Pero no puedo presentar a Olivia a nadie que no permanezca en mi vida a largo plazo.

Empecé a notar los latidos de mi corazón en los oídos, cada vez más fuertes.

—¿Qué quieres decir con eso?

Levantó el paquete y me lo devolvió. Se lo quité de las manos con brusquedad.

—Nunca he tenido la oportunidad de demostrarte que el amor también puede funcionar de otro modo —prosiguió—. Hasta el momento nunca me lo has permitido. Y ya no me quedan fuerzas para convencerte de lo contrario. Sobre todo porque no pareces dispuesta a dejar atrás tu pasado.

Me mordí las mejillas por dentro y abandoné las esperanzas de seguir conteniendo las lágrimas.

—Pero no quiero perderte —dije con la voz quebrada.

—Creo que es demasiado tarde para eso —repuso con una calma forzada.

A la mierda con el regalo. Lo dejé caer al suelo y me agarré con las dos manos a su camiseta. Necesitaba aferrarme a él, tocarlo para que no se me escapara de una vez por todas.

—¡No es cierto, no es demasiado tarde! —sentencié desesperada.

—Al principio... —dijo negando con la cabeza—, me decías continuamente que no podías. Ahora soy yo quien no puede. Espero que lo comprendas.

La garganta se me secó por completo al oír esas palabras.

—Lo nuestro era... Nos iba bien de ese modo...

—Pero ya no es suficiente para mí —susurró.

No intentó apartarse, pero tampoco correspondió a mi abrazo. Se limitó a mirarme desde arriba, con los ojos ensombrecidos y consternados.

Con las manos agarrotadas, le envolví las mejillas. Tenía que comprender que él era algo más que un simple medio para conseguir un fin. Que significaba algo para mí.

—Spence... —susurré.

Algo en su mirada se enterneció, y me decidí a besarlo. Presioné mis labios contra los suyos con desesperación, intentando transmitirle con ese gesto todo lo que no era capaz de decir con palabras. Con un sonido gutural, respondió a mi beso con una intensidad arrasadora. Hundí las manos en su pelo húmedo y me aferré a él para tenerlo tan cerca como fuera posible. Tenía que comprenderlo. Como fuera.

Spencer me agarró y me levantó en volandas. Envolví su cuerpo con las piernas y él se volvió, de manera que enseguida quedé con la espalda apoyada en la pared. Justo cuando empezaba a quedarme sin aire, sus dientes atraparon mi labio inferior y mi cuerpo entró en erupción. Marcándome a fuego, su lengua buscó la mía y nuestros cuerpos se fundieron. Deslizó las manos por debajo de mi camiseta y el tacto familiar de sus ásperos dedos me arrancó un gemido.

Ese beso llevaba impregnado el sabor de mis lágrimas. Clavé las uñas en sus hombros y lo oí gruñir antes de que hundiera los labios en mi cuello y yo dejara caer la cabeza a un lado. Dejando un rastro abrasador en mi clavícula, siguió subiendo para mordisquearme el lóbulo de la oreja.

—Estoy perdidamente enamorado de ti —confesó con pasión.

Al oírlo, el corazón estuvo a punto de saltarme del pecho. Sin embargo, justo en ese instante me pareció oír la voz de Nate a través del teléfono, hablándome al oído: «Te quiero. Te quiero, Dawny».

Me envaré de repente. No pude hacer nada para evitarlo.

Spencer se detuvo de inmediato. Se apartó un poco de mí y me miró fijamente a los ojos.

Lo que hasta ese instante todavía quedaba entre nosotros quedó hecho añicos en cuanto detectó el pánico en mi mirada. Lo vi perfectamente en el azul profundo de sus ojos. Dentro de mí también se rompió algo, y los fragmentos quedaron esparcidos a nuestros pies.

Me dejó de nuevo en el suelo y se volvió enseguida para darme la espalda.

—Spence...

—Márchate.

Su voz sonó hueca, exenta de emoción.

—No quería...

Cogió la escultura que tenía encima del escritorio y la lanzó contra una pared del cuarto, donde se estrelló a pocos centímetros de mí, provocándome un gran sobresalto.

Me lo quedé mirando horrorizada. Spencer tenía el rostro deformado por la ira.

—¿Qué se suponía que era eso, Dawn? ¿Un polvo rapidito de despedida?

Sollocé presionándome el pecho con las manos, aquellas palabras me dolieron muchísimo. No podía respirar.

Él se dio cuenta entonces de lo que acababa de hacer, abrió mucho los ojos y avanzó un paso hacia mí.

En esa ocasión fui yo quien retrocedió. Primero un paso. Luego otro. Y otro. Hasta que llegué a la puerta del dormitorio. Di media vuelta y salí corriendo de su casa tan rápido como pude.

33

El dolor se manifiesta de innumerables maneras, y yo las sentía todas a la vez.

Nunca habría creído que fuera posible, pero lo era.

Me sobrevino todo de golpe: me quedé sin aire, me sentí como si toda la piel se me hubiera encogido y mi cuerpo fuera demasiado pequeño para contener lo que bullía en mi interior. Notaba fuertes punzadas y palpitaciones en el pecho, y tenía la sensación de que las extremidades no me servían para nada. Fue horrible.

Tuve que reunir todas mis fuerzas para subir al autobús que me llevó a Portland. Fue el viaje más fatigoso de toda mi vida. Los minutos que pasé sometida a ese dolor parecieron horas. Por mucho que pueda parecer un cliché, lo sentí exactamente así. El camino desde la parada del autobús hasta el taller de mi padre me pareció el doble de largo que de costumbre, y el último tramo lo salvé corriendo para terminar con aquel martirio.

Llegué al taller casi agonizando, y mis jadeos rivalizaron con el ruido de las fresadoras que los operarios de mi padre manipulaban para trabajar la madera.

Sorteé las incontables cajas de herramientas que encontré a mi paso y llegué hasta la estrecha escalera que permitía acceder a la primera planta. Además del ruido de las fresadoras, oí la débil música que emitía la radio antigua del taller.

Mis jadeos de pánico llamaron la atención de mi padre enseguida. Levantó la cabeza y empalideció de repente nada más verme. Apagó la fresadora de inmediato y cruzó la sala. Me preguntó algo, me agarró la cara y me la examinó desde todos los ángulos para ver si había sufrido algún accidente.

Como no encontraba ninguna herida externa, me envolvió entre sus brazos. Hundí la cara en su mono de trabajo, aspiré ese aroma tan familiar a cola y madera y me di por vencida.

Simplemente me rendí.

Pasaron los días, pero seguía sintiéndome como un robot, quizá porque realmente me comportaba como tal. Entre otras cosas, porque era incapaz de llorar. Era como si se me hubieran terminado las lágrimas.

Aunque quizá me había convertido simple y llanamente en una patata insensible. O quizá (y eso era realmente otra opción) Spencer era una especie de vampiro que había absorbido todos mis sentimientos. Sí, tenía que ser eso, porque sentía un vacío insondable en el pecho, y no podía hacer nada para reparar el daño que nos habíamos hecho mutuamente.

A media semana nos visitaron Maureen y Everly. Trajeron una fuente para horno llena de lasaña y dimos buena cuenta de ella entre los cuatro.

Cada vez me caían mejor, tal vez porque ninguna de las dos me hacía preguntas acerca de lo que me ocurría. Y lo agradecí, porque estaba en modo zombi y no me apetecía participar en las conversaciones, más allá de soltar un par de murmullos guturales.

Antes de marcharse, Everly me dio los últimos ejercicios que nos habían encargado en el taller de escritura y me transmitió saludos de parte de Nolan. El profesor no sólo le había hecho prometer que me haría llegar los deberes y el saludo, sino que además la obligó a hacerse una foto para demostrarlo. Era un tipo realmente raro.

Esa misma noche encendí el ordenador prehistórico de mi padre para escribir el ejercicio en cuestión. Teníamos que contar un recuerdo de infancia que nos hubiera marcado especialmente.

Me sumergí en la tarea encomendada y escribí sobre el taller de carpintería de mi padre, sobre el día en que, de pequeña, había estado jugando con una fresadora y había arruinado una pieza de mobiliario carísima. En lugar de gritarme, mi padre me trató con mucha consideración y me explicó los peligros que entrañaba el taller. Ese recuerdo había quedado fijado en mi memoria porque al principio yo negué ser la que había arruinado la puerta de aquel armario por miedo a que él se enfadara y no quisiera tenerme nunca más en el taller. Por eso mentí.

Él se dio cuenta enseguida de que algo no encajaba y, poniéndose a mi altura, me explicó lo peligroso que había sido lo que había hecho y lo que podría haber ocurrido.

Sin duda alguna, esos momentos habían cambiado nuestra relación para siempre, además de servirme para comprender que podríamos salir adelante sin mi madre. Porque me di cuenta de que no necesitábamos a nadie más aparte de nosotros mismos, y que los conflictos podían resolverse sin gritar y sin enfadarse.

Mi ejercicio acabó superando con mucho la extensión requerida. Estuve escribiendo hasta tarde por la noche, y durante un par de horas incluso llegué a olvidar mi mal de amores. En cuanto me di cuenta, me lamenté de no haberme llevado mi ordenador a Portland, pero mi partida había sido tan precipitada que no me había llevado ni el móvil destrozado ni a mi querido *Watson*.

El jueves mi padre llegó temprano a casa, cargado con una enorme pizza de tamaño familiar y dispuesto a compartirla conmigo mientras mirábamos el partido de los Blackhawks. Me ofreció una cerveza y no pude evitar estremecerme al recordar aquella noche fatídica en la que me había emborrachado.

—No, gracias —murmuré, desviando la mirada hacia el televisor con un trozo de pizza en la mano.

—¿Qué te parece si ahora me cuentas lo que ha sucedido, gorrioncillo? —me preguntó.

—No ha ocurrido nada. Sólo necesitaba descansar.

Dos frases seguidas. No había conseguido encadenar tantas palabras juntas desde hacía una semana. La temporada de los monosílabos por fin había quedado atrás.

—¿Descansar de qué? —insistió mi padre, seguramente temiendo que volviera a refugiarme en el silencio.

Respiré hondo, sintiéndome incapaz de traducir mis sentimientos en palabras. Me costaba mucho más hablar que expresar lo que sentía escribiendo.

—He metido la pata, papá —susurré, jugueteando con los hilillos de queso de la pizza.

—Sea lo que sea, nos las arreglaremos para salir adelante. Como siempre.

Noté su mirada clavada en mí, pero no me atreví a devolvérsela por si, habiendo dejado atrás el modo robot, me echaba a llorar en cualquier instante. Era un riesgo que no estaba dispuesta a correr.

—¿Me oyes? Saldremos adelante. Estoy seguro de que no es tan grave como tú piensas —añadió.

Casi me echo a reír al oírlo. Casi.

—Es peor, papá. Créeme —grazné.

Se volvió hacia mí, lo vi de reojo.

—¿Debería preocuparme? —preguntó alarmado.

Me armé de valor y me giré un poco hacia él para poder mirarlo mientras hablaba.

—No, es... algo personal. Le he hecho daño a alguien y tengo que apechugar con las consecuencias.

Dicho de otro modo, que Spencer no querría volver a verme. Que había perdido a todos mis amigos de golpe. Que Allie estaba saliendo con Kaden y, por tanto, se pondría de su parte.

—Entonces discúlpate, Dawny. Cuando un Edwards mete la pata, no busca un agujero para esconderse, sino que da la cara —afirmó mi padre.

Me puse tiesa de repente.

—Ya me disculpé, y no fue suficiente.

Él soltó un resoplido y dejó la lata de cerveza encima de la mesita de centro.

—Eso no es lo que yo te he enseñado.

El trozo de pizza que tenía en la mano me cayó sobre el regazo al oír esa acusación.

—Perdona, ¿cómo dices?

Su mirada se endureció.

—Cuando se acabó con Nathaniel me preocupé mucho por ti, gorrioncillo. Aunque intentaste hacerme creer que todo iba bien, me di cuenta de que no era cierto ni mucho menos. Pensé que era porque, en general, las separaciones nunca son agradables, y estaba seguro de que no tardarías en volver a reír.

Se me hizo un nudo en la garganta y parpadeé como una loca. «Hasta la vista, Robo-Dawn.»

—Fue necesario que pasaran varios meses y te mudaras a otra ciudad para que volvieras a ser tan alegre como antes. Para que volvieras a reír. Y ahora me vienes con los ojos hinchados y un pretexto patético, a pesar de que habíamos quedado en que a partir de ahora seríamos sinceros el uno con el otro.

—Papá...

—Todavía no he terminado —dijo con un tono de voz tan suave como lleno de determinación.

Se pasó la mano por la sien rasurada, con la frente surcada por las arrugas.

—Lo que te ha ocurrido es una verdadera mierda y te ha dejado hecha polvo, pero no puedes tirar la toalla cada vez que las cosas se ponen difíciles. La vida no funciona así. Y nunca lo hará. ¿Qué crees que nos habría sucedido si yo hubiera bajado los brazos cuando tu madre nos abandonó? Fue muy duro. ¡Joder, si lo fue! Y por supuesto que sufrí mucho por culpa de lo que decidió ella, pero al final eso nos acabó uniendo todavía más. Gracias a eso tenemos lo que tenemos ahora.

Me agarró un brazo y me dio un apretón afectuoso.

—Lo que quiero decir, gorrioncillo, es que... no puedes abandonar. Tienes veinte años. ¡Veinte! Puedes cometer errores, incluso te diría que debes cometerlos. Para eso está la veintena. Pero lo que no puedes hacer es detenerte a medio camino y dejar de avanzar. Porque te aseguro una cosa: si siempre actúas así, nunca vivirás de verdad. O empezarás a vivir cuando sea demasiado tarde.

Absorbí todas sus palabras como una esponja seca. Y por dentro hice un clic. Y lo entendí. Comprendí lo mucho que estaba desperdiciando el tiempo.

La mudanza a Woodshill había sido una huida, pero la vida que había iniciado allí era mucho más que eso. Más incluso de lo que podría haber soñado jamás. Había encontrado un sitio fantástico para estudiar que de vez en cuando me frustraba, pero que sin duda valía la pena. Ganaba algo de dinero con el mejor trabajo que podría haber soñado, y a pesar de todo me había pasado el último año escondida tras mi portátil, por la vergüenza que me daba contarle a la gente lo que en realidad era toda una suerte.

Menuda locura. Me avergonzaba de algo que me hacía más feliz que cualquier otra cosa. Sólo por miedo a que me juzgaran por ello. En cambio, a la hora de la verdad, todos mis amigos se habían alegrado cuando por fin lo supieron. No sólo eso, sino que incluso se habían sentido orgullosos de mí.

Tenía unos amigos fantásticos, sinceros, leales y... y tenía a Spencer.

Spencer, que siempre creía en mí y me lo había confiado todo. Spencer, que afrontaba cada día como un nuevo inicio y, a pesar de la terrible carga que llevaba sobre los hombros, era una de las personas más alegres que había conocido.

—Joder, vaya mierda —murmuré apoyando la cabeza en el respaldo del sofá.

De repente quedaron olvidados por completo tanto el trozo de pizza como los Blackhawks.

—Soy una idiota.

Mi padre refunfuñó algo que parecía darme la razón.

—Acabarás arreglando las cosas, Dawny.

Parecía convencido de ello. Como si no tuviera la menor duda de que lo conseguiría.

Y yo sólo esperaba que tuviera razón.

34

El viernes por la mañana, Allie vino a Portland para traerme unas cuantas cosas. Nada más abrir la puerta, me dio un abrazo sin molestarse siquiera en dejar las bolsas en el suelo.

—Aunque acabe de abrazarte, quiero que sepas que estoy enfadada contigo —me informó mientras me vaciaba los pulmones de aire.

—De acuerdo —dije, respondiendo a su abrazo con la misma intensidad.

—¡No puedes largarte a Portland como si nada y mandarme sólo un correo electrónico! ¿Quién haría algo así? —preguntó agarrándome por los hombros para separarme un poco y sacudirme ligeramente.

—Me cargué el móvil —me justifiqué, arrepentida.

—Ya lo sé. Encontré los restos y te los he traído.

Rebuscó dentro de una de las bolsas que llevaba.

—Estaba muy preocupada por ti. Y Sawyer también. Incluso ha llamado a Kaden preguntando por ti.

«Mierda.» Me había olvidado de escribir a mi compañera de cuarto. Tenía que revisar la lista de las cosas que tenía que arreglar, como si no fuera ya lo suficientemente larga.

—Oh, no...

—Preguntó si sabíamos dónde estabas. Le he dicho que querías pasar unos días en casa y que necesitabas un descanso.

Suspiré y liberé a Allie del peso de *Watson* al ver que lo llevaba colgado del hombro.

—Gracias, se me había olvidado por completo.

Los ojos verdes grisáceos de Allie examinaron mi rostro a conciencia, como si buscaran alguna pista de mi estado emocional.

—¿Cómo estás?

Me encogí de hombros, le quité la segunda bolsa que había llenado con mis cosas y la invité a pasar al salón.

Llevaba días sin poder escribir, por eso había acabado pidiéndole a Allie que me hiciera el favor de traerme el portátil. Ella quería venir a verme de todos modos, porque había transcurrido una semana desde que había huido para esconderme del mundo.

Pero ya no me escondía. Las palabras de mi padre me habían abierto los ojos. Y tenía un plan.

Allie se sentó en el sofá de piel y contempló el salón mientras yo le preparaba un café en la cocina. Incluso teníamos crema que había traído Maureen. Allie era adicta a ese sucedáneo de la leche, por lo que le serví el café con una buena ración. Luego me instalé con ella en el sofá y, con una sonrisa de agradecimiento, le tendí la taza.

Reuní todo mi valor para hacerle una pregunta.

—¿Cómo está Spencer?

Ella rodeó la taza con las manos.

—Bien. Al menos, eso es lo que intenta hacernos creer.

No me sorprendió, pero tampoco supe muy bien si tenía que alegrarme por ello o si era más bien un motivo de tristeza.

—Supongo que fue algo que sucedió entre vosotros lo que te trajo hasta aquí, ¿no? —preguntó Allie con cautela.

—Intenté disculparme, pero me dijo que era demasiado tarde. Le di un beso y me dijo que estaba perdidamente enamorado de mí, pero que..., bueno, es que notó mi tensión y dijo que no quería verme más —le expliqué, resumiendo al máximo lo que había ocurrido.

Mi amiga me puso una mano sobre el brazo.

—¿Tanto te asusta la idea de que Spencer te quiera?

Tragué saliva, tenía la garganta seca.

—La noche que me emborraché con Kaden, Nate me había llamado por teléfono para decirme que me quería. Eso me catapultó de repente al pasado. Y oír las mismas palabras en boca de Spencer no fue una sensación agradable. Pero eso no significa que yo no lo quiera. Todo lo contrario...

Negué con la cabeza y me miré las manos, que había apoyado en el regazo.

—Si es que estoy loca por él, Allie.

—Ya lo veo.

—Simplemente, Nate me cogió por sorpresa. Y yo no... no quería ponerme tan tensa.

—No te sientas mal por ello. Cualquier persona que esté a un radio de cien kilómetros de ti se dará cuenta enseguida de que estás enamorada de Spencer. Es sólo que eres especialmente prudente con tu corazón porque ya te lo han roto una vez. No hay nada malo en ello, es únicamente un mecanismo de defensa que puede explicarse de forma muy lógica —repuso Allie.

Contuve el aliento en cuanto me di cuenta de que mi amiga tenía razón. Me había enamorado perdidamente de Spencer.

—Desde que vives con Kaden se te dan muy bien estas cosas —dije al cabo de un rato.

—Mi historia con Kaden es el mejor ejemplo de ello: a veces las cosas simplemente requieren un poco más de tiempo. Creo que Spencer tendrá paciencia, si de verdad se plantea seriamente lo vuestro. Además, no sabe nada sobre la llamada de Nate, ¿verdad? —preguntó Allie con aire reflexivo.

—No —respondí negando con la cabeza—. Quise aclarárselo, pero ya estaba harto de que le pusiera excusas. Han sido demasiadas las veces que le he dado esperanzas y he jugado con sus sentimientos para luego dejarlo colgado. Es comprensible que no quiera saber nada más de mí —murmuré.

—Yo creo que, simplemente, no era el momento adecuado. Pero eso no significa que por fuerza las cosas no puedan cambiar —replicó con determinación.

Yo me limité a soltar un gruñido.

—Lo digo en serio, Dawn. Si pudieras quitarte a Nate de la cabeza definitivamente y el tiempo que pasaste con él no hubiera existido jamás, ¿qué ocurriría?

Sólo había una respuesta para la pregunta de Allie, y no tuve que pensar ni un instante para saber cuál era.

—De no haber sido por los años que pasé con Nate, no me daría ningún miedo dejar que Spencer se acercara a mí. Creo que... seguramente ya estaríamos juntos.

—¿Lo ves? Eso demuestra que quieres estar con él.

—Pero...

—Nada de peros. Si no estuviéramos aquí, estarías entre sus brazos.

—Y posiblemente desnuda —añadí con aire soñador.

Allie arrugó la nariz y se tapó los oídos.

—Pasas demasiado tiempo con Scott. No me apetece imaginarme a mi mejor amiga desnuda.

—¿Por qué no? Al fin y al cabo, yo he visto desnudo a Kaden.

—Eso es distinto. Es que entraste en casa sin más.

—Porque creía que no estabais.

—¡Pues sí estábamos! Ya te digo yo que estábamos —confirmó meneando las cejas.

De repente me vino a la cabeza la imagen del pene de Kaden.

—Me acuerdo. Vagamente, pero me acuerdo —repuse intentando apartar ese recuerdo de mi mente. Allie soltó una de sus carcajadas contagiosas y, por primera vez desde hacía varios días, apareció una sonrisa en mis labios.

Cuando se hubo calmado de nuevo, tomó un buen trago de café.

—Bueno, ¿y ahora qué hacemos?

Respiré hondo.

—Tengo que resolver unas cuantas cosas.

—Sea lo que sea, cuenta conmigo.

Aunque debería haber ido sola y tal vez habría sido mejor que así fuera, la verdad es que me alegré de tener a mi amiga a mi lado.

Nos plantamos frente a la casa de Maynard. Ya habíamos dado la vuelta a la manzana dos veces, porque a la hora de la verdad me estaba costando más de lo previsto reunir el valor necesario para llevar a cabo lo que me había propuesto. Ojalá hubiera podido tener unos huevos a mano para estrellarlos contra la fachada, pero eso no habría sido justo para Ernest, aunque ya no estuviera entre nosotros. Seguro que me estaba observando desde algún lugar.

—Lo conseguiré —murmuré.

—Claro que sí.

Me volví hacia Allie y le dediqué una sonrisa de agradecimiento.

—¿Quieres que entre contigo? —me preguntó.

Negué con la cabeza.

—Creo que debo hacerlo sola. Pero saber que te tengo aquí fuera esperando ya supone una gran ayuda. Gracias.

—¿Quieres que dé otra vuelta a la manzana?

Contemplé las tejas verdes y fui bajando la mirada por la fachada blanca hasta llegar al saledizo por el que entraba la luz del jardín.

—No. Estoy lista.

—Te espero. Si dentro de media hora no estás aquí, entraré —anunció Allie.

Asentí con aire ausente y, por fin, bajé del coche. Cerré la puerta con cuidado y abrí la portezuela de madera que permitía entrar en la finca. Me costaba mucho avanzar, todas y cada una de las fibras de mi cuerpo me ordenaban que diera media vuelta y regresara corriendo al vehículo, pero levanté la barbilla y seguí andando por el sendero hasta que llegué a la puerta de la que en algún momento creí que sería mi futura casa.

«Duffy.»

Con un peso en el corazón, pulsé el timbre y poco después oí pasos acercándose por el pasillo. El corazón me latía a toda velocidad cuando se abrió la puerta.

Nate me miraba con los ojos abiertos como platos.

—Hola —dije con la voz temblorosa.

—Hola —respondió él con la misma indecisión.

Dios, qué raro fue eso. Rarísimo. Y también muy incómodo.

—¿Qué haces aquí, Dawny? —preguntó con la frente arrugada.

La pregunta era bastante buena, eso hay que reconocerlo.

—Tengo que hablar contigo.

Durante unos instantes, fue como si Nate no pudiera parar de mirarme. Luego asintió poco a poco y se hizo a un lado. Con pasos titubeantes, crucé el umbral, me quité la chaqueta y entré directamente hasta el salón.

La casa estaba decorada de un modo distinto al que nosotros habíamos planeado. Al parecer, los gustos de Nate habían cambiado. Se había limitado a una austera combinación de gris y negro, con un resultado elegante pero poco acogedor. Se notaba claramente que no vivía solo: había fotografías de él y Rebecca colgadas en las paredes.

Detecté también un toque femenino en los pocos matices de color que restaban un poco de rigidez a los muebles cuadrangulares, y por si las velas de Bath & Bodyworks y las fotografías de la pared no eran pruebas suficientes, también me fijé en la estantería llena de películas femeninas y la librería repleta de novelas de amor, entre las que se encontraban algunas de mis favoritas.

—Os ha quedado bonito —comenté con torpeza, plantada en el centro de la estancia.

—Siéntate —me ofreció Nate, señalando hacia el sofá.

Ignoré su invitación y opté por ocupar una de las sillas del comedor. Me pareció más... formal.

—¿Te apetece beber algo?

—No, gracias —respondí, negando también con la cabeza.

Estaba distinto. Parecía más adulto. Llevaba unos vaqueros y una camisa con el último botón desabrochado. Se había cortado la media melena rubia y ahora llevaba el pelo bastante corto. Seguramente era un requisito en la oficina. Llevaba las mejillas bien afeitadas, sin la barba incipiente que había lucido el último año y que le daba un aspecto juvenil, a la vez que le delimitaba más el rostro. Sin embargo, yo seguía viendo en él al jovencito con el que había crecido.

—He venido a hablar contigo acerca de la llamada del otro día, Nate —anuncié.

Se sobresaltó de un modo casi inapreciable y hundió la mirada en las manos, que acababa de cruzar sobre la mesa.

—Me ha costado mucho tiempo sobreponerme a lo que me hiciste —proseguí—. No puedes llamarme y decirme esas cosas como si no hubiera ocurrido nada. Tú y yo hemos terminado. Y desde hace tiempo, además.

Abrió la boca un par de veces como si quisiera decir algo, pero luego volvió a cerrarla antes de mediar una sola palabra.

—Lo sé —admitió al fin—. Lo siento.

—A juzgar por la decoración y por los libros de la estantería, supongo que vives con Rebecca. En ese caso, lo de la llamada es todavía peor. No puedes llamarme borracho perdido y decirme que todavía me quieres, joder —dije con vehemencia—. ¿Es que no has aprendido la lección?

—Yo no dije eso —replicó.

Entonces fui yo la que se quedó boquiabierta.

—No sé si es que estabas al borde del coma etílico y por eso no te acuerdas, pero yo sí tengo muy presentes tus palabras.

Nate negó con la cabeza. No se le movió ni un solo mechón, de la cantidad de gomina que llevaba. Nunca lo había visto peinado de ese modo, parecía que tuviera el pelo esculpido en piedra.

—Dije que te echaba de menos, Dawn. Que llevábamos un año sin hablar y que siempre te he querido, pero...

Me estremecí. Nate se dio cuenta y se quedó callado unos instantes.

—Soy consciente de que cometí un error, puede que incluso el más grave de mi vida, lo admito. Pero he cambiado. Ahora asumo la responsabilidad de mis errores.

Se reclinó hacia atrás, frotándose la nuca.

—Te llamé porque quería contarte algo —continuó—, y porque quería contártelo yo, para que no te enteraras por terceros, porque el caso es que...

Se aclaró la garganta y se le sonrojaron las mejillas.

—¿Qué ocurre? —pregunté alarmada.

A pesar del abismo que había entre nosotros, conocía a Nate desde hacía mucho tiempo, y estaba segura de que era algo realmente importante. Ostras. Deseé que no me dijera que estaba enfermo y que le quedaban pocos meses de vida. «Por favor, que no sea eso», pensé.

Me miró de nuevo y en sus ojos percibí un sentimiento realmente profundo.

—Rebecca y yo nos casaremos.

Esperé.

Y esperé.

Pero el dolor no llegaba.

Todo lo contrario, me sentí aliviada. Una boda sin duda era mejor que una enfermedad mortal.

—Di algo —murmuró Nate. Alargó un brazo por encima de la mesa para agarrarme la mano, y no demostré la rapidez necesaria para evitarlo. Me recogió los dedos con suavidad. No sentí ni el más mínimo cosquilleo. De hecho, no sentí nada. Ni rencor, ni tristeza, ni tampoco la chispa que tiempo atrás había entre nosotros.

—Muchas felicidades, Nate —repliqué en voz baja, mirándome la mano que casi había desaparecido bajo la suya. Siempre había pensado que tenía unas manos increíblemente atractivas, pero en esos momentos me parecieron simplemente... manos. Grandes, fuertes y asombrosamente quietas. Todo lo contrario de las que tanto anhelaba, esas manos que no podían quedarse quietas ni un instante y a menudo estaban manchadas de pintura o de cola.

—¿No tienes nada más que decir? —preguntó con incredulidad.

Negué con la cabeza y lo miré de nuevo a los ojos.

—¿Qué esperabas?

—Yo pensaba... —empezó a decir con los ojos muy abiertos— que después de todo lo que vivimos tú y...

Sus palabras se perdieron en el enorme salón cuando lo interrumpí con un resoplido.

—¿Qué? ¿Que me tiraría al suelo gritando como una chiquilla testaruda?

—Tienes todo el derecho a gritarme, Dawny. Tienes derecho a hacer lo que quieras, si eso significa que vuelves a formar parte de mi vida —respondió Nate, y para añadir énfasis a sus palabras me apretó los dedos con fuerza.

—Pero es que yo no quiero formar parte de tu vida.

—Dawny, por favor... —suplicó.

—He venido para decirte que ya he puesto el punto final, por lo que no puedes llamarme más, Nate, ¿lo entiendes? En Woodshill he empezado una vida nueva y no quiero que recuerdos dolorosos del pasado me la echen a perder.

Elegí las palabras a conciencia, pero la tristeza se avivó en sus ojos de todos modos.

—No puedo imaginarme una vida en la que tú no estés, simplemente no puedo, Dawny. Crecimos juntos, y no quiero perderte, porque siempre tendrás un lugar en mi corazón. Te llamé sólo por eso. Porque quería..., porque pensé que tal vez podríamos...

—¿Ser amigos? —pregunté con una sonrisa afligida—. Nunca podré volver a ser tu amiga.

—¡Me eliminaste de tu vida sin volver siquiera la vista atrás ni un instante! —se quejó, y pareció casi un reproche.

—La verdad es que me lo pusiste bastante fácil. ¿Qué esperabas? Después de todo lo que ocurrió, ¿realmente creías que podría ser tu amiga? ¿Que aceptaría todo esto? —pregunté airada mientras barría la casa entera con un amplio gesto.

—Lo siento —repitió.

Ya lo había oído pronunciar esas palabras un montón de veces.

—Acepto tus disculpas —repuse con un apretón en la mano. Uno. Luego se la solté. Justo en el momento en que alguien empezó a bajar por la escalera haciendo crujir la madera de los peldaños.

—¿Quién ha llamado? —oí decir a Rebecca desde el pasillo.

Creo que fue la primera vez que le oí la voz. Más allá de los gritos y los gemidos de placer que soltaba cuando los sorprendí con las manos en la masa.

Poco después apareció por la puerta del salón y se quedó de piedra al ver que era yo quien estaba sentada a la mesa del comedor. Empalideció de repente, y creo que a mí me ocurrió lo mismo. Me quedé boquiabierta. La miré de arriba abajo, de la cabeza a... la abultada barriga. O se había zampado un pavo entero ella sola, o la felicitación tenía que ser doble.

Nate se aclaró la garganta.

—Esto era lo segundo que quería contarte.

Por eso me había dicho que asumía la responsabilidad de sus errores. Ése era el motivo de aquella boda precipitada y de la desesperación de su llamada. Lo había dicho en serio, cuando había afirmado que había cambiado y asumía sus responsabilidades.

Casi sentí lástima por él. Tal vez por eso ver a Rebecca me dolió menos de lo que habría creído. No era capaz de relacionar a esa encantadora chica embarazada con la zorra a la que había sorprendido follándose a mi marido en mi propia cama.

—Enhorabuena a los dos —los felicité, y aunque las palabras me sonaron extrañas, las dije de todo corazón. Luego me puse de pie poco a poco, saludé a Rebecca con la cabeza y salí del salón en dirección al pasillo.

—¡Dawn, espera! —exclamó Nate a mi espalda, aunque hice caso omiso de su llamada.

Tan deprisa como pude, salí corriendo de la casa en dirección al coche de Allie. Nada más ver a mi amiga, me invadió una sensación de alivio indescriptible.

Sin embargo, oí unos pasos detrás de mí y de repente noté que me agarraban por un brazo.

—Dawn, por favor, escúchame —me pidió Nate con insistencia—. Puedes...

Me di la vuelta de repente.

—¡No!

Se me quedó mirando, parpadeando con perplejidad.

—Te dediqué seis años de mi vida sólo para que luego te deshicieras de mí como si fuera un trasto viejo. Y he tardado un año entero en superarlo, pero ahora ya está. Hemos terminado definitivamente. Y creo que por amor a Rebecca y al bebé que lleva dentro, tú deberías hacer lo mismo.

No sólo no me soltó, sino que me agarró todavía con más fuerza, como si quisiera seguir aferrado a nuestras esperanzas de antaño.

—Suéltame, Nate.

Negó con la cabeza.

—Pero...

—Te ha dicho que la sueltes de una vez, capullo —intervino Allie. De repente se plantó a mi lado y Nate me soltó enseguida.

—¿Y ésta quién es? —preguntó él en voz baja, sin apartar los ojos de mi amiga.

—Me llamo Allie. Me alegro de conocerte, al fin.

En cuestión de un segundo, mi amiga levantó el puño y le propinó un gancho en la barbilla. Nate aulló de dolor, agarrándose el mentón con la mano y soltando un taco tras otro.

Me quedé mirando a Allie boquiabierta. Tenía los dientes apretados mientras sacudía la mano con la que le había pegado.

—¿Estás lista, pues? ¿Nos vamos? —me preguntó.

Yo asentí sin decir nada. Ella se colgó de mi brazo y las dos nos metimos en el coche para alejarnos de la casa que en otros tiempos creí que formaría parte de mi futuro, igual que el tipo que se quedó plantado como un pasmarote en el sendero de acceso, quejándose de dolor.

Todavía le lancé una última mirada por encima del hombro, y cuando nuestras miradas se encontraron, la despedida fue definitiva.

35

Allie y yo regresamos a Woodshill ese mismo día.

Hicimos una parada en un Best Buy para comprarme un móvil nuevo. Aproveché para contratar un número distinto, por si Nate no se tomaba en serio lo que le había dicho, y enseguida le mandé un mensaje a Sawyer para anunciarle que daba por terminado mi exilio. Se limitó a responderme con un emoji de un puño con el dedo corazón extendido. Al parecer, todo seguía igual que siempre.

—Ahora que lo pienso, ¿cómo es posible que no te haya quedado la mano hecha polvo? —le pregunté a Allie en cuanto nos detuvimos frente a la residencia de estudiantes.

Le examiné los nudillos a conciencia. Ni siquiera se le habían amoratado. Tiempo atrás, yo le había pegado un puñetazo a Kaden y la mano se me había hinchado hasta alcanzar un tamaño que duplicaba el habitual, por no hablar del dolor insoportable que acompañó a la hinchazón.

—Kaden me enseñó a pegar bien en el gimnasio. Con un saco de boxeo —me explicó alegremente con el puño cerrado en alto.

—Pues yo también quiero aprender. Así podré defenderme yo sola sin hacerme daño la próxima vez.

—Yo misma puedo enseñarte —me aseguró mientras sacábamos mis cosas del maletero.

Cuando llegamos a mi habitación, la puerta se abrió antes incluso de que pudiera tocar el pomo, y apareció un remolino de pelo rubio que estuvo a punto de tirarme al suelo. El abrazo duró apenas un segundo. Acto seguido, Sawyer se apartó de mí y con un dedo me golpeó la frente, lo que me pilló por sorpresa.

—Ni se te ocurra volver a hacer algo así, cabrona.

Me fulminó con la mirada durante unos instantes, luego dio media vuelta y volvió a entrar en la habitación que compartíamos.

Todo sucedió tan deprisa que casi ni me di cuenta.

—Menuda bienvenida —murmuré.

—Si esperabas cualquier otro recibimiento es que te has equivocado de cuarto —repuso Sawyer.

Tenía toda la razón. Y, aun así, no habría cambiado aquella plaza en la residencia por nada del mundo.

—Siento no haberte dicho nada. Lo olvidé —intenté disculparme mientras me descalzaba.

Mi mitad de la habitación estaba tan colorida y caótica como la había dejado la semana anterior, antes de huir precipitadamente. Sólo había algo distinto: un tubo de cartón que no recordaba haber dejado sobre la cama.

—¿Qué es eso? —le pregunté a Sawyer, que ya se había sentado frente a su portátil.

—Compruébalo tú misma.

Allie me siguió hasta la cama y se sentó conmigo sobre la colcha de *patchwork*. Cogí el tubo de cartón con una mano y le quité la tapa circular de plástico. Luego lo sujeté boca abajo para que cayera el contenido. Sostuve la fotografía enrollada y le pasé el tubo a Allie antes de estirar la lámina agarrándola por dos esquinas.

Era una fotografía, una de las que Sawyer me había hecho

para el proyecto de clase. En la imagen se me veía sentada en el mismo banco en el que habíamos pasado buena parte de la mañana. De fondo se divisaban los parterres de césped y los árboles del campus, aunque ligeramente borrosos. Mi blusa rosa contrastaba de un modo interesante con el resto de la imagen, y mi cara... Guau. No me había dado cuenta de que Sawyer hubiera disparado esa foto durante alguna de las pausas que hicimos. En esa imagen aparecía riendo de todo corazón. Sin duda alguna debía de haberme dado un buen motivo para reaccionar de ese modo. Era una instantánea realmente fantástica.

—¡Qué foto más bonita! —exclamó Allie entusiasmada.

Levanté los ojos y me quedé mirando a Sawyer.

—El encargo original eran primeros planos de diferentes sentimientos. Esa fotografía no encajaba con el resto de la serie, pero me gustó demasiado para borrarla sin más —explicó Sawyer con indiferencia, sin apartar siquiera la mirada de la pantalla de su portátil.

—Gracias —susurré con un hilo de voz. Estaba tan conmovida que apenas si podía hablar.

—Puedes utilizarla para lo que quieras, como foto de autora, o algo así. Eso, si te atreves a mostrar tu cara en internet de una puñetera vez —añadió mi compañera de habitación.

Asentí con la mirada fija en la fotografía de nuevo.

—Sí, buena idea.

—¿De verdad? —preguntaron Allie y Sawyer al unísono.

Tracé el contorno de mi rostro con la punta de un dedo.

—Creo que ha llegado el momento de dejar de esconderme.

—Yo también lo creo —convino Sawyer justo antes de cerrar el portátil—. Ah, y antes de que pienses que la he imprimido de forma totalmente altruista, tienes que saber que a mi profesora le entusiasmó la serie que presenté.

—Genial —dije, todavía emocionada por la fotografía.

—De hecho, se entusiasmó tanto que hemos organizado una exposición con las fotos.

Levanté la cabeza de forma tan súbita que pareció como si se me hubiera disparado un muelle.

—¿Qué?

Sawyer me dedicó una sonrisa traviesa.

—Era una oportunidad única, sólo permiten exponer a los mejores. Y puesto que no podía hablar contigo para preguntarte si te parecía bien, accedí sin más.

—¿Por eso llamaste a Kaden? —preguntó Allie.

Sawyer se encogió de hombros.

—¿Y dónde están colgadas las fotografías? —pregunté, alarmada.

—Ah, bueno, sólo en el ala oeste de la facultad, en el pasillo del aula en la que se imparte el seminario. No es que pase mucha gente por allí, no te preocupes.

—Entonces ¿por qué pones esa cara de gato picarón que se ha atrevido a beberse un cartón de leche entero sin permiso? —inquirió Allie. Una comparación como ésa sólo podría haber salido de una mente como la suya.

—Es que no habéis preguntado nada sobre el tamaño de las fotografías.

Eso fue lo único que dijo, nada más.

De un respingo, salté de la cama, agarré a Allie de la mano y la arrastré conmigo.

Mi rostro era enorme.

Los primeros planos de mi cara decoraban la pared entera del pasillo en cuestión, de un extremo a otro. En la instantánea que Sawyer había imprimido para mí, se me veía la parte superior del cuerpo. Pero no en esa imagen gigantesca que formaba parte de la exposición.

Ni mucho menos.

Mi rostro redondo ocupaba más o menos el mismo espacio que un cartel de cine. En el resto de las imágenes aparecía furiosa, sonriente, serena con los ojos cerrados, bizqueando... Incluso había una en la que se me veía saltando con los brazos extendidos.

Sin dar crédito, me quedé mirando las imágenes y avancé con pasos de autómata hasta la primera, una que me mostraba absolutamente extasiada, como si acabara de probar el mejor chocolate del mundo. La Dawn que se veía en la pared era al menos cinco veces mayor que yo. Justo al lado, había un pequeño rótulo que rezaba: «*Ensoñación erótica*, por Sawyer Dixon».

—La mataré —murmuré mientras notaba cómo el corazón se me aceleraba por momentos. Un gruñido incómodo luchaba por trepar desde mi estómago, y las manos empezaron a temblarme sin que pudiera hacer nada por evitarlo.

—Yo puedo ayudarte a enterrar el cadáver —repuso Allie, aunque no me pasó desapercibida la sonrisa que le levantaba las comisuras de los labios.

—¡Dawn!

Me volví enseguida al oír mi nombre.

«No, no, no. Joder, no...»

Nolan se acercaba por el pasillo hacia mí. Ese día llevaba puesta una camiseta con la inscripción *Who run the world? Girls!*, y andaba tan deprisa que su abrigo ondeaba más que nunca. Parecía la capa de un superhéroe. Cuando llegó a mi altura, se le cayeron los dos lápices con los que se había sujetado el pelo y ambos nos agachamos al mismo tiempo para cogerlos.

—Gracias —dijo recogiéndose la melena de nuevo—. Oye, bonitas fotos —comentó asintiendo en dirección a la pared.

Abochornada, empecé a mecer mi peso de un pie a otro.

—Esto..., gracias.

—Es una serie fantástica —añadió, y tuve que reprimir el impulso de esbozar una sonrisa—. Pero lo que quería decirte es otra cosa: quiero que sepas que tu ejercicio me ha parecido excelente.

—¿De verdad? —pregunté desconcertada.

Nolan asintió con la cabeza de un modo rotundo.

—Incluso me ha hecho llorar. Y eso que no suelo hacerlo muy a menudo, pero esta vez no he podido contenerme. Quería pedirte que me permitas leer el próximo capítulo de tu novela. Si necesitas *feedback*, puedo comentarte qué me parece. Pero sólo si tú quieres, por supuesto.

Tragué saliva con dificultad. Había olvidado por completo que le había mandado el primer capítulo de *About Us* por error.

—Sin presión, que conste. Es sólo que me entusiasmó la historia de Tristan y Mackenzie y me gustaría saber cómo continúa. No me extrañaría que el proyecto acabara interesando a alguna editorial o agencia. Bueno, eso: si necesitas *feedback*, piensa en mí. Te echaré una mano con mucho gusto.

Dicho esto, asintió con la cabeza para saludarme, repitió el gesto en dirección a Allie y prosiguió su camino por el pasillo.

—¡Gracias, Nolan! —grité a su espalda.

Él se limitó a levantar una mano y a saludarme sin volverse.

—¿Ése es tu profesor? —preguntó Allie estupefacta.

Me volví hacia ella.

—¿A que mola?

Allie empezó a abanicarse con una mano.

—¡Pero si se parece a Chris Hemsworth! A un Chris Hemsworth chiflado, claro, pero ¿qué más da? ¿Cómo te has atrevido a ocultármelo durante todo este tiempo?

—Pues no me había dado cuenta —reflexioné en voz alta—, pero ahora que lo dices...

Allie negó con la cabeza y yo me colgué de su brazo antes de volver a fijarme en las fotografías.

Solté un sonoro suspiro.

—¿Qué piensas hacer?

—Creo que nada —respondí encogiéndome de hombros—. No quiero estropearle esta oportunidad a Sawyer.

—Realmente te cae bien, ¿verdad? —preguntó ella, sorprendida.

Asentí sin pensarlo dos veces.

—Es una tía guay. De hecho, fue la primera en enterarse de que me dedico a escribir y me guardó bien el secreto. Ahora sé que puedo confiar plenamente en ella, a pesar de las apariencias.

—De acuerdo. Entonces es posible que incluso me acabe cayendo bien a mí.

—Eso sería fantástico —repuse con una sonrisa.

36

Pasé el domingo tumbada en la cama, contemplando el mapamundi de colores que tenía colgado en el techo. Me dolía la cabeza y notaba el cuerpo pesado hasta un punto insoportable. No conseguía quitarme de encima el mal de amores. Por mucho que Allie hubiera intentado distraerme, la verdad es que no lo había conseguido, e incluso había comprendido hasta qué punto había sido seria mi discusión con Spencer. También vio claro que necesitaba distanciarme de él y dejar pasar el tiempo.

Todo era demasiado reciente, todavía me parecía oír los reproches que habíamos intercambiado, del mismo modo que me parecía ver su rostro deformado por la ira y la escultura estallando en pedazos contra la pared.

Había sido terrible.

El lunes retomé las clases, harta de aquel estado horrible en el que o bien sentía demasiado, o no sentía nada de nada. No podía más con ese desequilibrio entre el aturdimiento y el dolor insoportable, por lo que decidí sumergirme por completo en el trabajo y el estudio.

Pasaba las tardes en la biblioteca, y por la noche me sentaba con *Watson* para escribir. No dormía nada bien, y cada vez que cerraba los ojos aparecían de nuevo los reproches lanzados y recibidos, o el rostro furibundo de Spencer. Cuando eso sucedía, las manos empezaban a temblarme y el dolor se apoderaba de mi cuerpo de un modo incontrolable.

Acabé contándole a Sawyer una versión abreviada de mi triste vida amorosa, sin excluir el hecho de haber estado casada y de que Nate me hubiera engañado, ya que eran los motivos que explicaban que yo hubiera mostrado tanta resistencia ante la posibilidad de que Spencer se me acercara.

A partir de ese momento, Sawyer no me quitó el ojo de encima. Dejó de pasar las noches fuera de la residencia para quedarse siempre conmigo, e incluso accedió a ver juntas la final de «The Bachelorette» y se atrevió a hacer apuestas sobre los concursantes. Acabó siendo lo mejor de la semana, porque Sawyer se jugó nada más y nada menos que un bistec en el Steakhouse y la apuesta la gané yo, por supuesto. De haber ganado ella, me habría tocado posar para su siguiente proyecto fotográfico, por lo que la alegría que me llevé fue doble, en realidad.

Allie y Scott se mostraron comprensivos con mi aislamiento. De todos modos, nos vimos durante las clases que compartíamos, y los miércoles por la tarde quedábamos para tomar un café juntos. Demostraron el tacto suficiente para no mencionar a Spencer en ningún momento, y la verdad es que yo se lo agradecí enormemente.

Las pausas de mediodía las pasé con Sawyer en el estudio del ala oeste que los estudiantes de fotografía tenían a su disposición para procesar imágenes. Allí no corría el riesgo de encontrarme con mis amigos y, por tanto, tampoco con Spencer.

Mi cara en formato colosal dejó de decorar el pasillo a partir del viernes por la tarde, ya que cambiaron la exposición por otra de culos masculinos. Las dos nos quedamos plantadas frente a la primera fotografía enmarcada mientras nos tomábamos una limonada que acabábamos de comprar en el mismo campus.

—¿Lo ves? Al lado de esto, mis fotografías son inofensivas —comentó Sawyer, señalando la primera que colgaron.

—¿Me estás diciendo que debería agradecerte que no me hayas fotografiado desnuda? —repuse en tono divertido mientras masticaba la pajita del refresco.

—Sí, creo que sí —afirmó asintiendo con la cabeza al mismo tiempo—. Aunque no puedes quejarte, tu cuerpo es muy bonito. Tienes unos pechos perfectos, Dawn. Si alguna vez te apetece que te haga unas fotos desnuda, sólo tienes que pedírmelo.

—Tal vez en otra ocasión —repuse negando con la cabeza enseguida.

—Tarde o temprano tendré que hacer una sesión de desnudo —me explicó ladeando la cabeza cada vez más para contemplar la fotografía de un culo en blanco y negro que tenía delante.

—¿Es un ejercicio del curso?

Su respuesta llegó en forma de gruñido afirmativo.

—Resulta bastante difícil encontrar a alguien dispuesto a posar sin cobrar —aclaró después—. Y la mayoría de los que se prestan son pervertidos o fetichistas de alguna u otra clase.

Tomé otro sorbo de limonada.

—Qué vida más dura, la de los estudiantes de fotografía.

—¡Eh! —exclamó apartándome de un codazo en el costado que me hizo derramar algo de líquido en el suelo. Sawyer no vio mi mirada furiosa porque siguió andando por el pasillo.

—Lo que quería decir es que... —empecé a explicar mientras la seguía, intentando no quedarme atrás— tenéis acceso a cámaras nuevas, acceso a los estudios y todo eso. Mola mucho.

En el pasillo, doblamos la esquina hacia la derecha y luego hacia la izquierda, para entrar en el estudio en el que Sawyer debía procesar su siguiente proyecto. Yo todavía no sabía sobre qué era, lo había estado preparando con cierto secretismo.

—Ya lo sé. Somos...

Se detuvo de forma tan abrupta que acabé chocando contra su espalda.

—¿Sawyer? —pregunté alargando el cuello para poder ver por encima de su hombro.

—Tú no deberías estar aquí, lárgate —soltó dando un paso hacia delante.

Aspiré aire entre los dientes apretados.

Spencer estaba sentado frente a un ordenador, junto a un chico al que yo no conocía. Al verme, los ojos se le abrieron como platos. Se levantó sin mirar a Sawyer y dio un paso hacia mí.

—Dawn...

Sin embargo, antes de que pudiera acercarse más, se oyó un chapoteo súbito.

Spencer parpadeó varias veces y luego se miró la ropa.

La camisa azul le había quedado empapada de limonada y el pelo también le goteaba.

—Aléjate de ella o te corto los huevos, Cosgrove —lo amenazó Sawyer, clavándole el dedo índice en el pecho.

Spencer tragó saliva. Luego levantó las manos y se frotó la cara con ellas, cruzó la sala pasando por mi lado sin mirarme y se marchó.

Me pasé el fin de semana siguiente escribiendo sin descanso, día y noche. Sawyer estuvo trabajando: por primera vez, esa semana estaba sola en el Steakhouse.

Yo valoraba mucho que me cuidara tanto, pero también agradecí el hecho de poder gozar de un poco de tiempo para mí sola. Sobre todo porque mis sentimientos y mis cavilaciones amenazaban con superarme en cualquier momento después de haberme cruzado con Spencer en el estudio.

Estuve escribiendo *About Us* hasta que me dolieron las muñecas, y añadí todo lo que me ocurría realmente en la historia. Mackenzie se sentía igual que yo, lo que resultaba doloroso y consolador a partes iguales.

Escribí cómo había zanjado la relación con su exnovio, y cómo por fin se sentía preparada para concederle una oportunidad a Tristan. Terminaba comprendiendo que sus sentimientos eran más profundos que cualquier otra cosa, que poco le importaba lo que hiciera su exnovio, y que ni siquiera se veía viviendo aquella vida que siempre había imaginado para sí misma. Escribí sobre aquellas semanas tan dolorosas sin Tristan y sobre cómo intentaba encontrar alguna distracción en el trabajo y el estudio.

Y entonces sucedió algo que todavía no me había ocurrido jamás.

Me bloqueé.

Era domingo por la mañana cuando mis dedos dejaron de teclear de forma abrupta. El lugar del que normalmente manaban las palabras que llevaba dentro se secó por completo y no salía nada.

Nada de nada.

Tristan y Mackenzie se habían hecho mucho daño, y por primera vez reinaba el silencio entre ellos. Se amaban, pero la reconciliación parecía imposible.

Por más que lo intentaba, no encontraba la manera de conseguir que se reunieran de nuevo. Todas las frases que escribía sonaban forzadas. Tardaba un día entero en reunir las palabras que normalmente resolvía en pocos minutos. Me pasé varias horas tratando de escribir el siguiente capítulo, y cada vez que conseguía formular una frase la acababa borrando de nuevo.

En algún momento me sentí tan frustrada que acabé cerrando el portátil, me puse de pie y comencé a rondar por la habitación como un felino enjaulado.

Eso me pasaba por intentar escribir lo que había vivido con Spencer. Aunque mis personajes siempre conseguían resolver su historia con un final feliz, esa vez no lo estaba logrando, y el sentimiento de frustración era sobrecogedor.

No obstante, no estaba dispuesta a aceptar que mi mal de amores acabara comprometiendo mi trabajo. Simplemente no podía permitirlo. Decidida, volví a coger a *Watson* y abrí un documento nuevo.

No tenía por qué seguir con *About Us*. Aunque sentía la historia muy cercana, tal vez yo no era la persona indicada para decidir el final. Ni siquiera sabía si me apetecía publicarla.

Por suerte, todavía me quedaban un montón de ideas que había anotado a la espera de poder acabar escribiéndolas algún día, por lo que me conformé con empezar a escribir *Breathing Fire*.

Los protagonistas de la historia se llamaban Brady y Holden. Él era bombero, lo que por sí solo ya me parecía un motivo suficiente para escribir la historia.

Me puse a buscar por internet imágenes de bomberos sexys que pudieran servirme de inspiración. Cogí el cuaderno de notas en el que había esbozado la historia y empecé a garabatear el primer capítulo.

Sin embargo, al cabo de unas pocas frases me di cuenta de que no resultaría tan sencillo quitarme *About Us* de la cabeza.

No conseguía librarme de aquella sensación de espesor mental que tenía desde buena mañana, y de hecho se agravó hasta el punto de que ya no fui capaz de escribir ni una sola palabra.

«Mierda. Mierda, joder.»

No me quitaba a Tristan y a Mackenzie de la cabeza. La historia se había aferrado a mi mente con garfios, cola de contacto y todo lo imaginable para no despegarse de mí.

Esos dos se merecían un final feliz. No podía dejar la historia inacabada sin haber intentado todo lo posible. Además, me di cuenta de que no sería capaz de empezar nada nuevo hasta que hubiera conseguido concluirla.

Frustrada, cerré el navegador y me despedí a regañadientes de todos aquellos bomberos medio desnudos. Abrí el correo electrónico y empecé a escribir un mensaje.

Querido Nolan:

¿Qué se hace ante un bloqueo creativo?

Estoy terminando *About Us* y he llegado a un punto en el que no sé cómo continuar. Tengo la cabeza vacía de ideas y creo que las musas me han abandonado. ¿Algún consejo que pueda ayudarme?

Saludos,

Dawn

Pulsé el botón de enviar y abrí el documento de *About Us* una vez más para leer y repasar el primer capítulo.

Volví a notar un tremendo cosquilleo en la barriga mientras lo leía. Aquella historia era muy especial, lo tenía muy claro.

Iba por el capítulo quinto cuando entró un mensaje nuevo en mi bandeja de correo.

Querida Dawn:

Borra la palabra *musas* de tu vocabulario. No es más que una construcción esotérica y sólo te servirá para desanimarte.

Respecto a lo del bloqueo creativo, tienes que contemplar la historia desde otro punto de vista. Retoma la acción desde el principio y fíjate en quién de los dos se ha equivocado de camino.

A veces, con una mínima intervención pueden lograrse cambios que pueden contribuir al desenlace de la trama.

Saludos,

Nolan

P. D. Y si los dos personajes no acaban juntos, no pasa nada. También hay novelas románticas con finales agridulces, o incluso con final abierto.

Leí el correo de Nolan. Dos veces. Tres, cuatro veces, hasta que sus palabras quedaron grabadas a fuego en mi mente y era capaz de recitarlas de memoria. A continuación, me leí *About Us* hasta el final del capítulo veintiséis, que era el punto en el que ya no había sabido cómo continuar.

Claro que podía cambiar cosas. Un montón, incluso. Mackenzie podría haber confiado antes en Tristan. En el capítulo siete, los dos podrían haber regresado a casa juntos. Tristan podría haber dejado claros sus sentimientos mucho antes, en lugar de esconderse tras una fachada de bromas y medias verdades.

Nolan tenía toda la razón: un par de intervenciones habrían bastado para llegar sin problemas a un final feliz. En el caso de un manuscrito, no suponía ningún problema.

Sin embargo, resolverlo de ese modo no me parecía justo. Era mi historia con Spencer, estaba plagada de errores e inconsistencias porque era verdadera, mucho más que todo lo que había escrito hasta entonces, más incluso que cualquier otra cosa que hubiera vivido hasta el momento.

No estaba dispuesta a aceptar que no tuvieran su capítulo veintisiete porque yo también quería mi capítulo veintisiete con Spencer. Y el veintiocho, y el veintinueve, y todos los que pudieran llegar a continuación. Porque, joder..., ¡estaba enamorada de él!

Me sentía furiosa y herida, y estaba segura de que él se sentía igual. Cuando nos habíamos peleado y me había reprochado tantas cosas, él pensaba que yo sólo quería pasar un buen rato, sin comprometerme con él, y no era del todo cierto, aunque comprendía que se hubiera llevado esa impresión.

No obstante, si no queríamos echar a perder la oportunidad

de tener nuestro final feliz, uno de los dos debía dar un paso en la dirección correcta. Las cosas, tal como estaban, no llegarían a resolverse por sí solas jamás.

Me leí el capítulo veintiséis una vez más y luego me puse a escribir.

Capítulo 27

Spencer:

Todo lo que Mackenzie siente por Tristan es lo que yo siento por ti. Eso y mucho más. Sé que no he conseguido expresarlo abiertamente, pero... aquí lo tienes, negro sobre blanco.

No puedo resarcirme de mis errores, por más que lo desee. Pero sí puedo hacer algo que tú me has enseñado: empezar cada día como si fuera un nuevo inicio y convertirme en una mujer digna de tu amor, porque eres el hombre perfecto para mí.

Te amo,

Dawn

Acto seguido, imprimí el manuscrito entero. Llamé a Allie y me acompañó en coche a casa de Spencer. Una vez allí, le dejé el paquete sobre el felpudo, envuelto con un lazo azul.

Y esperé.

37

Esperé durante nueve horas.

Más o menos a las tres de la madrugada, me sonó el móvil y reaccioné con un sobresalto. Al intentar cogerlo, me golpeé la mano contra la mesilla de noche y solté un taco. Luego deslicé un dedo por la pantalla y acepté la llamada sin mirar quién era.

—¡¿Sí?! —chillé.

Durante unos instantes no se oyó nada.

—Tristan es gilipollas.

Me desperté de inmediato.

—No se merece a Mackenzie, ni mucho menos. Después de cómo la ha tratado, esa chica debería buscarse a alguien mejor que él —siguió comentando Spencer.

Oí el frufrú de unos papeles y me aclaré la garganta. El corazón me latía a toda prisa.

—Pero eso no es lo que quiere Mackenzie.

Más ruido de papeles al otro lado de la línea, parecía como si estuviera pasando las hojas del manuscrito. Él también se aclaró la garganta antes de volver a hablar.

—Dawn..., este libro es fantástico. De verdad. Leyéndolo, he entendido a la perfección cómo se sentía Mackenzie.

Agradecí el comentario con un murmullo.

—He... he tenido que leerlo dos veces para comprenderlo todo —prosiguió—. Especialmente lo que hay que leer entre líneas —añadió en voz baja mientras seguía hojeando el manuscrito.

—¿Y bien? —pregunté con el corazón a punto de salirme por la boca.

—Ahora... la he comprendido. A veces soy un poco lento.

—Ser lento no es nada malo. Yo también lo soy —me apresuré a decir.

—Vamos a ver —dijo aclarándose la garganta de nuevo—, se me han ocurrido un par de sugerencias.

Me incorporé un poco.

—Te escucho.

—No me gusta que Tristan ligue tanto. Quiero decir que no se entiende que esté loco por Kenzie desde hace tiempo y de todos modos se comporte como un semental. Eso resta credibilidad a sus sentimientos.

—Recuerdo que en alguna ocasión alguien me comentó que sólo tenía relaciones de una sola noche —murmuré.

—Pasarse por la piedra a diez tías cada semana no es nada realista, cariño. Por mucho que Tristan sea increíblemente guapo y tenga un cuerpo de escándalo.

Cerré los ojos y visualicé su sonrisa, arrogante y adorable a partes iguales.

—Además, me imagino que dejaría de tener también ese tipo de relaciones después de conocerla —prosiguió.

Tragué saliva con dificultad.

—¿Tú crees?

—Sin duda —murmuró.

—¿Y eso? —pregunté.

—Porque ella es muy especial para él.

La garganta se me secó de repente.

—Él también lo es para ella.

En esa ocasión fue Spencer quien se quedó callado. Podía oír su respiración a través del teléfono, y de pronto deseé que estuviera a mi lado. O yo al suyo.

—No sabía cómo te sentías, Dawn —admitió con la voz ronca al cabo de un rato.

—¿En qué sentido?

—En todos. Quiero decir que te escuché cuando me contaste que no podías, por supuesto, pero hasta ahora no lo he comprendido de verdad. Has descrito muy bien lo que le pasa por la cabeza a Mackenzie. Ahora me siento estúpido por haber sido tan ciego e ignorante y no comprender cómo lo veías tú. Nunca quise presionarte ni hacerte daño, Dawn.

Yo jugueteaba con una esquina de mi colcha.

—Ya lo sé.

—Sólo quería que quedara claro.

Tanto silencio me estaba poniendo nerviosa. Intenté recuperar la frivolidad inicial de la llamada.

—«Menos mujeres para Tristan», anotado. ¿Qué más?

Al otro lado de la línea se oyó el movimiento de papeles de nuevo.

—Pues... la primera escena de sexo. No me gusta.

Enderecé la espalda sorprendida.

—¿Cómo dices? ¡Pero si se me dan muy bien las escenas de sexo!

—No digo que sean malas. Es sólo que la has descrito como si él se hubiera abalanzado sobre ella a saco. Y creo que ella deseaba que ocurriera al menos tanto como Tristan —comentó Spencer con fingida indiferencia.

—Tonterías. Mackenzie no iba tan salida como él.

—Anda que no. Incluso más —protestó Spencer.

Me reí, resoplando.

Sawyer soltó un gemido de queja y se tapó la cabeza con la almohada.

—Creo que eso tendrías que reconsiderarlo —propuso Spencer en tono serio.

—De acuerdo. ¿Qué más tienes en la lista?

—Capítulo veinte —prosiguió él, respirando de forma entrecortada—. Tristan le confiesa su amor en un mal momento.

—Por eso Kenzie reacciona tan mal.

—No, si la reacción de ella me parece lógica. Pero él debería darse cuenta en algún momento del motivo por el que a ella le cuesta tanto aceptar la relación. Aunque la idea de que Tristan la ame tampoco es tan terrible como para reaccionar de ese modo, ¿no crees?

—No, en absoluto —convine con una sonrisa—. Lo que pasa es que estaba harta de todo por culpa de la llamada de Donovan.

—¿Realmente ella acaba yendo a verlo y le suelta todas esas cosas? —preguntó Spencer.

El rostro de Nate apareció frente a mí, y también el dolor que reflejó en cuanto comprendió que mi despedida era definitiva.

—Sí, sí, y además se siente muy orgullosa de haberlo hecho. De ese modo ha zanjado el tema para siempre.

Spencer se quedó sin aliento.

—Eso es bueno.

—¿Quieres que te cuente una cosa?

—¿Hum?

—Donovan se casará pronto y será papá.

—¿Cómo? —exclamó Spencer.

—Lo que oyes. Ahora vive en la casa que había querido comprarle a Kenzie, pero con su prometida embarazada.

—Menudo idiota. Nunca debería haberla engañado de ese modo.

—De no haberla engañado, Tristan y Kenzie jamás habrían llegado a conocerse.

—Yo creo que se habrían conocido tarde o temprano de todos modos.

—¿Ah, sí? ¿Y eso?

—Porque el destino ha repartido bien las cartas y se habría encargado de que coincidieran. Además, Tristan no habría parado hasta encontrarla.

Me reí en voz baja.

—Tu risa es mi sonido preferido —dijo Spencer de repente—. La echaba de menos.

El corazón se me aceleró de nuevo. Me aclaré la garganta.

—¿Cuál es el siguiente punto de tu lista?

—Dawn, lo siento. Siento haberte hecho todos aquellos reproches. Siento haber dado por perdida nuestra relación y haberte llamado cobarde. No lo eres, más bien todo lo contrario.

Agarré el teléfono con más fuerza todavía.

—¿Lo dices en serio?

—Claro —me aseguró con un tono de voz suave y cálido como mi colcha—. Me sentí furioso, y frustrado, pero hasta ese momento siempre había intentado disfrutar cada segundo contigo por si acababas alejándote de mí. Y ahora resulta que no era tu intención. Que tú, después de todo lo que tuviste que pasar, estabas dispuesta a aceptarme pese al miedo que te daba la posibilidad de otro fracaso. Y para eso hace falta valor, un valor increíble. Ahora lo comprendo y..., bueno, lo siento.

—Yo también lo siento. Todo —susurré, reclinándome de nuevo en la almohada y tapándome con la colcha hasta la barbilla.

—Así pues, ¿qué me dices del capítulo veintisiete? —murmuró Spencer al cabo de unos instantes.

—Todavía no lo tengo —repuse con un suspiro.

—No puedes dejarme colgado de esta manera, Dawn. Necesito el siguiente capítulo.

—No puedo seguir escribiendo sin saber cómo continúa la historia. De hecho, estaba tan desesperada que incluso le he pedido consejo a Nolan —confesé.

Spencer se rio, y entonces comprendí lo que había querido decir cuando había definido mi risa como su sonido favorito. A mí me ocurría lo mismo con la suya.

—¿Y bien? ¿Qué dice el maestro? —preguntó.

—Nolan dice que si no ocurre nada más, tengo que quitarme de la cabeza la idea de que la historia tenga un final feliz.

De repente, se hizo el silencio en la línea. Parecía como si incluso hubiera dejado de respirar.

—¿Spence? —pregunté creyendo que había colgado.

—Yo quiero un capítulo veintisiete, Dawn.

—Yo también lo quiero. Es sólo que no sé cómo será —dije con cautela.

Soltó un resoplido.

—Tristan y Mackenzie tienen que estar juntos. Lo sabes tú, lo sé yo y lo sabe el mundo entero desde el principio de los tiempos.

De repente, el mapamundi multicolor que tenía frente a los ojos se volvió borroso y tuve que parpadear como una loca.

Aquellas mismas palabras me las había dicho ya en un contexto completamente distinto, cuando yo todavía seguía anclada a mi pasado. No obstante, mi corazón por fin se había abierto a él, a la posibilidad de confiar de nuevo en lo que él me hacía sentir.

—Pídemelo otra vez —susurré.

—¿Eh? —preguntó Spencer.

—Pídemelo otra vez —repetí.

—Lo siento, pero no te sigo, cariño —repuso desconcertado.

Me aclaré la garganta para intentar deshacer el nudo que se me había formado.

—Podemos seguir hablando durante horas sobre los errores que hemos cometido. O podemos saltarnos esa parte y arreglar las cosas directamente —expliqué, haciendo una pausa para mordisquearme el labio inferior—. Pídeme una cita de nuevo, para que pueda darte la respuesta correcta.

Spencer cogió aire de forma audible.

—Sal conmigo.

Solté una carcajada.

—Eso no era ninguna pregunta.

—Mierda, es verdad —refunfuñó—. Dawn Lily Edwards, ¿me concederías el inmenso honor de salir conmigo?

Me concentré para darle la respuesta que se merecía desde hacía ya mucho tiempo.

—Sí, sí, sí. ¡Sí!

38

—Pon boca de pez —dijo Allie, sacando el brillo de labios.

—¿Cómo sería una boca de pez? ¿Así? —pregunté abriendo mucho la boca y fingiendo que soltaba burbujas de aire dentro del agua.

—Me gusta verte así —dijo con una sonrisa mientras me agarraba por la barbilla y me echaba la cabeza hacia atrás.

—¿Cómo? —pregunté, a pesar de que creía que ya conocía la respuesta.

—Feliz —se limitó a responder.

Sonreí. Estaba de acuerdo con ella, yo también me gustaba más de ese modo.

—Y ahora, haz el favor de cooperar un poco —me regañó agitando el *gloss* delante de mi cara.

Fruncí los labios como si fuera a dar un beso y me quedé quieta mientras me los pintaba de color rosa.

Ese día tenía una primera cita. Mi primera cita de verdad con Spencer.

Y me moría de ganas de que empezara de una vez.

La última ocasión en que lo había visto había sido en el estudio de edición fotográfica. Desde entonces nos habíamos limitado a hablar por teléfono y a escribirnos mensajes.

—¿Todavía no te ha dicho adónde iréis?

Negué con la cabeza.

No tenía ni idea. Spencer no había querido contármelo por nada del mundo. Deseaba que fuera una sorpresa, lo que sólo aumentaba mi impaciencia y no había facilitado nada la elección de la ropa. Al final me había decidido por un conjunto de dos piezas, con encaje en el top y una falda de largada media con mucha caída, con la esperanza de no dar demasiado el cante.

—¡Kaden! —exclamé de repente.

Allie se llevó un buen susto.

—Avísame la próxima vez —murmuró mientras guardaba el brillo de labios en su caja de cosméticos.

—¿Qué pasa? —preguntó él asomando la cabeza por la puerta del baño.

—¿Seguro que no tienes ni idea de...?

Al ver que se esfumaba sin dejarme terminar, solté un gemido de frustración.

—No conseguirás ablandarlo. No lo consigo ni yo cuando se le mete algo en la cabeza —me explicó Allie antes de quedárseme mirando una vez más—. Estás guapísima.

Me levanté del borde de la bañera y me contemplé en el espejo. Me había trenzado el pelo en forma de corona porque sabía que a Spencer le gustaba verme de ese modo, aunque me había aflojado un poco las trenzas para soltar algún mechón y que el peinado quedara más informal. Allie me había maquillado a conciencia con sombra de ojos de colores cálidos, mucho rímel y brillo de labios rosa.

—Casi parece que tenga una cita —bromeé tocándome las mejillas acaloradas con el dorso de las manos.

—Sois tan monos... —exclamó Allie mientras íbamos hacia el salón.

Una vez allí, me calcé unas sandalias de tacón de tiras finas color azul celeste que se abrochaban en el tobillo. Me encantaban esos zapatos, y hasta el momento no había encontrado ninguna ocasión adecuada para ponérmelos. No se me ocurría un motivo mejor para estrenarlos que una primera cita con Spencer.

—Yo también quiero una cita así, Kaden —le dijo Allie en la cocina, abrazándolo por detrás.

—Lo que tú digas, Bubbles —repuso él con una mano sobre el brazo de Allie—. Aunque también me gusta pasar tiempo contigo aquí, en casa. A menudo las citas son tan forzadas que acaban siendo tensas y...

De repente se dio cuenta de que lo estaba mirando fijamente, con los ojos muy abiertos, y se calló de manera abrupta.

—Aunque las citas también pueden..., bueno, pueden ir bien, ¿no?

—Gracias, Kaden —solté con una mirada de escepticismo.

En ese preciso instante sonó el timbre. Reaccioné con un sobresalto, me miré la ropa y apreté los labios una vez más para asegurarme de que el brillo de labios quedaba bien aplicado.

—Parece que te hayan metido un palo de escoba por el culo, Dawn. Haz el favor de relajarte —dijo Kaden mientras iba hacia la puerta con parsimonia.

Lástima que en esos momentos no tenía nada a mano para lanzarle. De todos modos, desapareció a toda prisa por el pasillo para abrir la puerta del piso. Oí que soltaba un silbido de admiración.

—Te has pasado tres pueblos, tío.

No llegué a comprender la respuesta de Spencer.

—Me siento como si estuviera dejando salir a mi hija por primera vez —comentó Allie abanicándose con las manos, señal inequívoca de que podía echarse a llorar en cualquier instante.

—Oh, no, Dawn. ¿Qué le has hecho? —preguntó Kaden alarmado nada más entrar en el salón. Llegó seguido de cerca por Spencer.

Sin embargo, fui incapaz de seguir prestándoles atención.

Spencer llegó enfundado en un traje negro, clásico, con un estampado discreto. Bajo la chaqueta, una camisa blanca y abotonada hasta arriba del todo despertó en mí el deseo de desnudarlo al instante. El hecho de que no llevara corbata me habría facilitado las cosas.

Llevaba el pelo negro bien peinado, aunque tampoco en exceso, puesto que también tenía algunos mechones revueltos. Tuve que reprimir las ganas de abalanzarme sobre él, ya que en esa ocasión habíamos decidido hacer las cosas poco a poco. Y en el orden correcto. Habíamos pactado que no podía haber nada de sexo antes de la primera cita.

Menuda lástima.

Se me secó la garganta, pero todavía se me secó más cuando se me acercó, muy despacio. Sus labios esbozaban una sonrisa y, cómo no, yo le respondí con otra.

—Hola —me saludó inclinándose hacia mí. Me plantó un beso en la mejilla y se detuvo apenas un segundo sobre mi oreja—. Estás fantástica, Dawn —murmuró.

Un escalofrío me recorrió el cuerpo entero, y empecé a notar un cosquilleo agradable en el estómago.

—Gracias. Lo mismo digo.

Enderezó la espalda de nuevo y extendió un brazo hacia mí.

—¿Preparada para salir?

Asentí y me volví un momento hacia Allie y Kaden.

—Marchaos antes de que ésta empiece a llorar —nos instó Kaden.

Allie le pegó un puñetazo en la barriga y él lo encajó con un gruñido.

—No estoy llorando —objetó, parpadeando de manera sospechosa—. Sólo estoy contenta por ellos.

—Yo también —repuse antes de colgar mi brazo del de Spencer.

Juntos salimos por la puerta del salón. Sin embargo, antes de marcharme les lancé una última mirada por encima del hombro y le dediqué una sonrisa a Allie.

Spencer me llevó a mi restaurante italiano preferido, el Cassanos, que sin lugar a dudas era el mejor sitio para comer pasta y pizza en Woodshill. La fachada exterior era poco llamativa por la falta de decoración, pero eso sólo contribuía a reforzar la calidez del interior. Con imágenes en blanco y negro de lugares emblemáticos de Italia y fotografías que había tomado él mismo, el propietario había logrado conferir al local un ambiente personal y adorable. Ese día incluso había un pianista amenizando la cena en directo. Las notas del piano llenaron el restaurante, y enseguida empezó a olerse también el delicioso aroma de la comida recién preparada.

Spencer entrelazó sus dedos con los míos y me arrastró más allá de la zona de mesas, en dirección a la cocina. Estuve a punto de preguntarle qué se proponía, pero opté por confiar en él y cruzar las puertas de vaivén preparada para cualquier sorpresa.

En la cocina del Cassanos estaban trabajando con esmero. Habíamos llegado bastante temprano, todavía era pronto para la cena, y estaba segura de que en pleno servicio la actividad sería mucho más frenética. Sobre los enormes fogones había sartenes en las que se cocinaban las salsas a fuego lento, y justo delante, entre unas grandes estanterías de acero, divisé a alguien preparando masa para pizza. La lanzaba al aire de un modo espectacular.

Ninguno de los ayudantes de cocina se sorprendió al ver que paseábamos por allí como Pedro por su casa. De hecho, la mayoría de ellos saludaron a Spencer con cierta familiaridad y afecto mientras él me guiaba con pasos decididos por la cocina, entre ollas y cazuelas.

—Ah, por fin habéis llegado.

El tipo que hasta el momento había estado volteando masa de pizza en el aire se nos acercó con los brazos abiertos. Tenía las manos llenas de harina, el delantal cubierto de manchas blancas y en la cabeza, un pañuelo estampado con estrellas. Tenía la cara bronceada y llena de pequeñas cicatrices y arrugas, y una barba incipiente de color gris asomaba en sus mejillas.

—Dawn, te presento a Antonio Cassano. Es el propietario del local. Hoy nos enseñará cómo se prepara una auténtica pizza italiana —explicó Spencer.

Antonio le estrechó la mano e incluso le dio medio abrazo, y Spencer le correspondió con unas palmadas en la espalda. Luego se volvió hacia mí y me dedicó una leve reverencia.

—Hola, Dawn. Encantado de conocerte. Llámame Tony.

Tenía un leve acento que confería un tono melodioso a su manera de hablar.

—Lo mismo digo —repuse todavía con cierta perplejidad.

—Bueno, amigos —empezó a decir Tony, antes de dar una palmada en la superficie sobre la que estaba trabajando.

Para empezar, nos tendió un par de delantales limpios.

—Habéis venido demasiado guapos para un trabajo tan sucio como el que os espera —añadió enarcando las cejas con aire burlón.

Spencer le dedicó una amplia sonrisa y de inmediato comprendí por qué se entendían tan bien.

Spence se me adelantó y le quitó el delantal de las manos a Tony. Me pasó la tira superior por encima de la cabeza con cuidado de no estropearme el peinado, luego se puso detrás de mí y me ató el delantal a la espalda.

Sus dedos acariciaron la franja de piel que me quedaba al aire entre el top y la falda. Contuve el aliento mientras me ataba las cintas. Luego se quitó la chaqueta, se arremangó la camisa y el fuego de las cocinas dejó de ser el único responsable del calor que me acuciaba. Finalmente, y demostrando bastante soltura, terminó de abrocharse el delantal en la cintura.

Tony nos acompañó hasta el lavamanos. Dejamos allí las pulseras, los relojes y los anillos y nos lavamos las manos a conciencia antes de volver al lugar destinado a preparar la masa.

—Bueno —empezó a decir Tony—. Hoy aprenderéis a voltear la masa de pizza.

Dicho esto, puso dos tablas enormes con sendas bolas de masa sobre la encimera metálica.

—Primero cogéis un puñado de harina, para que la masa no se os pegue a los dedos.

Mientras empezábamos a seguir sus indicaciones, Tony pasó por detrás de nosotros y subió el volumen de la radio que tenía colgada junto a la estantería de acero. Una música italiana empezó a resonar por toda la cocina y los ayudantes lo celebraron gritando de alegría mientras seguían cortando hortalizas.

Disimuladamente, le eché un vistazo a Spencer para ver cómo lo hacía. Cubrió la bola de masa con abundante harina y, viendo cómo deslizaba los dedos por encima, mi acaloramiento aumentó todavía más.

—Cuando hayáis terminado, tenéis que aplanar la masa con la mano hasta que os quede más o menos de un centímetro de grosor —nos explicó Tony.

Una vez más, miré a Spencer de soslayo. Presionaba la masa con cuidado y, más que aplanarla, la estaba manoseando como si en lugar de una bola de masa fuera... un pecho. Arqueé las cejas y levanté la mirada hacia sus ojos.

Los tenía cerrados, mientras que su rostro exhibía una expresión de éxtasis exagerada. Tuve que contenerme para no echarme a reír.

Un chasquido arrancó a Spencer de su trance. Tony le había azotado el trasero con un trapo húmedo.

—Si no te lo tomas en serio, tendrás que esperar fuera hasta que Dawn y yo hayamos terminado —lo amenazó el cocinero.

Spencer apretó los labios con una expresión de culpa impostada y asintió con la cabeza, pero en cuanto Tony desvió la mirada de nuevo, se volvió hacia mí y me guiñó un ojo. Todavía no había conocido a un solo chico que no pareciera un idiota cuando guiñaba un ojo. Spencer, en cambio, no sólo lo conseguía, sino que el gesto le quedaba terriblemente atractivo.

—No me mires así —murmuró.

Me limité a sonreír.

Con el miedo que me había dado esa cita. Había temido que todo fuera distinto entre nosotros, que pudiéramos estar demasiado tensos o que recordáramos la discusión que habíamos mantenido. Sin embargo, me había equivocado por completo. Todo seguía siendo como siempre. Incluso mejor. Era una cita fantástica.

—¿De qué conoces a Tony? —le pregunté mientras seguía trabajando en la masa.

—Pasó una temporada trabajando para mis padres de cocinero —respondió Spencer con una sonrisa melancólica—. A los cinco años era mi mejor amigo. Se mudó aquí justo antes de... —explicó, pero se calló de repente para aclararse la garganta—. Antes del accidente. Antes incluso de que yo pasara por aquella fase en la que empecé a comportarme como un gilipollas.

—¿Y mantuvisteis el contacto durante esa época?

—A mi padre no lo emocionaba precisamente que así fuera, pero sí. Tony es un buen tío, y me ha enseñado muchas cosas. Cuando se mudó me puse furioso, y las cosas se salieron un poco de madre.

—Para ya de estropear la cita contando todas esas tonterías —lo regañó Tony a su espalda antes de fijarse en cómo trabajaba yo por encima de mi hombro—. Muy bien —me alabó. Luego volvió la mirada hacia la masa de Spencer—. Un poco gruesa, pero también servirá —comentó.

A continuación, cogió mi masa por un lado entre el índice y el pulgar.

—Ahora hay que estirarla y pellizcarla a esta distancia del borde a lo largo de toda la circunferencia.

Obedecimos las instrucciones y retomamos la conversación.

—¿Tú cómo llevas ese tema? —preguntó Spencer—. ¿Todavía mantienes el contacto con tus amigos de infancia?

Negué con la cabeza enseguida.

—Me entiendo bastante bien con Luke, que no sólo no tiene ninguna relación con Nate y con el círculo de amistades que teníamos en común, sino que además es el hijo de un colega de mi padre. Antes comíamos siempre juntos en el taller y charlábamos sobre cualquier tema imaginable. Pero aparte de él no me queda nadie, he perdido el contacto con todos los demás.

Spencer me lanzó una mirada de refilón pero no dijo nada.

—Es mejor así —le aseguré con una sonrisa—. Aquí soy más feliz de lo que lo fui jamás en Portland. Porque puedo ser como yo quiero. Y también tengo la sensación de que en aquellos tiempos no podría haber encontrado amigos comparables a los que he conocido en Woodshill. La confianza que tenemos Allie y yo, por ejemplo, no la había tenido con nadie. Hasta que la conocí a ella, el resto de mis amistades habían sido muy superficiales.

—A mí me ocurrió lo mismo —repuso Spencer asintiendo—. La gente que conocí en la escuela privada nunca me interesó realmente. Se pasaban el día hablando sobre qué familia tenía más dinero o era más perfecta. Desde el accidente de Olivia, dejé de tener contacto con toda esa gente. Me tomaron por un *freak* cuando empecé con las sesiones de terapia y la medicación, y porque prefería quedarme con Olivia en lugar de salir de fiesta con ellos.

Me sorprendió lo poco que le costó hablar de esas cosas. Las barreras que siempre nos habían limitado en ese aspecto habían desaparecido por completo. Estuvimos charlando sobre nuestro pasado como si fuera justamente eso: pasado. Algo zanjado que nos había marcado, pero que ya no tenía ningún poder sobre nosotros. Sabiendo que lo que sucedería a continuación estaba en nuestras manos.

—¿Podríamos empezar a voltearla de una vez, Tony? —preguntó Spencer al cabo de unos instantes.

El hábil cocinero examinó nuestras pizzas, que poco a poco iban tomando forma. Les dio unos toques para mejorar los bordes y asintió.

—Ahora tenéis que pasar el puño por debajo de la masa, más o menos así —nos indicó, mostrándonos la maniobra con su pizza—. Con la otra mano tenéis que formar un puño y lo vais a meter por debajo de la masa. Muy bien, Dawn. —Asintió de forma enérgica—. Ahora separad un poco las manos.

—Pero así se volverá todavía más fina —predije.

—No importa —repuso Tony—. La mano izquierda la acercas hacia ti y la otra la alejas del cuerpo, de manera que el grosor de la masa se vaya reduciendo a medida que gira. ¡Muy bien, Spencer!

Él ya estaba volteando su pizza en el aire. Yo, en cambio, no conseguía hacer girar la mía con fluidez. Cuando vi que a Spencer se le caía la masa, solté un grito triunfal.

—Si vuestras pizzas tienen el diámetro adecuado, podréis mover un puño en forma curva hacia atrás y el otro hacia delante. Y si además impulsáis la masa hacia arriba, conseguiréis que ésta gire todavía con más fuerza.

Al intentarlo, se me cayó sin remedio.

—Demasiada fuerza, Dawn. A no ser que pretendieras tapar esa cara tan bonita que tienes con la masa —dijo Tony.

Spencer se echó a reír. Aunque intentó reprimirse, tenía el brazo tan cerca del mío que lo noté en sus movimientos. Le pisé un pie con el tacón y él reaccionó con una exclamación aspirada.

Pasamos unos minutos intentando perfeccionar el giro, que resultó ser una operación más difícil de lo que aparentaba.

Acabé con la cara manchada de harina, y estaba segura de que el delantal tampoco me tapaba la ropa lo suficiente. Un cuarto de hora después, por fin conseguí hacerla girar. Al ver la masa dando vueltas sobre mis puños, solté un chillido de alegría.

—¡Muy bien, Dawn! Ahora deberías poder lanzarla hacia arriba. Pero ten cuidado, tienes que atraparla con los puños, si no quieres que se te rompa —me explicó Tony.

Lo intenté y conseguí atraparla sin problemas otra vez.

—Eso es increíblemente sexy —murmuró Spencer.

Lancé la pizza de nuevo. Esa vez, un poco más arriba. La atrapé con los puños y esbocé una amplia sonrisa.

—Es que soy genial.

Spencer había dejado caer su pizza sobre la tabla, y se limitó a contemplar cómo lo hacía yo. Su mirada se desvió unos instantes hacia mi boca y luego regresó a mis ojos, dejando muy claras las ganas que tenía de besarme.

—Tu masa ya está lista —me dijo Tony. Luego se fijó en la de Spencer y arrugó la nariz—. Tú, en cambio, deberías seguir trabajando un poco más.

Después de meterlas en el horno, nos quitamos los delantales y nos lavamos las manos y los brazos. Spencer y yo nos ayudamos mutuamente a limpiarnos hasta el último rastro de harina de la cara, y yo aproveché la más mínima oportunidad para tocarle la comisura de los labios o la línea del mentón.

Él se puso la chaqueta de nuevo y me acompañó por el restaurante hasta que llegamos a la zona del piano, donde me atrajo hacia sí de forma abrupta. Di un traspié y me lo quedé mirando con perplejidad.

—¿Qué haces? —pregunté.

Me agarró una mano y comenzó a acariciármela con el pulgar mientras me pasaba el otro brazo por la cintura y se mecía un poco adelante y atrás a modo de tanteo.

—Bailar —se limitó a responder.

—¿Sigues las instrucciones de un manual de citas o algo así? —pregunté en tono divertido.

Negó con la cabeza y se me arrimó todavía más, hasta que su barbilla me rozó la oreja.

—No. Pero siempre he querido hacer esto contigo.

Luego empezó a moverse y el pianista tocó una melodía que me sonó vagamente, pero que no fui capaz de reconocer del todo.

Eché la cabeza atrás y la mirada de Spencer se ensombreció cuando nuestros ojos se encontraron.

—Me equivoqué, Dawn.

Respondí negando con la cabeza.

—Ésta es nuestra primera cita. Lo que haya sucedido hasta ahora no tiene importancia.

Spencer deslizó la mano hacia el fragmento de piel que me quedaba al descubierto entre el top y la falda. Sus dedos se abrieron paso entre la tela, me acariciaron la parte baja de la espalda y yo me derretí entre sus brazos.

—Sólo quería decirte que lo siento.

—Yo también, pero ya lo hemos resuelto. ¿Por qué no lo dejamos? —pregunté.

—Ni hablar, tú y yo no dejaremos nada, Dawn Edwards —respondió en voz baja, y se inclinó sobre mí hasta que nuestros labios quedaron separados por apenas unos milímetros y nuestras bocas se rozaron ligeramente durante un instante. Fue como una promesa—. Esto sólo acaba de empezar —añadió.

Después de meter nuestras pizzas en cajas de cartón, Tony nos las entregó, Spencer pagó la cuenta y salimos del restaurante. Yo había asumido que nos quedaríamos a cenar allí, pero él había previsto algo completamente distinto.

Ya en el coche, se volvió hacia mí.

—Dawn, me gustaría presentarte a mi hermana.

Abrí unos ojos como platos.

—Ya sé que es nuestra primera cita de verdad, y tampoco quiero presionarte con lo de Olivia ni mucho menos, pero... es una parte importante de mi vida y desde hace ya tiempo quiero que os conozcáis. Ya sé que...

No lo dejé continuar y me abalancé sobre él, literalmente. En cuestión de dos segundos quedé sentada sobre su regazo, envolviendo su cuello entre mis brazos.

Él también me rodeó con los suyos, abrazándome con fuerza.

—La verdad es que no sé muy bien cómo interpretarlo, pero te aseguro que me encanta la idea.

Hundí la cara en su cuello y aspiré ese aroma agradable y familiar que tanto había echado de menos. Las lágrimas se acumularon en mis ojos y la sensación que había notado en el pecho durante toda la cita empezó a extenderse más y más.

—¿Cariño? —dijo acariciándome la espalda—. ¿Estás bien?

Deshice el abrazo enseguida y me aparté un poco para mirarlo a los ojos.

—¿Estás seguro?

Su mirada se volvió más tierna. Levantó una mano y me apartó un mechón de la frente antes de asentir muy despacio.

—Sé lo importante que es para ti —añadí—. Si en algún momento cambias de opinión, sólo tienes que decírmelo, no pasa nada.

—Creo que Olivia me mataría si no os presento de una vez. Se muere de ganas desde hace tiempo —respondió divertido.

—¿Qué?

Asintió antes de explicarse.

—Le di el regalo que le hiciste justo después de hablar por teléfono contigo, pero le pedí que esperara a abrirlo cuando te llevara a casa para conocerla.

Le pegué un porrazo en el hombro.

—¿Qué es eso de pasearle a alguien un regalo frente a las narices y luego prohibirle que lo abra?

—Reconozco que mi plan no estaba muy bien meditado.

—¡Tenemos que darnos prisa, pues!

Hice ademán de escapar de su regazo para ocupar mi asiento de nuevo, pero Spencer me retuvo agarrándome por las caderas.

—Una cosa más —añadió.

—¿Qué pasa ahora?

Me puso una mano en la nuca y me atrajo hacia sí. Yo esperaba notar enseguida el tacto de sus labios en los míos, pero en lugar de eso se detuvo, sin dejar de mirarme, como si estuviera esperando a que le diera permiso.

Salvé la mínima distancia que nos separaba y posé mi boca sobre la suya con suavidad. Deslicé cuidadosamente la lengua por encima de su labio inferior, Spencer soltó un suspiro de alivio y respondió a mi beso con ganas.

Dios, cuánto lo había echado de menos.

Fue como un primer beso, como un segundo beso, o como el beso número veintisiete. Fue un beso cargado de indulgencia, de sentimiento y con sabor a un nuevo inicio, a algo grande. A algo nuestro.

En esa ocasión, la enorme fachada de la casa de sus padres no me intimidó lo más mínimo. Seguramente porque era la primera vez que no había una urgencia de por medio.

Cuando nos plantamos frente a la puerta, Spencer me dio un apretón afectuoso en la mano. En la otra llevaba las cajas de pizza que habíamos preparado bajo la tutela de Cassanos.

La pesada puerta se abrió y la madre de Spencer nos dedicó una sonrisa llena de cordialidad.

—Dawn, me alegro de volver a verte —me saludó antes de darme un abrazo. A continuación, se volvió hacia su hijo—: Hola, grandullón.

Spencer abrazó a su madre con entusiasmo.

—Olivia ya os está esperando. Hoy no ha hecho más que hablar de ti, Dawn —me informó, sonriéndome por encima del hombro mientras recorríamos el inmenso vestíbulo hacia el salón en el que habíamos estado sentados una noche, pocos meses atrás.

Los temores me asaltaron de repente. Me detuve y miré a Spencer, buscando su ayuda con los ojos.

—¿Y si no le caigo bien? —susurré.

Las comisuras de sus labios se curvaron hacia arriba de inmediato.

—Tranquila, eso es imposible.

—¿Cómo lo sabes? Quiero decir que... Mírame. No soy nada guay a ojos de una quinceañera.

—Eso no es cierto.

—¿Tú qué sabes? No eres una quinceañera, no tienes ni idea.

Spencer levantó una mano y posó un dedo sobre mis labios.

—Confía en mí.

Tragué saliva y asentí. Luego seguimos andando hasta el salón, saludé una vez más a la señora Cosgrove con la cabeza y entré en la estancia siguiendo a Spencer.

—¡Por fin!

Olivia estaba sentada en el mismo sillón del que tanto me había costado levantarme la otra vez. Se puso de pie y vino a nuestro encuentro.

Tenía el pelo oscuro, las cejas espesas y en sus labios generosos había una amplia sonrisa. Era la viva imagen de Spencer, como si los hubieran cortado a los dos siguiendo el mismo patrón. Y era alta. Aquella adolescente tenía muy poco que ver con la chica que yo había visto en la fotografía que él tenía encima del escritorio. Llevaba rímel en las pestañas, brillo de labios y el pelo recogido, y vestía unos vaqueros ajustados y una camiseta con un corazón enorme y brillante y la palabra *Love*.

Me cayó bien a primera vista.

—Hola —la saludé en cuanto se me acercó.

Me abrazó un segundo y se apartó de nuevo enseguida.

—Soy Olivia.

—Me alegro de conocerte al fin —dije, aunque aquella fórmula de cortesía no alcanzaba a expresar, ni mucho menos, lo que sentía—. Yo soy Dawn.

—Ya lo sé. Me habla... —empezó a decir, aunque hizo una pausa y su sonrisa se apagó un poco. Respiró hondo y bajó la mirada.

Al cabo de unos segundos, la levantó de nuevo, con las mejillas coloradas, y tardó todavía un poco más en seguir hablando.

—Me habla mucho. De ti.

—Aunque sólo le cuento cosas buenas —bromeó Spencer, dejando las cajas de pizza sobre un mueble antiguo para darle un abrazo impetuoso a su hermana.

Ella se zafó de él enseguida y empezó a pasarse las manos por el pelo con una expresión nerviosa.

—¿Lo ves? —exclamó Spencer—. ¡Me refería justo a eso, cuando estuvimos hablando sobre su cumpleaños! Desde que cumplió los quince, ya no quiere saber nada más de mí.

—Yo también te apartaría de ese modo si me estropearas el peinado —repuse examinando la gravedad de los daños—. Déjame ver.

Olivia inclinó la cabeza hacia mí y yo le recoloqué la horquilla que le había quedado casi colgando por culpa de la efusividad de su hermano. Eso me permitió ver la amplia cicatriz que tenía en la mitad izquierda del cráneo. Se distinguía con claridad, ya que sobre la marca no le crecía el pelo, pero ella se había peinado de manera que apenas se le veía a simple vista.

—Así. Ya vuelves a tenerlo bien —anuncié.

—Gracias —repuso ella con una sonrisa. Sólo desde cerca me fijé en que una comisura de la boca se le levantaba más que la otra. Tenía la mitad izquierda de la cara paralizada.

—Bueno, ¿y ya puedo...?, mmm..., ¿puedo ya...? —Respiró hondo una vez más para intentar encontrar las palabras adecuadas, lo que requirió una pausa de varios segundos—. ¿Ya puedo abrir el regalo?

—Por mí podrías haberlo abierto enseguida —respondí—, pero creo que Spence quería añadirle emoción.

—Sí, le encanta hacerme rabiar —bromeó Olivia mientras recogía el paquete del suelo y asentía en dirección al sillón.

Yo me senté en el que quedaba a su derecha.

Olivia levantó el paquete en alto y lo agitó ligeramente. Luego rasgó el envoltorio de forma tan abrupta que no pude evitar reírme. Se parecía demasiado a mí, desenvolviendo regalos con esa impaciencia.

—¡Oh, qué guay! Gracias —dijo levantando el vale de Barnes & Noble para que Spencer pudiera verlo. Él no se había movido de sitio para contemplar con los brazos cruzados cómo su hermana desenvolvía el regalo.

Nada más abrir la chocolatina, se metió un trozo en la boca, luego me tendió el paquete y yo le agradecí la invitación. Acto seguido, Olivia sacó, por fin, el *scrapbook* de la caja.

—¡Guau! —exclamó.

Abrió la primera página y examinó las fotos que yo había pegado. Spencer cruzó la habitación para unirse a nosotras. Se colocó tras el sillón de su hermana, apoyando los codos en el respaldo.

Olivia se dedicó a hojear el álbum poco a poco. Cuando llegó a la página con la letra de la canción *Through the Dark*, de One Direction, sonrió y pasó los dedos por encima de las palabras con sumo cuidado.

En la página siguiente había fotografías de nuestra pandilla que nos habíamos hecho durante los días que pasamos en Coos Bay.

—¿Éste es el...?, mmm... —empezó a preguntar, echando la cabeza hacia atrás para mirar a Spencer.

—El manantial que te dije, sí. De hecho, yo tampoco he visto las fotos —añadió inclinándose un poco más sobre su hermana.

—Qué guapos —comentó Olivia, trazando con el dedo un círculo en la fotografía que envolvía la cara de Spencer y la mía.

—Pues claro que salimos guapos —repuso él, y yo no pude evitar esbozar una sonrisa.

—No seas... —empezó a decir Olivia, y se quedó con la boca abierta unos instantes.

—¿Creído? —la ayudó Spencer, sonriendo desde el respaldo del sillón—. Cuando se trata de Dawn y de mí, me niego a ser modesto. A estas alturas ya deberías saberlo, Olivia.

Ella sonrió. Resultaba conmovedor y fascinante a la vez ver cómo se comunicaban. Yo había leído que no había que tratar a las personas afásicas con inseguridad, que más bien había que ayudarlas a encontrar las palabras que no conseguían articular, y no atosigarlas con más preguntas que sólo lograban aumentar su desconcierto.

—Me habla muy a menudo sobre ti. A veces..., me pone de los nervios —me confesó Olivia antes de volver a contemplar el *scrapbook* y seguir pasando las hojas—. ¿Qué canción es... ésta? —preguntó.

Ladeé la cabeza para ver las líneas que me estaba señalando y solté una exclamación aspirada llena de indignación.

—¡No me digas que no la conoces!

Ella negó con la cabeza con tanta vehemencia que varios mechones escaparon del recogido que yo le había arreglado.

Me la quedé mirando con incredulidad.

—Me habían dicho que habías visto todas las pelis de adolescentes del mundo. Pero si no has visto las de *Una cenicienta moderna*, entonces... ¡te falta mucho que aprender! Si llego a saberlo, te regalo toda la serie, y no esto.

Spencer ocultó su risa con un ataque de tos forzado, pero yo lo apunté con un dedo acusatorio.

—¡Es culpa tuya! ¡Es tu deber enseñarle los clásicos, Spence!

—Eh, que yo nunca he dicho que esto se me diera bien —se quejó esbozando una amplia sonrisa, cálida y sincera. Detecté un destello en sus ojos que indicaba con claridad lo feliz que se sentía.

—Pues ese deber... —empezó a decir Olivia, que tuvo que aclararse la garganta— tendrás que asumirlo tú —prosiguió mirándome—. Creo que voy a despedir a Spence —añadió mirándonos alternativamente—. Además, a partir de ahora seguramente vendrás por aquí a menudo, ¿no?

Me perdí de nuevo en la sonrisa de Spencer. Su felicidad se me contagió de inmediato, y un cosquilleo se apoderó de todo mi cuerpo. Me quedé mirando a su hermana, la chica que lo era todo para el hombre al que yo amaba.

—Esa propuesta me parece inmejorable.

EPÍLOGO

Tres meses después

Desde lejos vi a Isaac abriéndose paso entre la multitud. Estiré el cuello y levanté una mano para que se acercara a nosotros. Al final, me vio y sonrió.

—Hola, gente —nos saludó. Yo estaba sentada con Allie, Kaden, Scott y Everly.

Esa noche habíamos conseguido nuestra mesa preferida en un rincón del Hillhouse.

—Hola —respondí agarrándolo por un brazo—. Me alegro de que hayas podido venir.

—Ante esa misteriosa invitación, no podía hacer otra cosa —replicó Isaac mientras se sentaba delante de mí—. ¿Qué celebramos?

—No quiere revelarlo hasta que lleguen los demás —explicó Allie.

Everly y yo intercambiamos una sonrisa. Ella ya estaba al corriente del motivo de aquella reunión. Durante los últimos meses habíamos tenido la oportunidad de conocernos mucho mejor y ya la consideraba una buena amiga. Puesto que Maureen y mi padre se habían convertido en inseparables, habíamos pasado mucho tiempo juntas durante las vacaciones de verano.

—Se limita a sonreír, pero no suelta prenda —se quejó Scott antes de tomar un sorbo de su cerveza—. Lleva horas así.

Everly le echó un vistazo al reloj.

—Sólo hace media hora que estamos aquí, Scott.

Un destello de luz me sobresaltó. Me volví y comprobé que Sawyer estaba a pocos metros de mí, con su enorme cámara réflex delante de la cara.

—No mires a la cámara, Dawn —gritó por encima de la música—. Ya sabes cómo funciona esto.

Puse los ojos en blanco.

—Te he invitado para que formes parte de la celebración y no como fotógrafa, Sawyer.

—Allá donde voy, *Frank* viene conmigo —repuso sin bajar la cámara en ningún momento.

Después de haber posado para Sawyer la semana anterior, ya por octava vez, no había tenido más remedio que bautizar a su trasto con algún nombre. Mi compañera de habitación se acercó al grupo y se quedó de pie junto a Isaac.

—Apártate un poco, *pringao* —le soltó.

Isaac enarcó una ceja y ella le respondió con un pestañeo coqueto y una sonrisa extraña.

—Por favor —añadió Sawyer.

Isaac asintió con las mejillas muy coloradas y se sentó más cerca de Allie para dejarle espacio a ella.

—Bueno, ¿y se puede saber qué celebramos? —preguntó Sawyer dejando a *Frank* encima de la mesa.

Miró a su alrededor, evitando a Allie y a Kaden en todo momento. Lo que había sucedido entre ellos tenía que aclararse cuanto antes. Al fin y al cabo, todos formaban parte de mi grupo de amigos más próximos, y era una verdadera lástima que todavía no se hablaran con normalidad sólo porque Sawyer había tenido un rollo con Kaden.

—Oh, mierda —exclamó Kaden de improviso, arrugando la frente—. Ahora en serio: a ese tío le falta un tornillo.

—¡Cariño!

Di un respingo y me volví hacia el lugar del que procedía la voz de Spencer. Realmente, a mi novio le faltaba un tornillo. Uno como mínimo. Por eso lo quería tanto.

No se lo veía. Llevaba tantos globos hinchados con helio que ni siquiera pude contarlos. En unos cuantos había letras que formaban mi nombre, y en otros, la inscripción MUCHAS FELICIDADES.

—Joder, no me digas ahora que estás embarazada... —gimió Sawyer.

Me volví hacia ella de inmediato.

—Santo cielo, ¡no!

—Es que os he pillado tantas veces con las manos en la masa que ya no me sorprendería algo así.

Noté que las mejillas empezaban a arderme.

—Pues ahora ya sabes cómo me siento yo desde el principio.

—No te vas a mudar a su casa, ¿verdad? Es que no me apetece nada compartir habitación con una desconocida —refunfuñó Sawyer.

Le dediqué una sonrisa de ánimo.

—No te preocupes, no te librarás de mí tan fácilmente.

Justo después llegaron también Monica e Ethan, de manera que Spencer soltó los globos y se inclinó hacia mí para besarme. Le envolví el cuello con los brazos y lo abracé con fuerza. Todavía me parecía increíble pensar que era mío, por lo que aprovechaba cualquier oportunidad de demostrarle lo enamorada que estaba, por muy excesivos que pudieran parecer mis besos. Mi lengua se deslizó dentro de su boca y Spencer soltó ese ruido gutural que le salía de lo más hondo del pecho y que cada vez conseguía provocarme un nuevo escalofrío. Nos separamos de nuevo al oír el carraspeo de Scott.

—¿Son para mí? —pregunté sin aliento.

—He pensado que, puestos a celebrar algo, mejor celebrarlo bien —repuso Spencer, guiñándome un ojo antes de sentarse a mi lado.

Ethan ocupó la cabecera de la mesa y sentó a Monica sobre su regazo.

—Bueno, ¿podemos saber de una vez qué celebramos? —preguntó él—. Lo digo por curiosidad, ya sabéis que tampoco es que necesite ningún motivo en especial para celebrar —añadió envolviendo a su novia entre sus brazos.

—Vamos, cariño. Cuéntaselo. Cuéntalo de una vez —me animó Spencer con impaciencia mientras me ponía una mano sobre el muslo por debajo de la mesa.

Me aclaré la garganta y miré a mis amigos antes de empezar. Isaac golpeó el vaso de Allie con una llave para llamar la atención del grupo con un agudo tintineo.

—No me he preparado ningún discurso, ni nada de eso —me disculpé para empezar, con las manos en alto.

Noté que las mejillas me ardían cada vez más, y no sólo por el creciente entusiasmo, sino también porque los dedos de Spencer acariciaron la parte interior de mi muslo. Cerré las piernas con fuerza, juntando las rodillas, para intentar concentrarme en lo que quería explicar.

—Ya sabéis que durante el último año he publicado varias novelas bajo seudónimo.

El grupo entero soltó un murmullo de aprobación. A esas alturas, todos sabían ya a qué me dedicaba para ganar algo de dinero mientras estudiaba. Incluso Kaden se había leído una de las novelas. Había optado por *Hot for You*. De hecho, yo lo había visto con mis propios ojos mientras leía, y Allie y yo incluso le habíamos hecho alguna foto escondido en su despacho y con las mejillas coloradas en plena lectura.

—Durante los últimos meses he estado trabajando en mi primera novela de verdad. Sawyer puede confirmar que he pasado días y noches escribiendo como una zombi —expliqué, moviendo la cabeza hacia mi compañera de habitación.

—«Como una zombi» es una buena manera de describirlo, sí. Se sentaba en la cama o ante su escritorio, y a veces ni se duchaba. Y se pasaba el día entero escribiendo con unas ojeras de un palmo, como una posesa. A veces lloraba mientras escribía, y otras parecía que se estuviera corriendo.

Isaac se puso colorado como un pimiento, e incluso cogió el vaso de Allie y le pegó un buen trago.

—Gracias, Sawyer, por esa descripción tan realista de mi estado —repuse.

Ella me dedicó una sonrisa agridulce y me indicó con un gesto de la mano que siguiera hablando.

—Sea como sea, he estado trabajando de forma bastante intensa con mis lectores de pruebas —proseguí asintiendo en dirección a Spencer, a lo que él respondió con una leve reverencia—. Mi profesor, que también es el de Everly, ha estado siguiendo asimismo el proyecto de cerca y me ha ayudado a pulirlo en la medida de lo posible.

—¿El tío que se parece a Thor? —preguntó Monica, mirándonos a Allie y a mí alternativamente. Al ver que las dos asentíamos, soltó un suspiro de ensoñación.

—Nolan dijo que podía imaginarse perfectamente la novela publicada, de manera que... —dejé la frase inacabada y busqué a Everly con la mirada.

Ella se inclinó hacia delante y apoyó los brazos en la mesa.

—Mi madre trabaja en una editorial de ensayo, pero también había trabajado en el ámbito de la ficción y conserva el contacto con varios antiguos colegas, de manera que pudo recomendar a Dawn.

Los demás me miraron de nuevo y yo me mordí el labio inferior. Spencer hizo chocar su hombro contra el mío para indicarme que fuera al grano de una vez.

—Mi primera novela, *About Us*, saldrá publicada por Triangle Publishing el año que viene. Con mi nombre de verdad —anuncié presionándome las mejillas con las palmas de las manos.

Durante poco más de un segundo, reinó el silencio.

Y luego se desencadenó el caos.

Allie chilló a pleno pulmón y saltó tan bruscamente que estuvo a punto de volcar la mesa. Monica e Ethan empezaron a lanzar preguntas mientras Kaden y Spencer se ponían de pie y lo celebraban chocando las manos en el aire.

De repente, Ethan me levantó en volandas y empezó a dar vueltas sobre sí mismo. Sawyer se quedó sentada y contempló lo que sucedía a su alrededor a través de la lente de *Frank*.

—¡Muchas felicidades, *babygirl*! —exclamó Scott.

Fui pasando de los brazos de uno a los de otro. Monica e Isaac quisieron saber enseguida de qué trataba mi novela. Scott y Everly comenzaron a hablar sobre potenciales estrategias de marketing que pensaban emprender, mientras que Allie y Kaden me confesaron lo orgullosos que se sentían de mí. También me bombardearon a preguntas, y a todo eso había que sumar las fotos que Sawyer iba haciendo sobre la marcha.

De repente, la mano de Spencer aterrizó en mi espalda. Noté de inmediato que era él quien me tocaba, porque un cosquilleo me recorrió el espinazo hasta llegar a la punta de los dedos de los pies.

—Perdonadnos un momentito —reclamó tirando de mí hacia la pista de baile.

—¿Qué haces? —pregunté.

—Me gusta esta canción y, como soy un egoísta, quiero tenerte para mí durante tres minutos y medio.

Spencer me llevó hasta el borde de la pista y me estrechó contra su cuerpo.

Si había algo que no había parado de hacer durante los últimos meses era bailar conmigo. Digámoslo de este modo: Spencer era una fuente de inspiración interminable para las historias de D. Lily.

—Estoy tremendamente orgulloso de ti —me susurró al oído mientras recorría mi cuerpo con las manos. Me hizo girar media vuelta y me agarró de nuevo, aunque esta vez de espaldas.

Yo seguía sus movimientos con la cabeza apoyada en su hombro.

—Y yo de ti —repuse.

Hundió la cara en mi cuello. Eso era algo que Spencer todavía tenía que aprender: a encajar los elogios. Había días en los que aún se sentía abrumado por el peso de su pasado y se culpaba por lo que le había sucedido a Olivia. Pero lo superaríamos.

Un día tras otro.

AGRADECIMIENTOS

Again. Confiar surgió durante un semestre muy intenso en el que hubo muchas ocasiones en que no era capaz de decir qué fecha ni qué día de la semana era. Tengo que agradecer a mi marido, Christian, el apoyo que me ha brindado en todas las áreas, y sobre todo los bocadillos que me prepara.

Mientras escribía, dudaba mucho si lo que estaba haciendo estaba bien, y mi lectora beta Yvonne ha sido una fuente constante de confianza y de valor. Gracias, Yvo, por tus críticas y por tu amistad. Gracias también a Bianca Iosivoni, la presidenta del club de fans de Spencer Cosgrove, porque le apasionan este tipo de personajes, y fue quien me animó a sacarle más partido. Además, gracias a Kim Nina Ocker por su sentido del humor y su encanto, a Laura Kneidl por sus sabios consejos y a Carolin Wahl por su apoyo emocional. Chicas, no sé cómo habría podido escribir libros sin vosotras.

Gracias infinitas a mis argentinas Kristina Langenbuch Gerez y Gesa Weiß, siempre dispuestas a escucharme y a hacer un buen trabajo.

Y luego hay tantas personas que han trabajado incansablemente para que mis libros lleguen hasta los lectores que sólo puedo dedicar un agradecimiento enorme a todo el equipo de LYX. Hacéis unos libros fabulosos, y no lo digo sólo como autora, sino también como lectora fiel.

Un agradecimiento muy especial a la fan número uno de Spencer y Dawn: mi lectora magistral, Stephanie Bubley. Gracias por creer en mis historias. Me alegro muchísimo de poder trabajar en ellas contigo.

Ha llegado el momento de dedicar un abrazo inmenso a mis amigos y familiares. Gracias por vuestro apoyo incansable y por estar orgullosos de mí (pero, por favor, parad de presumir ante mi antiguo profesor de alemán, me da mucha vergüenza).

Y por último, aunque no por ello menos importante, gracias a todas las lectoras y blogueras: respeto y valoro enormemente vuestro trabajo, y me alegro de cada imagen, cada tuit y cada mensaje que me mandáis. Gracias por darle otra oportunidad a la serie Again, ¡nos vemos en el tercer volumen!